Manfred Weinlad & Timothy Stahl

Kinder des Millennium

Zaubermond-Verlag
Schwelm

»Kinder des Millennium«
Buch 1 der Buchserie DAS VOLK DER NACHT

In der Buchserie DAS VOLK DER NACHT sind bisher folgende Titel erschienen:
3-931407-13-6 »Kinder des Millennium«

Sollte Ihre Bezugsquelle nicht alle Titel des Zaubermond-Verlages verfügbar haben,
können Sie fehlende Bände nachbestellen bei

Romantruhe Buchversand
Hermann-Seger Str. 33 - 35 • D-50226 Frechen
Tel. 0 22 34 / 27 35 28 • Fax 0 22 34 / 27 36 27
http://www.romantruhe.de

1. Auflage

Herausgeber:
Zaubermond-Verlag
Thomas Born
Oelkinghauser Str. 7
D-58332 Schwelm

Telefon: 0 23 36/ 1 26 44
Telefax: 0 23 36 / 99 07 73

eMail: ThomasBorn@zaubermond.de
Internet: http://www.zaubermond.de

Redaktion und Buchbearbeitung:
Thomas Born, Michael Schönenbröcher

Redaktionelle Mitarbeit:
Martin Kay

Titelbild: Jan Balaz

Gesamtherstellung: Druckerei Stowasser, Aßlar

ISBN 3-931407-13-6

Inhaltsverzeichnis

Kinder des Millennium

Kinder sind Rätsel von Gott
und schwerer als alle zu lösen.
Friedrich Hebbel, »Gnomen«

1. Kapitel

Nach dem Großen Brand

Rom, Vatikanstadt

Agostino Ottaviani schloß kurz die Augen und gab sich dem Wunschdenken hin, alles könnte wieder wie früher sein, sobald er sie das nächste Mal aufschlug. In seinem innersten Kern wußte der Kardinal jedoch, daß er bitter enttäuscht werden würde. So wenig seine Gebete gefruchtet hatten, so wenig half das Wünschen. In einer Zeit und Situation wie dieser war einzig und allein entschlossenes Handeln gefragt, sonst gar nichts.

Er räusperte sich, hob die Hände zum kalten Gesicht. Rauhreif glänzte nicht nur auf den äußeren Mauern der zerstörten Bauten, der Frost hatte seinen Weg durch eingestürzte Dächer und Fassaden auch ins Innere gefunden, und der Geruch von Rauch und kalter Asche war selbst einen Monat nach Verlöschen der letzten Brände noch allgegenwärtig.

Ottaviani wußte nicht sicher, ob man bereits den dritten Februar des schicksalhaften Jahres 2001 oder noch den zweiten schrieb. Es war unerheblich – bis auf die Tatsache, daß er erwartet wurde. Von seinen Kardinalskollegen.

Die Zusammenkunft wurde nach langem Zögern einberufen, dachte er, *und nun ist es ausgerechnet der Älteste des Kollegiums, der sich davor zu drücken versucht. Wie sonderbar, denn ich weiß, daß es hoch an der Zeit ist, endlich tätig zu werden. Aber müßte man dennoch nicht erst Antworten finden – Antworten auf die Frage, was eigentlich geschehen ist –, bevor man sich zum Konklave trifft?*

Er öffnete die Augen. Mit Anbruch des neuen Jahrtausends, des dritten seit der Fleischwerdung Jesu Christi, war die Angst über ihn gekommen, pure, kreatürliche Angst – und das aus gutem Grund. Er befand sich im Hauptsaal der vatikanischen Bibliothek, von deren unersetzlichen Schätzen nichts mehr übriggeblieben war, rein gar nichts. Bis zu den Knöcheln stand

Ottaviani in der Asche, in die sich sämtliche Schätze verwandelt hatten, antike Manuskripte ebenso wie urchristliche: handgeschriebene Evangelien etwa, oder die Briefe des heiligen Thomas von Aquin, die Thesenpapiere eines Martin Luther, Notizen von Raffael oder Heinrich VIII. – all dies war den Flammen zum Opfer gefallen und damit ebenso unwiederbringlich verloren wie die endlosen Stunden, die Ottaviani hier im Studium alter Schriften verbracht hatte.

Ihm wurde noch enger ums Herz. Langsam setzte er sich wieder in Bewegung. Über der roten Kutte trug er einen Daunenmantel, der ihm die strenge Kälte, die den verheerenden Bränden gefolgt war, vom Leib halten sollte.

Als er die Bibliothek verließ, tat er dies in seinen eigenen Fußstapfen, die sich in die krustige graue Ascheschicht gedrückt hatten. Im Freien angelangt, blickte er hinauf zu den Sternen, die fremder als je zuvor zu ihm herabblinkten. Früher hatte er, wenn er den Blick zum nächtlichen Himmel erhob, nie das Gefühl gehabt, allein zu sein. Jetzt fühlte sich allein *gelassen* – sich und jeden anderen Menschen auf diesem Planeten.

Fröstelnd stellte er den Kragen seines Mantels auf. Mehrere Schatten, die vor dem Portal gewartet hatten, folgten ihm, als er die Stufen der Bibliothek hinabging und auf die Sixtinische Kapelle zuschritt. Die Gardisten wachten seit dem Mord an Johannes Paul II. mit Argusaugen über jedes einzelne Mitglied des Kollegiums, das momentan die höchste Autorität im kleinsten Staat der Welt bildete.

Ottaviani blickte sich nicht nach seinen Beschützern um. Es genügte ihm, ihre Schritte zu hören.

Die Mörderin des Heiligen Vaters, die auch die verheerenden Brände gestiftet hatte, befand sich noch immer auf freiem Fuß, und vielleicht war dies der eigentliche Grund, warum sich Ottaviani im Innersten dagegen sträubte, den Regularien zu folgen und einfach wieder zur »Tagesordnung« überzugehen.

Als er mitten auf dem freien Platz vor dem Papstpalast abrupt stehenblieb, verstummten sofort auch die Schritte, die ihn begleitet hatten. Vollkommene Stille schien das Bild einzufrieren, das sich seinen Augen bot, umrahmt von den Vierfachkolonnaden des Petersplatzes, dem Obelisken und den beiden Brunnen. Es sah aus wie nach einem Napalm-Angriff: Rußgeschwärzte, teilweise in sich zusammengestürzte Ruinen ersetzten die einstige Pracht. Wenige Brandnächte hatten genügt, um die Arbeit von Jahrhunderten, die Kunstwerke der größten Genies zunichte zu machen.

Auch die Fresken der Sixtinischen Kapelle, Michelangelos Meisterstücke, waren ruiniert. Kein noch so begnadeter Restaurator würde sie je wieder im alten Glanz erstehen lassen können. So wenig wie die Exponate, die in den angrenzenden vatikanischen Museen ausgestellt gewesen oder gelagert worden waren.

Es schien – Ottaviani sog die eisige Luft so hastig ein, daß er husten mußte –, als wäre durch diesen umfassenden Verlust die Verbindung zum Gestern gekappt worden. Jenes Band, das Gegenwart und Vergangenheit miteinander verknüpfte und das Heute stets als *Summe* aller Errungenschaften begreifbar machte...

»Eminenz?«

Eine Stimme, die keinem der Gardisten, sondern einer Gestalt gehörte, die jetzt mit wehenden Rockschößen über den notdürftig aufgeräumten Platz auf Ottaviani zueilte, riß den Kardinal aus seiner Versunkenheit. Auf Anhieb erkannte er in dem Ankömmling den Bediensteten eines seiner Kardinalskollegen. Mit einer unwirschen Geste versuchte er den Diener zum Stehenbleiben zu veranlassen, noch bevor dieser ihn vollends erreicht hatte. Doch entweder entging ihm der Wink im Sternenlicht, oder der Diener wollte ihn nicht beachten. Atemlos, dabei dennoch bemüht, sich nicht anmerken zu lassen, wie sehr die Kälte ihm zu schaffen machte, blieb er vor Ottaviani stehen.

»Entschuldigt, aber mir wurde aufgetragen, nach Eurem Verbleib zu forschen. Die anderen Kardinäle sind in Sorge, sie –«

»Ich *weiß*, daß sie warten«, fiel der greise, aber immer noch rüstige Ottaviani dem nicht einmal halb so alten und um einen guten Kopf größeren Mann ins Wort. »Ich bin unterwegs, wie unschwer zu erkennen ist. Sag ihnen das, mein Sohn.« Er machte eine kurze Pause, ehe er beträchtlich schärfer hinzufügte: *»Und jetzt verschwinde!«*

Der Bedienstete gehorchte und entfernte sich grußlos wieder dorthin zurück, von wo er geschickt worden war.

Ottaviani wartete eine Weile, dann setzte auch er seinen Weg fort.

Das Gefühl, von zähem Treibsand umgeben zu sein, wurde stärker, und der Kardinal hätte schwören können, daß die Finsternis, wie sie seit der Katastrophe allnächtlich über Rom und dem Vatikan lastete, ein real meßbares Gewicht besaß, denn sie versuchte ihn niederzudrücken, zu beugen.

Schon von alters her war die Dunkelheit ein Synonym für das Böse und jedwede Versuchung gewesen – aber hatte sie je zuvor einen solchen *Sieg* davongetragen?

Die katholische Kirche stand vor ihrer schwersten Prüfung seit Bestehen. Nicht nur den Verlust ihres Pontifex mußte sie beklagen, sondern den ihres Zentrums schlechthin. Die Christenwelt war von den Geschehnissen im Vatikan in ihren Grundfesten erschüttert worden, und der Strom der Verzweifelten, die seither gen Rom pilgerten, wollte nicht mehr abreißen.

Daß die eigentliche Vatikanstadt hermetisch abgeriegelt worden war, hielt die Wallfahrer nicht ab. Mittlerweile belagerten sie jeden öffentlichen Platz der italienischen Hauptstadt. Und wahrscheinlich nicht zuletzt auf das Drängen der römischen Regierung hin hatte der Kardinalssekretär nun zur Neuwahl des Papstes geladen.

»Wartet draußen«, wies Ottaviani die Gardisten an, als er das Portal des Gebäudes erreichte, das unmittelbar an die Kapelle angrenzte.

Der Bereich, den er wenig später betrat, gehörte zu den wenigen Räumlichkeiten, welche die Flammen verschont hatten. Hier war jedem der an der Wahl teilnehmenden Kardinäle eine Zelle reserviert, die er für die Dauer des Konklaves mit einem

Sekretär und einem Diener bewohnen würde. Ottaviani würde darin keine Ausnahme machen. Seine Gefolgsleute waren ihm bereits vorausgeeilt.

Nach dem gewaltsamen Tod des amtierenden Papstes war die höchste kirchliche Autorität auf das Kardinalskollegium übergegangen. Völlig von der Außenwelt isoliert, würden sie in den nächsten Tagen darüber beraten, wer aus ihren Reihen als nächster das Amt des Oberhirten bekleiden sollte, und es war ihnen so lange untersagt, das Konklave zu verlassen, bis die Neuwahl mit einer Zweidrittelmehrheit Gültigkeit erlangt hatte. Danach würde der Sekretär den Gewählten feierlich fragen, ob er das Amt annehmen und welchen Papstnamen er künftig führen wolle.

Der Ausgang der Wahl war in der Vergangenheit, nachdem das Konklave aufgelöst worden war, von der Loggia des Petersdomes aus verkündet worden. Ottaviani war neugierig, von wo aus die Öffentlichkeit dieses Mal unterrichtet werden würde, denn der Petersdom war seit den Bränden stark einsturzgefährdet.

Es wird sich ein würdiger Ort finden.

Ein würdiger Ort... Der Gedanke bereitete Ottaviani mehr Unbehagen, als er sich selbst erklären konnte. Angespannt durchquerte er den Korridor und gelangte in den Saal, in dem die anderen bereits voller Ungeduld auf ihn warteten.

Notanschlüsse versorgten den gesamten Trakt längst wieder mit Strom. Dennoch war das Licht, in dem sich die Gestalten in ihren roten Soutanen und den gleichfarbigen Kopfbedekkungen drängten, äußerst gedämpft. Ein Ofen verbreitete soviel Wärme, daß Ottaviani daran erinnert wurde, wie dick eingemummt er immer noch war. Während er von allen Seiten begrüßt wurde, schälte er sich aus dem Mantel und übergab ihn einer Ordonnanz.

Allmählich kamen die Gespräche, die beim Eintritt des ungeduldig Erwarteten verstummt waren, wieder auf. Ottaviani blickte in fast ausnahmslos bleiche Gesichter, die ihrerseits ihn musterten.

Wenig später erklärte der hagere Balducci das Konklave für eröffnet.

»Die Welt blickt auf uns«, übte er sich in Pathos. »Sie erwartet einen Beschluß, der Zeichen setzt und Weichen für die Zukunft der Kirche stellt.«

Niemand äußerte sich dazu. Die Umstände, unter denen der alte Papst sein Leben verloren hatte, schienen jedermanns Kritikfähigkeit zu lähmen. Ottaviani selbst wünschte sich in diesem Moment weit, weit weg.

Aber so wenig meine Gebete erhört wurden, wiederholte er noch einmal den Gedanken, der ihn in der vatikanischen Bibliothek beschäftigt hatte, *werden es meine Wünsche werden. Das einzige, was jetzt zählt, ist entschlossenes Handeln – sonst gar nichts.*

Der Sekretär nahm den Versammelten das Gelöbnis ab, Verschwiegenheit über alles zu bewahren, was von dieser Stunde an beraten wurde.

Doch noch mitten in den feierlichen Akt hinein wurde die Tür des einzigen Zugangs aufgerissen, und eine uniformierte Gestalt torkelte herein.

Ein Gardist, dessen Hände sich um den Schaft einer Hellebarde gekrampft hatten; einer Hellebarde, deren monströse Klinge tief in seinem Bauch steckte.

Es sah aus, als hätte er sich selbst damit aufgespießt...

Ottaviani stand dem Mann am nächsten, und als er ihm entgegenging, sah er die Furcht in den verzerrten Zügen leuchten. Der Gardist versuchte zu sprechen, aber Blut füllte bereits seine Kehle, und mehr als ein Gurgeln brachte er nicht zustande.

Unmittelbar vor Ottaviani brach er zusammen. Das Ende des Hellebardenschaftes schabte zunächst über den Steinboden, fand dann aber Halt in einer Fuge, was zur Folge hatte, daß die Klinge aus dem Rücken herausgetrieben wurde. In derselben Sekunde verstummte das Röcheln, und als Ottaviani neben der Wache niederkniete, um nach der Halsschlagader zu tasten, lag der Unglückliche bereits still und reglos da.

»Er ist tot.«

Ottavianis Feststellung überraschte niemanden, am wenigsten ihn selbst. Dennoch nahm die Stille um ihn herum eine geradezu widernatürliche Dimension an, und erst als der greise Kardinal sich wieder aufrichtete, merkte er, daß noch eine zweite Person aus dem Korridor in den Saal getreten war.

Die Gestalt war weder ein Mann noch uniformiert. Doch ihre beunruhigenden Augen waberten in demselben schrecklichen Glanz wie das Feuer, das die Vatikanstadt in Schutt und Asche gelegt hatte. Das feuchte Scharlachrot ihrer Lippen erinnerte an frisch vergossenes Blut. Und dieser Mund sagte laut und klar in die Runde: »Die Zeit der Zeiten ist da und damit das Ende.«

Es lag keineswegs nur an dem dämonischen Lächeln auf den Zügen der ikonenhaft schönen Gestalt, daß Agostino Ottaviani das Blut in den Adern zu stocken drohte und daß ihn plötzlich bis in die porzellankalten Knochen hinein schauderte – erst recht, als die Fremde nach einer kurzen Pause hinzufügte: »*Euer* Ende, Monsignores...!«

Die Zeit der Zeiten ist nah und damit das Ende, wisperte die immer noch taufrische Erinnerung im Kopf des Geistlichen, und das Verlangen, laut aufzubrüllen, wurde schier übermächtig in ihm – so laut, daß die Welt draußen es hören konnte. Aber Ottavianis Mund blieb geschlossen. Fest zusammengepreßt bildeten seine Lippen zwei graue Striche in der furchenübersäten, kalkig weißen Gesichtslandschaft.

Fatima, dachte er. *O mein Gott, sie zitiert aus Lucias Handschrift...!*

Sein Blick huschte zu den anderen Kardinälen, deren Entsetzen kaum geringer war als das seine. Aber nicht, weil sie wußten, wovon die Unbekannte sprach. Für sie genügte bereits das, was dem Gardisten widerfahren war, um das Grauen in ihren Herzen zu schüren.

Diese Unwissenden!

Ottaviani beneidete sie um ihre Ahnungslosigkeit. Er zitterte am ganzen Körper.

»Die Zeit der Zeiten...«, murmelte er, so leise, daß er glaubte, niemand könne es hören.

Zwischen 1915 und 1917 war es nahe dem portugiesischen Dörfchens Fatima in der Provinz Estramadura immer wieder zu Ereignissen gekommen, die für weltweites Aufsehen gesorgt hatten. Den Hirtenkindern Lucia dos Santos und den Geschwistern Jacinta und Francisco Marto war eine Lichtgestalt erschienen, die sich selbst als »Muttergottes vom Rosenkranz« bezeichnete. Das Phänomen hatte sich von Monat zu Monat wiederholt, bis den Seherkindern an jenem denkwürdigen 13. Oktober 1917 eine Botschaft von nicht zu überblickender Tragweite übermittelt wurde. Diese dreigeteilte Prophezeiung sollte der Menschheit nach dem ausdrücklichen Willen der Muttergottes in ihrer Hauptaussage erst im Jahre 1960 zugänglich gemacht werden.

Doch das war nie geschehen. Und Agostino Ottaviani wußte als wahrscheinlich Einziger in dieser Runde, warum. Denn von denen, die damals, 1960, zu Papst Johannes XXIII. befohlen worden waren, weil dieser in ihrem Beisein den Umschlag mit der Fatima-Weissagung öffnen wollte, war Ottaviani als einziger noch am Leben.

»Über die ganze Menschheit wird eine große Züchtigung kommen«, flüsterte er im Tonfall seiner frühmorgendlichen Gebete, während sein Herz schneller, immer schneller zu schlagen begann und auch sein Atem immer hektischer wurde. »Nirgendmehr herrscht Ordnung. Die Kirche wird sich verfinstern. Helle Flammen werden aus den Gemächern des Vatikans schlagen... – *O gütiger Vater im Himmel...!*«

Sein Schrei fraß sich in die Stille und brachte sie zum Zerspringen wie Glas.

Alle Augen richteten sich auf ihn.

Alle Augen.

Die Fremde fragte: »Was hast du da heruntergeleiert, alter Mann?«

Ottaviani drehte sich halb um seine Achse und stand der

unbekannten Teufelin nun von Angesicht zu Angesicht gegenüber, getrennt nur durch wenige Schritte Distanz. Er wollte nicht antworten. Ihn graute vor der Weite, die ihn aus ihrem Blick heraus zu verschlingen suchte.

»Teile einer... Prophezeiung...« Er würgte die Worte förmlich hervor und biß sich sofort danach in die Unterlippe. Eisengeschmack füllte seinen Mund.

»Dann kennst du also die Weissagung, in der ich vorkomme?« Sanfte Verwunderung klang aus der Stimme der Frau, die die Wirklichkeit um sich herum durch ihre bloße Präsenz aufzuweichen begann.

...in der ich vorkomme, echote es in Ottavianis Seele, während er, unbewußt, die athritischen Hände zu Fäusten ballte.

»Du?«

»Die Schrift, von der wir beide sprechen, wurde vor langer Zeit gestohlen«, sagte die Frau, die unbehelligt dastand, als existierte keine Wache, als gäbe es niemanden, der sich ihr gegen ihren Willen auch nur hätte nähern können, geschweige denn etwas anhaben.

»Vor zweiundzwanzig Jahren«, hörte Ottaviani seine Zunge wider eigenes Wollen an Worten formen. »In der Nacht, als *er* starb.«

»Er?«

»Johannes Paul I. – er bekleidete sein Amt nur dreiunddreißig Tage...«

»Starb er eines natürlichen Todes?« Die Fragestellerin gab sich keine Mühe, den Spott in ihrer Stimme zu verhehlen.

»Er schlief friedlich ein. Sein Herz versagte.«

»Und die *inoffizielle* Version?«

Ottavianis Zunge wurde pelzig. »Es gab viele Gerüchte.«

»Nur Gerüchte...?«

Ottaviani versuchte einen Schritt von der Frau weg zu machen. Hin zu der Phalanx der übrigen Kardinäle. Hin zu der Stelle, wo der Sekretär stand und die Eröffnungszeremonie des Konklave vollzogen hatte.

Aber er kam nicht von der Stelle.

»Darüber... weiß ich nichts.«

Das Gewölk in den Augen der Fremden lichtete sich, und für einen Moment hatte Ottaviani das noch verstörendere Gefühl, einem kleinen, unschuldigen Kind gegenüberzustehen. Die Erwachsenen-Gestalt wirkte für die Dauer dieses Augenblicks wie eine Maske – oder wie ein Kokon, in den hinein das kleine Mädchen wie eine Larve gesperrt worden war. In dieser flüchtigen Spanne Zeit wirkte die Frau mit der furchteinflößenden Aura *selbst* wie ein Opfer.

Ottaviani schwindelte. Der Boden unter seinen Füßen schien nachzugeben.

Ich falle! dachte er. Seine Arme flogen durch die Luft, suchten nach Halt.

Die Frau lachte schallend, ehe ihre Stimme in die Nebel schnitt, die Ottavianis Bewußtsein erstickten: »Glaubst du an die Auferstehung nach dem Tode?«

Der Kardinal kämpfte den Schwindel nieder und wunderte sich sodann, daß er noch auf seinen beiden Beinen stand.

»Natürlich!« krächzte er. »Natürlich tue ich das! Aber du gewiß nicht! Dem Frommen steht das Himmelreich offen, während denen, die mit dem Satan buhlen, der –«

»Du irrst«, unterbrach sie ihn. »Denn Satan ist nicht mehr! – Und du irrst ein zweites Mal, wenn du mir unterstellst, ich würde nicht an die Auferstehung glauben. Denn ich *bin* die Auferstehung und das Leben!«

Ihre kalt hervorgestoßenen Worte lösten sogar die Siegel um die Lippen der sonst noch Versammelten. Seufzer der Empörung geisterten durch den Saal, und jemand rief mit vor Aufregung überschlagender Stimme: »Schweig, du boshafte Spötterin! Der Herr wird dich –«

Ottaviani sah nicht, *wie* der Rufer zum Verstummen gebracht wurde, aber es gab für ihn keinen Zweifel, wer es bewirkte. Noch immer benommen, fragte er: »Wer bist du? Wie konntest du in den innersten Bezirk gelangen?«

»Wie?« Sie schüttelte den Kopf, als wäre es nun an der Reihe, daß *sie* etwas nicht verstand: nämlich wie es an ihrer Macht und ihren Fähigkeiten überhaupt noch den geringsten Zweifel geben konnte. Dann sagte sie lapidar: »Ich habe getötet.«

Ottaviani spürte ein Kratzen im Hals, das sich beinahe zum Brechreiz steigerte. »Sagtest du nicht gerade, du seiest *das Leben*?«

»Ich bin das Leben – aber nur, wenn ich will. Ohne Tod keine Auferstehung. Das wirst du mir zugestehen, oder?«

»Wer solche Reden führt, wird im Fegefeuer schmoren, weit über das Jüngste Gericht hinaus!«

»Was ist ein Fegefeuer? Und wie würdet ihr das Feuer nennen, das *hier* gewütet hat?«

Ottaviani kniff die Augen zusammen, als gäbe es etwas an der Frauengestalt festzustellen, was ihm bislang entgangen war. *Sie ist es nicht,* dachte er. *Sie sieht dem Phantombild nicht einmal ähnlich.*

Der Mord an Johannes Paul II. war von einem Videoamateur festgehalten worden, jener unvergeßliche Moment, in dem der Papst durch die Scheibe des Domfensters gestoßen worden und in die Tiefe gestürzt war. Die Qualität des Videos war zwar miserabel, dennoch hätte die Frau, die von Hunderten Augenzeugen wahrgenommen worden war, eigentlich darauf zu sehen sein müssen.

Dies war jedoch nicht der Fall.

Auf der Kassette sah es so aus, als wäre der Papst aus eigenem Mißgeschick durch die Glasscheibe getorkelt und hätte sich auf dem Pflaster zu Tode gestürzt.

Niemand hatte dafür bislang eine Erklärung gefunden. Daß es sich dennoch um kaltblütigen Mord gehandelt hatte, daran gab es keinen Zweifel. Denn die Spur der Killerin zog sich noch durch andere intimste Räume des Heiligen Vaters hindurch. Sie hatte mehrere Gardisten getötet und schließlich aus einem der Tresore entwendet, was bis dahin unter strengstem Verschluß gehalten worden war: die Fatima-Rolle. Lucias Handschrift aus dem Jahr 1943. Eine zu Papier gebrachte Vision, die – so kam es Ottaviani zumindest in diesem Moment vor – in vielem bereits Realität geworden zu sein schien.

Blitzlichtartig spukte ihm die Erinnerung durch das Hirn, wie er den ermordeten Pontifex schon unmittelbar nach dessen Amtsantritt aus dem Gedächtnis heraus über die groben Inhalte der dritten Weissagung unterrichtet hatte. Insbesondere darüber, daß vom gewaltsamen Tod eines Papstes als einem der Zeichen gesprochen wurde, die das Strafgericht über die Menschen einläuten würden.

Als Johannes Paul II. dann im Mai 1981 bei einem Attentat auf dem Petersplatz schwer verletzt worden war, hatten sie befürchtet, daß damit dieser Teil der düsteren Prophezeiung eingetreten sei.

Damals hatten sie beide geirrt. Doch nun...

»Wer *bist* du?« wiederholte Ottaviani noch einmal die Frage, die unbeantwortet geblieben war.

»Vielleicht... ein neuer Messias?«

»Es gibt nur einen Messias. Er starb am Kreuze. Du mußt wahnsinnig sein, wenn du dich mit ihm vergleichen willst! Er war der Gesalbte, und die Engel selbst haben ihn als den Messias gepriesen, das erste Mal bei seiner Empfängnis, das zweite Mal bei seiner Geburt, und das dritte Mal bei seiner Taufe! Du weißt nicht einmal, was du da redest. Du bist ein Dämon, das fühle ich, aber nicht einmal ein Dämon darf Gottes einzigen Sohn verspotten!«

»Wie auch immer«, erwiderte sie ungerührt. »Es war jedenfalls töricht, ihn umzubringen. Er hätte einiges verhindern können – nicht zuletzt vermutlich mich.«

Ottaviani versuchte seine Haltung zu straffen. »Du scheinst dich für den Nabel der Welt zu halten. Aber die Gerichte werden dich für das, was du hier tust, zur Verantwortung ziehen!«

»Was *habe* ich denn getan?« Herausfordernd legte sie den Kopf schief. Ihr volles schwarzes Haar sank auf die Schulter, und für einen flüchtigen Moment tanzte ihre Zunge wie die eines Reptils über ihre Lippen.

Ottaviani ertappte sich dabei, daß er sich wunderte, sie nicht *gespalten* zu sehen. »Ich weiß es nicht. Noch nicht.« Er blickte hinab zu dem Toten. »Aber ich fürchte, wenn wir Bilanz ziehen, wird es bei dieser einen armen Seele nicht bleiben. Die Garde müßte längst –«

»Ihr werdet keine Gelegenheit mehr haben, Bilanz zu ziehen«, unterbrach sie ihn.

»Warum? Willst du uns tatsächlich töten? Uns alle? Steckst du mit jener Frau unter einer Decke, die den Heiligen Vater...«

Diesmal verstummte Ottaviani aus eigenem Antrieb. Was ihm bei den ersten Worten noch abwegig erschienen war, engte ihm schließlich so sehr die Kehle, daß er keinen Ton mehr hervorbrachte.

Weil es vorstellbar *war.*

»Du meinst Irina? Die Zeichensetzerin?«

Ottaviani lauschte in das Dunkel, das sich mit Fortdauer des Gesprächs immer mehr in ihm ausbreitete, ihn buchstäblich auszufüllen begann. Irina... War das der Name der Mörderin, die den Klerus in seine schwerste Krise gestürzt hatte? Aber was bedeutete »Zeichensetzerin«? Meinte sie gar die Zeichen, die in Lucias Prophezeiung aufgeführt waren?

Der Papstmord war eines davon, dachte Ottaviani. Wenn er sich konzentriert hätte, wäre ihm der ungefähre Wortlaut der übrigen sechs sicherlich eingefallen. Aber er wollte sich gar nicht daran erinnern, und erst recht wollte er nicht die Möglichkeit in Betracht ziehen, daß es jemanden geben könnte, der es sich zur Aufgabe gemacht hatte, der Erfüllung sämtlicher Zeichen *nachzuhelfen,* wie der Begriff »Zeichensetzerin« es suggerierte.

Ohne eine Erwiderung Ottavianis abzuwarten, fuhr die in ein weites Gewand gehüllte Gestalt in ihrer Rede fort. »Sie war die Wegbereiterin meiner Kinder. Sie half der Vorsehung nach. Dafür schulde ich ihr Dank, zumal wir uns sehr ähnlich sind. Wir empfingen dieselbe Taufe.«

Ungläubig weiteten sich Ottavianis Augen. »*Du* bist getauft?«

»Anders, als du es dir vorstellen kannst.«

»Auf welchen Namen wurdest du getauft?«

»Bedeuten dir Namen so viel?«

Ottaviani versuchte seine Gefühle wieder halbwegs in den Griff zu bekommen. »Wenn es der Name des selbsternannten neuen *Messias* ist, ja!«

Sie lächelte. »Ich behielt den Namen meiner ersten Taufe.«

»Du wurdest *zweimal* getauft?«

»Es war nötig, um so zu werden, wie ich heute bin.«

Ottaviani schloß kurz die Augen, unterdrückte aber den Impuls, sich zu einem flehentlichen Gebet zu sammeln. Es hätte nicht geholfen.

»Und wie...«, er öffnete wieder die Augen, »... bist du geworden?«

»Anders.«

»Wie – anders?«

»Schau dich um.«

Er gehorchte.

»Was siehst du?«

Er sah, was lange Zeit die Hoffnung in ihm genährt hatte, all dies nur zu träumen: Sämtliche Kardinäle und Bedienstete, die sich in dem Saal eingefunden hatten, um die Wahl des neuen Oberhirten nach uraltem Procedere durchzuführen, waren wie zu Salzsäulen erstarrt. Sie wirkten, als hätte sie ein Bannstrahl getroffen und mitten in der letzten Bewegung eingefroren. Lediglich die Augen verrieten, daß überhaupt noch Leben in ihnen steckte. Augen voller Entsetzen, voller Angst um das eigene kleine Leben...

Ottaviani fragte sich, warum ausgerechnet er die einzige Ausnahme bildete. Lag es nur daran, daß er vorhin aus der Fatima-Prophezeiung zitiert und so das Interesse der Teufelin auf sich gelenkt hatte?

Vorhin... Nur Minuten waren seit dem Tod des Gardisten vergangen, und doch kam es Ottaviani wie eine kleine Ewigkeit vor, die er Auge in Auge mit dem personifizierten Bösen durchlitt. *Daß* er die Fremde aus dieser Sicht beurteilte, lag einzig an ihrem Charisma und den ketzerischen Reden, die sie führte, denn sichtbar *getan* hatte sie bislang noch nichts Schreckliches. Der Bann über die Kardinäle mochte von ihr ausgehen, aber er fesselte und knebelte das Kollegium lediglich, und dafür, daß sie den Tod des Gardisten verschuldet hatte, gab es keinen Beweis.

Warum Ottaviani sie trotz alledem für eine Inkarnation des Bösen hielt, war ihm selbst unklar.

Oder doch nicht...? Immerhin, er kannte den vollen Wortlaut des Fatima-Geheimnisses, und wurde darin nicht auch auf *sie* eingegangen?

Ein falscher Messias wird kommen...

Ottaviani zog den Kopf tief zwischen die Schultern und wünschte sich dabei den Panzer einer Schildkröte. Oder den Beistand des Himmels, der über Vatikanstadt thronte, sternfunkelnd zwar, aber zugleich auch dem Empfinden nach so verwaist wie noch nie seit Anbeginn der Schöpfung.

»Du hast recht, wenn du vor mir zitterst, seniler Narr«, bohrte sich die Stimme des weiblichen Dämons in seine Gedanken. »Und jetzt sieh dort in den Spiegel! Mach schon!«

Ihr ausgestreckter Arm wies auf die gegenüberliegende Wand, wo ein kunstvoll verzierter Goldrahmen das bleibedampfte Glas einfaßte, worin die gespenstische Szenerie wie von einem Gemälde wiedergegeben wurde.

Mit einem entscheidenden Unterschied, doch dieser Unterschied fiel Ottaviani selbst zunächst gar nicht auf. Bis das Gelächter der Teufelin ihn förmlich darauf stieß. Denn *sie* suchte er vergeblich in dem Spiegelbild!

In dem Moment, als er sich wieder zu ihr umdrehte, sagte sie: »Du wolltest doch meinen Namen wissen. Hier ist er: Rahel.«

»Rahel?« Ottaviani faßte sich an die Kehle, weil er die imaginäre Fessel lockern wollte, die ihn immer heftiger strangulierte. Er wollte schreien: *Warum spiegelst du dich nicht wider?* Statt dessen keuchte er nur: »Das ist... ein jüdischer Name...«

»Ich *war* Jüdin, bevor ich starb.«

Bevor ich starb...

Die Frau und die ganze Umgebung verschwammen sekundenlang vor Ottaviani. Tränen rannen ihm aus den Augen. Er weinte wie damals, als er das unauslöschliche Siegel der Ordination, der Aufnahme in den geistlichen Stand der Kirche erhalten hatte.

Ihm war, als sollte ihm die für unauslöschlich gehaltene Weihe *genommen* werden. Ihm und sämtlichen seiner Brüder.

Von ihr?

»Warum bist du gekommen?« Er räusperte sich. »Sag es! Sprich deine Absichten aus, ungeschönt! Und verrate auch, wer dich geschickt hat!«

Ein Schleier fiel über ihr Gesicht. Ihre Haut schien die Düsternis, aus der er gewoben war, selbst auszuatmen.

»Das errätst du nie!« sagte sie, ehe sie sich brüsk abwandte und auf die Tür zuschritt, zu*glitt.*

Ottaviani sah ihr nach. Er glaubte nicht, daß sie vorhatte, wegzugehen.

Tatsächlich blieb sie im Geviert stehen und rief etwas in den Gang, das er nicht verstand. Keiner der Anwesenden verstand es, denn sie benutzte eine Sprache, die niemand je zuvor gehört hatte und also auch nicht beherrschte.

Das Idiom hatte etwas Grausames. Und aus der Ferne antwortete eine andere Stimme, die eines Mannes, in gleicher Weise.

Sonst war nichts zu hören, und was hätte mehr über das ungewisse Schicksal der Schweizergarde aussagen können als solche Stille...?

Die Frau – der Dämon! – namens Rahel kehrte zurück, jedoch trat sie nicht wieder vor Ottaviani, in dessen Brust das Herz so schwerfällig wie ein vollgesogener Schwamm pochte, sondern begab sich zu einem der Bediensteten, die sich um das Wohl der Kardinäle hätten kümmern sollen, notfalls auch um ihre Verteidigung, wenn das Konklave wie seit Jahrhunderten üblich vollzogen worden wäre. Durch die besonderen Umstände waren sie dazu jedoch nicht mehr in der Lage. Und Rahel, die Schöne, Rahel, die Larve, in der sich der ewige Widersacher ein Werkzeug geschaffen haben mochte, machte deutlich, *wessen* Wohl der von ihr ausgesuchte Jüngling jetzt, in dieser Stunde, zu dienen hatte.

Indem er ein schreckliches Verlangen stillte.

»Reden macht durstig, findest du nicht auch, alter Mann?« richtete sie ihre Worte an Ottaviani, indes sie mit dem Rücken der erhobenen Hand über die bleiche Wange ihres puppenhaft gerade stehenden Gegenübers strich.

Ottaviani mißverstand diese Geste nicht eine Sekunde als Zärtlichkeit. Auf ihn machte es vielmehr den Eindruck, als begutachte ein Bauer da vor seinen Augen gerade ein Stück Vieh, bevor er sich entschied, ob er es kaufen wollte.

Rahels weiteres Handeln bestätigte dies. Noch während ihre Hand abwärts sank, ging eine gespenstische Veränderung mit ihr vonstatten. All ihre Anmut, all ihr kindlicher Charme, mit dem diese Teufelin kokettierte, verflogen zeitrafferschnell. Ihre Augen begannen zu glühen, und eine fiebrige Röte befiel das Alabasterweiß ihres Teints. Die Lippen schienen sich nach oben und unten hin wegzuziehen, so daß sie in diesem Moment mehr einem zähnefletschenden Raubtier denn einem menschlichen Wesen ähnelte.

Sie ist ja auch kein menschliches Wesen, flüsterte es in Ottavianis Kopf. *Sie hat es selbst zugegeben, wenn auch indirekt. Aber der Spiegel dort drüben an der Wand würde als Beweis schon genügen.*

Der Älteste der Kardinäle fragte sich, was wohl in dem jungen Mann vorging, der wie hypnotisiert in die immer verdorbener dreinblickende Fratze stierte.

Sie gebärdet sich wie eine Fangschrecke, dachte Ottaviani, *wie eine Gottesanbeterin, die gleich –*

Da schnappte Rahel auch schon zu!

Die Bewegung war so schnell, daß Ottavianis Augen kaum zu folgen vermochten. Er glaubte ein Geräusch zu hören, einem aus einer Melodie herausgelösten Ton ähnlicher als einem Klang, dann hatten sich die Lippen dieses Weibes, das die Ursünde selbst zu verkörpern schien, auch schon schmatzend am Hals des Dieners festgesaugt!

Dieser stand weiter starr und reglos vor der Wand. Nur in seinem Blick, seinen fassungslos geweiteten Pupillen war abzulesen, was er durchmachte.

Ottaviani versuchte die Schwäche aus seinen Gliedern zu vertreiben, wenigstens soweit, um den Fleck verlassen zu können, an dem er wie festgenagelt stand. Aber es war mehr als Schwäche, mehr als das Kreuz des Alters, was ihn daran hinderte.

Sie war es – dieser absurde Eindringling, der in kein existierendes Denkschema zu passen schien, erst recht nicht in das Denken der römisch-katholischen Kirche, für deren Erhalt und Fortbestand sich Ottaviani zeitlebens eingesetzt hatte!

Zeitlebens...

Bis zu diesem Tag war Ottaviani zuversichtlich gewesen, der Tod könne ihn nicht mehr schrecken. Er hatte sich der Hoffnung hingegeben, ein erfülltes Leben wie das seinige würde es ermöglichen, mit Anstand zu sterben, sobald es denn sein müsse. Hier und heute mußte es wohl sein. Aber angstfrei... nein, angstfrei würde er die Fesseln des Irdischen nicht abstreifen – nicht, wenn der Tod ein *solches* Gesicht hatte!

Rahel löste wieder ihren Mund von ihrem Opfer.

Sie hatte nicht unmäßig getrunken, so daß die letzten Schläge des erlahmenden Herzens noch imstande waren, eine kleine Fontäne in den Raum zu sprühen; Blut, das sich auf den Soutanen der Nächststehenden niederschlug und auch auf dem Gewand der Schreckensgestalt, die nun in Sekundenschnelle wieder ihre Maske aus Schönheit aufsetzte.

Als Ottaviani das Naß auf ihren Lippen sah, fühlte er sich an den Moment ihres Eintretens erinnert.

Dies war nicht ihr erster Trunk, dachte er. *Sie war schon satt. Sie wollte uns nur eine Demonstration liefern, wozu sie fähig ist.*

Aber warum diese Mühe, wenn sie ohnehin vorhatte, sie zu töten?

»Deine Angst stinkt!« fauchte es Ottaviani aus ihrem Rachen entgegen.

Dann war sie bei ihm, berührte seine Wangen mit beiden Händen und zog ihn so nah an ihr eigenes Gesicht, daß es über ihre Absichten keinen Zweifel mehr zu geben schien.

Ottaviani stieg die Schamröte ins Gesicht. Er schämte sich der erbärmlichen Furcht, die dieses Geschöpf in ihm weckte. Von allen Kardinälen war er der einzige, der das Geräusch nicht mehr hörte, das durch die Stille peitschte. Es klang wie ein zerbrechender morscher Ast.

Das Gesicht auf den Rücken gedreht, sank Agostino Ottaviani stumm und leblos zu Boden.

»*Cazzo*! Diese Sache kann mich meinen Kopf kosten...«

Franco Fini faßte mit spitzen Fingern nach seinem Hals und schluckte trocken.

Im Palazzo Chigi, dem Amtssitz des italienischen Ministerpräsidenten, saßen die Köpfe locker. Seit einigen Jahren jedenfalls; seit die Kampagne *mani pulite* ins Rollen gekommen war. Ziel der Aktion »Saubere Hände« war es gewesen, politische Korruption und Bestechung im großen Stil zu bekämpfen, und der Justiz war einiger Erfolg beschieden gewesen. Seither hatten zahlreiche Politiker abdanken müssen, weil ihre unsauberen Machenschaften, die von Begünstigung bis hin zu Verbindungen zum organisierten Verbrechen reichten, offenbar geworden waren.

»Schmutzige Hände« spielten freilich nach wie vor mit in der Politik, aber es waren derer weniger geworden. Und die Italiener waren durch *mani pulite* sensibilisiert worden, schauten ihren gewählten Vertretern mehr auf die Finger denn zuvor.

Franco Fini hatte seinen Wählern seit Amtsantritt keinerlei Grund zum Mißtrauen gegeben, im Gegenteil, sie liebten und verehrten ihn. Er war wohl der erste Regierungschef seit langem, der reinen Gewissens behaupten konnte, eine saubere Weste zu haben.

Dennoch fürchtete Franco Fini jetzt um seinen Kopf.

»...und da draußen lauern schon die Aasgeier.«

Einen Moment lang blieb Fini noch am Fenster stehen und sah gedankenverloren durch den Spalt zwischen den zugezogenen Brokatvorhängen hinab auf die Piazza Colonna. Eine ganze Horde von Medienvertretern hatte sich dort regelrecht zusammengerottet. Irgend jemand schien gerade darauf aufmerksam geworden zu sein, daß sich der Vorhang an einem der Fenster im ersten Stockwerk des Palazzos bewegte. Einige Kameraleute richteten ihre Objektive in die Höhe, als gäbe es dort etwas Weltbewegendes zu sehen.

Franco Fini ließ den schweren Stoff fahren und wandte sich um, seufzend, als habe man ihm allen Weltschmerz aufgebürdet. Er ließ den Blick durch das prachtvoll ausstaffierte Arbeitszimmer seiner Amtsresidenz schweifen und machte dabei den Eindruck, als nehme er schon Abschied von allem hier.

Eine Hand legte sich auf Finis Schulter. Fast erschrocken wandte er den Kopf, gerade so, als habe er vergessen, daß er nicht allein im Zimmer war.

»Unsinn.« Silvio Sorrenti sagte nur dieses eine Wort und lächelte, eher tadelnd denn freundlich oder aufmunternd.

Franco Fini sah dem Leiter seines Public-Relation-Teams in die Augen.

»Im Endeffekt haben wir gar nichts mit dieser ganzen Angelegenheit zu schaffen«, fuhr Sorrenti fort. Sein Lächeln wurde um eine Nuance jovialer. »Zumindest sind wir nicht dafür verantwortlich.«

Fini wies mit dem Daumen über die Schulter und meinte mit der Geste die Reporter, die sich drunten auf der Piazza die Beine in den Bauch standen. »Nichtsdestotrotz erwartet man eine Lösung des Problems... von mir!«

Silvio Sorrenti nickte. »Und die werden Sie ihnen präsentieren.« Sein Lächeln wurde zuversichtlich.

»Eine, die mir nicht gefällt.« Fini schüttelte den Kopf. »Ganz und gar nicht. Diese Lösung ist... *unsauber.*« Es schien, als wolle ihm der Begriff »schmutzig« nicht über die Lippen. Als könnte allein das Wort seine Integrität beflecken.

Sorrenti schnaubte. »Die Lösung ist korrekt. Und sie ist vor allem legal.«

»Ich soll der Welt sagen, daß ich Erpressung für ein legales

Mittel halte?« Franco Fini lachte schrill und unecht auf. »Dann kann ich gleich mit gepackten Koffern vor die Kameras dieser Meute dort unten treten.«

»Ich rate Ihnen, der Öffentlichkeit gegenüber nicht allzu sehr ins Detail zu gehen«, meinte Sorrenti mit mildem Spott im Ton und winkte dann ab. »Keine Sorge, wir werden eine Presseerklärung vorbereiten, die den Hunger der Wölfe da draußen stillt *und* Sie gut aussehen läßt. Verlassen Sie sich da ganz auf mich und meine Leute.«

Der Ministerpräsident ging ein paar Schritte, die Hände in den Hosentaschen, die Augen zu Boden gerichtet. Hinter seinem Schreibtisch blieb er stehen, eine ganze Weile lang und schweigend, dann sank er in seinen ledernen Sessel nieder und ließ den Blick über die Fotos seiner Familie wandern.

Sie hatten immer stolz auf ihn sein können.

Bis jetzt...

»Es muß doch einen anderen Weg geben.« Es war keine Frage, die Franco Fini stellte, nur ein laut gedachter Gedanke. »Einen besseren.«

»Nein, den gibt es nicht, Franco.« Umberto Scalfaro trat vor Finis Schreibtisch. Scalfaro war Italiens amtierender Justizminister und in dieser Eigenschaft noch tiefer in jene Angelegenheit verwickelt, die Fini Magendrücken und Gewissensbisse verursachte. »Es gibt vor allem keinen *schnelleren*. Und dieses Problem verlangt nach der schnellstmöglichen aller Lösungen.«

Franco Fini sah auf und seinem Justizminister fest in die dunklen Augen. »Muß mir diese Lösung deswegen gefallen, Umberto?«

Scalfaro schüttelte den Kopf. »Nein.«

»Muß ich sie dann akzeptieren?«

»Ja. Weil du, solange du hier in diesem Palazzo sitzt, vor allem eines bist – ein Politiker. Und das ist nun mal kein bequemer Job.«

»Aber ich habe versucht, einen guten Job daraus zu machen. Und bislang ist mir das auch in befriedigender Weise gelungen –«

»Wenn du einen guten Job hättest haben wollen, hättest du vielleicht doch besser die *trattoria* deines Papas übernommen, alter Freund.«

Fini lächelte still, sah Scalfaro an und doch durch ihn hindurch, als sei er, der Freund aus Kindheitstagen, ein Fenster in die Vergangenheit. Und mit leisem Wehmut sagte er: »Ja, vielleicht hätte ich das tun sollen.«

»Du bist ein *cretino,* Franco. Ehrlich!« Scalfaro gestikulierte mit fliegenden Fingern und spulte eine Litanei phantasievoller Beleidigungen ab. Doch mittendrin brach er ab und grinste breit. »Aber weißt du was, mein Freund? Weil du all das bist, liebe ich dich wie einen Bruder.«

Franco Fini verzog spöttisch die Lippen. »Vielleicht hat deine Mama dir ja deshalb keinen Bruder geschenkt – weil sie wußte, *wie* du ihn lieben würdest.«

»Ich –«

Türklopfen unterbrach ihren Disput. Silvio Sorrenti stand am nächsten und öffnete. Er wechselte ein paar Worte mit demjenigen, der geklopft hatte, dann wandte er sich zu Franco Fini um.

»Er ist da.«

Fini holte tief Luft und stand auf. »Soll reinkommen.«

»Laß mich das regeln«, zischte Scalfaro, als Fini um den Schreibtisch herumkam.

Silvio Sorrenti gesellte sich zu ihnen.

Als der Mann, auf den sie gewartet hatten, eintrat, mußten die drei ihn an ein Tribunal gemahnen, das sich eigens für ihn zusammengefunden hatte. Aber wenn ihr Anblick ihn beunruhigte oder auch nur befremdete, so ließ er sich nichts davon anmerken. Seine Miene blieb so ausdruckslos, wie sein Äußeres unscheinbar war. Sah man von dem Priesterkragen ab, der aus seinem schlichten Mantel hervorlugte.

»Sie sind also...?« begann Franco Fini, räusperte sich und fuhr dann fort: »... nun, wie soll ich sagen? Ein...«

Der andere lächelte dünnlippig. »Wie wär's mit: ein Agent

Seiner Heiligkeit?« Er schlug ein nachlässiges Kreuz in die Luft. »Friede seiner armen Seele.« Sein Lächeln erlosch wie abgeschaltet.

Fini nickte konsterniert. »Nun... ja, nennen wir es so.«

Sein Gegenüber nickte, griff in die Tasche und kam mit einem flachen Etui nebst Feuerzeug wieder zum Vorschein. Als er das Etui öffnete, eine filterlose Zigarette herausnahm, sie zwischen seine Lippen steckte und anzündete, sah es aus, als führten seine Hände ein merkwürdiges Eigenleben, weil sich nichts sonst an dem Mann rührte.

Seine nächsten Worte kamen in einer Wolke dichten Rauchs über seine Lippen.

»Mein Name ist Dante...« Seine Finger ließen das Feuerzeug effektvoll zuschnappen. »Achille Dante.«

»Sie wissen, weshalb wir Sie hergebeten haben?«

Sie hatten sich in einer Ecke des Zimmers in Ledersesseln niedergelassen, die bei jeder Bewegung vernehmlich knarzten. Achille Dante wandte sich in Umberto Scalfaros Richtung, um dessen Frage zu beantworten.

»Nein, nicht wirklich. Ihre... Mitarbeiter«, er lächelte spöttisch, »hatten es sehr eilig, mich in diesen Hubschrauber zu bugsieren, und sie gaben sich während unseres Fluges hierher sehr wortkarg.« Er hielt einen Moment lang inne, dann zuckte er die Schultern. »Um es genau zu sagen: Sie schwiegen wie das berühmte Grab.«

»Wir möchten Sie bitten, uns zu helfen«, versuchte Franco Fini ohne Umschweife auf den Punkt zu kommen.

Umberto Scalfaro wurde sehr viel deutlicher: »Sie *werden* uns helfen.«

Ein fast amüsierter Ausdruck trat in Achille Dantes schmales, nicht mehr junges und auf eigene Art doch altersloses Gesicht. »So? Werde ich das? – Und wobei werde ich Ihnen helfen, wenn die Frage gestattet ist?«

»Sie wissen Bescheid, was die derzeitige Situation angeht?«

Scalfaros Frage war eher rhetorischer Natur.

»Wenn Sie vom Vatikan und der katholischen Kirche im allgemeinen sprechen«, erwiderte Dante, »dann ja.« Er lächelte flüchtig. »Die ganze Welt weiß Bescheid.« Wie zufällig glitt sein Blick für einen Moment zu den verhangenen Fenstern des Zimmers.

»Wissen Sie auch, daß der Vatikan... nun, sozusagen seine Grenzen dichtgemacht hat?« fragte Franco Fini.

Achille Dante sah ihn überrascht an und machte: »Oh.« Dann lehnte er sich zurück, gab sich von neuem den Anschein von Desinteresse, lächelte wieder. »Nein, das ist mir neu. Wissen Sie, Neuigkeiten aus dem Rest der Welt verbreiten sich nicht so schnell wie andernorts... dort, wo ich jetzt lebe.«

»In der Verbannung.« Jetzt war es Silvio Sorrenti, der sich ein spöttisches Lächeln gestattete.

Dante zog einen Moment lang die Stirn kraus, dann meinte er: »Nein, so würde ich das nicht nennen. Man hat mich... versetzt. Ich stehe nach wie vor im Dienste unseres Herrn.«

Scalfaro nickte. »*Si*. Nur eben am Arsch der Welt.«

»Auch dort findet Gottes Wort Gehör.« Dante lächelte väterlich. »Aber wie dem auch sei – ich verstehe noch immer nicht, wie ich Ihnen behilflich sein könnte«, kam er dann auf das ursprüngliche Thema zurück.

»Nun, wie ich schon sagte«, Franco Fini übernahm wieder das Wort, »hat der Vatikan seine Grenzen abgeriegelt. Es gibt keinen Kontakt mehr, niemand wird hineingelassen, niemand kommt heraus.«

Dante zuckte die Achseln. »Das mag merkwürdig anmuten, aber es ist verbrieftes Recht des Vatikans. Geregelt in den Lateranverträgen aus dem Jahre 1929. Der Vatikan ist ein eigenständiger Staat, und als solcher darf er bestimmen, wer seine Grenzen passieren darf und wer nicht.«

»Das juckt die Welt aber nicht besonders«, schnauzte Umberto Scalfaro. »Die Leute wollen wissen, was hier vorgeht. Es interessiert niemanden, daß der Vatikan und Rom zwei Paar Schuhe sind. Andere Regierungen haben uns aufgefordert, die

Sache zu klären...«

»Die Sache geht Sie nichts an, würde ich sagen. Sowenig wie sie andere Staaten etwas angeht«, sagte Dante.

»Wir reden hier nicht von irgendeiner Bananenrepublik!« erinnerte Scalfaro unwillig. »Das ist die gottverdammte katholische Kirche!«

»Umberto, bitte!« maßregelte ihn Fini.

»*Scusi.*« Scalfaro atmete zweimal tief durch, ehe er weitersprach. »Patre, wir betrachten es als unsere Pflicht, für Aufklärung zu sorgen... als unsere *heilige* Pflicht, wenn Sie so wollen.«

»Oh, wie pathetisch.« Dante verzog die Lippen. »Dennoch, was habe ich damit zu tun?«

»Wir brauchen jemand, der in den Vatikan hineingeht und von dort aus an uns Bericht erstattet.«

Dante hob die Augenbrauen, war ehrlich erstaunt. »Und dieser Jemand soll ausgerechnet ich sein?« Er lachte trocken auf. »Ich weiß zwar, daß die Wege des Herrn mitunter unergründlich sind, aber daß sie derart in die Irre laufen können...«

»Sie sind nach wie vor Priester, nicht wahr?« fragte Scalfaro.

»Natürlich. Aber wie der junge Mann an Ihrer Seite«, Dantes Blick streifte Sorrenti, »so treffend bemerkte, wurde ich aus dem Vatikan quasi verbannt.«

Umberto Scalfaro nickte. »Und wir kennen auch den Grund dafür.«

Achille Dantes Miene verschloß sich. Die Linien seiner Züge schienen tiefer zu werden, die Schatten darin dunkler. Seine Stimme klang eine Spur kälter als zuvor. »Dieser Grund war nie ein Geheimnis.«

»Für den Bischof von Rom in seiner Eigenschaft als Chef des Vatikans trotzdem Grund genug, Sie, Patre Dante, des Staates zu verweisen. Weil Ihre familiären Bande nicht länger tragbar waren für die katholische Kirche.« Scalfaro erlaubte sich ein schiefes Grinsen. »Unter uns gesagt, ich persönlich glaube nicht, daß sich die Kirche auch nur einen Dreck darum geschert hat, was es mit Ihrem Bruder auf sich hatte – es war ihnen wohl eher willkommener Anlaß, ein Exempel zu statuieren; um der Öffentlichkeit zu zeigen, wie sehr man doch darauf bedacht ist, die Weste des Vatikans sauber zu halten, und daß man sich jener, die dunkle Flecken darauf verursachen, rigoros entledigt.«

Achille Dante erwiderte nichts, zeigte nicht einmal eine Regung. Erst nach einer ganzen Weile und als das Schweigen zwischen ihnen drückend wurde, sagte er: »Und?«

»Und?« wiederholte Scalfaro. »Wir bieten Ihnen ein Geschäft an, einen Handel.«

»Der da wäre?«

»Sie spionieren für uns hinter den Mauern des Vatikans«, erklärte der Justizminister, »und im Gegenzug begnadigen wir Ihren Bruder.«

Tiefe Falten bildeten sich auf Achille Dantes Stirn. Seine Stimme verriet Unglauben, Verwirrung. »Sie bieten mir an... Ich meine, Sie wollen...«

»Ja.« Präsident Franco Fini nickte schwerfällig, und seine Miene drückte Ekel aus, Abscheu, die er sich selbst gegenüber empfand. »Wir werden einen Kindermörder aus dem Gefängnis entlassen.«

Achille Dante hatte Schlimmes befürchtet, was die Lage des Vatikans anging. Aber die Wirklichkeit übertraf alle Vorstellung!

Die Vatikanstadt – oder vielmehr das, was davon übriggeblieben war – glich einem Schlachtfeld, schien Schauplatz eines Krieges gewesen zu sein, der mit unerbittlicher Härte und stärksten Waffen geführt worden war.

Brandgeruch wehte Achille Dante entgegen, und ein vieltausendstimmiger Chor des Wehklagens. Pilger jeglichen Alters sah er, wohin sein Blick auch fiel.

Die Welt war spürbar in ihren Grundfesten erschüttert ob dessen, was hier im Herzen Roms vor Wochen geschehen war.

Achille Dante, der vieles erlebt und noch mehr gesehen hatte im Laufe seines Lebens, wurde von einem Gefühl ergriffen, das er lange nicht mehr erfahren hatte: Entsetzen. Eine kalte Hand schien ihm in die Brust zu fassen und sein Herz zu umschließen.

»O mein Gott...«, wich es ihm tonlos von den Lippen, »... wie konntest du solches Unglück nur zulassen?«

Und als sei dieser halblaut ausgesprochene Gedanke der Auslöser, begriff Achille Dante mit einem Mal, was die Menschen um ihn her bestürzte. Nicht der Tod des Papstes; Wojtyla war letztlich nur ein Mensch gewesen und mithin ersetzlich. Nein, diese Menschen klagten, weil sie fürchteten, Gott selbst habe sie verlassen! Denn wie sonst konnte es erklärlich sein, daß Er in seiner Allmacht nichts getan hatte, um diese Katastrophe zu verhindern? Schließlich konnte man sie fast gleichsetzen mit der Vernichtung der Kirche selbst!

Und diese Kirche selbst... sie schien gleichfalls tatenlos zu bleiben. Ihre höchsten Würdenträger hatten sich dort in den Ruinen verschanzt und gaben sich den Anschein, als gehe der Rest der Welt sie nichts mehr an.

Oder... gab es eine andere Erklärung?

Achille Dante straffte sich. Er spürte etwas von dem alten Fieber in sich aufsteigen, etwas, das ihn seinerzeit prädestiniert hatte für die Aufgabe, die ihm der Vatikan übertragen hatte. Denn Achille Dante war nur kurze Zeit Priester gewesen. Seine Vorgesetzten hatten bald erkannt, daß andere Fähigkeiten in ihm schlummerten, die dem Vatikan in seiner Eigenschaft als Wirtschaftszentrum und weltweit politisch aktive Organisation von Nutzen sein konnten.

Achille Dante wurde befördert. Zu einem Geheimagenten des Heiligen Vaters.

Und wäre die Sache mit seinem Bruder nicht dazwischen gekommen, hätte Achille irgendwann sicher auch die Leitung des vatikanischen Geheimdienstes übernehmen dürfen.

Aber Maurizio war des Mordes an einem Kind überführt und zu lebenslanger Haft verurteilt worden.

Das lag nun schon Jahre zurück... zwanzig, fünfundzwanzig? Achille zuckte die Schultern. Er hatte sie nicht gezählt. Es waren in jedem Fall zu viele. Achille Dante hielt nichts von irdischer Richterschaft. Gott dem Herrn allein sollte die Verurteilung der Sünder vorbehalten sein, so hatte Achille Dante stets gedacht, und die Anmaßung eines Menschen, über Wohl und Wehe, Schuld und Unschuld eines anderen zu befinden, betrachtete er selbst als Sünde.

Davon abgesehen war Achille Dante nie gänzlich davon überzeugt gewesen, daß sein Bruder dieses furchtbare Verbrechen, dessen man ihn beschuldigt hatte, wirklich begangen hatte. Er *glaubte* es einfach nicht, mochten auch alle Indizien gegen Maurizio gesprochen haben. Überdies nahm Achille für sich in Anspruch, ein gerüttelt Maß an Menschenkenntnis zu besitzen. Und die hatte ihm schlicht und ergreifend gesagt, daß Maurizio kein Mörder war. Andererseits aber... kam diese faktisch unbegründete Annahme nicht auch schon einer Anmaßung gegenüber Gott gleich? War Er nicht der einzige, der in die Seele eines Menschen sehen konnte?

Achille Dante verfolgte den Gedanken nicht weiter. Zur Ablenkung zündete er sich eine Zigarette an. In der Bibel stand schließlich nirgends geschrieben, daß Rauchen sündhaft war. Ebensowenig wie Zynismus...

Ein knappes Lächeln spielte um Achille Dantes Mundwinkel. Eine Regung, die ihm verging, während er sich den rußschwarzen Mauern des Vatikans weiter näherte. Endlose, vielsprachige Gebete ließen ihm den Kopf schwirren, und die an sich geringe Distanz bis zur vatikanischen Grenze geriet zum Kraftakt, weil Dante sich den Weg beinahe erkämpfen mußte, so dicht an dicht standen die Menschen.

Als er schließlich in Sichtweite des ersten Tores in der Festungsmauer anlangte, blieb er stehen. Ein gutes Dutzend Schweizergardisten sicherte den Durchgang. Und mochten sie in ihren altertümlichen, dereinst von Michelangelo höchstselbst kreierten Uniformen auch weniger bedrohlich denn vielmehr ansehnlich wirken, so waren sie doch imstande, ihre Aufgabe zu erfüllen: Justament drangen zwei von ihnen mit gezückten Säbeln auf einen Mann ein, der sich zu weit vorgewagt und lautstark nach Einlaß verlangt hatte.

Blitzlichter flammten auf. Reporter schossen Aufnahmen von dem Zwischenfall. Ein Fernsehteam wollte die Auseinandersetzung zwischen Pilger und Gardisten aufnehmen, Sekunden später hatten weitere Uniformierte den betreffenden Kameramann überwältigt; seine Kamera lag zerbrochen zu seinen Füßen.

Im Abwenden beglückwünschte sich Achille Dante zu der Entscheidung, den Priesterrock abgelegt zu haben, bevor er hierher gekommen war. Die Medienvertreter würden sich, gierig nach selbst der allergeringsten Meldung, wohl auf jeden stürzen, der auch nur aussah, als gehöre er zur katholischen Kirche.

Unauffällig zu bleiben – das war stets eines von Achille Dantes obersten Geboten gewesen. Und Teil seines Erfolgsrezeptes als Agent. Keine besonderen Merkmale zeigen: kein Bart, keine Brille, nichts. Unscheinbar sein.

Als er durch die Menschenmenge zurückging, war es, als nehme kaum jemand von Achille Dante Notiz. Beinahe so, als sei er unsichtbar.

Ich kann es noch, dachte er. Und fast verspürte er so etwas wie Dankbarkeit dafür, daß er auf Geheiß des Ministerpräsidenten aus seinem Exil im italienischen Stiefelabsatz nach Rom geholt worden war. Mochte er auch tiefgläubig sein und Gott als seinen einzigen Herrn anerkennen, so mußte sich Achille Dante doch spätestens jetzt eingestehen, daß er im Grunde nie ein guter Priester gewesen war.

Seine Talente lagen auf anderem Gebiet.

Und er war heiß darauf, sie nach so langer Zeit wieder zu erproben!

Zumal er sie gegen jene einsetzen durfte, die sich zu Richtern über ihn aufgeschwungen hatten.

Während Achille Dante die Via della Conciliazione hinabging, dem Tiber zu, beglückwünschte er Umberto Scalfaro im Stillen. Der Justizminister hatte mit ihm genau den richtigen Mann für seinen Plan gefunden. Zweifelsohne hatte Scalfaro gewußt, daß er, Dante, gar nicht nein würde sagen können!

Die Lichter und der Lärm der Stadt waren hinter Achille Dante zurückgeblieben. Oder vielmehr *über* ihm. Nur ein fahler Widerschein fiel zu ihm herab und ließ den Tiber, kaum drei Fuß weit unter ihm, matt schimmern. Träge wälzten sich die Wasser des Flusses dahin, schwappten gegen die Ufermauern, und ihr übler Geruch stieg Dante wie Dampf entgegen.

Den Rücken flach an die Mauer gepreßt, schob sich Achille Dante Stück um Stück auf dem fußbreiten Sims entlang. Ab und an knirschte das Gestein unter seinen Schuhsohlen verdächtig, aber er hielt nicht inne, bewegte sich zügig voran.

Schließlich fand er, wonach er gesucht hatte. Er erinnerte sich, daß es das letzte Mal nicht so lange gedauert hatte. Aber dieses letzte Mal lag immerhin zwanzig Jahre zurück, eine Zeit, die an Achille Dante nicht spurlos vorübergegangen war.

Seine ausgestreckte rechte Hand ertastete kein Mauerwerk mehr. Eine Öffnung klaffte in der Flußmauer, knapp mannsbreit. Pestilenzartiger Gestank wehte heraus. Achille Dante atmete flach durch den Mund, während er in die Maueröffnung vordrang.

Der Kanal, der sich dahinter anschloß, war Teil des römischen Abwassersystems. Zwar wurden die Abwässer der Ewigen Stadt schon seit langem nicht mehr kurzerhand in den Tiber geleitet, der sie dann weiter ins Meer transportiert hatte. Diese alten Zuflüsse dienten heute quasi als »Notversorgung«. Kurzum: Wenn das neue Klärsystem versagte beziehungsweise dessen Kapazität überschritten wurde, liefen die Römer nicht Gefahr, an ihrem eigenen Dreck zu ersticken.

Achille Dante eilte das feuchte Kanalbett entlang. Unter seinen Füßen schmatzte der Boden, und jeder Schritt, den er tat, schien den Gestank noch zu verstärken. In großen Abständen hingen vergitterte Lampen an der gewölbten Decke; ihr trübes Licht genügte Dante als Orientierungshilfe.

Er war nicht zum ersten Mal hier.

Als vor Jahren das neue Abwassersystem gebaut worden war, hatte den Vatikan eine Meldung des verantwortlichen Bauunternehmens erreicht. Im Zuge der Arbeiten war eine Mauer, die das römische Kanalsystem von dem des Vatikans trennte, eingestürzt. Die Meldung hatte nur Informationscharakter gehabt; die Firma hatte zugesichert, den Schaden umgehend zu beheben.

Achille Dante hatte das Schreiben abgefangen und, nachdem er sich die Sache vor Ort angesehen hatte, das Unternehmen angewiesen, die eingestürzte Trennmauer nicht wieder zu errichten. Auf diese Weise war nämlich ein perfekter Fluchtweg aus dem Vatikan entstanden (was Dante freilich niemandem verraten hatte) – und ebenso gut ließ er sich natürlich in umgekehrter Richtung benutzen.

Genau das hatte Achille Dante jetzt vor.

Es bereitete ihm keine große Mühe, jenen Mauerdurchbruch zu finden. Sein Gedächtnis war von fast fotografischer Qualität. Selbst die Steine lagen noch genauso auf einem Haufen wie vor Jahren.

Dante stieg darüber hinweg, hinüber in das vatikanische Abwassersystem. Der Gestank blieb gleich. *Zumindest in dieser Hinsicht gibt es keinen Unterschied zwischen den Kirchenbonzen und Normalsterblichen*, dachte Dante und grinste knapp.

Um ihn her wuselte und fiepte es im Halbdunkel. Nicht zum ersten Mal fragte sich Achille Dante, wovon sich die Ratten, die man in allen Kanalisationen dieser Welt antraf, hier unten eigentlich ernährten...

Er hielt sich auf den schmalen Stegen, die jeweils links oder rechts eines Kanals verliefen. Hier und da waren eiserne Steighilfen ins Mauerwerk geschlagen worden, darüber führten Öffnungen ins Freie. Achille Dante suchte nach einem ganz bestimmten Ausstieg. Und er fand ihn.

Die rostigen Stufen hochzuklettern fiel ihm nicht mehr so leicht wie früher. Und den schweren Deckel, der die Öffnung verschloß, mit Schulter und Nacken hochzustemmen, brachte ihn regelrecht außer Atem.

Vorsichtig spähte Dante durch den Spalt. Erst als er sicher war, daß sich niemand in der Nähe befand, hievte er den Deckel so weit zur Seite, daß er aus dem Loch klettern konnte. Rasch schloß er die Luke wieder, dann eilte er ein Stück weiter, dorthin, wo die Schatten dichter waren. In ihrem Schutz verhielt er, sah sich um und lauschte.

Nichts. Keine Regung. Kein Geräusch.

Er befand sich in den Kellergewölben des päpstlichen Palastes. Irgendwo über ihm tagte – vielleicht – das Konklave, wählten die Kardinäle den neuen Papst. Achille Dante wußte, daß diese Wahl Tage dauern konnte; in der Vergangenheit hatten die Kardinäle mitunter gar Wochen gebraucht, um den Stuhl Petri neu zu besetzen.

Aber irgend etwas sagte ihm, daß diesmal etwas anders war. Ganz und gar anders, noch nie dagewesen... Und dieses Gefühl rührte nicht allein davon her, daß die römische Regierung es für notwendig gehalten hatte, ihn als Spion in den Vatikan zu entsenden.

Etwas lag in der Luft. Selbst hier unten, in den kaum genutzten, fast vergessenen Kellern des Palastes. Etwas wie ein Geruch, völlig fremd, beunruhigend anders als alles, was Dante je zuvor wahrgenommen hatte, und doch traf diese Beschreibung nicht vollkommen zu. Er verspürte eine Art... Spannung, als sei die Luft aufgeladen.

Achille Dante seufzte und gab sich einen Ruck. Er würde nicht herausfinden, was hier vorging, indem er einfach nur herumstand und rätselte. Noch einmal sondierte er seine Umgebung, dann ging er los, so leise wie möglich und doch rasch, dicht an der Wand des kahlen Gangs entlang und immer wieder in Nischen und Ecken verharrend, um auf andere Geräusche zu lauschen.

Ungehindert erreichte er eine Treppe aus grobem Stein, die nach oben führte. Sie endete vor einer doppelflügeligen Holztür, die Dante spaltbreit öffnete. Er spähte hindurch, horchte wieder. Vernahm nichts. Gar nichts. Was seltsam war. Eine so tiefe Stille wie hier hatte Achille Dante nie zuvor erfahren. Fast war er geneigt zu glauben, sich in einem Vakuum zu befinden.

Er fröstelte unweigerlich. Diese Stille war... unnatürlich. So still wie hier konnte es allenfalls in einem Grab sein.

Schnell schlüpfte Dante durch den Spalt, schloß die Türflügel leise hinter sich, dann huschte er zur Seite. Er befand sich in einem der hinteren Flure im Erdgeschoß des päpstlichen Palastes.

Wohin jetzt?

Er blieb stehen, sah sich um. Das Konklave hatte stets im ersten Stock stattgefunden, wie er sich erinnerte. Dante hob die Schultern. Das Obergeschoß war so gut wie jeder andere Ort, um mit seiner Suche zu beginnen. Wobei er ja nicht einmal wußte, wonach genau er suchte – nach etwas Verdächtigem, Ungewohntem... oder Schlimmerem.

Auch im Papstpalast hing noch Brandgeruch in der Luft, und die Schäden, die das Feuer angerichtet hatte, waren längst nicht beseitigt. Vom einstigen Prunk der Residenz von Gottes Erstem Diener war nichts übriggeblieben. Die Flammen hatten alles verschlungen, was Künstlerhände in Jahrhunderten erschaffen hatten. Die Wände waren kahl und rußgeschwärzt, und unter Dantes Füßen knirschte Staub, Asche wölkte auf.

Er langte an einer Treppe an. Obwohl sie aus Stein war, schien sie dem Feuer kaum standgehalten zu haben. Dante hielt sich am äußersten Rand der Stufen, die unter seinem Gewicht sacht bebten und leise knackten.

Doch noch ehe er die letzte erreichte, blieb er stehen. Als könne er nicht weiterlaufen. Als würde ihn eine gläserne Wand aufhalten.

Ihm war, als schaue er durch ein Fenster. Auf ein Szenario, daß die Hölle selbst arrangiert und mit grausigsten Details versehen hatte!

Dante faßte in seine Manteltasche, ohne den Blick abzuwenden. Er holte das Handy hervor, das ihm mit auf den Weg gegeben worden war, und drückte die Kurzwahltaste.

Die Verbindung zum Palazzo Chigi kam zustande.

»Dante?« hörte er eine Stimme aus dem winzigen Telefon.

»Wer sonst?« erwiderte er, kaum verständlich.

»Was ist los?« wollte Umberto Scalfaro wissen. Ungeduld ließ seine Stimme beben.

Achille Dante war kaum zu einer Antwort imstande. Wie gebannt wanderte sein Blick über die Einzelheiten des schrecklichen Bildes, das sich ihm darbot. Dann kehrte er wieder zu Kardinal Agostino Ottaviani zurück. Ihn kannte Dante noch aus der Zeit, da er selbst im Vatikan ein- und ausgegangen war.

Ottaviani lag mit dem Rücken zu Dante.

Und trotzdem starrte der Kardinal ihn an, aus toten Augen, wie aus Glas.

Irgend jemand hatte ihm buchstäblich den Hals umgedreht!

Und nicht nur ihm...

Umberto Scalfaros Hand schloß sich fester um den Telefonhörer, als könnte er auf diese Weise Achille Dantes Worte herausquetschen.

»Reden Sie endlich!« verlangte er.

Franco Fini und Silvio Sorrenti sahen ihn an, als erwarteten sie von ihm eine Antwort, obwohl sie über Lautsprecher mithören konnten.

»Was geht dort vor? Und wo genau stecken Sie?« verlangte Scalfaro zu wissen.

»Im Papstpalast«, hörten sie Dantes Stimme. »Ich wollte nachsehen, ob das Konklave noch tagt...«

»Und?«

»Es tagt nicht mehr.«

»Was soll das heißen? Wurde ein neuer Papst gewählt? Warum hat man uns darüber nicht informiert, verdammt?!«

»Ich glaube nicht, daß sie gewählt haben.« Achille Dantes Stimme verlor an Kraft. »Sie sind... tot. Sie wurden ermordet... oder vielmehr abgeschlachtet!«

Stille senkte sich wie ein Tonnengewicht über die drei Männer. Nicht einmal ihr Atem war mehr zu hören, und selbst ihr

Herzschlag schien für diesen zeitlosen Moment auszusetzen.

»Wissen Sie, wer dafür verantwortlich ist?« fragte Scalfaro endlich.

»Das wiederum möchte ich nicht wissen«, gab Dante zurück.

Scalfaro überlegte eine Sekunde lang. Dann sagte er: »Bene. Dann kommen Sie zurück, Dante.«

Ein gedämpfter Laut klang auf, dann raschelte etwas, und schließlich war es nicht Achille Dantes Stimme, die sie hörten.

»Das wird er. Ich schicke Ihren Spitzel umgehend zurück.«

Die drei Männer tauschten überraschte Blicke aus.

»Wer sind Sie?« fragte Umberto Scalfaro dann. Seine Stimme klang nicht halb so sicher, wie er es sich gewünscht hätte.

Die dumpfe Stimme erwiderte: »Das werden Sie noch erfahren. Wir sehen uns.«

Knack.

Tot.

Scalfaro ließ den Hörer sinken.

»Wir sehen uns?« echote er.

»Gott steh uns bei«, flüsterte Franco Fini. Doch er hatte das furchtbare Gefühl, als würden seine Worte ungehört verhallen.

»Wer... bist... du?« Die Worte kamen gepreßt aus Achille Dantes Mund. Er konnte kaum sprechen, weil ihm die Luft wegblieb. Seine Füße berührten den Boden nicht mehr. Eine eisige Hand umfaßte seine Kehle und hielt ihn in die Höhe, drückte ihn gegen die rußschwarze Wand.

»Bist... du... Satan?« schaffte er es schließlich doch, eine weitere Frage zu stellen.

Sein Gegenüber lachte. Kalt. Teuflisch. Und stinkender Brodem wehte ihm von dunkel verkrusteten Lippen.

Der Fremde war wie aus dem Nichts aufgetaucht, hatte Dante das Telefon abgenommen, kurz gesprochen und die Verbindung zum Regierungspalast dann unterbrochen, bevor er ihn kurzerhand gepackt und mit geradezu erschreckender

Leichtigkeit hochgehoben hatte. Jetzt befand sich das Gesicht des anderen kaum eine Handbreit von dem Dantes entfernt, und die Krempe des Hutes, den der Unbekannte trug, berührte seine schweißnasse Stirn.

»Satan?« wiederholte der Unheimliche. »Vielleicht wirst du bald wünschen, ich sei *nur* der Teufel.«

Er stank gräßlich. Anders als die Kanäle, durch die Achille Dante vorher gegangen war. Dieser... Kerl roch nach Verwesung, nach Tod. Als sei er selbst tot, und das nicht erst seit gestern. Schmutzstarrendes Haar hing ihm wirr in die Stirn und auf die Schultern, und auf seiner Wange prangte ein kreuzförmiges Mal.

In seinen dunklen Augen flammte etwas auf, und im nächsten Moment fühlte sich Achille Dante fortgeschleudert. Er schlug mit den Armen, versuchte seinen Sturz abzufangen, und als er zu Boden krachte, spürte er, wie sein Unterarm brach.

Er schrie auf, rollte sich herum und entließ einen neuerlichen Schrei, weil er genau in Agostino Ottavianis tote Miene starrte.

Dante atmete tief durch, versuchte den Schmerz in seinem Arm zu ignorieren, dann suchte und fand sein Blick den des Fremden.

»Wer bist du?« wiederholte er seine Frage. »Und warum hast du sie...?« Er ließ den Rest unausgesprochen, aber sein Blick glitt unwillkürlich über die Toten ringsum.

»All dies wird die Welt erfahren, wenn es an der Zeit ist«, antwortete der Unheimliche.

Er kam näher, beugte sich zu Dante herab und zerrte ihn unsanft hoch.

»Bring mich zu denen, die dich geschickt haben«, verlangte er.

Einen Augenblick lang wollte Achille Dante sich weigern, wollte er instinktiv den Kopf schütteln. Aber sein Widerstand brach, noch ehe er sich recht gefestigt hatte. Wie abgeschaltet.

»Komm«, sagte Dante nur und ging, ein Ungeheuer in menschlicher Gestalt im Gefolge.

»Wir sehen uns...«

Franco Fini saß hinter seinem Schreibtisch und sah zu, wie seine Hände irgendwelche Unterlagen hin- und herschoben. Es kam ihm vor, als seien es die Hände eines anderen oder völlig selbständige Wesen, die wie fünfbeinige Spinnen bald hierhin, bald dorthin krochen.

Zum x-ten Male hatte er die Worte des Fremden wiederholt, dessen Stimme sie über das Telefon gehört hatten.

»Was kann er damit gemeint haben?« Auch diese Frage stellte Fini nicht zum ersten Mal in der Stunde, die vergangen war, seit Umberto Scalfaro den Hörer aufgelegt hatte.

Scalfaro war es jetzt auch, der ein entnervtes Schnauben hören ließ. »Was auch immer – wir werden es nicht herausfinden, wenn wir hier tatenlos herumsitzen! Du solltest endlich eine Entscheidung treffen, Franco, und du weißt...«

Fini nickte. »Ich weiß, welche Entscheidung du von mir erwartest. Und diesen Gefallen werde ich dir nicht erweisen. Ich werde den Teufel tun und einen Angriff auf den Vatikan befehlen!«

»Jede Minute...«

»Ist kostbar, ich weiß.« Fini stand auf und begann langsamen Schrittes im Zimmer auf und ab zu gehen. »Aber ich kann unmöglich verantworten, daß die katholische Kirche Ziel eines Angriffs unseres Landes wird! Verstehst du das nicht?«

Scalfaro seufzte. »Dann schließe dich mit deinen Kollegen im Ausland kurz. Sag ihnen, was wir wissen, und frage sie um ihren Rat. Dann kannst du es hinterher so darstellen, als hättest du den Entschluß nicht alleine gefaßt, sondern im Namen Europas – und zum Wohle der ganzen Welt. Irgendwas in dieser Richtung eben.«

»Was eine Erklärung angeht, dazu würde mir schon etwas Salbungsvolles einfallen«, warf Silvio Sorrenti ein. Er holte einen kleinen Notizblock aus der Tasche und schrieb ein paar Stichworte aufs Papier.

»Nicht so eilig«, bremste Fini seinen PR-Chef. »Noch habe ich...«

Weiter kam er nicht.

Die Tür flog auf.

Und Achille Dante taumelte in den Raum, stürzte und richtete sich umständlich auf.

Er war nicht allein gekommen.

Hinter ihm betrat ein Mann das Zimmer, der nicht weniger übel stank als Achille Dante. Beide rochen, als seien sie aus der nächsten Kloake gekrochen, und ihre feuchte Kleidung schien diese Vermutung zu bestätigen.

»Was...?« entfuhr es Fini.

»Wie kommen Sie hier herein?« fiel ihm Umberto Scalfaro ins Wort. »Wir haben den Sicherheitsdienst verstärkt, so daß...«

Der Fremde unterbrach ihn. »Das hätten Sie besser nicht getan. Dann würden ein paar Ihrer Männer jetzt noch leben.«

Wie zufällig bemerkte Scalfaro genau in diesem Augenblick das Blut an den Händen des anderen – sowie an dessen Lippen...

»Was wollen Sie?« fragte Franco Fini. Seine Stimme bebte, und er wich mit kleinen Schritten nach hinten.

»Ihnen einen Rat geben«, antwortete der andere.

»Einen Rat?«

Der Fremde nickte.

»Darauf scheißen wir!« brüllte Silvio Sorrenti. Er hatte sich hinter den Schreibtisch des Ministerpräsidenten zurückgezogen. In einer der Schubladen wußte er einen kleinen Revolver. Sorrenti hatte die Waffe herausgeholt, hielt sie jetzt auf den Unheimlichen gerichtet und drückte ab!

Der andere reagierte, noch während der Schuß krachte. Er wich zur Seite, duckte sich. Hinter ihm splitterte das Türholz, als die Kugel einschlug. Als Sorrenti zum zweiten Mal feuerte, hatte der Fremde unter seinem weiten Mantel gleichfalls eine Waffe hervorgeholt. Eine kurzläufige Flinte, deren Mündung Sorrenti anglotzte wie ein schwarzes Auge und die ihm noch im selben Moment eine flammende Wolke entgegen spie.

Die Ladung riß Sorrenti die obere Schädelhälfte weg. Sie spritzte gegen ein surrealistisches Gemälde, das hinter dem

Schreibtisch an der Wand hing, fiel in dem Farbenmischmasch kaum auf.

Und der Fremde schürte das Entsetzen von Fini und Scalfaro weiter.

Er trat hinter Achille Dante, der zwischenzeitlich auf die Knie hochgekommen war, legte ihm die Hand auf den Kopf. Die spitzen Nägel von Zeige- und Ringfinger bohrten sich in Dantes Augenhöhlen. Und Dante gab keinen Ton von sich.

»Um Himmels willen, hören Sie auf!« kreischte Fini panisch. »Stellen Sie Ihre Forderungen, ich flehe Sie an! Wir werden sie erfüllen, das garantiere ich!«

Der Fremde nickte. »Ich *weiß*, daß Sie das tun werden.«

Er beugte das Knie, und mit einem Ruck seiner Hand brach er Achille Dante das Genick. Achtlos ließ er den Leichnam beiseite kippen.

»Kein Wort über das, was hier geschehen ist.«

Der Fremde maß erst Franco Fini, dann Umberto Scalfaro mit eindringlichem Blick. Die beiden nickten unisono.

Der andere wandte sich zum Gehen. Kurz vor der Tür blieb er noch einmal stehen und drehte sich um, wies mit einer lapidaren Geste auf die zwei Toten.

»Und beseitigt diese Sauerei, verstanden?«

Franco Fini und Umberto Scalfaro nickten. Und als sich die Tür hinter dem Fremden schloß, machten sie sich daran, die Leichen, die er zurückgelassen hatte, verschwinden zu lassen.

Sie brauchten die ganze Nacht.

Weder nahm Landru den kürzesten Weg zurück zum Vatikan, noch beeilte er sich sonderlich. Sein Leben hatte über ein Jahrtausend gewährt, was bedeutete ihm da eine Stunde?

Zudem – er nutzte die Gelegenheit, um Rahel zu zeigen, daß er nicht ihr Handlanger war, keiner, der nach ihrer Pfeife tanzte. Nicht bedingungslos jedenfalls. Obgleich sie es gewesen war, die ihm erlaubt hatte, sein tausendjähriges Leben fortzusetzen.

Doch was war daraus geworden? Was war aus *ihm* geworden? Vielleicht wäre er besser tot geblieben... ein für allemal.

Diesem Gedanken ging Landru nicht zum ersten Mal nach, derweil er durch die Straßen Roms lief. Eine Stadt, die er oft aufgesucht hatte in der Vergangenheit. In der guten alten Zeit... Ein starres Lächeln legte sich um seine Lippen, formte sie wie kalt werdendes Wachs.

So vieles war geschehen in der Vergangenheit. So vieles hatte er gesehen.

Alles war vergangen.

Eine neue Zeit angebrochen. Eine neue Rasse geboren. Wie es stets Landrus stiller Wunsch gewesen war.

Und doch war er nicht in Erfüllung gegangen.

Denn nicht er stand an der Spitze dieses neuen vampirischen Volkes, sondern *sie*.

Ein Mädchen... das keines mehr war.

War Rahel tatsächlich der verheißene Messias der Vampire, von dem in vergangener Zeit so oft die Rede gewesen war und den zu suchen Landru sich über Jahrhunderte hinweg zur Mission gemacht hatte?

Alles wies darauf hin.

Dennoch blieben Zweifel. Landru wußte, daß Rahel zu vielem fähig war. Seit sie ihn in den Ruinen Jerusalems vom Tode wachgeküßt hatte, war er an ihrer Seite. Aber noch kannte er nicht die ganze Fülle ihrer Macht. Er wollte sie ausloten. Und zu diesem Zweck mußte er Rahel provozieren, ihm ihre Kraft zu demonstrieren.

Denn ein Gegner, dessen Möglichkeiten man kannte, war beinahe schon besiegt.

Landru spazierte durch Rom. Und ließ Rahel warten. Er erklomm einen der Hügel der Ewigen Stadt. In der Ferne sah er die Ruinen des Vatikans.

Dunkle Wolken ballten sich darüber zusammen. Und Landru fror. Spürte die Kälte seines Fleisches. Eine Kälte, die ihn daran gemahnte, was er *eigentlich* war...

... ein Toter.

Der nur »lebte«, weil ein Mädchen es ihm dereinst erlaubt hatte. Es war nicht Dankbarkeit, die Landru in diesem Moment zur Eile trieb. Rahels Macht trieb ihn. Zog ihn. Zwang ihn zu gehorchen.

Denn er war nicht länger der Mächtigste eines ganzen Volkes.

Er war nurmehr der Letzte einer vergessenen Art...

Die Kälte des Todes steckte Agostino Ottaviani noch im Fleisch.

Aber er lebte.

Wieder...

Der Kardinal fröstelte. Nicht, weil er fror. Kälte, wie er sie einmal gekannt hatte, war ihm fremd geworden. Aber das Geräusch, mit dem sich seine gebrochenen Halswirbel wieder aneinandergefügt hatten, klang ihm noch in den Ohren, und er spürte noch das Mahlen und Knirschen der geborstenen Knochen; es rann ihm wie eiskaltes Wasser am Rückgrat hinab.

Auf so furchtbare Weise war er gestorben.

Und auf kaum minder schreckliche Art war er wieder zum Leben erwacht... war er vom Tode *erweckt* worden.

Wachgeküßt, buchstäblich.

Agostino Ottaviani schmeckte ihn noch auf den Lippen, diesen Kuß; er schmeckte das kupferne Aroma von getrocknetem Blut, das der Kuß auf seinem Mund hinterlassen hatte.

Wie auf einem zweiten Gleis seines Denkens wunderte sich Kardinal Ottaviani darüber, daß ihn nicht ekelte ob dieses Geschmacks. Und ebenso darüber, daß ihn dieses andere, dieses zweite Leben nicht entsetzte.

Statt dessen empfand Agostino Ottaviani... Dankbarkeit. Und auch dies erstaunte ihn.

Er fand sich selbst in ganz eigenartiger Stimmung. Fühlte sich innerlich wie... zerrissen, zweigeteilt. In zwei Hälften von unterschiedlicher Größe jedoch: die größere von beiden war es, die all dies hinnahm, stoisch, beinahe so, als sei sein Leben nie anders gewesen. Der kleinere Teil war es, der aufbegehren, der nicht akzeptieren wollte, was ihm widerfahren war. Der die jüngsten Geschehnisse und ihren Sinn hinterfragen wollte. Der Schrecken und Entsetzen empfinden wollte.

Aber dieser kleinere Teil in Kardinal Ottaviani sprach mit leiser Stimme, und sie verlor mit jedem Versuch, ihn aufrütteln zu wollen, an Kraft. Der Augenblick, da sie ganz ersterben würde, lag nicht mehr fern.

Agostino Ottaviani ging durch den päpstlichen Palast. Mit jedem Schritt, den er tat, wurde sein Körper geschmeidiger, verlor er einen Teil der Totenstarre, die schon von ihm Besitz ergriffen hatte. Fast fühlte er sich schon kräftiger als zu früheren Lebzeiten, und in jedem Falle fühlte er sich besser. Es plagten ihn keine Zweifel mehr, keine Nöte. Die Zukunft erschien ihm leuchtend, strahlend hell, obschon er noch nicht sah und wußte, was dieses Licht in sich bergen würde.

Sein Blick wanderte hierhin und dorthin. Ottaviani hatte das Gefühl, lange fort gewesen zu sein, die einst so vertraute Umgebung neu entdecken zu müssen. Und im Grunde war es so – schließlich war er *einen Tod lang* fort, in einem anderen Leben zum letzten Mal hier gewesen.

Es gab noch Tote um ihn her. *Sie* hatte nicht alle erweckt, die sie selbst zuvor getötet hatte.

Sie... Rahel. Welch Wohlklang! Ein feines Lächeln schmiegte sich um die blutbefleckten Lippen des Kardinals. Rahel... eine Frau, der Großes vorbestimmt sein mochte. Und wieder spülte eine Woge warmer Dankbarkeit in Ottaviani hoch; er war dankbar dafür, daß er teilhaben durfte an dieser großen Sache, an diesem Ereignis, das die Welt den Atem anhalten lassen würde...

Er hatte Rahel gefragt, gleich nachdem sie ihn aus dem ewigen Schlaf wachgeküßt hatte, weshalb sie es getan hatte.

Und sie hatte nicht gezögert, ihm die Wahrheit zu offenbaren. Eine Wahrheit, die Agostino Ottaviani nicht schockiert hatte. Im Gegenteil, sie hatte ihn entzückt, geradezu mit Stolz erfüllt und mit Freude.

Am anderen Ende des Flures erhob sich Kardinal Sean O'Banion vom Tode. Rahel, die neben ihm gekniet und ihre Lippen auf die seinen gepreßt hatte, stand gleichfalls auf. Als sie Agostino Ottaviani sah, nickte sie ihm zu, und er wußte, daß die Zeit gekommen war.

Er blieb stehen und klatschte laut in die Hände.

»Meine Freunde!« rief er dann laut, als sich ihm alle Blicke zugewandt hatten. »Brüder, es ist soweit.«

Agostino Ottaviani wies mit einladender Geste zur offenen Tür des Konklavesaals. Und die Kardinäle traten ein. Ein unbeteiligter Beobachter hätte behauptet, sie würden Lämmern gleichsehen, die zur Schlachtbank gingen. Aber diese Erfahrung hatten die Kardinäle längst hinter sich.

Jetzt endlich würden sie tun, weswegen sie aus aller Welt nach Rom gekommen waren.

Wenn auch in einem anderen Leben. Und mit gänzlich anderer Zukunft im Sinn.

2. Kapitel

Phänomen

Sydney, Australien

Darren Secada schaltete den Fernseher aus. Vor ihm, über den Couchtisch verteilt, lagen die Reste des Fastfoods, das er sich auf dem Nachhauseweg von der Arbeit geholt hatte. Der Geschmack von aufgeweichter Pappe in seinem Mund ließ sich auch nicht mit Bier wegspülen. Secada bedauerte, überhaupt etwas von dem Fraß angerührt zu haben. Doch die Reue kam zu spät.

Nachdenklich legte er die Fernbedienung aus der Hand. Auf stumpfsinnige Unterhaltung oder langatmige Filme verzichtete er freiwillig. Nur die Nachrichten schaute er sich gern an, wenn er spätabends, manchmal auch nachts, heimkam. Und die überboten sich tagtäglich in immer häßlicheren Horrormeldungen.

Das Land war nicht mehr wiederzuerkennen.

Dasselbe Land, in dem nur wenige Monate zuvor die »saubersten Sommerspiele« in der Geschichte der neuzeitlichen Olympiade abgehalten worden waren!

Secada schüttelte den Kopf. Die Bilder, die sein Gedächtnis in Bezug auf die Olympischen Spiele 2000 bereithielt, schienen ihm so alt wie die erste Mondlandung. Secada war Anfang dreißig. Er hatte noch in den Windeln gelegen, als Neil Armstrong seine legendären Fußstapfen in den Mondstaub gedrückt hatte...

Zweiunddreißig Jahre ist das her, dachte der blonde Pathologe. *Zweiunddreißig Jahre haben genügt, sämtliche kühnen Träume der Menschheit zu zerstören. Großer Gott, und was wir für Träume hatten...!*

Als Kind, daran erinnerte sich Secada genau, hatte ihm der Kosmos offengestanden. Es schien nur noch eine Frage weniger Jahre zu sein, bis der Mensch dauerhaft das Tor zu den Sternen aufstoßen und ferne Planeten genauso systematisch erobern würde wie die entlegensten Teile der Erde.

»Fehlanzeige«, murmelte Secada. »Das einzige, was wir geschafft haben, ist, diesen Planeten zu ruinieren – binnen weniger Jahrzehnte.«

Das Telefon summte. Er erhob sich und lief zu der kleinen holländischen Kommode, wo sein Handy lag. Bevor er das Gespräch entgegennahm, räusperte er sich. Es kam selten vor, daß er so spät noch angerufen wurde.

»Secada.«

»Jimmy hier«, meldete sich eine tiefe Männerstimme. »Haben Sie ferngesehen?«

»Habe ich.«

»Auch die Sendung auf Kanal 8 über...«, sein Assistent stockte kurz, »... über das Phänomen?«

Secada hatte keine Ahnung, wovon die Rede war. »Tut mir leid, ich bin erst vor einer Viertelstunde heimgekommen... Welches Phänomen meinen Sie?«

»Sie haben es also nicht gesehen?« Jimmy Potts schwieg eine Weile. Er schien zu überlegen. »Aber das macht nichts – haben Sie Zeit?«

»Wann?«

»Jetzt.«

Secada massierte sich mit Daumen und Zeigefinger der freien Hand die Nasenwurzel. »Jetzt? Es ist –«

»Ich weiß, wie spät es ist.«

»Um was für ein... Phänomen handelt es sich überhaupt? Sie wirken verstört, Jimmy. So habe ich Sie nicht mal an Ihrem ersten Tag und bei Ihrer ersten Leiche erlebt...«

Potts atmete hörbar ein und aus. »Es geht um Licht – und um den *Schwund* von Licht.«

»Tut mir leid, wenn ich etwas schwer von Begriff bin, aber es war ein langer Tag, und ehrlich gesagt bin ich müde. Todmüde.«

»Sie werden hellwach, wenn Sie es sich ansehen.«

»Ansehen?«

»Ich habe die Sendung aufgezeichnet.«

Secada fluchte verhalten. »Offengestanden habe ich auch keine Lust mehr auf einen Fernsehabend.«

»*Bitte.* Sie wissen, was Licht ist?«

»Ab und zu habe ich im Physikunterricht auch aufgepaßt. Licht ist elektromagnetische Strahlung, aber –«

»Es wird Sie umhauen. Habe ich Sie jemals um etwas gebeten?«

»Nein. Das ist auch nicht der Punkt. Ich tue Ihnen gern jeden Gefallen...«

»Dann setzen Sie sich in ein Taxi. Gleich.«

»Warum nicht morgen? Ein wunderschönes, friedliches Wochenende liegt vor uns.«

»Ich würde jetzt ohnehin kein Auge zutun. Und ich glaube nicht, daß ich der Einzige bin, der heute Nacht keinen Schlaf findet.«

»Sie steigern sich da in etwas rein.«

»Abwarten. Wann also?«

Secada zögerte, obwohl die Entscheidung längst gefallen war. »Wo wohnen Sie überhaupt?«

Sie hatten einander noch nie gegenseitig besucht.

Potts nannte eine Adresse in Kings Cross. Sie einigten sich auf ein Treffen in einer halben Stunde.

Nachdem Secada aufgelegt hatte, brauchte er geschlagene zwei Minuten, um zu begreifen, wozu er seine Zusage gegeben hatte.

Der Zeiger der Uhr über dem Fernseher stand auf siebzehn Minuten nach Mitternacht.

»Ich muß verrückt sein...«

Aber Jimmys Aufgeregtheit hatte ihn neugierig gemacht. Schlimme Vorahnungen begleiteten ihn auf seiner Fahrt ins benachbarte Viertel.

Licht.

Was, zur Hölle, meinte Jimmy Potts mit dem *Schwund von Licht...*?

Die Nacht rauschte außerhalb des Taxis vorbei, als wäre sie ein finsterer Ozean, erhellt von leuchtenden Korallenbänken.

Darren Secada schüttelte den Kopf über die eigenen Assoziationen. Die Nacht war weder Freund noch Feind. Wann hatte er jemals darüber nachgedacht, was Dunkelheit für ihn bedeutete?

Nie.

Jimmys seltsamer Anruf schien bereits Wirkung zu zeigen. Secada räusperte sich.

»Haben Sie auch«, wandte er sich an den älteren Maori, der den Wagen durch fast leere Straßen lenkte und für einen Vertreter seines Berufsstands ungewöhnlich wortkarg war, »von dieser Sache gehört?«

»Sache? Welche Sache?« Der gedrungene Fahrer drehte nicht einmal den Kopf.

»Ein Freund erzählte mir davon. Es muß im Fernsehen gekommen sein...« Noch während Secada um die richtigen Worte rang, bereute er es, überhaupt davon angefangen zu haben. »Ich meine... die Sache mit dem Licht.«

»Licht? Die Straßenbeleuchtung?«

Secada überlegte, wie er sich aus der Affäre ziehen konnte. »Nein, das Licht allgemein.«

»Was ist damit?«

»Es soll... weniger geworden sein... schwächer.«

Der Maori schnaubte und blickte erstmals für längere Zeit in den Rückspiegel. Sein Gesicht sprach Bände: *Was für einen komischen Vogel hab' ich mir denn da angelacht?*

»Weniger. Aha«, brummte er.

»Wie gesagt, ich habe es auch nur durch einen Freund gehört...«

Das Taxi stoppte.

»Wir sind da«, sagte der Fahrer. Es klang erleichtert.

Secada war ebenfalls erleichtert. Er gab mehr Trinkgeld als sonst. Irgendwie meinte er, es dem unbescholtenen Mann schuldig zu sein.

Er stand noch am Straßenrand, als die Lichter des Taxis in der Nacht verschwanden. Hinter ihm erhob sich das Hochhaus, in dem Potts ein Apartment bewohnte.

Secada wollte sich umdrehen, als er fühlte, daß jemand hinter ihm stand.

Schneller, als er es bei Tag getan hatte, wirbelte er herum.

»Ich wollte Sie nicht erschrecken«, sagte die Frau, die hinter ihm stand. »Entschuldigen Sie. Ich suche jemanden.«

»In *dem* Haus?« Secada versuchte das Gesicht der Frau zu erkennen. Aber sie stand mit einer Straßenlaterne im Rücken. Schatten woben undurchdringliche Schleier vor ihrem Gesicht. Sie trug einen Trenchcoat mit hochgestelltem Kragen, als würde sie frieren, obwohl die Nacht lau, sogar warm war.

»Nein. Nicht in diesem Haus. Aber vielleicht können Sie mir trotzdem helfen.«

»Tut mir leid«, er zuckte die Achseln, »ich bin selbst fremd hier. Ich besuche einen Arbeitskollegen, der hier wohnt. Sonst kenne ich keine Menschenseele.«

»Die, die ich suche, kennen Sie«, sagte der Mund in den Schatten. Die Stimme war ungemein anziehend, beinahe erotisch. Secada bedauerte, um das zugehörige Gesicht betrogen zu werden.

»Sie reden, als würden wir uns kennen. Wir beide. Vielleicht stimmt das sogar; helfen Sie mir auf die Sprünge.«

»Ich suche jemanden, mit dem Sie zusammen waren – jedenfalls bis vor ein paar Wochen.«

»Zusammen?« Secada wußte nicht, woher dieses plötzliche Gefühl von Beklemmung kam. Er war mit niemandem zusammen. Er lebte seit einer Ewigkeit allein. Sein Beruf vertrug sich nicht mit Beziehungen. Jedenfalls hatte er bislang noch keine Frau kennengelernt, die mit seinen Arbeitszeiten und damit zurechtgekommen wäre, daß er tagtäglich an toten Menschen herumschnitt.

»Sie irren sich, ich –«

»Ich irre mich nicht. Ich habe Nachforschungen angestellt.«

»Sie haben –« Secada holte empört Luft. Die Frau im Trenchcoat stand reglos zwei Schritte von ihm entfernt. Obwohl kaum etwas von ihr zu erkennen war, *spürte* Secada, daß sie attraktiv war. Beunruhigend attraktiv.

»Der Name der Person, die ich suche«, sagte die Fremde mit kehliger Stimme, »lautet...«

»Ja?« Bis zuletzt ahnte er nicht, was der Name bei ihm auslösen würde. Ein Name, den er noch nie zuvor gehört hatte.

»... Lilith Eden.«

Secada gab einen erstickten Laut von sich. Er riß die Hände nach oben und preßte die Fäuste gegen seine Schläfen. Pochender Schmerz verwandelte die Umgebung in einen Mahlstrom aus Licht und Schwärze.

Als der Anfall endete, stellte er zu seiner noch größeren Verwirrung fest, daß die Stelle, an der die unbekannte Frau gestanden hatte, leer war.

Auch in der näheren Umgebung gab es keine Spur mehr von ihr.

Secada beschleunigte seine Schritte auf das Haus zu. Er floh regelrecht in Jimmy Potts Wohnung.

»Sie sehen aus, als wäre Ihnen ein Gespenst über den Weg gelaufen!« wurde Secada von seinem Assistenten begrüßt. »Weißer als die Wand der Tiefgarage...«

»Sie verstehen es, einen aufzumuntern«, gab Secada mit schiefem Grinsen zurück. An Potts vorbei trat er in das winzige Einzimmerapartment. Es ähnelte mehr einer Studentenbude. Die Couch in der Mitte war auch Potts' Bett. Ansonsten dominierten ein riesiger amerikanischer Kühlschrank und ein beinahe ebenso riesiger Breitwandfernseher den Raum.

»Sie haben keine Freundin?« fragte Secada, während er sich mit der Hand über den Nacken rieb.

»Sie?« fragte Potts.

»Nein.«

»Ich bin kein Frauentyp«, sagte der Hüne mit dem Bürstenhaarschnitt. »Aber keine Sorge, ich *leide* nicht darunter.«

»Überzeugter Single also«, meinte Secada mit leisem Spott im Unterton. Glück mit Frauen hatte er auch nicht. Obwohl er nachts von einer Frau träumte. Einer wundervollen, *perfekten* Frau, deren einziger Nachteil die Tatsache war, *daß* sie ein Traumgespinst war.

Potts bot ihm Platz an. »Wollen Sie etwas trinken?«

Secada nickte. »Wasser.«

»Wasser?« Potts hob beide Brauen. Abstinent schien er seinen Vorgesetzten in der Rechtsmedizin nicht eingeschätzt zu haben. »Sie sind doch mit dem Taxi gekommen, oder?«

»Wasser«, bekräftigte Secada, »und eine Kopfschmerztablette. Wenn Sie so was haben. Mir platzt gleich der Schädel.«

Potts sparte sich weitere Fragen. Sekunden später war Secada versorgt. In einem tiefen Sessel sitzend schloß er kurz die Augen, als könnte er die Wirkung der Tablette damit beschleunigen.

»Legen Sie schon mal los«, sagte er.

Potts hantierte im Hintergrund. »Gern. Aber Sie müssen schon die Äuglein öffnen. Das hilft beim Verstehen.«

»So schwierig?«

»Wenn Sie nicht gerade Einstein sind, ja.«

»Okay.«

Potts startete ohne lange Vorrede das Band. »Es ist nicht von Anfang an«, entschuldigte er. »Ich habe erst auf den Aufnahmeknopf gedrückt, als ich kapiert habe, was da auf uns zukommt.«

»Sie machen mich neugierig.« Secada konzentrierte sich auf die Äußerungen eines interviewten, noch ziemlich jungen Wissenschaftlers, dessen Name eingeblendet wurde: Dr. Clyde Jared. Jared arbeitete an einem namhaften Institut für Plasmaphysik, das sich zum Ziel gesetzt hatte, innerhalb der nächsten fünfzig Jahre einen einsatzfähigen Plasmareaktor zu entwikkeln, mit dem gewaltige Energiemengen erzeugt werden konnten, vergleichbar mit denen, wie die Sonne sie produzierte.

Der alte Menschheitstraum von schier unerschöpflichen Stromressourcen sollte damit näherrücken.

Secada verzog skeptisch das Gesicht. Aber es handelte sich nur um ein paar einführende Worte. Das eigentliche Thema der Sendung wich schnell von schlichter Energiegewinnung ab.

»Wir beschäftigen uns hier im Institut mit sämtlichen Formen elektromagnetischer Strahlung«, sagte Dr. Jared. »Im Grunde geht es um die Erforschung magnetischer Felder, mit denen wir den Millionen Grad heißen Plasmafluß in unserem geplanten Superreaktor eindämmen wollen. Gravitation, das wissen wir inzwischen, ist auch nur eine spezielle Form von Strahlung. Deshalb erforschen wir das komplette Spektrum elektromagnetischer Schwingungen, zu denen auch das ganz normale Tageslicht gehört.«

»Achtung«, warf Potts ein, der auf dem Sofa gegenüber Secada Platz genommen hatte, »jetzt wird es interessant.«

Secada nickte und verfolgte die Ausführungen weiter. Der pochende Schmerz in seinem Kopf hatte nachgelassen. Ab und zu ertappte er sich dabei, daß seine Gedanken hin zu der Frau schweiften, die er draußen vor dem Haus getroffen hatte. Wer war sie? Und wieso behauptete sie, er würde jemanden namens Lilith Eden kennen?

Secada schrie leise auf und krümmte sich.

»He, was ist?« rief Potts und sprang auf.

»Nichts, schon gut... Haben Sie noch eine Tablette?« Secada beschattete kurz die Augen. Er hatte das Gefühl, daß Helligkeit ihm schadete. Aber er fühlte bereits, wie der Schmerz wieder nachließ.

»Sie brauchen keine Tabletten, Sie sollten zu einem Arzt gehen!«

»Hatten Sie noch nie Kopfweh?«

»Nicht solches.«

Secada mußte ihm recht geben. Dennoch wehrte er mit einer brüsken Geste ab. »Schon gut. Ich überlege es mir. Jetzt will ich aber wissen, was der Kerl da noch zu sagen hat. Bislang vermisse ich die Sensation, die Sie in solche Aufregung versetzt hat.«

»Keine Sorge, Sie werden es gleich verstehen.« Potts kehrte zu seinem Platz zurück. Ab und zu warf er besorgte Blicke zu Secada herüber, der vorgebeugt dasaß und das Kinn auf beide Hände gestützt hatte.

Dr. Jared war in seinen Ausführungen fortgefahren. Gerade erzählte er von Messungen, die er im Auftrag seines Instituts angestellt hatte. Messungen jenes Strahlungsspektrums, das man auch mit dem bloßen Auge wahrnehmen konnte – als sichtbares Licht.

Dabei war er auf eine Anomalie gestoßen, für die bislang niemand – auch kein Kollege – eine Erklärung gefunden hatte: Es gab fixe Werte, was die Stärke des Lichts auf der Erde anging. Die Intensität war abhängig von Wolkenbildung, atmosphärischen Verschmutzungen und etlichen anderen Parametern. Aber es gab Toleranzen, die noch nie über- oder unterschritten worden waren.

In der Vergangenheit.

Messungen, die erst wenige Wochen alt waren, hatten alarmierende Ergebnisse erbracht.

Unerklärliche Ergebnisse.

»Das Licht über Australien schwindet«, brachte Dr. Jared es auf den Punkt. »Licht besteht aus extrem schnellen Schwingungen im elektromagnetischen Bereich. Beim sichtbaren Licht entstehen Farben durch die unterschiedlichen Frequenzen. Die Wellenlängen im sichtbaren Spektrum reichen von etwa 40millionstel bis zu 75millionstel Zentimeter. Höhere Frequenzen fallen unter die ultraviolette Strahlung, noch höhere unter die Röntgenstrahlung. Niedrigere Frequenzen, die zugleich größere Wellenlängen bedeuten, bezeichnen wir als infrarote Strahlung, die jedem bekannt sein dürfte. Noch darunter liegen die Radiowellen.«

»Geht das weiter in diesem Fachchinesisch?« fragte Secada.

»Teils, teils«, antwortete Potts. »Aber der Kern ist verständlich, das verspreche ich Ihnen.«

»Wir werden sehen.«

Dr. Jared fuhr fort: »Im eingangs erwähnten Bereich des sichtbaren Spektrums kam es, glaubt man unseren mehrfach geprüften und mittlerweile auch von anderen, unabhängigen Instituten bestätigten Messungen, zu *Verschiebungen*. Gravierenden Verschiebungen.«

»Würden Sie das unseren Zuschauern bitte genauer erklären?« bat der kaum in Erscheinung tretende Gesprächspartner des Wissenschaftlers.

»Wir haben selbst noch keine Erklärung dafür. Am allerwenigsten für die örtliche Beschränkung.«

»Örtliche Beschränkung?«

»Ich sagte vorhin, daß das Licht *über Australien* von dem beobachteten Schwund betroffen ist. Und ich meinte das auch exakt so, denn nirgends sonst auf der Welt wurde die hiesige Anomalie ebenfalls festgestellt!«

»Aber...«

»Es klingt verrückt, nicht wahr? So wie Sie mich jetzt ansehen, haben auch meine Kollegen geschaut, als ich der Sache auf die Spur kam. Aber das Phänomen existiert, und wir tun gut daran, es möglichst rasch zu erforschen, denn wenn es in diesem Tempo fortschreitet, werden wir es bald mit katastrophalen Folgen zu tun bekommen, gegen die das Ozonloch ein Klacks ist.«

»Worauf wollen Sie hinaus?« Die Stimme des Interviewers klang plötzlich spröde.

»Es wird dunkler über dem Kontinent«, sagte Dr. Jared. »Nicht jahreszeitenabhängig oder in anderer Weise in die Zyklen der Natur eingebunden, sondern gegen jede Regel und Statistik! Das Licht schwindet. Wir können es mit bloßem Auge noch nicht erfassen – noch nicht. Aber seit Beginn meiner Messungen hat sich das Spektrum bereits dramatisch *verkürzt*. Bei dieser Geschwindigkeit wird es nur noch Wochen, allerhöchstens ein paar Monate dauern, bis der Mangel an Licht spürbar wird. Nicht nur für unser Auge, auch für die Natur. Für die Pflanzen. Die Landwirtschaft wird kaum absehbare

Ernteschäden zu beklagen haben, denn was wir allzu gern verdrängen, ist eine unumstößliche Tatsache: Die Natur ist auf eine bestimmte Menge Licht angewiesen. Sämtliche Wachstumsprozesse sind damit verflochten. Wenn das Phänomen fortschreitet und tatsächlich eine permanente Dämmerung über den Kontinent hereinbricht, ist unsere Lebensgrundlage bedroht. Ich übertreibe nicht, wenn ich sage, daß Australien, wenn wir nicht sehr rasch die Ursache des Lichtschwunds und ein Gegenmittel herausfinden, binnen weniger Jahre ein unbewohnbarer Kontinent sein kann. Dieser Erdteil *stirbt*, wenn wir den Prozeß nicht stoppen können!«

»Es ist absurd.«

Jimmy Potts hatte zunächst das Video gestoppt und Darren Secada dann nach seiner Meinung gefragt.

»Das hat man Anfang der achtziger Jahre auch von Aids geglaubt, als damals die ersten Wissenschaftler mit ihren Beobachtungen an die Öffentlichkeit gegangen sind«, entgegnete Potts. Er kratzte sich am Kinn. Es schabte hörbar. »Schon damals gab es klare Prognosen über den Verdoppelungsprozeß, mit dem sich das Virus ausbreiten würde. In Afrika haben sie traurige Realität erlangt. Nur in den sogenannten fortschrittlichen Ländern konnte die Ausbreitung über Präventivmaßnahmen eingedämmt werden.«

»Aber das, was dieser sogenannte Experte gerade zum Besten gab, hat nichts mit einer Krankheit und der Gefahr einer Epidemie zu tun«, gab Secada zu bedenken. »Es handelt sich um ein Phänomen, vor dem dieser Mann und seine Kollegen hilflos dastehen. Sie verfügen nicht einmal über den Ansatz einer Erklärung für den angeblichen Schwund. Und daß es kontinental begrenzt sein soll, entlarvt das Ganze doch von vornherein als abstruse Sensationsmache. Licht hält sich nicht an Landesgrenzen! Photonen brauchen keine Einreisevisa...«

Jimmy Potts grinste gequält. »Sie ziehen es ins Lächerliche.«

»Weil es lächerlich *ist*. Unverantwortlicher Unfug. Irgendeine Fernsehanstalt will mal wieder die Einschaltquoten puschen. Dafür ist denen jedes Mittel recht.«

»Auch eine Sichtweise.«

»Sie nehmen das Geschwätz wirklich für bare Münze? Jimmy, Jimmy, ich hätte Ihnen etwas mehr Realitätssinn zugetraut.«

»Die Realität ist düster genug.«

»Eben!«

»Überall sprießen die Endzeitsekten aus dem Boden. Schwarzmaler und Propheten, wohin man schaut. Gestern war ich einkaufen und wurde auf einen Menschenauflauf aufmerksam. Dutzende Passanten hatten sich um einen Kerl geschart, der verkündete, Gottes Strafgericht stünde unmittelbar bevor. Er nannte den Brand des Vatikans und die Ermordung des Papstes ein untrügliches Zeichen dafür, daß Gott die Geduld mit den Menschen verloren habe.«

Secada nickte. Er wußte, wie es in der Stadt oder generell auf der Welt aussah. Die allgemeine Lage war Wasser auf die Mühlen der Scharlatane, die sich an den Weltuntergangsängsten der breiten Masse gesundstoßen wollten. Wahrscheinlich gab es auch ein paar ehrlich Überzeugte unter den Mahnern. Tatsache war, daß die allgemeine Stimmung sich dermaßen verschlechtert hatte wie zuletzt auf dem Höhepunkt des Kalten Krieges, als jedermann mit einer nuklearen Auseinandersetzung der Supermächte gerechnet hatte.

»Wir leben in einer Zeit des Umbruchs. Zum Jahrtausendwechsel sind die schwelenden Probleme eskaliert. Aber man wird es in den Griff bekommen. Die Lage wird sich beruhigen...«

»*Wer* soll es in den Griff bekommen?«

Secada zuckte die Achseln. Dann erhob er sich.

»Sie wollen schon gehen?«

»Ich bin müde. Ich fühle mich auch nicht sonderlich wohl. Aber wir können gern morgen weiterreden.«

Potts hatte sich auch erhoben und ließ jetzt die Schultern sinken.

»Schade«, sagte er. »Sie nehmen es nicht ernst.«

»Und Sie *zu* ernst, Jimmy. Sie sollten öfter ausgehen. Man lernt nette Leute kennen da draußen.«

»Ich bin zufrieden«, wiegelte Potts ab. »Die meiste Zeit genüge ich mir als Gesellschaft.«

»Darüber würde ich nachdenken«, sagte Secada zum Abschied. »Aber hören Sie auf, über Humbug wie diesen...«, er wies zum Fernseher, »... nachzugrübeln. Sie kriegen nur Depressionen davon.«

»Wenn ich Ihren Rat annehme«, fragte Potts, »beherzigen Sie dann auch meinen?«

»Welchen?«

»Gehen Sie zum Arzt. Gleich in der Frühe. Ich entschuldige Sie in der Pathologie.«

Secada spürte, wie unangenehm es ihm war, seine Gesundheit zum Thema zu machen.

»Bis morgen«, sagte er. »Rufen Sie mir ein Taxi?«

Potts bejahte.

Draußen auf dem Korridor blieb Secada noch einmal stehen und drehte sich um. Sein Assistent blickte ihm erwartungsvoll von der Wohnungstür aus entgegen, als hätte er fest damit gerechnet, daß Secada noch etwas auf dem Herzen haben könnte.

»Haben Sie schon einmal den Namen Lilith Eden gehört?« fragte Secada.

Die Antwort verstand er nicht, weil der Schmerz in seinem Kopf jede andere Wahrnehmung betäubte.

Potts schien nicht bemerkt zu haben, was passiert war. Er stand da, als hätte er etwas auf Secadas Frage erwidert, aber Secada wollte dieselbe Frage nicht noch einmal stellen.

Er hatte sich schon genug Blößen gegeben.

Die Hand zum Gruß erhoben, wandte er sich dem Lift zu.

Bevor die Flügel auseinanderglitten, hörte er, wie Potts in seine Wohnung zurücktrat und die Tür mit einem leisen Geräusch schloß.

Secada stützte sich an der Wand ab und atmete tief durch.

Bilder, mit denen er nichts anfangen konnte, huschten an

seinem geistigen Auge vorüber.

Es ist kein Tumor, beruhigte er sich. *Du bist kerngesund.*

Daran glaubte er selbst nicht. Vielmehr mußte er an seinen Vater denken, der seit Jahren in einer geschlossenen Anstalt lebte, weil er sich einbildete, ein Vampir zu sein.

Secada hatte sich oft die Frage gestellt, ob Schwachsinn erblich sei. Es gab unterschiedliche Thesen dazu.

Aber egal, was es war, was momentan mit ihm geschah: Es war bedenklich.

Er war nicht einmal mehr sicher, ob er draußen auf der Straße wirklich eine Frau getroffen hatte, die sich nach einer anderen Frau erkundigt hatte. Und außerdem gab es noch wesentlich andere Dinge, die ihn in seiner Sorge bestärkten, den Pfad der Normalität verlassen zu haben...

Entnervt betrat er den Aufzug und fuhr nach unten.

Es war kurz vor halb drei, als er die Tür seiner Wohnung aufschloß und das Licht anknipste.

Das Gefühl, heimzukommen, hatte er nicht.

Während der Fahrt war es ihm einige Male vorgekommen, als würde das Taxi verfolgt werden. Aber jedesmal, wenn er sich umgedreht hatte, waren nicht einmal Scheinwerfer hinter ihm zu erkennen gewesen.

Und jetzt...

Er drückte die Tür hinter sich ins Schloß und lehnte sich mit dem Rücken dagegen.

Die Wände des Flurs waren voller Bilder, die er erst kürzlich und beinahe zwanghaft gekauft hatte. Sie zeigten alle dasselbe Motiv in allen möglichen Variationen: den Ayers Rock.

Secada erinnerte sich nicht, wie es angefangen hatte, daß er eine besondere Vorliebe für den mythischen Berg der australischen Ureinwohner entwickelt hatte. Nicht einmal jetzt hätte er überhaupt zu sagen vermocht, *was* ihn an dem gewaltigen roten Tafelberg faszinierte.

Kopfschüttelnd ging er ins Bad. Er wußte nicht, ob er Schlaf finden würde, aber er wollte es versuchen. Manchmal mieden ihn die Träume, aus denen er schweißgebadet und orientierungslos erwachte. Manchmal schlief er tief und fest und unschuldig wie ein kleines Kind.

Er zog sich aus und schlüpfte in seine Pyjamashorts. Das Bett war noch so unordentlich, wie er es am Morgen verlassen hatte. Es störte ihn nicht. Er löschte alle Lichter bis auf die Lampe auf dem Nachttisch. Dann verkroch er sich unter der Decke. Mit einem letzten Blick auf die Uhr knipste er auch diese Lampe aus, sank zurück und schloß die Augen.

In seiner Erinnerung gab es eine Lücke, deren genaue Dauer sich trotz größter Bemühungen nicht hatte bestimmen lassen. Auch nicht mit Hilfe anderer.

Anfang Januar hatte Secada das absonderliche Gefühl gehabt, sich seiner Umgebung von einer Sekunde zur anderen *bewußt* zu werden, so als hätte er sein vorheriges Leben durch eine Art Filter wahrgenommen.

Verrückt.

So verrückt wie Jimmys Befürchtungen von einem Schwinden des Lichts...

Secadas Gedanken verloren das Korsett, das sie im Wachzustand bündelte. Er sank in ein Stadium oberflächlichen Schlafes, über den die Träume noch keine Macht hatten...

...und schrak schon Minuten später daraus empor, mit rasendem Herzschlag, weil er von etwas geweckt worden war, das er nicht benennen konnte!

Ein Geräusch?

Eine... Berührung?

Er richtete sich auf. Das Gefühl, nicht mehr allein im Zimmer zu sein, erlangte eine so greifbare Dichte, daß er jeden Eid geschworen hätte, sich den Raum mit einer anderen Person zu teilen!

Erreichte seine Paranoia das nächste Stadium?

Langsam lenkte er seine Hand zum Nachttisch, ertastete den Schalter... und zögerte.

Wollte er sich überhaupt Gewißheit verschaffen, ob er halluzinierte oder es eine tatsächliche, reale Bedrohung gab...?

Vielleicht hätte er darauf in Stunden noch keine Antwort gefunden.

Die Stimme nahm ihm die Entscheidung ab.

»Du tust mir leid«, sagte sie. »Es muß schrecklich sein.«

Secada hatte das Empfinden, von innen heraus zu Stein zu werden. Diese Stimme... es war dieselbe wie vor Jimmy Potts Wohnung!

Mit einem leisen Klicken flammte das Licht auf.

Diesmal lag das Gesicht der Fremden nicht hinter Schatten. Aber sie trug immer noch diesen weiten Mantel, der ihre Figur verbarg.

»Was – wollen Sie hier? Wie sind Sie hereingekommen?«

»Ist das wichtig?«

»Ja!«

»Ich brauche deine Hilfe«, sagte die verführerisch schöne Frau und knöpfte den Mantel auf. »Ich will sie nicht umsonst.«

Der Mantel fiel zu Boden.

Secada hatte plötzlich Mühe zu atmen. Die Fremde war nackt unter dem Mantel. Bleich wie eine Statue schwelgte ihr Körper in beinahe perfekten Rundungen.

»Das ist«, krächzte Secada, »nicht Ihr Ernst!«

»Warum nicht? Bist du Mönch – oder schwul?«

Secada lauschte tief in sein Inneres, um herauszufinden, ob er gerade eine reale Begegnung hatte. Er fand keine Antwort.

»Weder das eine noch das andere«, sagte er tonlos. »Ich denke auch, daß die eigentliche Frage lautet: Wer sind *Sie*?«

Sie nickte. Trat näher. Ihre Bewegungen waren fließend. Secada erinnerte sich nicht, je eine solche Harmonie im Bewegungsablauf eines Menschen gesehen zu haben – höchstens bei einer Raubkatze in freier Natur. Die Gangart der Besucherin wirkte perfekt durchchoreographiert. Und sie selbst hatte tatsächlich bei aller Attraktivität etwas Animalisches.

Möglicherweise war dies sogar die Basis ihrer Anziehungskraft...

»Das ist schwierig zu beantworten. In vielerlei Hinsicht bin ich... *ihr* ähnlich.«

Secada wollte nachfragen, wen sie meinte. In letzter Sekunde biß er sich auf die Lippe, denn er ahnte die Antwort, und er wollte nicht schon wieder diesem Gefühl der Hilflosigkeit und des Schmerzes ausgesetzt –

»Ich spreche von Lilith Eden«, sagte die Frau.

Als Secada wieder imstande war, seine Umgebung ohne wogende Schleier und die Verzerrungen eines migräneartigen Anfalls wahrzunehmen, saß die Unbekannte neben ihm auf dem Bett.

Nackt.

Ein elektrisierendes Prickeln sprang von ihr auf Secada über. Er wollte von ihr abrücken, aber sie streckte die Hand aus und umfaßte seinen Arm.

»Es ist nichts, wovor du dich fürchten müßtest. Ich finde dich sympathisch. Ich beobachte dich schon eine Weile. Es wird mich keine Überwindung kosten.«

Secada schüttelte den Kopf. »Diese Person, von der Sie ständig reden... wieso glaube ich jedesmal, mein Schädel würde auseinanderfliegen, wenn ihr Name fällt? Ich verstehe nicht. Ich kenne niemanden, der –«

»Psst...!« Sie hob auch die andere Hand und drückte sanft den gespreizten Zeigefinger gegen Secadas Mund. »Ich weiß die Antwort. Und ich werde versuchen, es dir zu erklären. Nachher.«

Ehe er etwas erwidern oder gar protestieren konnte, glitt sie über ihn und drückte ihn mit ihrem Gewicht sanft in die Kissen. Sie roch überaus exotisch. Secada wurde regelrecht schwindelig von ihrem Parfüm – oder dem körpereigenen Duft der Fremden. Er wußte, daß er sich – wenn überhaupt – *jetzt* wehren mußte. Aber er fand nicht die Kraft dazu. Im Gegenteil, er gestand sich ein, daß dieser Traum ihm gefiel. Und selbst wenn all dies sich *wirklich* ereignete, hätte er keinen vernünftigen Grund gewußt, warum er es hätte verhindern sollen.

Ihm wurde warm.

Heiß.

In seinen Lenden schien sich ein Feuer zu entfachen, das er lange vermißt hatte. Viel zu lange.

Ihre Lippen schmeckten herbsüß. Wie Walderdbeeren, die Secada einmal bei einem Ausflug nach Queensland gegessen hatte. Es war Jahre her, aber den Geschmack hatte er nie vergessen. Er war mit nichts vergleichbar, was er jemals davor oder danach gekostet hatte.

Bis heute.

Ohne sich dessen bewußt zu werden, erwiderte er den Kuß. Und zog sie weiter über sich, bis sie ganz auf ihm lag und ihre festen warmen Brüste gegen seine Rippen preßte. Seine Hände strichen über ihren Rücken, als müßte er Wirbel für Wirbel ertasten, und gelangten schließlich zu den prallen Pobacken, in die Secada seine Finger grub. Verlangend begann er sie zu kneten.

Die Fremde – das war sie immer noch, und es erhöhte den Reiz ins Unendliche – stöhnte, bog ihren Körper wild hin und her, rieb sich heftiger an Secada und glitt mit ihrem Mund über sein Kinn, über seinen Hals, den Kehlkopf hinab und tiefer, bis sie eine seiner Brustwarzen zu fassen bekam und mit den Zähnen daran spielte.

Schauer höchster Erregung durchpulsten Secada.

Was tue ich da?

Er erstickte die Stimme der Vernunft. Er wollte nicht vernünftig sein. Nicht hier, und nicht jetzt.

Mit einer Hand glitt er in den Spalt zwischen ihren Pobacken und weiter zu ihrem Schoß, der ihn mit williger Feuchte begrüßte. Vorsichtig schob er seinen Mittelfinger in ihre Grotte. Sie stöhnte lauter. Ihr Gesicht tauchte wieder über dem seinen auf. Sie küßte sein rechtes Ohr und begann daran zu lutschen.

Seine Erektion wuchs.

Ihr entging nichts.

»Aah«, seufzte sie und umschloß sein Glied mit der Hand. Das Blut staute sich noch stärker. Secada glaubte sein Herz darin schlagen zu spüren.

Behutsam und dennoch fordernd massierte sie ihn. Bis er

sich nicht mehr bezähmen konnte, sie an den Hüften packte und mit einem Ruck umdrehte, so daß sie sich ihm von hinten präsentierte. Sie machte ein Hohlkreuz und reckte ihm das Gesäß entgegen.

»Worauf wartest du?« Ihre Wange lag auf dem Laken. Eine ihrer Hände griff zwischen ihren gespreizten Schenkeln hindurch und plazierte sein Glied an der Pforte zu ihrem Schoß.

Secada schaltete jeden störenden Gedanken aus. Mit einem unbeschreiblichen Lustgefühl drang er in sie ein. Sie stemmte sich ihm entgegen. Feuerte ihn an, schneller zu stoßen, nicht *zu* behutsam mit ihr umzugehen...

Er gehorchte fast mechanisch. Versank tiefer im Rausch der Begierde. Sie war unerhört eng und stimulierte sein Geschlecht, wie er es noch nie erlebt hatte...

... wirklich nicht?

Er verlor den Faden.

Die Lust drohte zu gerinnen.

Er...

»*Nicht auf-hö-ren!*«

Ihre Stimme fing den freien Fall in die Ernüchterung ab. Secada verlor sich erneut in purer Ekstase. Fast unbemerkt übernahm sie die Regie, plazierte nun ihn, wie es ihr gefiel. Als er auf dem Rücken lag, ritt sie ihn mit hitzig geröteten Wangen. Ihre wundervollen Brüste schaukelten vor Secadas Augen. Er griff danach, preßte sie zusammen, wünschte sich, zwischen ihnen zu kommen und verlor Sekunden später fast die Besinnung, als er sich in sie verströmte.

Sie sank über ihm zusammen. Atmete heiß gegen seinen Hals. Küßte ihn. Saugte so heftig an seiner Haut, bis es schmerzte.

Secada wollte sie wegschieben.

Der süße Schmerz wurde stärker.

»Laß...«, forderte er sie auf.

Sie tat, als wollte sie sich zurückziehen. Doch dann – fühlte Secada, wie sich ihre Zähne in seinem Fleisch verbissen.

»Verdammt, laß –«

»Ich sagte doch«, flüsterte sie erregt, »ich würde mich erkenntlich zeigen.«

Mit diesen Worten biß sie zu... nein, bohrte sich etwas höllisch Spitzes, das sich hinter ihren Lippen befand, in seinen Hals.

In seine Schlagader.

Aus einem Reflex heraus schlug Secada mit der Faust zu. Er hörte es knirschen. Aber der Mund der Frau klebte weiter an ihm. Unlösbar.

Seine bereits abschwellende Erektion wuchs wieder an, als sie gierig zu saugen begann und gleichzeitig mit der Zungenspitze an der geöffneten Ader rieb.

Secadas Augen quollen fast aus den Höhlen. Er wollte nicht glauben, was ihm passierte. Und ebenso wenig wollte er wirklich, daß es aufhörte.

Er genoß die Qual, die keine war.

»Wer... bist du?«

Ein Freund.

Sie sagte es nicht. Ihr Mund war mit anderem beschäftigt. Aber er fühlte, daß sie sein Freund war. Mehr als eine Geliebte. Mehr als ein blutsüchtiges Ungeheuer.

Allmählich schwanden ihm die Sinne.

Wie das Licht.

Es wurde dunkel um seinen Geist.

»Möchtest du ewig leben?« glaubte er noch ihre Stimme zu hören.

Er war nicht imstande zu antworten.

Er begann zu fallen.

Es war in Ordnung. Wenn so das Sterben war, war es in Ordnung...

3. Kapitel

Im Berg der Schande

Monate danach, im Berg der Schande

Der Hagere trat lautlos aus den Schatten eines Stollens. Er entstammte dem Geschlecht der Kelchhüter, welches bereits in biblischen Zeiten dafür gesorgt hatte, daß sich die Plage der Vampire über die Erde hatte ausbreiten können, und nun war er der letzte seiner Art. Eine Macht, noch stärker als die seine, hatte ihn in den Ruinen von Jerusalem vom Tode auferstehen lassen.

Der Name dieses Mannes war Legende: Landru.

Aber es war ein seltsam Ding mit dem neuen Leben, das in Landrus Hülle nistete und ihn seit Jahr und Tag beseelte. Es schien nur noch ein Abglanz dessen zu sein, was den uralten Vampir über den Abgrund der Zeiten hinweg durchstrahlt hatte. Einen entsprechend ramponierten Eindruck vermittelte er der Frau, die in der Höhle auf ihn wartete.

Lilith Eden versuchte sich nicht vom äußeren Augenschein blenden zu lassen. Sie schätzte Landru immer noch als ernstzunehmenden Gegner ein. Zumal er eine übermächtige Verbündete hatte.

»Du kommst mit leeren Händen? Habe ich meine Arbeit etwa schon getan?«

»Noch nicht.« Die Stimme des Mannes, dessen Seele aus dem Jenseits zurückgeholt worden war, klang kalt, beinahe eisig. »Drei fehlen noch. Aber das weißt du.«

Lilith ließ seine Worte auf sich wirken. Sie hatte versucht, einen Überblick über die verrinnenden Stunden und Tage zu bewahren, aber es war ihr nicht möglich gewesen. Im Innern des Berges, im Höhlenlabyrinth des Ayers Rock gab es keine Anhaltspunkte, um die vergehende Zeit zu messen. Das rötliche Zwielicht, das von den steinernen Adern ausgeströmt wurde, veränderte sich nie; Tag oder Nacht waren daran nicht abzulesen.

Auch anhand von Landrus Kommen und Gehen ließ sich der Fluß der Zeit nicht deuten. Manchmal blieb er länger fort, ein andermal verging die Zeit seiner Abwesenheit wie im Flug. Das einzige, was Lilith hatte zählen können, war die Anzahl der Kinder, die er brachte.

Tote Kinder.

Ein Heer von Strichen, in den Fels geritzt, gab Auskunft darüber, wie viele Monstren sie durch die Berührung ihrer Hände *und* ihres Herzens inzwischen aus der Umarmung des Todes befreit hatte.

Siebenundneunzig.

Und Rahel hatte von hundert gesprochen. Hundert neue Vampire, die Landru aus allen Teilen des Kontinents her zu Lilith schleppte, damit sie vollbrachte, was bereits vor vielen Jahrzehnten, zum Ende des Ersten Weltkriegs, geweissagt worden war.

»Über die Menschheit wird eine große Züchtigung kommen...«

»Warum kommst du dann ohne einen Bastard?« Sie war bemüht, ihrer Stimme Festigkeit zu verleihen. Niemand sollte wissen, wie es tatsächlich in ihr aussah.

»Wie sich die Zeiten ändern«, erwiderte der Mann mit der nie heilenden Kreuznarbe unter dem linken Auge. »Früher schimpfte man *dich* Bastard.«

»Die das taten, sind nicht mehr«, sagte sie ruhig. »Erinnere dich, was aus ihnen wurde.«

»Ja, sie wurden ausgelöscht.« Haß klirrte im Ton des ehemaligen Hüters. »Du hast große Schuld auf dich geladen.«

Lilith nickte. »Das habe ich. Zweifellos. Aber nicht, als ich die deinen in den Untergang führte. Schuldig habe ich mich *hier* gemacht. Ich bin mir dessen bewußt. Ich hätte weniger egoistisch sein sollen.«

»Aus Egoismus hast du dich entschieden, die nächste Generation zu beleben?«

»Du kennst den Handel zwischen Rahel und mir.«

»Sie gab dir dein Leben. Als Gegenleistung mußtest du den eisigen Tod aus den Gebeinen der neugeborenen Herrscher austreiben.«

»Sie werden niemals herrschen«, widersprach Lilith. »Ich werde sie vorher daran hindern.«

»Du lebst vom Glauben.«

»Und du?«

»Ich habe nicht das Gefühl zu leben.«

Sie nickte. »Diesen Eindruck hatte ich schon bei unserer ersten Wiederbegegnung gewonnen. Was hat sie dir angetan? Oder sollte ich fragen, was hast du dir antun *lassen*?«

»Ich wurde vor keine Wahl gestellt. Sie tat, was ihr gefiel.«

»Wen siehst du in ihr? Einen Freund?«

Er schwieg und schien uneins, ob er darauf eine Antwort geben wollte. Schließlich sagte er: »Ich sehe in ihr eine Notwendigkeit – die pure Notwendigkeit.«

»Und du hast dich nie gefragt, was ihr solche Macht verleiht? Woher sie die Gabe erlangte, Tote ins Leben zurückzurufen und – noch wichtiger eigentlich –, *warum* sie diese Fähigkeit erhielt?«

»Du hast sie selbst getauft und zu dem gemacht, was sie heute ist. Vor beinahe drei Jahren hast du sie in Jerusalem aus dem Lilienkelch trinken lassen – ein kleines *menschliches* Mädchen, das an dem Trunk starb und dann zur Vampirin wurde. Willst du sagen, du erinnerst dich nicht mehr?«

»Doch«, sagte Lilith, »ich erinnere mich sehr gut. Aber ich zweifele daran, daß nur mein Blut und die Magie des Kelchs aus Rahel machten, was sie heute ist.«

»Welches Element sollte noch im Spiel gewesen sein?«

»Die Vorsehung. Ich glaube, Rahel war dieses Schicksal bestimmt, und ich war nur der Vollstrecker.«

Aus Landrus Gesicht war nicht abzulesen, wie er über diese Interpretation dachte.

Lilith studierte das Erscheinungsbild ihres ältesten Widersachers. Er sah nicht mehr ganz so verwahrlost aus wie bei ihrem ersten Wiedertreffen hier in der Höhle. Nur in seinen

Augenhöhlen flirrte noch immer dieses Licht, das seine Verlorenheit widerspiegelte und verriet, wie zerrissen es in ihm aussehen mußte. *Vom Herrn zum Diener degradiert,* dachte Lilith. *Wie erträgt er das?*

Die Vorliebe, das schulterlange Haar hinter dem Kopf in einem Pferdeschwanz zusammenzubinden, hatte Landru ebenso abgelegt wie sein Faible für elegante Kleidung. Momentan wirkte er eher wie ein Desperado im weiten Lodenmantel. Stoppelbärtig und verwegen stand er da. Das ein oder andere Mal hatte Lilith Waffen unter seinem Mantel bemerkt. Ihrer hätte sich der *alte* Landru nie bedient. Was war aus seiner magischen Potenz geworden? War sie im Grab *geblieben?*

Sie wußte, daß es keinen Sinn hatte, ihn danach zu fragen. Zweifellos waren seiner Redseligkeit Grenzen gesetzt.

»Was willst du von mir?« kam sie zum ursprünglichen Thema zurück. »Wenn du mit leeren Händen kommst, hat es Gründe, oder?«

»Ich komme nicht mit leeren Händen, sondern mit übervollen.« Er lächelte. Aber es war nur ein Abglanz früherer Ironie.

»Was heißt das?«

»Daß du mir folgen sollst.« Er drehte sich um und schritt auf den Stollen zu, aus dem er Minuten vorher gekommen war.

Lilith zögerte einen Moment, ihm nachzugehen. Dann machte sie sich begreiflich, daß jede Verzögerung auch ihre Gefangenschaft verlängerte.

»Wo ist Rahel?« rief sie Landru hinterher.

Er gab keine Antwort.

»Oder die Vampirin, die Rahel als ›Zeichensetzerin‹ benannte...«

Landru schwieg auch dazu.

Durch mehrere Schächte gelangten sie an einen Ort, der Lilith noch unbekannt war. Eine Höhle, in der sich schattenhaft die Gestalten vieler Menschen drängten. Ihr Wimmern verriet Angst. Und ängstlich versuchten sie, sich vor den Eintretenden zu verstecken.

Doch es gab keine Zufluchten.

In Liliths Kehle wuchs ein Kloß. Dieser Bereich des Berges war tabu für sie gewesen. Magische Siegel hatten verhindert, daß Lilith den ihr zugewiesenen Bereich verließ – oder daß andere aus anderen Bezirken zu ihr gelangten.

Mit einem Blick begriff sie, daß die hier Zusammengepferchten noch trostloser vom Licht der Außenwelt abgeschnitten waren als sie selbst.

»Du willst wissen, welchen Zweck sie erfüllen?« fragte Landru.

Lilith kniff die Lippen zusammen. Wohin sie blickte, wogte ihr namenlose Furcht entgegen.

»Nenn es *die Vorratskammer*«, sagte Landru. »Diese Zone grenzt unmittelbar an jenes Nest, in das ich die Kinder bringe, nachdem du ihnen das Leben geschenkt hast.«

»Nest«, murmelte Lilith, beinahe zu sich selbst. »Das klingt nach Vögeln, die noch nicht flügge sind...«

»Ein hübscher Vergleich.« Landru machte eine ausholende Geste, die die hier Versammelten einschloß. »Kleine Vögel brauchen Nahrung, um heranzuwachsen. Hier ist sie im Überfluß. Anfangs war es noch viel mehr. Aber die Kinder sind hungrig... oder sagen wir: durstig.«

Lilith hatte längst verstanden.

»Monster!« zischte sie.

»Sei gerecht«, forderte Landru etwas, was aus seinem Mund geradezu absurd klang. »Auch du mußtest ernährt werden. Auch du hast dich nicht nur von Luft und Erinnerungen ernährt, seit du hier bist.«

Sie erstarrte von innen heraus.

»Das ist eine Lüge!« fauchte sie.

»Es ist die reine Wahrheit.«

Sie zitterte. Ihre Hände ballten sich zu Fäusten. Als sie an sich herabblickte – das tat sie schon, um das Elend ringsum nicht länger ertragen zu müssen –, hatte sie das Gefühl, daß der Symbiont an ihrem Körper sich der Gänsehaut anzupassen versuchte. Auch das lackschwarze Catsuit, das sie trug, bildete winzige Knötchen aus. Lilith bemühte sich, ihre Fassung wiederzuerlangen.

»Du lügst«, behauptete sie noch einmal. »Ich habe keine dieser bedauernswerten Kreaturen behelligt!«

»Vielleicht sollten wir die Kreaturen fragen...« Landru winkte eine Frau mittleren Alters herbei, die sich in einer Ecke hatte verkriechen wollen – bis der Ruf sie ereilte.

Gehorsam kroch sie heran.

»Hör auf!« flüsterte Lilith.

»Kennst du diese Frau?« wandte sich Landru an die Unbekannte.

»Ja«, kam es rauh aus deren Mund.

»Woher?«

»Ich mußte... sie besuchen. Während sie schlief.«

Landru nickte zufrieden. »Und was tat sie mit dir – während sie schlief?«

Im Blick der Frau wogte Ekel. »Sie hat mich gebissen. Und an mir... getrunken.«

Landru scheuchte sie davon. »Du hast es gehört. Bezichtigst du sie ebenfalls, gelogen zu haben?«

Lilith weigerte sich zu antworten. In ihrer Erinnerung gab es keinen Moment, in dem sie sich eines dieser Menschen hier bedient hatte, um die eigenen Bedürfnisse nach Blut zu stillen. Ehrlicherweise mußte sie jedoch eingestehen, daß sie Blut brauchte. Zum Leben und zum Überleben. Was das anging, war sie nicht besser als ihre Feinde. Nur daß sie für das Elixier des Lebens nie getötet hatte.

»Ich begreife deine Absicht nicht«, sagte sie schließlich. »Willst du mir mit diesem Ausflug weh tun? Hast du vor, mich zu quälen? Das ist lächerlich!«

»Du hast recht. Was sind solche Wahrheiten gegen das erdrückende Gewicht der Schuld, die du sonst auf dich geladen hast? Du hast so viele Ungeheuer erschaffen, daß du nie mehr ruhig schlafen kannst, sobald du in die Freiheit entlassen wirst. Der Schlaf hier war voller Magie. Er erstickte dein Bewußtsein.

In einem solchen Schlaf konnte dir alles widerfahren. Du warst völlig wehrlos. Ich hätte dich sogar...«

Er verstummte vielsagend.

»*Warum hast du mich hierher gebracht?*« Lilith widerstand der Versuchung, auf seine Provokation einzugehen.

»Warum?« Er legte den Kopf schief, als lausche er einer Einflüsterung aus der Ferne. »Damit du deine letzte Pflicht erfüllst.« Er hob den ausgestreckten Finger. »Hör genau hin und sag mir, *was* du hörst – außer der Angst dieser Armseligen!«

Im ersten Moment wollte Lilith sich der Aufforderung verweigern. Doch sie hörte es beinahe ohne Zutun. So als wäre *dieses* Geräusch auf geheime Weise von der übrigen Kulisse isoliert.

Schmatzen.

*Mehr*stimmiges Schmatzen.

Sie blickte in die Richtung, aus der es drang. Wo sich Menschenknäuel ballten...

... und kindliche, viel zu kluge Augenpaare ihren Blick erwiderten.

»Die tägliche Speisung«, erklärte Landru, während sich eine weitere Gestalt aus dem Dunkel löste und auf sie zukam.

Irina, erinnerte sich Lilith des Namens der Zeichensetzerin, die maßgeblich dafür eingetreten war, daß sich die dunkle Prophezeiung in ihrem vollen Ausmaß hatte erfüllen können. Irina und ihre *Apostel der Letzten Tage...*

»Ich wußte nicht«, empfing Lilith die attraktive russische Vampirin, »daß du dich immer noch hier aufhältst. Ich dachte, du wärst längst weg.«

»Ich breche bald auf«, sagte Irina. In ihren Armen lagen in Decken gewickelte Neugeborene. Drei. Sie waren sämtlich tot. »Landru bat mich, auf sie aufzupassen, während er dich holt...«

Lilith starrte in die kühlen Gesichter der Kinder, die einander glichen wie ein Ei dem anderen.

»Drillinge«, bestätigte Landru. »Die noch ausstehenden drei sind Drillinge – vielleicht werden sie einmal etwas ganz Besonderes.«

Lilith unterdrückte mühsam den Wunsch, Irina die toten Bündel aus der Umarmung zu schlagen und sie auf dem felsigen Boden zu zerschmettern, so daß *niemand* sie je würde erwecken können.

Als sie an die vorherigen siebenundneunzig dachte, fiel es ihr leichter, ihre Gefühle unter Kontrolle zu halten. *Noch drei,* schöpfte sie Hoffnung für sich selbst. *Dann ist es geschafft. Dann wird sich weisen, ob Rahel Wort hält.*

»Tu, was getan werden muß«, forderte Irina Lilith auf. »Berühre sie.«

»Wer brachte sie zur Welt?« wandte sich Lilith an Landru, der die Drillinge ebenso von ihrer leiblichen Mutter fortgerissen hatte wie jedes Vampirkind davor.

»Warum interessiert dich das? Du hast nie danach gefragt.«

»Jetzt tue ich es.«

»Ich werde es dir nicht sagen.«

»Warum nicht?«

Er zuckte die Achseln. »Fang an.«

»Ich habe die anderen immer fernab dieses Ortes berührt. Warum habt ihr die Regeln geändert?«

»Es sind die letzten. Und ihr Durst kann gleich hier gestillt werden.«

»Mit Blut.«

»Mit Blut«, bestätigte Landru. Und sie durchschaute seine Absicht. Obwohl seine Mimik unbewegt blieb, verriet er sich. Er konnte nicht verbergen, daß er Lilith haßte. Und daß es ihn quälte, sie nicht töten zu dürfen.

Rahel hatte es verboten.

Rahel hatte Lilith die Freiheit versprochen, wenn sie den verlangten Tribut zollte.

Das hatte sie getan. Sie hatte die Abmachung gehalten, und offenbar kam auch Landru nicht darum herum, sich zu fügen. Das einzige, was ihm blieb, war, sie noch einmal mit ihrer Schuld zu konfrontieren. Mit dem Leid, das die neuen Vampire ihren Opfern jetzt schon zufügten – und das doch erst der fast harmlose *Anfang* war.

Lilith beschloß, Landru selbst den schwachen Triumph zu mißgönnen.

Sie streckte die Hände aus.

»Fangen wir an«, sagte sie und löste das erste der drei Kinder aus Irinas Armen.

Kalt und puppenhaft, wie eine kleine leblose, zerbrechliche Figur fühlte der Säugling sich an. Die Prozedur, die ihn erwärmte, war Lilith inzwischen in Fleisch und Blut übergegangen. Sie schloß die Augen. Nahm das zarte Gesicht mit in die Bereiche hinter ihren Lidern und stellte sich vor, wie sich der stumme Mund und die geschlossenen Augen auftaten...

Der Schrei, der Sekunden später durch die Höhle hallte, war bereits real.

Lilith konnte sich ebensowenig wie bei der ersten erfolgreichen Belebung erklären, wie sie es vollbrachte. Sie hatte nie die Gabe besessen, den Tod anderer ungeschehen zu machen. Bei diesen Kindern gelang es ihr. Ausgerechnet und ausschließlich bei ihnen.

Warum?

Und warum versagte Rahel, die sonst jeden Toten ins Leben zurückküssen konnte, ausgerechnet bei ihrer eigenen Brut, so daß sie auf Liliths Hilfe angewiesen war?

Vielleicht, dachte sie, *ist dies das größte Rätsel überhaupt. Und wenn es so ist, steht es in enger Verbindung zu der Prophezeiung der Seherkinder von Fatima. Wer sagte ihnen damals voraus, was zum Millennium geschehen wird? Wer* wußte, *daß eine neue, noch schrecklichere Vampirplage über die Menschen kommen würde...?*

Damals war die Welt noch fest im Griff der alten Vampire gewesen, die, in Sippen organisiert, überall heimlich die Fäden zogen. Wer hätte in solcher Situation über neue Vampire mutmaßen sollen – oder seinerzeit schon das Ende der Alten Rasse vorhersehen können?

Es blieb ein Mysterium.

Lilith öffnete die Augen, als ihr der Säugling entwunden wurde. Landru tat es und trug ihn schnell fort zu einer der

Frauen in der Höhle, die seine mit dem ersten Schrei erwachten Begierden stillen würde.

Lilith verdrängte das Wissen um die Konsequenz ihres Handelns. Sie nahm den zweiten Drilling entgegen.

Dann den dritten.

Das Gefühl der Erleichterung wollte sich nicht einstellen.

Als Irina wortlos ging und Landru zurückkehrte, fragte sie: »Sind es Mädchen oder Jungen?«

»Es sind Knaben«, sagte Landru. »Kräftige Knaben.«

»Wie geht es jetzt weiter? Werde ich mit Rahel sprechen können?«

»Rahel ist nicht da.«

»Nicht da? Aber du weißt, daß du mich gehen lassen mußt?«

»Warum diese Eile? Glaubst du, draußen wartet noch irgend jemand auf dich?«

»Das glaube ich, ja.«

Er verzog das Gesicht. »Du irrst.«

»Nicht, wenn ihr Wort gehalten und Darren verschont habt, wie es meine andere Bedingung war!«

Noch abfälliger sanken seine Mundwinkel nach unten. »Der Mensch ist davongekommen. Aber was gibt dir den Glauben, er könnte noch auf dich warten? Es sind Monate vergangen draußen. Es brauchte Zeit, alle Kinder einzusammeln und herzubringen.«

»Monate? Stimmt das?«

Er machte eine wegwerfende Geste. »Was spielt es für eine Rolle? Die Welt dreht sich weiter. Die Weichen wurden gestellt. Nicht nur hier, auch anderswo. Du wirst es erkennen, wenn du dorthin zurückkehrst, wo du ein Zuhause zu haben glaubst.«

Nach Sydney, dachte Lilith. Und plötzlich wurde die Sorge, Darren könnte etwas zugestoßen sein, übermächtig.

Sie mißtraute Landru. Und sie hatte auch kein unerschütterliches Vertrauen in Rahels Versprechungen.

»Ich muß mit Rahel sprechen. Ruf sie. Sie ist mir noch ein paar Antworten schuldig!«

»Du bist nicht in der Position, Forderungen zu stellen.«

Landru schüttelte den Kopf. »Schade, daß ich dich nicht töten darf. Offengestanden begreife ich nicht, warum es mir verboten wurde. Du hast deinen Zweck erfüllt. Wer braucht dich jetzt noch...?«

Als wollte er seine Worte unterstreichen, hob Landru beide Arme und wölbte Lilith die Handflächen entgegen. Sie sah den Blitz kommen, vermochte ihm aber nicht mehr auszuweichen. Im nächsten Moment schien ihr Körper in Flammen zu stehen, umwabert von unirdischer Energie.

Lilith lauschte dem eigenen gepeinigten Aufschrei nach. Der nächste Atemzug, den sie bewußt tat, fand Stunden, vielleicht Tage später statt...

Sie lag inmitten von Leichen. Schrecklich zugerichteten Leichen.

Lilith versuchte sich aufzurichten. Es kostete Mühe. Vor ihren Augen schien ein ganzer Himmel voller Sterne zu explodieren, und als das Geblitze endlich nachließ, wußte sie, daß Landru auf seine Art doch noch Rache an ihr geübt hatte.

Indem er andere *für* Lilith hatte leiden lassen.

Er war noch immer derselbe Menschenverächter...

In hilfloser Wut ballte Lilith die Fäuste.

»Wo bist du?« rief sie in die Weite des Gewölbes hinein. »Stell dich, du Feigling!«

Vom Echo ihrer eigenen Stimme abgesehen antwortete niemand, und das Gefühl, allein zu sein – wirklich und elend allein – würde stärker. Lilith stand auf. Ein paar Schritte trennten sie von der nächstliegenden Toten. Eine Kugel in die Brust hatte dem Leben der Frau ein Ende gesetzt. Ein atypisches Ende für das Opfer eines Vampirs, aber genau deshalb trug dieses Greuel die Handschrift Landrus, der sich in keine Norm pressen ließ.

Angesichts des Massakers, das der ehemalige Kelchhüter hinterlassen hatte, erweiterte Lilith ihren bereits geleisteten Schwur insofern, daß sie nicht mehr nur die neuen Vampire aufspüren und unschädlich machen wollte, sondern vorrangig auch *ihn.* Den Vater aller Grausamkeiten...

Nachdem sie sich vergewissert hatte, daß niemand innerhalb der Höhle mehr lebte, forschte sie nach dem Verbleib Landrus und Irinas – und Rahels.

Sie suchte sie so vergebens wie den Ort, den Landru *Nest* genannt hatte. Nichts Lebendiges außer ihr selbst schien der Berg noch zu beherbergen.

Wohin waren sie alle gegangen? Und wann?

Wie lange war ich ohne Bewußtsein?

Lilith spürte unbändigen Durst und war einen Moment lang versucht, in die Höhle der Toten zurückzukehren und zu prüfen, *wie* kalt deren Blut bereits war.

Daß sie es nicht tat, tröstete sie.

Es besteht Hoffnung, dachte sie. *Der Aufenthalt hier hat mich nicht völlig zerbrochen...*

Sie sehnte sich nach Darrens Nähe. *Ob er in Sydney angekommen ist?*

Wann hatte sie ihn fortgeschickt?

Angestrengt suchte sie einen Weg aus dem Labyrinth der Gänge, die den Ayers Rock durchschnitten, den heiligen Berg der Aborigines.

Während ihres Bemühens, die Außenwelt zu erreichen, dachte Lilith erstmals seit langem wieder an den Geist, den sie einmal flüchtig in Rahels Nähe bemerkt hatte.

Bis heute wußte sie nicht, ob sie sich getäuscht oder die Wahrheit gesehen hatte.

»Esben Storm«, rann es über ihre Lippen. »Bist du wirklich so tief gesunken, daß du dich auf *ihre* Seite gestellt hast...?«

Aber wie tief war *sie selbst* gesunken?

War eine Schuld, wie sie sie auf ihre Schultern geladen hatte, überhaupt abzutragen?

Hundertmal blutigen Schrecken hatte sie ins Leben gehoben.

Wie sah die Welt draußen nun aus? Zeigte die Entstehung der neuen Rasse schon Wirkung? Ahnten die Menschen bereits, was auf sie zukam, oder waren sie völlig arglos...?

Lilith war entschlossen, es herauszufinden. Aber zuvor mußte sie – erneut – etwas für sich selbst tun.

Etwas gegen diesen unbändigen Durst in ihren Gedärmen...

4. Kapitel

Der Mann in Asche

Bennelong kleidete sich in Asche, während er dem Heulen des Windes lauschte, der an der Hütte rüttelte und durch zahllose Ritzen einen Weg ins Innere fand. Die Flammen der vor dem Spiegel aufgestellten Kerzen bewegten sich zitternd im steten Luftzug, und Bennelong hatte das Gefühl, daß sich diese Unruhe auch auf ihn übertrug.

Zweifellos *war* er nervös. Sehr viel nervöser als sonst, ohne jedoch die genaue Ursache dafür benennen zu können.

»Bleib hier«, bat Tiwi ihn vom Bett her. »Bitte, geh nicht fort.«

»Ich muß«, erwiderte er wortkarg. Die Asche schien seine Sinne zu schärfen. Er atmete bewußter.

»Wer zwingt dich dazu?«

»Meine Ehre. Es haben schon zu viele kapituliert.«

Tiwi stützte sich auf ihre Ellbogen. Die Decke glitt hinab bis zum Nabel und gab ihre kleinen straffen Brüste frei. Sie war sechzehn. Bennelong hatte sie in der verhaßten Stadt kennengelernt, wo er wie sämtliche Angehörigen seiner Familie aufgewachsen war. Sein Stamm der Aranda existierte nicht mehr. In der Stadt gab es keine Stämme. Der Moloch aus Beton und Abgasen zerstörte jeden Zusammenhalt.

An seinem achtzehnten Geburtstag hatte Bennelong entschieden, nicht mehr länger zu dulden, was mit ihm geschah. Was von der Gesellschaft aus ihm *gemacht* wurde. Das war vor zwei Jahren gewesen. Nachdem er seinen Angehörigen Lebwohl gesagt hatte, war er von Alice Springs nach Darwin gezogen, nur des Geldes wegen. Für ein paar Monate hatte er sich dort im gefährlichsten Job des Landes verdingt und geholfen, einen neuen, dreißigstöckigen Wolkenkratzer hochzuziehen. In dieser Zeit hatte es zwei tödliche Unfälle gegeben, allerdings unter Weißen. Bennelong war mit offenen Armen aufgenommen worden. Aborigines galten als absolut schwindelfrei und auch handwerklich geschickt. Als er seinen Job nach Ablauf eines Sommers kündigte, hatte er genug Geld gespart, um ein wenig Grund und Boden auf autonomem Aboriginal-Gebiet zu erwerben. Zu diesem Land hatte eine kleine, seit einem halben Jahrhundert verlassene Farm gehört, die Bennelong mit seiner Hände Arbeit wieder in Schuß gebracht hatte. Dabei unterstützt hatte ihn Tiwi, die zu diesem Zeitpunkt erst fünfzehn gewesen war. Er hatte sie am Busbahnhof von Darwin aufgelesen. Sie hatte gebettelt und – was sie aber erst zugegeben hatte, nachdem sie genügend Vertrauen zu Bennelong gefaßt hatte – ihren Körper manchmal an Touristen verkauft, die Lust auf Außergewöhnliches hatten. Und Sex mit einer Ureinwohnerin, noch dazu blutjung wie Tiwi, *war* etwas nicht Alltägliches, obwohl oder gerade weil Aborigines nicht unbedingt dem geltenden Schönheitsideal der Weißen entsprachen.

»Du allein kannst daran auch nichts ändern. Nicht in hundert Jahren!«

Bennelong drehte sich auf dem Hocker vollends zu Tiwi um. »Mag sein. Aber ich tue es auch gar nicht, um etwas zu verändern. Ich tue es allein für mich.« Aus seinem Ton war leise Enttäuschung herauszuhören. Enttäuschung darüber, daß Tiwi sich mit dem Leben, das sie hier zu führen begonnen hatten, bereits zufrieden gab, während es für Bennelong nur eine *Station* war auf seinem Weg der Rückbesinnung. Er hatte nie vorgehabt, als Farmer alt zu werden. Diese Hütte, die Ställe, Schuppen und wiedererrichteten Korrals hatten ihm Unabhängigkeit verleihen sollen. Er wollte nicht länger auf andere angewiesen sein, um zu überleben.

Dieses Etappenziel war erreicht, und nun wollte Bennelong den nächsten Schritt tun – mit oder ohne Tiwi.

»Für dich...« Sie nickte. »Und was ist mit *uns*?«

Bennelong erhob sich von seiner Sitzgelegenheit und ging zu dem selbstgezimmerten Bett, von dem aus Tiwi ihn traurig betrachtete. Bennelong fühlte sich nicht nackt, obwohl er es war. Die Asche, die er mit Fett vermengt hatte, so daß sie wie eine zweite, graue Haut an seinem Körper haftete, würde ihn vor der grimmigen Nachtkälte schützen.

Bedächtig setzte er sich neben Tiwi und legte eine Hand auf ihre Schulter. Sie verkrampfte unter der Berührung. »Ich habe nie einen Zweifel darüber gelassen, warum ich hierher gekommen bin«, sagte er.

Sie nickte. »Das stimmt. Aber je länger wir hier glücklich waren und uns häuslich einrichteten, desto überzeugter war ich, daß sich deine ursprünglichen Wünsche... geändert haben.«

»Es tut mir leid, wenn ich diesen Anschein erweckt habe.«

Sie schloß kurz die Augen, und als sie ihn wieder ansah, rollten Tränen über ihre Wangen. »Schon gut. Geh, wenn du meinst, es tun zu müssen. Aber –«

»Ja?« Er legte auch die andere Hand auf ihre Schulter und streichelte mit dem Daumen ihren Hals. Als verschüchterten, verängstigten Runaway hatte er sie kennengelernt. Inzwischen hatte sie Selbstbewußtsein entwickelt, war aber – wie Bennelong fürchtete – zugleich in die Abhängigkeit geraten.

Zu ihm.

»Nichts.« Sie streifte seine Hände ab. »Paß auf dich auf.« Langsam drehte sie sich von ihm weg und ließ sich auf die Matratze zurücksinken, wo sie sich gegen Mitte der Nacht geliebt hatten. »Du weißt, daß es gefährlich ist. Diese Arschlöcher ballern auf alles, was sich bewegt – und am liebsten auf solche wie dich.«

Das Lächeln auf Bennelongs Lippen war bar jeglichen Humors. Während er sich erhob, huschte sein Blick über verschiedene Zeitungsausschnitte, mit denen er die Wände tapeziert hatte. Sie beschäftigten sich ausnahmslos mit Regierungsentscheiden zur Aboriginal-Problematik. In einem der aktuelleren Artikel wurde darüber berichtet, daß die australische Regierung auf Drängen von Landpächtern (rund 45 Prozent des australischen Staatsgebiets waren verpachtet) ein Gesetz erlassen hatte, das den Aborigines ihr früher verbrieftes Recht nahm, fremdes Pachtland zur Jagd, zur Wassersuche oder zum Besuch ihrer heiligen Stätten zu durchqueren.

Bennelong hatte nicht vor, sich dieser Beschneidung seiner Rechte zu fügen. Er ging zur Tür, wo seine Jagdausrüstung bereitlag.

»Wie lange wirst du diesmal unterwegs sein?« fragte Tiwi aus dem Kissen heraus, in das sie ihr Gesicht vergraben hatte.

»Ich weiß es noch nicht. – Ein paar Tage...«

»Wundere dich nicht, wenn ich nicht mehr da bin, wenn du zurückkehrst.«

Seine Hand, die gerade den Speer fassen wollte, stockte in der Bewegung. Ein paar Herzschläge lang starrte Bennelong ins Nichts.

Schließlich gab er sich einen Ruck, raffte seine Waffen zusammen und verließ die Hütte.

Wortlos.

Die Nacht nahm den Mann in Asche auf.

Scheißkerl, dachte Tiwi. Eine geschlagene Stunde lag sie unentschlossen im Bett, unfähig, sich zu *irgend etwas* aufzuraffen. Sie hatte gehofft, Bennelong würde damit aufhören, dieser überholten Lebensweise nachzueifern. Statt dessen hatte er sich immer tiefer in die alten Traditionen ihres Volkes verstiegen.

Nein, *er* würde sich nicht mehr ändern. *Sie* mußte die Kraft zum Abschied und Neuanfang finden. Wieder einmal...

Sie hatte ein paar Adressen im Kopf. Adressen von Männern, die ihren Weg vor ihrer Begegnung mit Bennelong gekreuzt hatten. Und wo sie unterkommen würde, solange sie jung war. Die Regeln, denen sie sich unterwerfen mußte, waren schlicht.

Tiwi schloß kurz die Augen, dann schälte sie sich aus dem Deckengewirr. Der Wind hatte noch nicht nachgelassen. Obwohl er nicht in einen Sturm ausgeartet war, klang sein Heulen unheimlich in Tiwis Ohren. Sie huschte fröstelnd zu ihren Kleidern und zog sich an. Beim ersten Sonnenstrahl wollte sie aufbrechen. Bevor sie vielleicht doch wieder schwankend in ihrer Meinung wurde.

Sie setzte sich an den Tisch und begann ein paar Abschiedsworte an Bennelong zu richten. Doch dann zerknüllte sie den angefangenen Brief wieder und warf ihn ins Herdfeuer.

Keine Sentimentalitäten.

Sie fühlte sich wie ein ausgesetztes kleines Tier.

Das im nächsten Moment von noch größerer Furcht angesprungen wurde!

Was ist das...?

Tiwi verkrampfte, als die Windgeräusche von anderem Lärm überlagert wurden. Von Schreien in höchster Not. Sie kamen von draußen, aus den Stallungen, wie das Aboriginal-Mädchen erkannte.

Und ausgerechnet jetzt ist Benny weg...

Tiwi löste sich aus der vorübergehenden Erstarrung und eilte zur Tür. Als sie sie öffnete, peitschte ihr ein Windstoß entgegen, der ihr feinen Staub in die Augen streute. Fluchend griff sie nach dem Gewehr, das an einem Haken neben der Tür hing, und rannte damit ins Freie.

Die Dunkelheit verschluckte sie. Tiwis Nackenhärchen sträubten sich, als sie daran dachte, daß es so ähnlich sein mußte, von einem Koloß eingeatmet zu werden. Einer der titanenhaften Fabelgestalten, von denen die Mythen ihres Volkes erzählten...

Nur einen Steinwurf entfernt erhob sich der Hühnerstall, aus dem das panische Gekreische des Federviehs drang. Tiwi umfaßte das Gewehr entschlossener. Während sie auf das große Schiebetor zulief, blieb ihr Blick kurz an dem Jeep hängen, dessen Silhouette sich im matten Schimmer der Sterne abzeichnete.

Dich werde ich mir ausborgen, dachte sie. *Er ist selber schuld, wenn er mich fortekelt.*

Dann zerrte sie auch schon an dem Tor, das sich knarrend in seiner Führung bewegte. Dahinter gähnte ein Schlund aus Schwärze, in dem es drunter und drüber zu gehen schien.

Unsichtbar.

Bis Tiwi die Petroleumlampe fand und mit vielgeübtem Geschick in Gang setzte. Einhändig, in der anderen nach wie vor das Gewehr, dessen Lauf sich mit dem ersten Lichtschein sofort hob.

Tiwi trat zwei Schritte tiefer in den Stall, wo die Hühner in wilder Panik durcheinanderstoben und sich sofort in ihre Richtung orientierten, verfolgt von –

Was ist das?!

Der Schemen, der durch den Stall huschte, bewegte sich so ungeheuer schnell, daß Tiwi Mühe hatte, ihm ein Muster zuzuordnen.

Scheiße, ein Dingo! dachte sie nach einer Schrecksekunde, jedoch keineswegs sicher in ihrem Urteil.

Der Vierbeiner hatte wie tollwütig unter den Hühnern gehaust. Überall lagen blutige, zerfetzte Bündel im Staub und wirbelten Federn durch das milchige Gelb der Lampe, die Tiwi jetzt abstellte, damit sie das Gewehr mit beiden Händen zu umfassen konnte, um auf den nächtlichen Eindringling anzulegen und...

Ihr Finger schien am Abzug einzufrieren.

Tiwi schwindelte, als ihr Blick in den Sog der glühenden Hundeaugen geriet. Sie wollte abdrücken, aber ihr ganzer Arm schien wie gelähmt. Als hätte eine scharfe Klinge unbemerkt jeden Nerv durchtrennt!

Das ist kein – Hund.

Schleppend formte sich der Gedanke in ihrem Hirn. Der befellte Vierbeiner kauerte unweit von ihr auf einem Huhn, das sich verzweifelt aus seinen Fängen zu befreien versuchte, aber nicht verhindern konnte, daß die Schnauze plötzlich vorstieß und ihm das Genick durchbiß. Trotzdem zappelte der Körper weiter und schüttelte den halb abgerissenen Kopf bei jeder Bewegung hin und her. Blut spritzte.

Die Szene blieb in Bewegung. Nur Tiwi fühlte sich herausgelöst aus dem Geschehen. Als würde sie fernsehen. Einen Film verfolgen, der nichts mit der Wirklichkeit zu tun hatte...

Nicht schießen! schienen ihr die Augen des Tieres zu suggerieren.

Der kalte Schweiß brach ihr aus. Benny... Sie wollte sich herumwerfen und fortrennen. Zurück ins Haus. Die Türen und Fenster verrammeln.

Das Tier sprang aus dem Stand heraus. Katapultierte sich regelrecht auf Tiwi zu und löste, indem es von unten gegen den Lauf stieß, einen Schuß aus, der ein Loch ins Dach des Stalles riß.

Der ohrenbetäubende Knall ernüchterte Tiwi augenblicklich, während sie rudernd nach hinten stürzte und die Zähne des Tieres auf ihren Hals zukommen sah.

Nein, zuckte es durch ihr Hirn. *NEIN!*

Ihr Verstand lieferte keine Erklärung dafür, was *dann* geschah.

Ein mächtiger Wind fegte über die steppenartige Landschaft. Sein zorniges Fauchen und das Lied der Nacht geleiteten Bennelong durch fahle Helligkeit, in der er sich von der Farm und Tiwi entfernte und seine Schritte unter funkelnder Sternenpracht nordwärts lenkte. Die eisige Kälte war selbst durch die rituelle Asche hindurch spürbar, aber der Aboriginal ignorierte sie und nutzte seine Sinne statt dessen, um die rauhen Kräfte der Natur an sich herantreten zu lassen.

Er war ein Teil der Schöpfung. Ein wichtiges Element des Ganzen. Nur hatte er das in der großen Stadt vergessen.

Er war noch lange nicht soweit, wie er es sich wünschte. Der Aufenthalt hier draußen, allein und zur Nacht, flößte ihm noch allzu oft unbegründete Ängste ein. Angst vor dem Unbekannten, dem er sich nur ganz allmählich annähern konnte, sonst – das ahnte er instinktiv – würde er vor der Größe des Verborgenen erschrecken. Vielleicht sogar in Panik geraten und nie wieder versuchen, eins mit der Natur zu werden, mit ihr zu verschmelzen, wie es seine Vorfahren bis zur Ankunft der Weißen vermocht hatten.

Während er also in die für ihn selbst ungewisse Nacht hinauslief, unternahm er einen neuen Versuch, die Verbindung zu seinem zweiten Vater herzustellen. Jeder Aboriginal hatte *zwei* Väter, den leiblichen, der sich in Bennelongs Fall totgesoffen hatte, und den spirituellen, der für alle Ewigkeit in der Traumzeit beheimatet war.

Doch diesem geistigen Vater war Bennelong trotz aller Bemühungen, sich in das Leben seiner Vorfahren einzufühlen, bis zur Stunde noch nicht begegnet.

Er lief schneller. Seine Ausrüstung, mit Schnüren zusammengebunden und geschultert, schlug ihm bei jedem seiner raumgreifenden Schritte gegen den Rücken, und dieses leise rhythmische Geräusch schien in der Melodie der Nacht aufzugehen.

Bennelong hätte nicht jagen müssen, um zu überleben. Zuhause in den Ställen gab es Nutztiere zuhauf, die den täglichen Bedarf an Fleisch, Eiern oder Milchprodukten abdeckten.

Aber darum ging es nicht.

Für die Dauer, die er fern der Farm zubrachte, würde er sich anderen, weitaus härteren Gesetzen unterwerfen, um zu überleben. Er würde darauf angewiesen sein, die Fährten zu lesen, die zu einem Wasserloch führten, oder er würde jämmerlich in der brütenden Tageshitze verdursten. Es gab giftige Schlangen und Spinnen, vor denen er sich in acht nehmen mußte. Zu seinem erklärten Wild gehörten Känguruhs, Emus und große Echsen, die er vornehmlich mit der Woomera, einer hölzernen Speerschleuder, zu erlegen versuchen würde. Zu diesem Zweck würde er die touristenbefahrenen Gegenden meiden und tief ins Outback vordringen.

Im Laufen blickte Bennelong den Weg zurück, den er gegangen war. Ein, zwei Stunden mochte er erst unterwegs sein, aber die zurückgelegte Strecke war beachtlich. Seine Augen hatten sich längst an das vorhandene Licht gewöhnt. Die Landschaft breitete sich, wie mit einem Kohlestift gezeichnet, um ihn herum aus. Größtenteils flach, bis auf die weit entfernten

Erhebungen der Kata Tjuta und des Uluru, die wie die Buckel monströser Tiere im Dunkel aufwuchsen.

Bennelong hatte nicht vor, auf die vielleicht eindrucksvollsten Zeugnisse der Traumzeit zuzugehen; dafür fühlte er sich noch nicht reif genug, noch nicht ausreichend in seinem wiederentdeckten Glauben gefestigt. Er nutzte die stumm in die Nacht ragenden Felsformationen zur Orientierung, wollte seinen Marsch fortsetzen...

Wollte.

Aber eine Stimme stoppte ihn.

»Kehr um!«

Bennelong strauchelte, konnte aber einen Sturz verhindern, obwohl ihn die Intensität der Worte, die mitten in seinem Kopf erklungen waren, elektrisierte.

Langsam drehte er sich um seine eigene Achse.

Ich halluziniere, dachte er, als er niemanden in seiner Nähe entdeckte. Aber bevor er seinen Weg fortsetzen konnte, wiederholte die Stimme ihre Aufforderung: »Kehr um – schnell! Sie braucht Hilfe!«

Bennelongs Knie wurden weich. Plagte ihn das Gewissen wegen Tiwi? Führte er Selbstgespräche wie im Delirium?

Nein, er würde nicht umkehren! Nicht, bevor –

»KEHR UM!«

Die Stimme schien in seinem linken Ohr zu explodieren. Bennelong machte einen entsetzten Ausweichschritt und blickte hinter sich. Seine Kehle wurde pulvertrocken, als er den Schemen sah, der in kauernder Haltung eine Handbreit über dem Erdboden schwebte und zu ihm emporblickte.

Die Gestalt schien von einer leuchtenden Kontur umgeben zu sein und wirkte gespenstisch unwirklich.

»Was – willst du von mir?«

»Habe ich dich erschreckt?«

»Nein«, log Bennelong. Er schmälte die Augen, um Details des alten Mannes im Lendenschurz erkennen zu können. »Sag mir, wer du bist – und was du von mir willst!«

Bennelong wagte kaum zu atmen. Der Körper des Alten war

mit bedeutsamen Symbolen der Aborigines bemalt. Sein krauses, silbriges Haar umwölkte das breite, zerfurchte Gesicht, in dem die Augen wie ein Stück nächtlicher Himmel aussahen: Unendliche Tiefe lag im Blick des Mannes.

»Du mußt umkehren – sofort!«

»Warum? Hat es mit... Tiwi zu tun?«

»Ist das deine Freundin?«

»Ja!«

»Sie ist in Gefahr. Aber wenn du dich beeilst...«

Bennelong machte ein paar zornige Schritte auf den Alten zu, kam ihm jedoch nicht näher.

Wie in einem Traum, dachte er. Und fragte sich, ob er nicht tatsächlich träumte.

»Wer bist *du*?«

»Niemandes Freund«, kam die ominöse Antwort. »Dennoch solltest du auf mich hören.«

In den Augen des Spuks schienen Sterne zu explodieren. Das aggressive Licht schoß Bennelong entgegen und verschlang ihn. Sekundenlang war er geblendet. Als seine Sehkraft zurückkehrte, war die Stelle, wo der Alte gekauert hatte, leer.

Bennelong rief nach ihm. Aber alle Bemühungen, einen erneuten Kontakt herzustellen, waren vergebens.

Tiwi, rann es heiß durch Bennelongs Hirn. Dann rannte er den ganzen Weg, den er gegangen war, wieder zurück.

Im Morgengrauen erreichte er die Farm, wo seine geheimen Befürchtungen auf furchtbare Weise Bestätigung fanden.

»Tiwi!«

Sie reagierte nicht auf seine Rufe. Im Wohnhaus war sie nicht. Bennelong trottete hinüber zum Stall, dessen Rolltor geöffnet war. Schon von weitem sah er Hühnerkadaver im Sand liegen.

»*Tiwi...!*«

Rennend legte er die letzten Yards zurück. Tauchte ins Halbdunkel des Stalles. Wo noch mehr tote Tiere lagen, nicht nur Hühner, auch Lämmer...

Und mitten im Stall lag Tiwi. Reglos, in verkrümmter Haltung wie ein Embryo im Mutterleib.

Bennelong verschwendete keine Zeit mit der Suche nach Erklärungen. Er eilte zu Tiwi, die vollständig angezogen war, und kniete neben ihr nieder. Sie blutete. Ihre Bluse war getränkt mit dem eigenen Blut, das ihr Gesicht wie eine Kriegsbemalung bedeckte.

»Tiwi...«

Ihre Augen flatterten. Ihre Lippen auch. »Ben...«

»Ruhig! Alles wird gut...«

Sie preßte gequält die Augen zu. »Da war...«

»Nicht reden!«

»... ein... ein Wolf!«

Bennelong schüttelte den Kopf. Es versetzte ihm einen Stich, sie phantasieren zu hören.

»Und dann...«, setzte sie erneut zum Reden an, »... verwandelte er sich in... in...«

Sie bäumte sich auf. Fiel zurück, war wieder ohnmächtig geworden.

Verzweifelt tastete Bennelong nach ihrem Puls, der kaum zu finden war, matt schlug. Vorsichtig schob der Aboriginal seine Arme unter Tiwis Körper und trug sie hinüber ins Haus. Die nächsten Minuten verbrachte er damit, ihre Wunde zu säubern und zu verbinden, die Blutung zum Stillstand zu bringen. Es gab nur eine Verletzung, aber sie war sehr schwer: an Tiwis Hals. Es sah aus, als hätte... ein Hund zugebissen.

Oder ein Wolf?

Bennelong ballte hilflos die Fäuste. Tiwi blieb ohnmächtig, und er konnte nur schätzen, wieviel Blut sie tatsächlich verloren hatte. Sie mußte schnellstens in ärztliche Obhut!

So sehr er auch die Negativauswüchse der Zivilisation verabscheute, so dankbar war er in diesem Moment für das CB-Radio, das sich in der Hütte befand. Es war intakt. Binnen Minuten hatte er seinen Hilferuf formuliert und einen Flying Doc angefordert. Die Zentrale, mit der er sprach, versprach ihm, daß sofort ein Doppeldecker mit einem Ärzteteam starten würde. Bis zu ihrer Ankunft würde höchstens eine halbe Stunde vergehen.

Bennelong atmete tief durch und kehrte ins Nebenzimmer zurück, wo er Tiwi auf dem Bett abgelegt hatte. Er wollte ihr die gute Nachricht mitteilen – ob sie ihn hören konnte oder nicht.

In der Verbindungstür stoppte er, als hätte ihm jemand eine Faust in den Magen geschlagen. Aus weit aufgerissenen Augen starrte er auf die fremde Frau, die neben Tiwi kniete, den Verband vom Hals entfernt und ihren Mund über die wieder aufgebrochene Wunde gestülpt hatte. Ein dünner Blutfaden verschwand zwischen Tiwis Brüsten. Bennelong hatte sie von ihrer durchnäßten Bluse befreit und ihre Blöße nur mit einer Decke verhüllt gehabt.

Benommen taumelte er ins Schlafzimmer. »Heh! Sie! Wer... *Hören Sie sofort auf!*«

Der Mund löste sich mit einem Geräusch, als ströme Luft in ein Vakuum.

Augen, grün und glänzend wie polierte Jade, starrten Bennelong an. Und aus dem Nichts toste urplötzlich eine dunkle Welle auf ihn zu, schwappte über ihm zusammen. Er schrie auf, weil er sich vom Gewicht der Schwärze zermalmt wähnte.

Doch die Welle war nur eine Ausgeburt seiner Einbildung gewesen.

(Wie der Geist des Schamanen draußen im Outback...?)

Bennelong torkelte auf das Bett zu. »Weg! Verschwinde, du... *Bestie*!«

»Erstaunlich«, kam es über die Lippen der Frau, die weder ganz nackt noch richtig bekleidet wirkte. Sie trug ein lackschwarzes Etwas, ein zerrissenes Gewebe, das mit der hie und da durchscheinenden Haut verschmolzen zu sein schien. »Du bist widerstandsfähiger, als ich dachte. – Vielleicht bin ich auch nur außer Übung...«

Er verstand nicht, was sie meinte. Er wollte es auch gar nicht verstehen.

Trotzdem bekam er es zu spüren.

Die nächste Welle kam, und diesmal –

Bennelong spürte, wie jede Entschlußkraft aus ihm wich.

Seine Bewegungen erlahmten. Er starrte auf die Frau, die eine Haltung eingenommen hatte, die sich nur als absolute Bereitschaft deuten ließ, das erlegte Wild bis zur letzten Konsequenz zu verteidigen.

Tiwi, dachte Bennelong schmerzvoll. Er wollte ihr zu Hilfe eilen, aber er konnte es nicht. Etwas fesselte ihn auf der Stelle. Etwas, das gerade erneut aus den Augen der Fremden und mit Macht auf ihn zurollte...

»Man wird sich um sie kümmern«, tröstete die Grünäugige ihn. »Die von dir alarmierte Hilfe wird bald eintreffen... Bis dahin sollten wir weit weg sein. – Ist der Tank des Jeeps voll?«

Bennelong hörte sich antworten. »Ja.«

Wieso tat er das? Wieso bedeutete Tiwi ihm nicht genug, um hierzubleiben, neben ihr zu wachen und ihr beizustehen?

Sie ist in Gefahr, fielen ihm die Worte des Spuks draußen im Outback ein. *Aber wenn du dich beeilst...*

Er hatte sich beeilt.

Und nun versuchte er nicht einmal, Tiwi zu schützen...

In seinem Hinterkopf glaubte er Gelächter dröhnen zu hören, das er intuitiv mit dem greisen Gespenst in Verbindung brachte. Hatte ihn der Unheimliche am Ende gar nicht nach Hause geschickt, um *Tiwi* zu helfen?

Bennelong flehte seinen Traumzeitvater um Beistand an – um Kraft, damit er sich aus dem Bannkreis der namenlosen Fremden befreien konnte.

Aber der Traumvater schwieg. Vielleicht fürchtete er, selbst von ihrem Blick in Ketten geschlagen zu werden.

Bennelong resignierte.

Wider Willen folgte er der Frau nach draußen, belud den Jeep mit randvollen Ersatzkanistern. Und ließ die Farm noch vor der Ankunft der Flying Docs weit hinter sich.

Die Ohnmacht schmeckte ranzig wie das Fett der Asche an seinem Körper...

5. Kapitel

Kalte Herzen

Die Schauder, die wie geliertes Eis dicht unter Illyanas Haut dahinrannen, rührten nur zum geringsten Teil von Piotrs Händen her, die er unter ihren Pullover geschoben hatte und deren Finger ihre Brustwarzen auf eine Weise rieben, die er für zärtlich halten mochte; Illyana indes empfand nur vagen Schmerz, stöhnte mit zusammengepreßten Lippen, und Piotr schien sich dadurch ermuntert zu fühlen, noch heftiger zuzudrücken.

Nichtsdestotrotz war Illyana dankbar für Piotrs Nähe, dafür, daß er sich ihrer annahm, Nacht für Nacht, hier in den dunklen Gassen, die sie beide – und rund zwei Dutzend weitere Kinder und Halbwüchsige – ihr Zuhause nannten. Piotr ließ sie die Kälte dieser Nächte zwar nicht vergessen, aber er machte sie zumindest ein klein wenig erträglicher. Sein Körper, nah an ihrem, spendete Illyana Wärme, oder wenigstens doch die Ahnung davon. Daß sie dennoch fror, Tag wie Nacht, daran hatte sie sich längst gewöhnt; weil sie es nie anders gekannt hatte.

In Stunden, da Illyana nichts anderes tat, als ihren Gedanken nachzuhängen, gelangte sie oft zu der Überzeugung, daß ihr Innerstes selbst aus Eis bestehen mußte, kalt und gefühllos. Herz und Seele mußten ihr in der Brust gefroren sein, zu keiner Empfindung mehr fähig und mithin auch unverletzbar. Und das war gut so. Denn anders würde sie dieses Dasein, das sie in solch nachdenklichen Momenten noch Leben hieß, kaum ertragen, geschweige denn überleben.

Ungeschickt nestelte Piotr an ihrem Hosenbund, und Illyana bedeutete ihm mit einem Blick, kurz innezuhalten. Dann streifte sie ihre Hose selbst über die Knie hinab; nicht weil sie es nicht erwarten konnte, Piotr in sich zu spüren, sondern um zu verhindern, daß er das abgetragene Kleidungsstück mit seinen groben Händen noch mehr zerriß. Schließlich besaß sie nur diese eine Hose.

Derweil öffnete Piotr selbst seinen Hosenschlitz und entließ, was dahinter zu praller Größe angeschwollen war und jetzt im gelblichen, unruhig wogenden Laternenlicht einen bizarren Schatten an die Wand warf. Illyana verzog den Mund in Erwartung des Schmerzes, den der harte Pfahl ihr gleich verursachen würde, und einmal mehr interpretierte Piotr ihr Mienenspiel zu seinen Gunsten.

»Bist schon ganz scharf, wie?« meinte er, mit jenem verwegenen Lächeln, das er den Helden im Fernsehen abgeschaut hatte, und mit einer Stimme, die Alkohol, Drogen und Entbehrungen schon in jungen Jahren zu der eines alten Mannes gemacht hatten.

»Mach schon«, drängte Illyana zitternd, und er schob sich wieder über sie. Ungeduldig half er mit der Hand nach, als er nicht auf Anhieb fand, wonach ihm der Sinn stand.

Illyana schloß die Augen. Biß sich auf die Zunge, um den Laut, der darauf lag, hinter den Lippen zu halten. Sie spürte, wie Piotr auf ihr fröstelte.

»Kalt, als würde man sein Ding in einen Fisch reinstecken«, beschwerte er sich.

»Dann tu's doch«, zischte Illyana ungehalten und strafte ihn mit funkelndem Blick.

»Hab' ich schon getan. Daher weiß ich ja, wie's ist.« Piotr grinste. Und stieß zu. Hart beim ersten Mal, als wolle er Illyana den strafenden Blick vergelten. Dann wurden seine Bewegungen sanfter. Er schob seine Hüften vor und zurück, langsam, wie im trägen Takt eines traurigen Liedes.

Und allmählich begann Illyana, wie von selbst, seine Bewegungen zu erwidern. Wölbte ihm ihr Becken entgegen. Empfing ihn gleichsam. Und genoß die Wärme, die ihr wallendes Blut in jeden Winkel ihres Körpers trug, kleinen Feuern gleich, die leider allzu schnell niederbrannten, wie die Erfahrung Illyana gelehrt hatte.

Piotr war sechzehn, Illyana zwei Jahre jünger. Und Mutter zweier Kinder. Kinder, die sie nie wirklich gesehen hatte, vergaß man den flüchtigen Moment unmittelbar nach der Geburt, als der Schmerz ihr noch alle Sinne in Aufruhr versetzt und den Blick wie mit blutgetränkten Schleiern getrübt hatte.

Als sie jeweils Stunden später wieder zur Besinnung gekommen war, waren ihre Kinder verschwunden gewesen. Sie hatte Trost gesucht in dem Gedanken, daß sie anderen Eltern anvertraut worden waren; Eltern, bei denen ihre Kinder in besten Händen waren. Paare, die selbst kinderlos geblieben waren und Geld dafür bezahlt hatten, um an ein fremdes Kind zu gelangen, und die schon deshalb, weil sie all diese Mühen auf sich genommen hatten, diesem Kind gute Eltern sein würden.

Doch Illyana wußte, daß diese Vorstellung Lüge war, weniger wert noch als ein Traum. Sie wußte, was tatsächlich mit den Kindern, die sie ausgetragen hatte, geschehen war. Daß ihre Herzen längst schon in den Körpern anderer Kinder schlugen; Kinder, die ohne Transplantation nicht überlebt hätten. Die nun auf Kosten des Lebens anderer Kinder leben durften. Weil ihre Eltern betucht – und wohl auch skrupellos – genug waren, um ihnen dieses neue Leben zu kaufen.

Die Welt hatte sich verändert. Ihre Moral verloren.

Und Rußland hatte sich verändert. Zum Schlechteren.

Der Regierungswechsel vor Jahresfrist hatte lediglich den äußeren Schein aufpoliert, und andere Nationen ließen sich nur allzu gern davon blenden, allen voran die westlichen. Weil in Rußland »alles zum Besten« schien, sahen sie sich nicht länger dazu genötigt, dem russischen Volk behilflich zu sein.

Hinter den Kulissen jedoch, die die Regierung für die Augen der Welt aufgezogen hatte, war die Kluft zwischen Armut und Wohlstand größer und vielen Menschen, die sie überwinden wollten, zum Verhängnis geworden. Sie waren tief gestürzt, und die meisten waren hier gelandet, in den Gossen und Gassen, die hinter der fadenscheinigen Fassade Moskaus lagen und in die freilich niemand auch nur einen Blick warf, der nicht hier zu hausen gezwungen war.

Illyana schrak aus ihren Gedanken auf, als Piotr unvermittelt aufschrie und zugleich Wände und Decke ihres Unterschlupfs bedrohlich ins Wanken gerieten! Der Anflug eines spöttischen Lächelns huschte über Illyanas Gesicht, als sie den Grund erkannte: Piotr hatte sich unbedacht aufgerichtet und war mit dem Kopf gegen die niedrige Decke ihrer Behausung gestoßen; einer Behausung, für die der Begriff *Hütte* noch schmeichelhaft war, denn tatsächlich bot sie kaum genug Platz für zwei Personen. Sie bestand zum größten Teil aus den Resten alter Kisten und Kartons. Allenfalls die Tür war als Schmuckstück zu bezeichnen: Piotr hatte sie von einem alten Auto abmontiert.

Illyana spürte laue Wärme über die Innenseiten ihrer Oberschenkel fließen. Und dachte an die beiden Kinder, die sie zur Welt gebracht hatte. Vielleicht würde sie noch einem dritten ein kurzes Leben schenken.

Pech oder Glück? Illyana weigerte sich, diese Frage auch nur im stillen zu beantworten. Und dachte doch an die Summe, die Piotr letztes Mal, vor einem halben Jahr, mitgebracht hatte, als er ohne ihr Letztgeborenes zurückgekommen war. Sie hatten eine ganze Weile lang von dem Geld leben können, ohne stehlen (womit Illyana keine Probleme hatte) oder betteln (was ihr zuwider war) zu müssen...

»Tut's sehr weh?« fragte sie. Piotr rieb sich die Stirn, das hohlwangige Gesicht zur Grimasse verzerrt. Er brummte etwas, das sie nicht verstand, derweil er auf allen Vieren davonkroch, wobei er hastig seine Hose hochzog und zuknöpfte. Illyana erwartete, daß er nach Tabak und einem Papierschnipsel kramen würde, um sich eine Zigarette zu drehen, die er dann draußen rauchen würde, wie er es immer tat, nachdem er fertig war (Bezeichnungen wie *Liebe machen* hatte Illyana längst schon aus ihrem Vokabular gestrichen; an einem Ort und in einem Leben wie diesem geschah nichts aus Liebe, hier gebar allein die Not alles Tun). Statt dessen aber verharrte Piotr auf den Knien. Seine angespannte Haltung erinnerte an die eines witternden Tieres, und das Schnüffeln, das er hören ließ, komplettierte diesen Eindruck noch.

Augenblicklich fühlte sich Illyana alarmiert. Irgend etwas stimmte nicht! Sie kannte Piotr lange und gut genug, um sein Verhalten interpretieren zu können, und sie hegte keinen Zweifel daran, daß er tatsächlich etwas *witterte*.

Das Leben in den Gassen hatte in Piotr etwas wie einen Instinkt geweckt, einen tierhaften Ursinn, der durchaus in jedem Menschen schlummern mochte, in der Zivilisation jenseits der Gassen und in der heutigen Zeit indes verkümmert war.

»Was ist?« fragte Illyana, bemüht, ihre Unruhe nicht zu offenbaren. Mit einer knappen Geste bedeutete Piotr ihr, still zu sein, sich nicht zu rühren. Augenblicklich verbat sich das Mädchen jede Bewegung, jeden Ton, selbst den Atem hielt sie an – und dann hörte auch sie es.

Illyana vernahm lediglich ein leises, im Grunde kaum wirklich hörbares Schaben oder Schleifen, wie von behutsam gesetzten Schritten. Piotr dagegen mochte imstande sein, zu bestimmen, wie schwer die Person war, die da draußen umherschlich, und vielleicht konnte er sogar den Körperdunst des anderen durch die feuchten Pappwände und den muffigen Geruch in der Hütte hindurch auffangen.

Sekunden verrannen in absolutem Schweigen und völliger Reglosigkeit. Als Piotr dann plötzlich vorsprang, sich gegen die Tür warf und sie gleichsam aufsprengte, erschrak Illyana regelrecht und hatte Mühe, einen Schrei zu unterdrücken. Mehr noch als zuvor ähnelte Piotr in diesem Moment einem Tier, das zum Angriff ansetzte.

In geduckter Haltung kam er draußen auf. Illyana beobachtete ihn durch die offene Tür, sah, wie er den Kopf nach links wandte. Sein Blick hatte kaum Mühe mit der Dunkelheit, gerade so, als würden unsichtbare Hände den Mantel der Nacht für ihn lüften.

Ein animalisches Grollen stieg in Piotrs Kehle hoch und wehte ihm im grauen Dunst seines Atems von den Lippen.

»Verdammter kleiner Spanner!« knurrte er, und sein bloßer Ton war Drohung. »Dir werd' ich's zeigen...« So gefährlich

Piotrs Stimme eben noch geklungen hatte, so ungewohnt, geradezu fremd klang sie plötzlich in Illyanas Ohren. Fast schien es, als habe ihm jemand einen Knebel in den Mund gesteckt.

Was immer Piotr noch hatte sagen wollen, er brachte es nicht heraus. Im trüben Laternenschein, der aus ihrer Behausung zur Tür hinausfiel und nach kaum zwei Schritten dem Dunkel der Nacht unterlag, sah sie, wie Piotr die Lippen zwar bewegte, aber keinen Laut von sich gab, nicht einmal im Flüsterton.

Leise rief Illyana seinen Namen und: »Was ist denn? Red mit mir! Sag's schon endlich...«

Wie gegen ihren Willen kroch Illyana zur Tür, die gerade hoch genug war, um sie auf allen Vieren passieren zu lassen. Ihre Bewegungen waren lahm und hölzern, weil Kälte, die nicht nur mit der Jahreszeit zu tun hatte, ihre Glieder steif machte. Aber hier in den Gassen, wo man zu jeder Zeit mit den übelsten Überraschungen rechnen mußte, durfte man der Angst nicht gestatten, Tun und Denken zu kontrollieren. Man mußte sie nutzen, ganz ähnlich dem Seh- und Hörvermögen. Und das tat Illyana; sie ließ sich von der Furcht in diesem Augenblick lediglich zur Vorsicht mahnen.

Zur Abwehr ebenso bereit wie zum Angriff, schob sie sich aus dem Unterschlupf und versuchte Piotr und ihre Umgebung gleichzeitig im Auge zu behalten. Ohne etwas Auffälliges zu bemerken, weil die offenstehende Tür ihr Blickfeld eingrenzte. Schließlich war sie weit genug hervorgekommen, um an Piotr vorbei und in die Richtung sehen zu können, in die er den Blick nach wie vor gerichtet hielt.

»Was...?« entfuhr es ihr.

Neben ihr schüttelte Piotr den Kopf und lenkte Illyanas Aufmerksamkeit für den Bruchteil einer Sekunde ab von dem, was sie beide sahen.

Einen Jungen. Allenfalls sechs Jahre alt. Wenn auch der Ausdruck in seinem Gesicht etwas anderes glauben machen wollte. Es war, als sei die kindliche Unschuld, die er zur Schau trug, nicht mehr als eine dünne, auf den zweiten Blick leicht zu durchschauende Maske, unter der ein anderes Gesicht lag; eines, das älter war, reifer... und auf eine Weise, die Illyana nicht in Worte zu fassen vermochte, *weiser.* Als hätten die Augen dieses Jungen Dinge gesehen, die niemand sonst je gesehen hatte, und als wüßte er um Dinge... von denen besser niemand sonst wußte.

Der Junge gehörte nicht hierher.

So wenig wie sein schreckliches Lächeln in das Gesicht eines Jungen gehörte.

Es gehörte in keines *Menschen* Gesicht.

»Die Zeit der Zeiten ist gekommen – und damit das Ende!«

Der Mann sprach vom Niedergang der Menschheit, davon, daß die Alte Welt ins Chaos stürzen würde. Aber er tat es weder in warnendem Ton, noch schwang Fanatismus in seiner Stimme mit. Vielmehr strahlte er Zufriedenheit aus, ganz so, als sei ein großes Ziel erreicht und als habe er persönlich dazu beigetragen, daß die Welt am Abgrund angelangt war. Er redete von Zeichen, die sich allesamt erfüllt hätten, und nun sei die Schwelle überschritten – nicht nur die in ein neues Millennium, sondern auch hinüber in eine neue Zeit... denn die *Letzten Tage* seien vorüber.

Er war einer ihrer Apostel gewesen. Einer von denen, die sich »Apostel der Letzten Tage« genannt hatten. Auch ihre Zeit war nun vorüber, da sämtliche Zeichen gesetzt waren.

Der Mann stand mitten in Moskau und offenbarte, was über lange Zeit im Verborgenen gediehen war. Daß die Zerstörung Jerusalems durch ein gewaltiges Erdbeben vor nunmehr über zwei Jahren das erste der insgesamt sieben Zeichen gewesen sei. Er erinnerte an den blutigen Regen, der über Australien niedergegangen war und erklärte, daß es sich dabei um ein weiteres Zeichen gehandelt hatte. Und natürlich erwähnte er auch das letzte Zeichen, das in Rom gesetzt worden war, buchstäblich einem flammenden Fanal ähnlich: das verheerende Feuer, das den Vatikan gleichsam verschlungen hatte, vor wenigen Wochen erst.

Immer noch schien die Welt wie gelähmt ob dieser Katastrophe. Zwar waren letztlich nur von Menschenhand geschaffene Dinge – Gebäude und Kunstschätze – Raub der Flammen geworden, aber der tatsächliche Verlust schien für die Gläubigen größer, tiefergehend zu sein. Sie wirkten schier kopflos, als seien ihnen Sinn und Gegenstand ihres Glaubens genommen worden. Und diese Panik griff um sich, immer weiter, raste, selbst einem gewaltigen Feuer gleich, um die Welt und hinterließ Ratlosigkeit und Leere in den Menschen christlichen Glaubens, stürzte sie in Verzweiflung.

Beobachter, die sich selbst als abgeklärt bezeichnen mochten, verglichen die Menschheit in diesen Tagen mit Schafen, die voller Angst waren und alle Orientierung verloren hatten. Die der Hand und Führung eines starken Hirten bedurften.

Im gleichen Atemzug meldeten diese Beobachter aber auch Zweifel daran an, ob es genügen würde, wenn das Konklave zu Rom endlich einen neuen Papst wählte. Man äußerte die Vermutung, daß der Boden bereit war für eine vollkommen neue geistliche Führung dieser Welt. Und mit jedem Tag, den die wahlberechtigten Kardinäle in den Ruinen des Vatikans ungenutzt verstreichen ließen, mochte dieser Boden fruchtbarer werden. Er wartete nur auf die rechte Saat.

In Moskau, unweit des Roten Platzes, tat der Apostel im Grunde nichts anderes kund. Nur wählte er differenzierte Worte, sprach weniger nüchtern, und er erreichte damit eine gänzlich andere Wirkung bei seinen Zuhörern als die Kommentatoren und Reporter der Medien.

Die Menschen, die sich um ihn sammelten – und deren Zahl stetig wuchs, obwohl die meisten Passanten doch mehr oder minder achtlos an dem Redner vorübergingen –, hörten seine Worte nicht nur, sie verinnerlichten sie; gerade so, als sei die Bedeutungsschwere ein tatsächliches Gewicht, das den Worten anhing und das sie in die Tiefen des Unterbewußtseins, vielleicht der Seelen dieser Menschen hinabzog.

Schweigend lauschten sie ihm, ihre Mienen seltsam leer, manche bleich angesichts der Zukunftsaussichten, die der einstige Apostel der Letzten Tage in ihnen heraufbeschwor.

Nur ein Gesicht in der Menge zeigte ein Lächeln.

Ein betörend schönes Gesicht.

Das Gesicht einer Mörderin. Und Bestie in Menschengestalt.

Irina lächelte, weil sie wußte, wovon der Mann sprach. Sie wußte es besser als alle anderen, besser als der Apostel selbst. Denn er war im Grunde nur ein Mittel zum Zweck gewesen, ein Werkzeug, ein Diener, den Irina rekrutiert hatte. Sie selbst hatte einst die Gemeinschaft der Apostel der Letzten Tage ins Leben gerufen – nachdem sie erfahren hatte, was es mit jenen Letzten Tagen auf sich hatte und wie die Weichen dorthin zu stellen waren. All dies hatte ihr das Pergament verraten, auf dem eines der größten Geheimnisse dieser Welt festgehalten worden war: die letzte Prophezeiung von Fatima.

Zu Beginn des vorigen Jahrhunderts war drei Kindern in der portugiesischen Provinz Fatima die Muttergottes erschienen und hatte vor kommendem Unheil gewarnt. Eines dieser Kinder hatte, Jahre später, die letzte dieser Prophezeiungen schriftlich festgehalten, und das Pergament war schließlich in die Hände der Obrigkeit der katholischen Kirche gelangt und fortan im Vatikan unter Verschluß gehalten worden. Nur die Päpste (und womöglich eine Handvoll engster Vertrauter) hatten seither Kenntnis vom Inhalt dieser Schrift gehabt – bis Irina das Pergament in die Finger bekommen hatte! Nachdem sie erstmals einen Papst ermordet hatte, damals im Jahre 1978 und im Auftrag intrigierender Kardinäle, denen die Reformen, die Johannes Paul I. angestrebt hatte, ein Dorn im Auge gewesen waren.

Irina, als Auftragskillerin von weltweitem Ruf, hatte dieses Problem gelöst. Als Lohn hatte sie die Letzte Fatima-Prophezeiung verlangt und letztlich erhalten... wodurch sich ihr Leben für immer verändert hatte! Die Berührung der Schriftrolle hatte ihrem Dasein einen neuen Sinn, ihrem künftigen Weg ein neues Ziel gegeben: Fortan trachtete Irina nur noch danach, daß sich die Prophezeiung erfüllte, daß die Zeichen, die darauf hindeuteten, auch gesetzt wurden, Wegmarken in ein neues Zeitalter gleich.

Zu diesem Zweck hatte sich Irina der Hilfe von Getreuen versichert, von Menschen, denen sie gestattet hatte, das magische Pergament zu berühren und die dadurch im nahezu wörtlichen Sinne erleuchtet worden waren, deren Streben von Stund' an nur noch der Prophezeiung galt.

Und sie waren erfolgreich gewesen.

Die letzte Weissagung von Fatima *hatte* sich erfüllt, wie prophezeit in dem Augenblick, da die Menschheit hinüberging in ein neues Jahrtausend, ins dritte seit Beginn christlicher Zeitrechnung, die ihren Namen alsbald nicht mehr verdienen würde.

Denn das letzte Zeichen, die Vernichtung des Zentrums der katholischen Kirche und der Tod ihres Oberhauptes – der wie auch das Feuer im Vatikan wiederum von Irina höchstselbst verursacht worden war –, war mehr als nur ein optisches Signal gewesen. Es hatte gewissermaßen reinigende Wirkung gehabt, hatte dort Platz geschaffen, wo etwas Neues errichtet werden würde, ganz so wie die Prophezeiung es verhieß.

Ein neues Reich würde kommen. Neue Herrscher würden es regieren. Und es würde alles Dagewesene überstrahlen und ewig währen. Wenn alles so verlief, wie der Große Plan es vorsah.

Irina war noch immer Teil dieses Plans. Und in dieser Eigenschaft war sie zurückgekehrt nach Moskau, nach Rußland, das seit Jahrhunderten ihre Heimat war – seit sie einst als Menschenkind mit schwarzem Blut aus dem Lilienkelch getauft und zur Vampirin geworden war.

Diese Existenz hatte Irina zwar nie verleugnet, in den vergangenen Jahren aber war sie – zugunsten der Prophezeiung – in den Hintergrund gerückt. Sie hatte sich ihrer Natur gemäß von menschlichem Blut nähren müssen, ansonsten jedoch wenig auf vampirische Gepflogenheiten gegeben und sich einzig auf ihr großes Ziel konzentriert.

Das hatte sich geändert, nachdem Irina Zeuge dessen geworden war, was die Weissagung verheißen hatte. Seit jener

Nacht im Ayers Rock fühlte sich Irina mehr als Vampirin denn je zuvor. Weil in jener Nacht *ihre* Zeit angebrochen war, die Geburtsstunde eines neuen Volkes von Vampiren geschlagen hatte – und Irina wurde die Ehre zuteil, zu den Führern dieses neuen Volkes zählen zu dürfen. Ihr war es erlaubt, jene Kinder in das neue Jahrtausend zu geleiten, in ein Millennium, welches ihnen allein gehören sollte, wenn sie erst ihre Plätze eingenommen und ihr Netz um den Globus gewoben hatten.

Deshalb also war Irina wieder in Moskau, von wo aus sie in all den Jahren stets gewirkt hatte.

Und sie stand im Begriff, sich der ihr erwiesenen Ehre als unwürdig zu erweisen! Sie fürchtete zu versagen.

Weil der Junge verschwunden war!

Eines der hundert rasch heranwachsenden Kinder war ihr anvertraut worden, und Irina hatte es nach Moskau gebracht. Hier wollte sie es in die Obhut jener geben, unter deren Fittichen es aufwachsen – und deren Macht es später für seine Zwekke nutzen sollte.

Hätte sie es nur getan, auf der Stelle, gleich nach ihrer Ankunft, ohne sich zuvor um ihre eigenen Belange zu kümmern!

Aber Irina hatte den Jungen allein zurückgelassen in dem Haus, das sie in Moskau seit einiger Zeit bewohnte, und sich mit einer Kontaktperson getroffen, die ihr seit Jahren treue Dienste geleistet hatte und deren Hilfe sie jetzt nicht mehr bedurfte, nachdem ihr Leben abermals in eine neue Richtung ging.

Sie hatte der Versuchung nicht widerstehen können, sich von dem einstigen KGB-Agenten einen allerletzten Dienst erweisen zu lassen, den der Mann mit seinem Blut und Leben bezahlt hatte.

Sie hatte sich ihrer vampirischen Natur hingegeben. War dumm gewesen, leichtsinnig! Und sie wußte es. Hätte es *eher* wissen müssen! Bevor der Junge sich aus dem Staub gemacht hatte...

Doch es war zu spät für solcherlei Vorwürfe. Es war Zeit zum Handeln! Und das hatte Irina getan.

Die Sinne der Vampirin waren hundertfach feiner als die eines Menschen, glichen denen eines Raubtieres. Und sie genügten, um den Jungen aufzuspüren.

Also hatte sich Irina aufgemacht und die Fährte des Kindes alsbald auch aufgenommen. Sich stets in den Schatten haltend, um kein Aufsehen zu erregen, wenn sie witternd wie ein Tier die Luft einsog, war sie ihr gefolgt. Als sie jedoch auf den Redner aufmerksam geworden war, hatte sie sich für einen Moment unter die Zuhörer gemengt.

Es faszinierte Irina, was aus dem Apostel geworden war. Bevor sie ihn seinerzeit das Pergament hatte berühren lassen, war er ein treusorgender Familienvater gewesen. Doch nach seiner Erleuchtung hatte er alles, was ihm zuvor lieb und teuer gewesen war, im Stich gelassen und sich fürderhin nur noch in den Dienst der Weissagung gestellt. Eine Wandlung, die Irina stets an die ersten Apostel erinnert hatte, die vor langer Zeit ebenso alles aufgegeben hatten, um dem Gottessohn zu folgen. Und die Parallelen schienen noch weiter zu reichen: Denn wie die Jünger Jesu nach dem Tod ihres Herrn dessen Wort weiterhin verbreitet hatten, so stellten sich auch die Apostel der Letzten Tage nach der Erfüllung der Prophezeiung noch in deren Dienst.

Irina sah es mit Wohlgefallen.

Dann besann sie sich wieder ihrer eigentlichen Mission. Und im Dunkel der Nacht folgte die Vampirin der Fährte des Jungen, der mehr war als nur ein Kind.

Illyana wollte nicht glauben, was sie sah.

Und als das Lächeln aus dem Gesicht des Jungen schwand, einer Projektion gleich, die kurzerhand abgeschaltet wurde, fiel es dem Mädchen erstaunlich leicht, sich einzureden, einer Täuschung ihrer Sinne aufgesessen zu sein. Vielleicht lag es daran, daß unmöglich wahr sein konnte, was sie zu sehen gemeint hatte: jenes schaurige Lächeln, das die Lippen wie die Lefzen eines Tieres angehoben... und nadelspitze Augzähne in den Kiefern des Kindes entblößt hatte!

Piotr, der noch immer neben ihr hockte, leicht geduckt, jeder Muskel gespannt, schien zu teilen, was Illyana empfand, und er erholte sich schneller noch als sie von dem Schrecken, der ihn sekundenlang gelähmt hatte.

Den Blick nahmen sie jedoch beide nicht von dem Jungen, keinen Moment lang. Denn seltsam wirkte er nach wie vor. Allein seine Kleidung verriet, daß er an einem schäbigen Ort wie diesem nichts zu suchen hatte. Zweifelsohne stammten das elegante Jackett und die dunkle Hose aus einer jener Kinderboutiquen, in denen die High Society ihren Nachwuchs einkleiden ließ.

Das Gesicht des Jungen wirkte so sauber, daß es geradezu blaß schien. Allenfalls sein Haar paßte nicht recht zum schmukken Gesamtbild; es war ein wenig zerwühlt, als sei der Junge gerade aus dem Bett gekrochen und habe vergessen, sich zu kämmen.

Doch so wenig er in diesem Aufzug auch hierher passen mochte, wirklich ungewöhnlich war nichts daran. Was immer beunruhigend war an diesem Kind, es war weder zu sehen, noch ließ es sich ohne weiteres in Worte fassen.

Sein Blick, dachte Illyana. *Es ist sein Blick; wie er uns ansieht. Als könne er mehr sehen als nur unsere Gesichter.*

Es kam ihr vor, als würde sie von den Augen des Jungen gleichsam seziert, ganz anders aber als ein Chirurg es gekonnt hätte. Das Kind schien in ihr Innerstes zu blicken, als sei es imstande, ihre Seele und ihre geheimsten Gedanken bloßzulegen. Der wissende Zug um die dünnen, kaum sichtbaren Lippen des Jungen schien diese beängstigende Annahme noch zu bestätigen.

Und dann die Ratten.

Sie waren Teil der Gassen, wie die Kinder. Aber sie waren stets eines geblieben: scheu. Nie hatten sie die Schatten verlassen, gerade so, als gebe es dort, wo keines Menschen Blick hinreichte, ein eigenes Labyrinth noch schmalerer Gassen, das ihrer Art allein vorbehalten blieb. Nur zu hören waren die

Ratten seit jeher zu jeder Stunde gewesen.

Jetzt aber waren sie da. Hervorgekrochen aus dem Dunkel, das ihnen Heimat und Schutz vor der Menschenwelt war.

Illyana sah das Funkeln ihrer kleinen Augen in der Nacht, als spiegelten sich die Sterne in einem uferlosen See schwarzen Wassers. Scheinbar formlose Schemen aus geronnener Finsternis bewegten sich hin und her und rückten dabei immer näher, zogen den Kreis enger; einen Kreis, dessen Mittelpunkt dieser Junge war. Fast mochte man glauben, seine Präsenz sei es gewesen, von der die Ratten angelockt worden waren.

Und war dieser Gedanke denn so abwegig?

Natürlich war er das!

Illyana versuchte ihr Denken in rationale Bahnen zurückzulenken, die Vernunft, die sich unmerklich aus ihrem Geist verabschiedet hatte, zurückzubeordern. Und beinahe empfand sie Dankbarkeit, als Piotr neben ihr reagierte – auch wenn sie ganz und gar nicht guthieß, *was* er tat.

Er stand auf und trat einen Schritt auf das Kind zu, das unverändert an derselben Stelle stand und weder sprach noch sonst eine Regung zeigte. Es sah nur zu ihnen her. Und Illyana wünschte, es hätte nicht einmal das getan.

Als Piotr sich dem Jungen näherte, streckte sie wie im Reflex die Hand vor, nach ihrem Freund fassend, um ihn aufzuhalten.

»Nicht!« entfuhr es ihr erschrocken.

Piotr sah sie an.

»Was ist?« fragte er unwirsch.

»Laß ihn«, bat Illyana.

»Du weißt doch gar nicht, was ich von ihm will.«

»Egal. Er soll... weggehen.« Als koste es sie ungemäß viel Kraft, so langsam wandte Illyana den Blick in Richtung des kleinen Jungen. »Verschwinde...« Ihr Ton hatte befehlend, drohend, gefährlich klingen sollen, aber das Wort kam kaum hörbar von ihren Lippen, war das Flehen eines kleinen ängstlichen Mädchens. Und nicht anders fühlte sich Illyana in diesem Augenblick.

Piotr hob beschwichtigend die Hand.

»Momentchen noch«, sagte er. Etwas Lauerndes, Heimtükkisches hatte sich in seine Stimme geschlichen. »Will erst wissen, wer das Bürschchen ist und was es hier zu suchen hat. – He! Wie heißt du, Kleiner?«

Der Junge antworte nicht. Er richtete lediglich den Blick seiner hellen Augen einzig auf Piotr. Dennoch fühlte sich Illyana nach wie vor gleichfalls von ihm fixiert. Als verfüge das Kind über mehr als dieses sichtbare Augenpaar.

»Kannst du nicht reden, oder willst du nicht?« fragte Piotr barsch. »Kann dir gerne auf die Sprünge helfen.« Er ging zwei weitere Schritte auf den Knaben zu und stampfte dabei so fest mit den Füßen auf, daß die Drohgebärde beinahe schon lächerlich wirkte.

»Ich brauche mich nicht zu fürchten.«

Daß der Junge plötzlich doch sprach, ließ Piotr überrascht innehalten. Einen Moment lang wirkte der schlaksige Bursche regelrecht verdutzt, dann besann er sich seines verwegenen Lächelns.

»Ach was?« meinte er grinsend. »Du brauchst dich nicht zu fürchten, wie? Wer hat dir denn diesen Scheiß erzählt?«

»Laß ihn in Ruhe. Bitte!« rief Illyana, doch Piotr winkte nur ab, ohne in ihre Richtung zu sehen.

Der Junge schwieg. Piotr fuhr fort: »Deine Alten, was? Haben wahrscheinlich jede Menge Kohle. Meinen, sie könnten für ihren kleinen Hosenscheißer mit Geld alle Wege freikaufen. Genauso schaust du nämlich aus!«

Piotr trat unmittelbar vor den Jungen hin und ging vor ihm in die Knie, bis ihre Gesichter sich auf gleicher Höhe befanden; eine Geste, die fast väterlich wirkte.

»Und soll ich dir was verraten?« Piotrs kurzes Zögern diente einzig dem Effekt. Er erwartete nicht wirklich eine Antwort oder sonstwie geartete Reaktion des Jungen. »Das können deine Alten in der Tat. Ich werd' ihnen die Möglichkeit geben, ihr Geld zu deinen Gunsten einzusetzen –«

Illyana konnte nicht länger an sich halten. Es war, als hätten sich in ihr sämtliche Nerven in Alarmdrähte verwandelt, die nun gleichzeitig anschlugen. Sie war nicht mehr imstande, stillzusitzen und ruhig zu sein. Geduckt näherte sie sich Piotr. Streckte abermals die Hand nach ihm aus.

»Nein, Piotr. Tu das nicht«, bat sie eindringlich. Ihre Stimme klang rauh und fremd, selbst in ihren Ohren. »Laß gut sein. Hast du denn nicht gesehen –?«

Die Zähne. Großer Gott, diese Zähne!

Daran wollte sie ihn erinnern. Piotr mußte sie doch auch gesehen haben! Und er mußte doch denselben (irrsinnigen!) Schluß daraus gezogen haben wie sie. Was diese Zähne zu bedeuten hatten!

Freilich widersprach es allem gesunden Menschenverstand – aber mußte man in einer Zeit wie dieser, da selbst die stärkste Kirchenmacht auf Erden fiel, denn nicht buchstäblich mit *allem* rechnen? Selbst mit der ärgsten Widernatur? Mit Kreaturen, die es nicht geben *durfte*, mit Wesen wie...

Es gab diese Wesen.

Illyana erfuhr es am eigenen Leibe. Auf entsetzliche, grausam schmerzhafte Weise.

Noch in derselben Sekunde.

Illyana wollte aufschreien, kam jedoch nicht dazu. Zu schnell ging alles vonstatten.

Einen winzigen Augenblick lang erinnerte der Junge sie an ein Tier, nicht einmal an ein gefährliches.

Wie ein grotesker Frosch kam er ihr vor, als er urplötzlich sprang. Ohne sichtbare Anstrengung und Mühe hob er vom Boden ab, und im ersten Moment schien es, als würde er sich Piotr entgegenwerfen. Der jedoch wich zurück, eher reflexhaft als wirklich bewußt, und der Junge streckte sich im Flug, reckte die Arme vor, verlängerte seinen Sprung, und Illyana hatte den irrigen Eindruck, das Kind würde vor ihren Augen zu riesenhafter Größe anwachsen.

Dann war der Junge heran. Prallte gegen sie. Während sie

unter der Wucht seines Ansturms (sein Körper schien schwer wie aus Blei) zurücktaumelte, spürte sie seine Hände an ihren Schultern. Seine Finger gruben sich Krallen gleich durch ihre Kleidung und drückten sich schmerzhaft in ihr Fleisch – doch dieser Schmerz war lächerlich gering verglichen mit dem, den die Zähne des Jungen verursachten.

Er *schlug* sie schier, wie von unbändiger Wut getrieben, in ihren Hals!

Illyana meinte zu hören, wie ihre Haut riß, und glaubte ihr Blut riechen zu können. Tatsächlich aber *schmeckte* sie es. Es stieg ihr in der Kehle hoch, füllte ihren Mund mit Wärme und Kupfergeschmack, und es quoll in solcher Fülle aus ihrem Rachen, daß Illyana unweigerlich den Mund öffnete, um es auszuspucken. Der dünne Schwall ergoß sich über das Gesicht des Jungen, der wie eine Klette an ihr hing und seinen Kopf an ihrem Hals barg, schmatzend und knurrend wie ein Tier, das nach langer Zeit endlich Beute geschlagen hatte.

Illyana wollte schreien, um Hilfe rufen, doch das Blut in ihrem Hals und Mund ertränkte jedes Wort.

Mit den Fersen stieß sie im Zurückstolpern gegen weichen, sich bewegenden Widerstand. Sie stürzte hintenüber, schlug hart mit dem Kopf auf das Gassenpflaster und meinte noch zu sehen, wie schattenhafte Leiber zur Seite wogten, als sei sie in eine Lache zäher dunkler Flüssigkeit gefallen. Der Eindruck verging, als Illyana fürchtete, ihr Hirn würde explodieren. Einen Moment lang schienen sich die Sterne am Nachthimmel zu mehren, und sie blinkten in allen Farben des Spektrums. Dann wurden sie verschlungen, von blutroten Wolken, die aus allen Richtungen herzogen.

Und schließlich dominierte doch das Dunkel der Nacht allein.

Als Piotr ihr – endlich, und doch waren nur Sekunden vergangen – zu Hilfe eilte, hatte Illyana schon das Bewußtsein verloren.

Piotr konnte nicht glauben, was er doch mit eigenen Augen sah. Im Grunde erkannte er nicht einmal wirklich, was im Detail geschah, was dieser Junge genau mit Illyana tat. Aber Piotrs Phantasie genügte vollauf, um das fragmenthafte Bild zu vervollständigen.

Er sah Illyanas Blut. Und er hörte den Jungen schmatzen und schlürfen, knurren wie ein Tier. Es konnte keinen Zweifel daran geben, was hier vor sich ging!

»Nein!« stieß Piotr keuchend hervor. »Nein, verdammt!« Seine Stimme schwoll an. »Aufhören! Laß sie in Ruhe, du kleiner Bastard!«

Illyana fiel und regte sich nicht mehr. Der Junge hockte wie eine fette, monströse Zecke auf ihrer Brust, das Gesicht zwischen Illyanas Kinn und Schulter vergraben, und sein zusammengekauerter Leib pulsierte, als sei er ein riesiges Herz.

Piotr sprang hinzu, packte den Jungen und zerrte ihn von Illyana herab. Ein widerlich feucht klingendes Geräusch entstand, als sich der Mund des Kindes von ihrem Hals löste (als seine Zähne aus ihrem Fleisch gerissen wurden!). Piotr schleuderte den Jungen beiseite und hatte alle Mühe, seine Aufmerksamkeit in diesem Moment nicht auf Illyana zu richten; ihr würde er auf die Schnelle nicht helfen können – und nicht solange dieses kleine Ungeheuer nicht unschädlich gemacht war!

Piotr wirbelte herum, und in derselben Sekunde mußte er erkennen, daß er es nicht nur mit einem Ungeheuer zu tun hatte – sondern mit unzähligen. Mit einer Armee kleiner Monstren.

Die Ratten.

Erst jetzt registrierte Piotr, daß die pelzigen Biester schon zuvor aus ihren Schattennestern hervorgekrochen waren. Daß sie sich aber um den unheimlichen Jungen scharten, ja regelrecht auf seiner Seite standen, wurde Piotr in dem Augenblick bewußt, da sie ihn angingen. Und sie taten es gänzlich anders, als er es erwartet hätte!

Die Ratten attackierten ihn weder einzeln noch planlos. Vielmehr sammelten sie sich, ballten ihre borstigen, stinkenden Leiber zu einem größeren Ganzen, das Piotr ansprang, packte und zu Boden warf.

Augenblicklich löste sich der widernatürliche Verbund der Ratten auf, jedoch nur, um einen neuen zu schaffen. Aus allernächster Nähe konnte Piotr mitansehen, wie sich die Tiere nicht nur ineinander verkrallten, sondern auch verbissen.

Direkt über seinem Mund schlug eines seine Zähne in den fetten Hintern eines anderen, das wiederum nach dem Vorderlauf eines dritten schnappte und den dünnen Knochen brach, ohne daß das verletzte Tier einen Laut des Schmerzes hören ließ. Blut troff aus den Wunden der Ratten und lief Piotr zwischen die Lippen. Angewidert spuckte er aus, wollte sich aufrichten, doch die Ratten hatten sich wie zu Ketten formiert, die Piotr gleichsam fesselten. Ihr Gestank nach Kot und Unrat lag wie eine Wolke über ihm und nahm ihm den Atem.

Am Rand seines Blickfeldes gewahrte Piotr eine Bewegung.

Der Junge. Er kam, blieb stehen, beugte sich herab.

Piotr sah den Knaben an. Illyanas Blut zeichnete sein Gesicht, als habe es jemand mit einem breiten Pinsel quer über seine Züge gestrichen. Seine Lippen, zuvor kaum zu sehen, wirkten jetzt wie von ungeschickter Hand mit dunklem Rot geschminkt.

Der Junge *tat* irgend etwas mit seinen wasserhellen Augen. Bewegte sie auf eine Weise, die nicht besserem Sehen dienen konnte. Es war als... ruckten die Augäpfel blitzschnell in jede nur mögliche Richtung.

Und die Ratten wichen zurück. Zumindest von Piotrs Kehle fort.

Der Junge lächelte wieder, wie vorhin, als Piotr ihn entdeckt hatte. Es schien ihm ewig her, obwohl seitdem doch nur ein paar Minuten vergangen waren. Jetzt wirkte das Lächeln des Jungen ungleich schauriger. Blut klebte an seinen Zähnen wie Patina, ließ sie uralt wirken, als könnten sie unmöglich einem Kind von sechs oder sieben Jahren gehören.

Piotr wußte, was ihm bevorstand. Und ebenso wußte er, daß

jeder Versuch, sich von den Ratten befreien zu wollen, zum Scheitern verurteilt war. Dennoch probierte er es. Sein Überlebenswille diktierte es ihm, er konnte gar nicht anders. Ruckartig bewegte er Arme und Beine, riß wie an tatsächlichen Fesseln und versuchte das lebende Netz von seiner Brust zu schütteln. Aber alles, was er damit erreichte, war, daß die Ratten ihren Druck und Zug verstärkten.

Alles, was Piotr noch zu tun blieb, war das Signal zu geben.

Der schrille, an und abschwellende Pfiff, mit dem sie einander hier in den Gassen vor größter Gefahr warnten und um Hilfe »riefen«. Niemand durfte ihn ausstoßen, wenn er sich nicht tatsächlich in auswegloser Situation befand.

Piotr hatte sich nie zuvor in einer auswegloseren Situation befunden.

Und so lotste er die anderen herbei. Wohl ahnend, daß er sie mit sich ins Verderben reißen mochte.

Aber seine Verzweiflung wog schwerer als jede Fürsorge.

Sie kamen, und sie sahen einer barbarischen und doch auch armseligen Armee gleich. Sie schwangen abenteuerliche Waffen, Prügel, die mit rostigen Nägeln und Glasscherben gespickt waren, abgebrochene Flaschenhälse, so dreckig, daß sie wohl eher Blutvergiftungen verursachen würden als tödliche Wunden.

Die Nacht selbst schien die Kinder auszuspucken, keines von ihnen älter als sechzehn Jahre, das jüngste kaum neun. Sie stürmten aus allen Richtungen herbei, lärmend und ohne zu zögern. Als sie jedoch sahen, welcher Gefahr ihr Anführer ausgesetzt war, blieben sie so unvermittelt stehen, als würden sie von einer Kuppel aus Panzerglas gestoppt, und ihr kriegerisches Geheul verstummte so abrupt, als sei ein Tonband gestoppt worden.

Zugleich war auch das Bild, das sich den rund zwei Dutzend Kindern bot, erstarrt. Die Ratten rührten sich nicht, wirkten wie Statuetten, die ein wahrer Meister gefertigt und auf geradezu sinnverwirrende Weise ineinandergewoben hatte, und der seltsame Junge kniete neben Piotr, sah stur in eine Richtung und schien doch alles zu sehen, was um ihn her war.

Und Illyana... erwachte. Richtete sich auf.

Vielleicht war es der Anblick ihres blutigen Halses, vielleicht nur ihre Bewegung, die den Schrei auslöste, den eines der Kinder ausstieß.

»Looos!«

Es war, als sei die Zeit für einen Moment lang angehalten worden und würde nun schneller verstreichen, um den Verlust wettzumachen. Die Gassenkinder stürzten sich förmlich, wie von einem Sturm vorangepeitscht, auf den fremden Jungen mit dem blutverschmierten Gesicht. Sie fragten nicht, wer er war oder was hier vorging, sie handelten einfach, als seien sie Teil eines Kollektivs, das von übergeordnetem Willen gelenkt wurde.

Wie die Ratten. Die ihre Formation auflösten, um eine neue zu bilden. Einer Mauer gleich türmten sie sich zwischen den Angreifern und dem Jungen, schufen einen schützenden Wall um ihn und den noch immer daliegenden Piotr. Der hörte dumpf, wie seine Freunde mit ihren improvisierten Waffen von draußen auf den Rattenverbund eindroschen. Während sich der Knabe nur ihm widmete, ungerührt von dem, was um sie her vorging. Es war, als würden die Ratten sie abschotten gegen den Rest der Welt.

Für ein paar Sekunden nur.

Lange genug...

Als die Mauer aus pelzigen Leibern barst und schließlich fiel, vermochte Piotr nicht zu sagen, wie es dem Jungen gelungen war, ihm buchstäblich an die Kehle zu gehen. Er wußte nicht, weshalb er sich nicht zur Wehr gesetzt hatte. Er wußte nur, daß es höllisch weh tat! Und daß der metallene Geruch und Geschmack der seines eigenen Blutes war.

Etwas knirschte, dicht über ihm, brach mit dem Geräusch eines morschen Brettes. Etwas spritzte Piotr ins Gesicht, und er wußte, daß es nicht sein eigenes, wohl aber Blut war – das des Jungen, seines Peinigers!

Die Gassenkinder griffen ihn an, nachdem sie die Front des Rattenheeres durchbrochen hatten!

Die Erkenntnis weckte den Willen zum Widerstand in Piotr, mobilisierte Kräfte, die er mit seinem Blut verloren geglaubt hatte. Piotr kam auf die Beine, kaum daß das Gewicht des Jungen von seiner Brust verschwunden war. Ein brutaler Hieb hatte das Kind förmlich beiseite gefegt.

Piotr griff ins Geschehen ein. Wie es Illyana bereits tat.

Und er wunderte sich nur im allerersten Augenblick darüber, daß er nicht *mit,* sondern *gegen* seine Freunde kämpfte.

Gegen seine *früheren* Freunde, die er plötzlich mit anderen Augen sah. Die Teil einer anderen Welt waren. Einer schlechteren, nicht länger lebenswerten Welt.

Piotr kämpfte wie ein Berserker. Und Illyana stand ihm kaum nach.

Sie aber konnte kaum fassen, was sie da tat. Es war, als könne sie sich selbst beobachten, als bediene sich ein fremder Wille ihres Körpers und nutze ihn als Werkzeug, mehr noch als Waffe, die er gegen die Gassenkinder führte. Und doch gab es keinen Zweifel, daß sie selbst es war, die da unbarmherzig um sich schlug, Verletzungen hinnahm, brennenden Schmerz verspürte, aus fast einem Dutzend Wunden blutete – und endlich selbst eine Waffe in die Hände bekam, die sie einem Zwölfjährigen aus den Fingern trat und geschickt auffing, ehe sie zu Boden fiel.

Dann schwang sie den Knüppel und hörte und sah, wie sich die drei daumenlangen rostigen Nägel, die aus dem Holz ragten, in die Schläfe jenes Jungen bohrten. Es trat kaum Blut aus den Wunden, aber der Junge starb noch im Stehen und fiel wie ein gefällter Baum. Mit dem Gesicht vornüber schlug er auf den harten Boden.

Mikail... Sein Name war Mikail gewesen, erinnerte sich Illyana, als sei es eine Ewigkeit her, daß sie ihn gekannt hatte. Ein schartiger Flaschenrest fuhr ihr sengend übers Gesicht, verfehlte nur um Haaresbreite ihre Augen. Ihr Gegenhieb schlitzte dem anderen Mädchen den Arm der Länge nach auf. Der behelfsmäßige Dolch löste sich aus den Fingern und zerbrach klirrend auf dem Pflaster. Das Geräusch war noch nicht verklungen, als das Mädchen tödlich verletzt zu Boden ging.

Dennoch, der Übermacht war nicht beizukommen. Immer ärger gerieten Illyana und mehr noch Piotr, auf den die Gassenkinder ihre Attacken vor allem konzentrierten, in Bedrängnis. Und auch dem fremden Kind setzten sie zu, wie sie auch die Zahl der Ratten dezimierten. Die Tiere mochten in ihrer Gesamtheit zwar eine schwer zu bezwingende Macht bilden, jedes für sich indes blieb verletzlich und war mit einem gezielten Treffer leicht zu töten. Die dunklen Flecken auf dem Gassenpflaster standen je für einen Rattenkadaver, und es wurden mehr und mehr.

Bis die Bestie kam.

Und eingriff.

Das Ungeheuer mochte zwar von menschlicher Gestalt sein, aber es gebärdete sich in einer Weise, die selbst der Wildheit und Blutrunst eines jeden Tieres hohnsprach. Sie schien blanke, fleischgewordene Mordlust. Und sie wütete so fürchterlich, so unerbittlich und rasend, daß selbst Illyana und Piotr, die eben selbst noch dem Tod zu reicher Ernte verholfen hatten, stumm und gelähmt waren vor Entsetzen.

Keines der Kinder überlebte das Gemetzel, das später als das »Gassenmassaker von Moskau« bekannt werden sollte.

Illyana und Piotr verdankten ihr Leben einzig der Fürsprache von unerwarteter Seite.

Die Mörderin, deren Züge sich zwar geglättet hatten, nachdem das letzte ihrer Opfer gefallen war, in deren Augen aber immer noch der pure Wunsch zu töten stand, wandte sich ihnen zu. Sie kauerten in einer Ecke, dicht an dicht, als hofften sie, einander nahe zu sein würde immer noch Schutz bedeuten, Geborgenheit. Doch diese Zeit war vorbei. Diese Nacht hatte alles verändert.

Die Fremde hob die Hand, deren Nägel noch immer lang und spitz wie Drachenkrallen und die dunkel waren vom Blut. Sie fletschte die Lippen, zeigte spitze Eckzähne und ließ ein kehliges Knurren hören –

»Nein!« Der Ruf kam zaghaft. »Bitte... nicht!«

Der Junge kam hervor, schälte sich aus den Schatten, als habe er sich zuvor darin eingehüllt wie in dunkle Tücher. Mit den bloßen Fingern versuchte er, ungeschickt, die Blutspuren von seinem Mund zu wischen.

Ruckhaft wandte sich die Mörderin nach ihm um.

»Was willst du?« fauchte sie.

»Laß sie in Ruhe. Ich möchte nicht, daß du ihnen ihr Leben nimmst.«

Irina lachte freudlos auf. »Du möchtest es nicht... ich verstehe. Nur – warum sollte ich mich darum scheren, was du möchtest?« Ihr Ton war verletzend, höhnisch. Und wütend.

Der Junge sah zu ihr auf, treuherzig und um Verzeihung heischend, wie es für Illyana und Piotr den Anschein hatte; Irina aber empfand den Blick des Knaben anders – er erinnerte sie daran, wer und was dieser Junge wirklich war... und welche Rolle ihr zukam.

»Sie sind meine ersten Diener«, sagte der Junge dann. »Ich möchte sie behalten.«

»Aber sie sind... Abschaum. Sieh sie dir an, sieh dich um! Sie leben in der Gosse.«

»Laß mich sehen, wie sie sich entwickeln«, meinte der Junge, ganz im Ton eines Kindes, das seine Eltern von seinem Herzenswunsch überzeugen wollte.

Irina wandte ihren Blick Illyana und Piotr zu, sah sie endlos lange an, und endlich zuckte sie die Schultern.

»Meinetwegen. Warum auch nicht?«

Schließlich war sie nicht zuletzt selbst gespannt darauf, was aus diesen beiden... Dienerkreaturen werden würde. Sie würde sie im Auge behalten.

Irina streckte die Hand aus, und der Junge ergriff sie.

»Nun komm«, sagte sie.

»Bringst du mich jetzt nach Hause, wie du es versprochen hast?« fragte er.

Sie nickte. »Ja, in dein neues Zuhause.«

Sie gingen die Gasse entlang, verließen das Labyrinth und erreichten belebtere, lichtere Straßen Moskaus.

»Wo werde ich denn zu Hause sein?« wollte der Junge wissen.

Irina sagte nichts, wandte nur den Blick. Als habe sie es ihm geheißen, folgte der Knabe ihrer Blickrichtung und sah, in einiger Entfernung und teils verborgen hinter anderen Gebäuden, prachtvolle, hochaufragende Dächer. Als sie schließlich am Rande des Roten Platzes anlangten, konnten sie den Kreml in voller Größe sehen.

»Was ist das?« wollte der Junge wissen.

»Das Herz dieses Landes...«, antwortete Irina.

Und es braucht neues Blut, fügte sie im Stillen hinzu. *Wie diese ganze Welt – nun, da die Zeit der Zeiten gekommen ist und damit das Ende.*

»... und dein neues Zuhause.«

6. Kapitel

Blind mit neuen Augen

Manchmal wünschte sich Valentin Belov, er wäre tot. Ehrenhaft gestorben. Seinerzeit. In einem jener Kriege, die von der Welt unbemerkt ausgefochten worden waren, im Geheimen, ungeachtet politischer Bündnisse und Abkommen. Valentin Belov war einer der namenlosen Helden dieser Kriege gewesen. Einer jener Männer, die in keinem Geschichtsbuch oder Staatsbericht Erwähnung fanden. Schlicht deshalb nicht, weil es sie offiziell nie gegeben hatte. Sowenig ihre Kriege offiziell stattgefunden hatten.

Valentin Belov zählte zu den letzten Überlebenden dieser Kriege. Aber er war längst kein Held mehr, nicht einmal mehr das, was man gemeinhin »altes Eisen« nannte. Jene, die einst die Früchte von Valentin Belovs Arbeit geerntet und der Öffentlichkeit als Ergebnis ihres politischen oder wirtschaftlichen Wirkens präsentiert hatten, hatten ihn kurzerhand vergessen. Irgend jemand hatte ihm vor Jahren einen belanglosen Posten zugeschanzt, und seither fristete Valentin Belov sein Dasein hier, fungierte als »Mädchen für alles«, fraß quasi sein Gnadenbrot hinter den mächtigen Mauern des Kremls zu Moskau.

Belov empfand dieses Leben als erbärmlich, obschon er freilich wußte, daß seine einstigen Kollegen (jene eben, die noch nicht gestorben waren) ein ärmeres Dasein fristeten als er – und dem Großteil der Bevölkerung jenseits der Kremlmauern ging es noch schlechter. Dennoch, setzte man dieses Leben in Relation zu der Zahl der Einsätze, in denen er sein früheres Leben zum Wohl der Sowjetunion aufs Spiel gesetzt hatte, war der Lohn, der ihm jetzt im Alter zuteil wurde, geradezu lächerlich gering.

Andererseits – hatte er denn tatsächlich mehr erwartet? Höhere Weihen, welcher Art auch immer? Insgeheim vielleicht. Aber nie wirklich.

Zufriedenheit vermochte diese Erkenntnis Valentin Belov trotzdem nicht zu geben.

Er seufzte schwer, placierte die Trittleiter in der Mitte des langen, düsteren Korridors, schob sie noch ein Weilchen hin und her, bis sie exakt unter dem gewaltigen Kronleuchter stand, von dessen Kerzenhaltern soviel Wachs heruntergetropft und erstarrt war, daß man meinte, zur Decke einer Tropfsteinhöhle hochzusehen. Dann nahm Valentin Belov den Karton mit neuen Kerzen auf und stieg mit seiner Last die Stufen der Leiter hoch, mühsam, obwohl in seinen Muskeln durchaus noch einiges vom Saft der früheren Tage steckte.

Aber an kalten Tagen wie diesem schien sich das Metall in seinem künstlichen Kniegelenk zu verziehen (sein linker Unterschenkel war vor Jahren in Afghanistan zurückgeblieben, nachdem Belov eine Tretmine übersehen hatte, und diese Nachlässigkeit war zugleich der Schlußpunkt seiner Karriere gewesen). Die Metallteile, die seine Prothese mit dem Oberschenkel verbanden, knirschten, als seien sie eingerostet, und obwohl Valentin Belov *wußte*, daß die Bewegung nicht wehtun *konnte*, spürte er doch ziehenden Schmerz, als würde sich ein einzelner Nerv, der sich vom Knie bis in sein Hirn hochzog, in weißglühenden Draht verwandeln. Vermutlich wurde das Gefühl allein von dem schauderhaften Geräusch hervorgerufen, mit dem die Gelenkschalen aneinander rieben.

Ächzend langte Valentin Belov auf der obersten Stufe an, schaffte es irgendwie, den Karton neben seinen Füßen abzusetzen und sich selbst so zu strecken, daß er den Leuchter mit den Händen erreichen konnte. Mit einem schartigen Messer machte er sich daran, die niedergebrannten Kerzenreste aus den Halterungen zu pulen.

»Ein Scheiß ist das«, grummelte Belov, »und sinnlos noch dazu.« Denn dieser Korridor befand sich in einem abgelegenen, fast leerstehenden Teil des gewaltigen Kremlpalastes und wurde kaum von jemandem betreten. Valentin Belov nahm –

wohl zurecht – an, daß er derjenige war, der seinen Fuß am häufigsten in diesen Flur setzte – einmal wöchentlich, wenn er herkam, um die Kerzen auszuwechseln.

Um so erstaunter, fast schon erschrocken reagierte Belov, als er plötzlich Schritte hörte! Und Stimmen, die sich leise und wie im Plauderton unterhielten.

Alte Reflexe, die nie völlig eingeschlafen waren, sprangen an. Valentin Belov drehte sich rasch herum, ging dabei ein klein wenig in die Knie und verzog das Gesicht, als sein linkes Gelenk vernehmlich knirschte. Die Leiter geriet ob der heftigen Bewegung gefährlich ins Wanken, doch Belov schaffte es, sie durch so geschicktes wie unbewußtes Verlagern seines Körpergewichts vor dem Umfallen zu bewahren.

Seine bewußte Aufmerksamkeit indes richtete sich auf etwas anderes. Auf einen Anblick, den er nicht erwartet hatte – und der Valentin Belov trotz der scheinbaren Harmlosigkeit beunruhigte, auf einer tiefen Ebene seines Denkens, das sich dem willentlichen Zugriff entzog.

Valentin Belov, einstiger Geheimagent und gnadenloser Kämpfer an den Fronten dieser Welt, fröstelte. Lernte binnen einer einzigen Sekunde eine Art von Angst kennen, wie er sie nie zuvor verspürt hatte, ganz gleich, wie bedrohlich eine Situation auch gewesen sein mochte.

»Irina?« entfuhr es ihm ungläubig.

Er kannte die Frau. War ihr zu der Zeit, da er selbst noch aktiv gewesen war, zwei- oder dreimal begegnet. Und sie sah heute, so viele Jahre später, noch genau so aus wie damals. Als habe die Zeit einen großen Bogen um sie gemacht.

Aber diese Beobachtung war nicht der eigentliche Grund für das klamme Gefühl, das Valentin Belov in seiner Brust spürte, gerade so, als habe man den Raum hinter seinen Rippen mit kaltfeuchten Lumpen ausgestopft.

Er, einer der furchtlosen Helden im Kalten und anderen Kriegen, fürchtete sich vor... einem Kind?

Lächerlich! Und dennoch...

Die beiden, die wie Mutter und Sohn schienen und doch –

Belov *wußte* es einfach – in gänzlich anderer Verbindung zueinander stehen mußten, blieben stehen und sahen zu ihm empor. Irina (War sie es wirklich? Sie mußte in Belovs Alter sein und sah doch aus, als sei sie kaum dreißig!) setzte an, um etwas zu sagen, aber der Junge gebot ihr mit einer seltsam erwachsen und deshalb unheimlich wirkenden Geste Einhalt. Die Unschuld seines Blickes verlor sich wie Frühnebel, den die Sonne wegbrannte. Ein eisiger Glanz trat an ihre Stelle. Ein kaltes Lächeln spielte um die farblosen Lippen des Jungen.

Und Valentin Belov... erwiderte die Geste. Lächelte dem Kind zu, auf eigenartige Weise jedoch, wie spiegelverkehrt, warm nämlich, voller Zuversicht und nie gekannter Zufriedenheit.

Als die Frau und das Kind weitergingen, ohne auch nur ein einziges Wort verloren zu haben, wußte Valentin Belov, daß alles anders werden würde.

Würde es besser werden?

Belov hob die Schultern und wandte sich lächelnd seiner Arbeit zu.

Es *war* doch schon besser geworden! Denn immerhin – nie zuvor hatte ihm seine Arbeit solche Freude gemacht, war sie ihm so bedeutsam erschienen.

Mit wahrem Feuereifer, mit fliegenden Fingern wechselte Valentin Belov die Kerzen und zündete die Dochte an.

Licht. Neues Licht mußte erstrahlen! Weil große Dunkelheit nahte.

Valentin Belov hatte diese Dunkelheit gesehen. In den Kinderaugen.

Nach langer Zeit hatte er wieder eine Mission zu erfüllen, eine Aufgabe, die Sinn machte.

Weil Kinderaugen ihn an diesen Sinn glauben ließen...

... und blind machten für alle Wahrheit.

Viktor Onegin war eine Marionette. Und – in dieser Eigenschaft – das Staatsoberhaupt Rußlands.

Irina wußte dies und mehr über den russischen Präsidenten

und die Verhältnisse im Kreml. Chatsky, ihr langjähriger Kontaktmann, hatte ihr früher am Abend allerlei Informationen über die politische Situation Rußlands erzählt, ehe sie ihn – sozusagen – zum Essen eingeladen hatte. Wobei Chatsky den Hauptgang darstellte.

In den vergangenen Jahren hatte sich Irina wenig für die große Politik interessiert. Ihr eigenes Wirken, die Erfüllung der Letzten Weissagung, hatte all ihre Aufmerksamkeit und Kraft beansprucht. Ein Wirken, das nun Früchte getragen hatte – und die Weltpolitik verändern würde, gravierend, wie die Prophezeiung es eben verhieß.

Viktor Onegin stand in den Augen der Weltöffentlichkeit für das neue, für ein modernes Rußland. Wovor die Welt indes die Augen verschloß, war, daß dieses neue Rußland kaum mehr als Tünche und Viktor Onegin lediglich eine Galionsfigur war. Er wurde benutzt von Grauen Eminenzen, die dereinst hinter dem Eisernen Vorhang die Geschicke der Sowjetunion gelenkt hatten.

Dieser Vorhang aber war nie wirklich gefallen, allenfalls unsichtbar, oder auch nur durchlässig geworden. Und die früheren Führer waren nie wirklich von der Bühne abgetreten, sondern hatten sich lediglich in den Hintergrund zurückgezogen, geduldig gewartet, bis ihre Zeit wiederkam, und derweil Pläne geschmiedet und Weichen gestellt für eben diese ihre Rückkehr an die Schalthebel der Macht.

Viktor Onegin war eines der Werkzeuge dieser alten Garde politischer Tradionalisten. Vergleichsweise jung, gutaussehend, wortgewandt, ein Mann, den die Welt heute schon, nachdem er gerade mal seit einem Jahr im Amt war, in einem Atemzug nannte mit John F. Kennedy. Onegin verstand es, die Welt für sich einzunehmen – indem er tat und sagte, was seine Hintermänner ihm hießen, und seine Worte mit dem ihm eigenen Charme versetzte.

Irina lächelte verwegen. Zumindest *daran* würde sich in Zukunft nichts ändern. Viktor Onegin würde eine Marionette bleiben. Nur an den Fäden würde ein anderer ziehen...

Obwohl sie ihren Weg durch wenig genutzte Bereiche des Kremlpalastes nahmen, blieben sie doch nicht unbehelligt. Aber der Junge, dessen Hand nach wie vor in Irinas lag, machte seine Sache gut. Niemand vermochte sie aufzuhalten; mehr noch, niemand stellte die Rechtmäßigkeit ihrer Anwesenheit in Zweifel.

Immer weiter drangen sie vor in die Tiefen des altehrwürdigen Gemäuers, das vor über 150 Jahren als Residenz Nicholas I. errichtet worden war. Bis sie vor den Türen zum »Allerheiligsten« anlangten.

Zwei uniformierte Soldaten standen links und rechts davon. Beide hielten Automatikwaffen in den Händen, und beide bewegten sich in beinahe gespenstischer Synchronität, als sie die Läufe ihrer Waffen auf Irina und den Jungen richteten.

Irina wunderte sich fast, daß die beiden Soldaten nicht auch gleichzeitig und synchron sprachen. Der linke erwies sich als Wortführer.

»Stehenbleiben!« schnarrte er. »Wer seid ihr? Was wollt ihr? Wer hat euch passieren lassen?«

»Viele Fragen auf einmal«, meinte Irina lächelnd. Nur mühsam widerstand sie dem Impuls, den Geist des Soldaten mit ihrer Magie zu umnebeln. Aber es war wichtig, daß der Junge ihn mit *seinem* Bann belegte.

Und das tat er auch. Wie nebenher. Unauffällig. Perfekt.

Der Soldat ließ die Waffe sinken, als sei ihm plötzlich der Arm eingeschlafen.

»Was –?« setzte der andere an, ohne die Frage zu vollenden. Statt dessen öffnete er Irina und dem Kind bereitwillig die Tür in die zentralen Büroräume des Kremls.

Sie traten über die Schwelle, durchquerten ein unbesetztes Sekretariat, weitere Räume, in denen je zwei Security-Männer postiert waren, die das ungleiche Paar nicht aufzuhalten vermochten, und standen endlich vor dem Büro des russischen Präsidenten.

Irina war nicht zum ersten Mal hier. Zu der Zeit, da sie als Killerin tätig gewesen war, hatte unter anderem die Staatsregierung Rußlands zu ihren gelegentlichen Auftraggebern gehört. Nicht zuletzt deshalb öffnete sie die Tür und trat hindurch, als sei sie hier zu Hause.

Ein Chor metallener Stimmen empfing sie und das Kind.

Klick, klick, klick...

Irina und der Junge sahen in ein halbes Dutzend schwarzer Waffenmündungen.

Der Knabe ließ lächelnd den Blick in die Runde schweifen.

Und fünf der Pistolenläufe wurden gesenkt.

Der sechste blieb unverwandt auf sie gerichtet. Weil der Mann, der die Waffe hielt, unempfänglich war für vampirische Hypnose –

– dafür aber offenbar hochsensibel, was drohende Gefahren anging. Denn er drückte ab!

Blut spritzte ihm ins Gesicht, kalt und schwarz. Irinas Blut.

Es war eine neue Erfahrung für den Jungen. Nicht das Blut, nein, es widerte ihn nicht an, erschreckte ihn nicht einmal, sowenig wie es der Schuß selbst getan hatte... Die Tatsache, daß jemand, ein Mensch, imstande war, sich seiner suggestiven Macht zu widersetzen, überraschte den Jungen, beunruhigte ihn. Ein wenig zumindest. Immerhin gab es andere Mittel, sich einen Menschen gefügig zu machen – rohe Gewalt etwa. Und den Tod, den der Junge als Verbündeten ansah.

Der Geist des Mannes war so... *anders* gewesen. Starr. Nicht nachgiebig und mithin formbar wie bei jenen, die der Junge zuvor gebannt hatte. Mit ihren Gedanken, ihrem Denken, ihren Sinnen hatte er gleichsam spielen können; er hatte sie regelrecht umgestalten können, als besitze er unsichtbare Finger, die geschickt und in Windeseile warmes Wachs modellierten.

Der Geist dieses Mannes jedoch...

Irina schrie auf, weniger vor Schmerz als vielmehr vor Zorn! Ihr Schrei ging über in animalisches Knurren, dann fegte ein langgliedriger Schatten durch die Luft. Wieder spritzte Blut und netzte das Gesicht des Kindes, warm und rot diesmal.

Dann schlug etwas mit dumpfem Laut zu Boden, rollte zwei-, dreimal um die eigene Achse und blieb schließlich vor den Füßen des Jungen liegen. Der Teppich sog das Blut auf und schuf daraus ein neues, bizarres Muster.

Der Junge ging in die Knie und nahm den abgetrennten Kopf mit beiden Händen auf.

Erst jetzt fiel auch der Leib des Mannes, den Irina enthauptet hatte. Der Aufprall ließ den Boden sacht zittern; in einer Vitrine klirrte leise Glas.

Der Junge indes wandte die Augen nicht von dem Schädel ab, kreuzte dessen noch im Tod entsetzten Blick. Die Lippen waren wie zu einem lautlosen Schrei geformt. Mit beinahe wissenschaftlicher Akribie besah sich der Knabe dann den Hals – zerfetztes Fleisch, zerrissene Haut, durchtrennte Adern und Sehnen und... Drähte?

Etwas, das an Drähte oder dünne Kabel erinnerte, zumindest. Kein Zweifel.

Fragend sah der Junge zu Irina auf.

Die Vampirin wischte sich Blut von der rechten Hand, die nicht länger jene Kralle war, mit der sie den Mann blindwütig geköpft hatte. Die Schulter ihrer Kostümjacke zeigte einen schwarzen Fleck, wo die Kugel getroffen hatte. Die Wunde indes hatte sich bereits wieder geschlossen. Und Irinas Blick war fast so fragend wie der des Jungen.

»Ein...«, sie zögerte, »... ein Cyborg?« Ihr Ton verriet unschwer, daß es selbst für sie Dinge gab, die sie kaum glauben konnte.

»Ein Experiment«, schaltete sich jemand ein. Irina wandte den Blick und erkannte den Mann, der gesprochen hatte, als Evgeny Bezukhov, offiziell Stabschef des Kremls, inoffiziell – laut der Informationen, die Irina von Chatsky erhalten hatte – Oberste der Grauen Eminenzen und mithin eigentlicher Führer Rußlands.

Bezukhov, ein Mann, der die sogenannten besten Jahre längst hinter sich hatte und dessen Gesicht mit zunehmendem

Alter zu versteinern schien, zuckte wie entschuldigend die Schultern.

»Serge«, mit dem Kinn wies Evgeny Bezukhov auf den Schädel in den Händen des Jungen, »litt an den Folgen eines Giftgasunfalls. Er wäre zweifellos gestorben, hätten führende Wissenschaftler unseres Landes ihn nicht unter ihre Fittiche genommen und ihre neuesten Erkenntnisse in der Neurochirurgie an ihm erprobt.«

»Ein verdammter Cyborg, also doch.« Irina nickte, angewidert. Die Welt schien sich in der jüngsten Vergangenheit doch schneller gedreht zu haben, als sie angenommen hatte.

Wie von selbst suchte ihr Blick Viktor Onegin und fand ihn hinter dem wuchtigen Schreibtisch, halb aus seinem Stuhl aufgestanden und in dieser unbequemen Haltung wie eingefroren. In Anbetracht dessen, daß gerade eine Mensch-Maschine auf sie geschossen hatte, schien ihr plötzlich auch im Bereich des Möglichen, was Chatsky ihr über den Werdegang Viktor Onegins erzählt hatte...

Sie hob vage die Schultern. *Egal*, dachte sie. Im Gegenteil, wenn es stimmte, kam es ihren Zielen sogar noch entgegen. Denn dann mußte Viktor Onegin so leicht beeinflußbar sein, als ginge die Redensart, daß jemand Wachs in den Händen eines anderen sei, auf ihn zurück...

Der Szenerie haftete etwas tief Makabres an. Zehn Männer in Maßanzügen standen in einem saalartigen Raum, statuenhaft, als seien sie selbst Teil der erlesenen Kunstwerke, die das präsidiale Büro schmückten. In ihrer Mitte lag einer der ihren, enthauptet, dessen Kopf ein kleiner Junge in Händen hielt – und niemand nahm an dieser Situation auch nur den allergeringsten Anstoß.

Irina lächelte gefällig und zufrieden. Sie senkte den Blick.

»Leg das weg«, sagte sie zu dem Kind, das daraufhin gehorsam den Kopf zu Boden legte. Dann sah der Junge zu ihr auf, wiederum fragend.

Irina nickte ihm auffordernd zu, und der Junge ging zwei, drei Schritte auf den großen Schreibtisch in der Mitte des Raumes zu.

Niemand sonst bewegte sich – bis auf Viktor Onegin. Er führte die Bewegung, die er begonnen hatte, als Irina und das Kind den Raum betreten hatten, zu Ende, richtete sich auf und kam um den Schreibtisch herum. Noch jetzt, da er in magischem Bann stand, wirkte jede noch so geringe Geste seinerseits einnehmend, strahlte er Jovialität und Autorität in bemerkenswerter Mixtur aus. Die Männer, die ihm im Wege standen – ausnahmslos älter als Onegin –, wichen wortlos beiseite, lächelten gar, so selig, als berühre etwas warm ihre Herzen.

Auch Irina lächelte. Kalt. In der Gewißheit dessen, was gleich geschehen würde.

Viktor Onegin ging auf den Jungen zu. Vor ihm blieb er stehen und ließ sich in die Hocke nieder. Beide Hände legte er dem Kind auf die schmalen Schultern. Dann zog er es an sich.

Und voller Herzenswärme, leise vor Rührung, in ganz und gar väterlichem Ton sagte er: »Willkommen zu Hause – mein Sohn.«

Nicht weit... und doch fernab

So lange war es ruhig gewesen. War Stille seine einzige Gesellschaft gewesen.

Einsamkeit war Nestors selbstgewähltes Exil geworden. Nachdem er geflohen war vor seinem Leben – oder dem, was er lange Zeit für sein Leben gehalten hatte. Bis er die Wahrheit erkannt hatte. Bis ihm klargeworden war, *was* aus ihm geworden war. *Was* er tat. Daß er *benutzt* wurde. Von... Mächten, die zu beschreiben Worte nicht genügten.

Flucht war der einzige Weg gewesen, diesem Schicksal zu entkommen. Flucht in die Einsamkeit, an einen Ort fernab jeder menschlichen Seele. So daß er nicht eine einzige mehr verderben konnte.

Hier hatte er diesen Ort gefunden. In den Tiefen des Kremls, in den vergessenen Katakomben der Erzengelskathedrale.

Vor wie langer Zeit?

Nestor wußte es nicht, hatte nie Tage und Jahre gezählt. Er wußte nur, daß es sehr lange her sein mußte. Denn er erinnerte sich kaum mehr, wie das Licht eines Tages aussah, wie die Luft dort droben roch und schmeckte.

So vieles hatte er aufgegeben. Aber... hatte er wirklich etwas zu verlieren gehabt? Nachdem er sein Leben doch längst schon eingebüßt gehabt hatte?

Im Grunde hatte er nicht einmal mehr das Recht gehabt, unter den Menschen zu sein! So hatte er, indem er ihrer Welt den Rücken kehrte, nichts anderes getan, als dem Tod Tribut zu zollen. Denn gestorben war er schließlich lange schon. Nur war er »auf der anderen Seite des Lebens« nie angekommen. Statt dessen hatten *sie* ihn zurückgeschickt, auf daß er in der Welt der Lebenden in *ihrem* Sinne wirkte, *ihre* Saat ausbrachte, damit *sie* einst die Früchte ernten könnten.

Wer *sie* waren, hatte Nestor nie wirklich herausgefunden in den Jahren, während derer er Stück um Stück sein neues Ich entdeckt hatte.

Bis diese Stücke endlich ein ganzes, ein furchtbares Bild ergeben hatten. Ein Bild, das Nestor nicht ertragen hatte und dem er nicht länger hatte entsprechen wollen.

Es war leicht gewesen, ihnen zu entkommen. Und es war Nestor nicht schwergefallen, sich gleichsam einzukerkern, abzuschotten von der Welt.

Er hatte sich die lange Zeit zu vertreiben gewußt – indem er die Mittel, die *sie* ihm verliehen hatten, erforscht und schließlich genutzt hatte, in seinem ganz eigenen Sinn diesmal.

Seit kurzem jedoch hatte Nestor Mühe, in seinem geheimen Gefängnis zu verbleiben. *Etwas* störte seine Ruhe. Etwas wie ein Ruf ohne Worte. Ein undeutbares Signal. Ein Befehl beinahe, dem er sich kaum zu widersetzen vermochte.

Noch aber gelang es ihm. Noch hielt es Nestor in der Einsamkeit. Noch fand er Zuflucht.

In den Zeiten.

7. Kapitel

Heimkehr in die Fremde

Im Waschraum einer abgelegenen Tankstelle hatte die fremde Frau Bennelong genötigt, sich von der rituellen Asche zu befreien. Danach hatte sie ihm beim Inhaber des angrenzenden Shops passende Kleidung besorgt, damit der Aboriginal unterwegs kein Aufsehen erregte. Ihre hypnotischen Fähigkeiten waren ihr bei alledem überaus nützlich gewesen.

Und nun saß Bennelong seit geschlagenen sechsunddreißig Stunden ohne erwähnenswerte Pause hinter dem Steuer. Sechsunddreißig Stunden, in denen sie gemeinsam den halben Kontinent aus nordwestlicher in südöstliche Richtung durchquert und nebenbei kein Schlagloch entlang der Strecke ausgelassen hatten.

Zwischen der Gegend um den Ayers Rock und Sydney lagen rund anderthalbtausend Automeilen. Im Jeep eine Tortur. Dennoch hatte Lilith Eden darauf verzichtet, auf ein anderes Fahrzeug umzusteigen, und auch nicht den Chauffeur gewechselt. Sie hatte sich schnell an Bennelongs Gesellschaft gewöhnt. Er strahlte etwas aus, das ihr gefiel. Anfangs hatte sie aber gerade diese wohl sehr einseitige Sympathie in Gewissensnöte gebracht. Immerhin hatte sie sich auf der Farm des Aboriginals nicht benommen, wie ein guter Gast es getan hätte. Doch zuvor war sie stundenlang durch das Outback geirrt, völlig orientierungslos und beinahe verrückt geworden vom stetig anschwellenden Durst.

In Wolfsgestalt war sie dann in die Stallung der erstbesten Farm eingebrochen, auf die sie während ihrer Odyssee gestoßen war. Selbst da hatte sie zunächst versucht, ihre Gier zu besänftigen – mit dem Blut von Tieren. Dergleichen hatte noch nie gefruchtet, dennoch hatte ihr Gewissen sie gedrängt, es wenigstens zu *versuchen*, nach all der Zeit in Isolation. Nach den vielen Monaten des Eingekerkertseins im Berg...

Der 4. Juli 2001.

Lilith mußte schlucken, als sie an das Datum dachte, das sie von Bennelong bei ihrem fluchtartigen Verlassen der Farm genannt bekommen hatte.

Ausgerechnet am amerikanischen Unabhängigkeitstag war sie aus den Diensten Rahels entlassen worden.

Ein Treppenwitz!

Denn daß sie nun tatsächlich wieder unabhängig und Herrin ihrer selbst sein sollte, daran wagte sie noch gar nicht zu glauben.

Wieso hatten Rahel und Landru sie davonkommen lassen? Warum hatten sie ihr Versprechen *gehalten*, etwas absolut Untypisches für Geschöpfe wie sie...

Nein, Lilith war überzeugt, daß eine weitere Teufelei damit verbunden war, und über kurz oder lang würde sie erfahren, was dahintersteckte.

»Halt an!« wies sie ihren Begleiter an.

Bennelong stoppte den Jeep auf einem der welligen Ausläufer der Great Dividing Range, von denen aus man freie Sicht auf das Meer und die Skyline der Millionenstadt hatte, in der Lilith geboren worden war.

Vor über hundert Jahren.

Ich bin eine alte Frau, kokettierte sie im Bewußtsein, alles andere als eine solche zu sein. Genaugenommen war sie sogar nur wenige Jahre alt, denn *bewußt* und *wach* hatte sie die Welt erst ab dem Jahr 1994 wahrgenommen. Zuvor hatte das magische Haus in der Paddington Street über sie gewacht und sie über lehrreiche Träume auf das Leben in der realen Welt vorbereitet...

... und auf den Krieg, den zu führen ihr bestimmt worden war. Ein Krieg gegen diejenigen, die ihr die Eltern genommen hatten.

»Vampire!« Obgleich selbst ein Zwittergeschöpf, das Licht *und* Dunkel in sich vereinte, rann das Wort haßerfüllt über ihre ausdrucksvollen Lippen.

Sie beruhigte sich.

»Sag mir, was du siehst«, forderte sie den Aboriginal auf, der stur geradeaus blickte und bis zu diesem Moment den Anschein erweckt hatte, noch *über den Horizont hinaus* zu starren.

Liliths Befehl schien die geweiteten Pupillen Bennelongs zu verkleinern. Wie eine Kameralinse, die sich auf ein nahes Ziel einstellte.

»Sydney«, sagte er rauh. »Ich sehe das Ziel.«

Lilith nickte, wirkte aber nicht zufrieden mit dieser Aussage. »Auf dem Weg hierher brachten die Radionachrichten immer wieder seltsame Meldungen. Es war die Rede davon, daß sich das Licht über Australien verändert haben soll. Und daß viele Menschen deswegen beunruhigt wären. Weißt du etwas darüber? Kannst du die Veränderung sehen? Ich muß gestehen, daß mir nichts aufgefallen ist.«

Ohne sie anzuschauen, sagte Bennelong: »Seit Monaten mehren sich diese Meldungen. Aber niemand kennt die Ursache. Es wird nur geredet. Und je mehr und je länger darüber gesprochen wird, desto ängstlicher werden die Menschen.«

»Dich beunruhigt es auch?«

»Nein.«

Sie wollte »Wirklich nicht?« fragen, bis ihr klar wurde, daß er in dem Zustand, in den sie ihn versetzt hatte, gar keine Unwahrheiten von sich geben konnte.

»Wenn das Tageslicht tatsächlich schwindet«, sagte Lilith, »dann könnte dies ein erster Hinweis auf *ihr* Wirken sein – darauf, daß sie etwas in Gang gesetzt haben zum Unwohl der Menschheit...«

Bennelong wertete ihre Äußerung zu recht nicht als Frage. Folglich sagte er auch nichts dazu.

»Vielleicht weiß Darren mehr. Er hat ein Gespür für Geheimnisse – und ihre Lösungen...« Sie legte ihre Hand auf Bennelongs Schulter. »Du bist am Ende deiner Kräfte. Zuerst fahren wir zu einem Ort, wo du dich ausruhen kannst. Und wo du auf mich warten wirst. Ich werde nicht länger fortbleiben als du Zeit zur Erholung brauchst. Danach sehen wir weiter. Du willst sicher heim und dich überzeugen, daß deiner Freundin geholfen wurde... Ist es so?«

»So ist es.«

»Dann fahr jetzt los. Falls es dich tröstet: Ich bin vielleicht mehr im Ungewissen wie du. Denn ich weiß nicht einmal, ob sie Wort gehalten haben und ihn wirklich davonkommen ließen...«

Bennelong fragte nicht, wen sie meinte. Wem ihre Gedanken – und mehr noch ihr Herz – nachhingen...

Auf ihr Läuten hatte niemand geöffnet. Aber ein Fenster hatte offengestanden. Lilith hatte die Einladung angenommen. Die Wohnung, in die sie auf ledrigen Schwingen eingedrungen war, mutete ihr überraschend fremd an, wohl nicht nur, weil sie verlassen war. Darren und sie hatten nicht viel Zeit darin verbracht. Lilith hatte ihr Haus in der Paddington, dem Ort, mit dem sie in beinahe beängstigender Weise verwurzelt war, stets vorgezogen.

Draußen war es dunkel.

Nicht wirklich dunkel natürlich, denn in einer Stadt wie Sydney gingen die Lichter niemals aus. Aber der Himmel, der aussah, als würden die Gipfel der höchsten Wolkenkratzer ihn stützen, war das vertraute Sterndiadem auf samtschwarzem Grund, das Lilith in ungezählten Nächten genossen hatte.

Von wenigen Ausnahmen abgesehen, hatte es immer friedlich gewirkt.

Und das tat es auch jetzt, wenngleich Lilith dem Frieden mißtraute wie noch nie zuvor in ihrem Leben.

Etwas geschah.

Etwas bahnte sich an!

Nicht nur die sonderbaren Meldungen über die Schwächung des Lichts über dem »roten« Kontinent wiesen darauf hin. Auch... ihre ureigenen Erlebnisse und Vorahnungen verhießen für die Zukunft nichts Gutes.

Wohin war Rahel mit den schrecklichen Kindern verschwunden? Hatte sie auch Landru und Irina mitgenommen? Und was bedeutete die Erfüllung der letzten Fatima-Prophezeiung wirklich für die Menschen dieses gerade erst begonnenen Jahrtausends...? Drohte ihnen die Knechtschaft – oder Schlimmeres?

Was *konnte* schlimmer sein als ein Leben unter der Knute vampirischer Monster, deren einzige Befriedigung darin bestand, Macht auszuüben und Leid zuzufügen?

Lilith schüttelte den Kopf.

War es überhaupt so? Sie hatte keinen einzigen stichhaltigen Beweis, *was* sie im Ayers Rock eigentlich zum Leben erweckt hatte.

Daß es Kinder jenseits menschlicher Moral waren, schien unstrittig. Aber der bloße Wesenszug, daß sie Menschenblut benötigten, um die eigene Existenz zu erhalten, genügte nicht, sie zu Monstren abzustempeln!

Dann wäre ich auch ein Ungeheuer, dachte Lilith.

Sie verfolgte den Gedanken nicht weiter, weil er in die quälende Frage gemündet hätte, ob sie das nicht auch tatsächlich und ganz objektiv betrachtet war...

Sie ließ ihren Blick schweifen. Die Zimmerlampe blieb ausgeschaltet. In der ganzen Wohnung brannte kein einziges Licht. Sie benötigte es nicht. Ihre Augen waren für die Nacht geschaffen.

Im Schlafzimmer wiederholte sich, was Lilith schon in allen übrigen Räumen aufgefallen war: Darren hatte in den vergangenen Monaten, die er ohne sie verbracht hatte, überall Bilder des Ayers Rock aufgehängt. Es schien sich bei ihm zur regelrechten Manie ausgewachsen zu haben.

Dies war um so erstaunlicher, da er immer noch die hypnotische Sperre mit sich herumtrug, mit dem Lilith ihm beim Abschied jedwede Erinnerung an ihre gemeinsamen Monate genommen hatte... zu seinem eigenen Besten.

Denn sie hatte damit rechnen müssen, nicht mehr aus Rahels Diensten entlassen zu werden – jedenfalls nicht lebend.

Und wie hätte Darren mit der Bürde fertig werden sollen, die ein Zuviel an Wissen beinhaltete?

Lilith war gekommen, um den geistigen Knebel zu lösen, mit dem sie seine Erinnerung und das Wissen, das er anderen Menschen voraushatte – das Wissen um die Existenz von Vampiren – erstickt hatte.

Mit dieser Fessel im Kopf wird er mich nicht einmal wiedererkennen, wenn ich direkt vor ihm stehe, dachte sie beklommen.

Sie hatte längst erkannt, daß sie, bei aller Sehnsucht, die Wiederbegegnung auch fürchtete. Diffuse Ängste schwirrten in ihrem Kopf, aber die schlimmste aller Möglichkeiten schien nach Betreten der Wohnung widerlegt: Die Räume sahen weder aus, als wären sie seit Monaten verlassen, noch vermittelten sie den Eindruck, ein anderer sei in der Zwischenzeit hier eingezogen.

Nein, das Apartment spiegelte immer noch Darrens Geschmack wider.

Und dennoch gab es auch...

... eine unbekanntere Note.

Lilith hob den Kopf. In diesem Augenblick erinnerte sie an ein Tier in freier Wildnis, das Witterung aufnahm. Sie besaß sensible Antennen selbst für kleinste Veränderungen, und hier, speziell hier im Schlafbereich der Wohnung, schlugen plötzlich sämtliche Instinkte Alarm.

Lilith schwindelte, als ihr die Möglichkeit ins Bewußtsein rückte, in eine Falle gestolpert zu sein.

Aber machte das Sinn?

Ihre Feinde waren heute noch dieselben wie vor Wochen und Monaten, und diese Feinde hatten ihre Chance gehabt, sich ihrer zu entledigen. Mühelos hätten sie es im Ayers Rock tun können. Rahel hätte nur das »Geschenk« des zweiten Lebens zurücknehmen müssen. Der Symbiont hätte Liliths Existenz nur kurzzeitig und unter allergrößten Anstrengungen wahren können, so wie er es in den Stunden ihres Schwebezustands zwischen Tod und Leben schon einmal getan hatte.

Aber wenn es *keine* Falle war, was war dann der Grund für

die tiefe Erschütterung, die sie unvermittelt spürte?

Da!

Geräusche von der Wohnungstür!

Kehrte... Darren heim? Hatte sie seine Annäherung vorausgefühlt...?

Sekundenlang war Lilith außerstande, sich von der Stelle zu bewegen. Ein Schloß schnappte auf, eine Tür öffnete und schloß sich, Schritte auf dem Flur...

Er ist es. Allmächtiger Gott im Himmel, er ist *es...*

Sie hörte, wie er sich ins Wohnzimmer begab. Licht fiel durch die offenstehende Tür zu Lilith herein. Licht, das ihr schmerzlich bewußt machte, in welch verschiedenen Welten er und sie lebten.

Ich muß zu ihm!

Die eigenen Zweifel, ob es wirklich ratsam war, ihm gegenüberzutreten, wurden stärker. Die Zeit im Berg, die Zeit des Mißbrauchs durch Rahel und ihre Verbündeten hatte Spuren hinterlassen.

Glas klirrte.

Er schenkt sich einen Drink ein, interpretierte Lilith das Geräusch. *Er ist erschöpft von der Arbeit... Aber zum Glück* arbeitet *er! Zum Glück hat er zurück in sein Leben gefunden!*

Und die wichtigste Erkenntnis: ER LEBTE!

Rahel hatte auch in diesem Punkt Wort gehalten!

Wie soll ich sie hassen, woher die Kraft nehmen, sie mit aller Inbrunst zu jagen, zu stellen und zu vernichten, wenn sie so viele Signale sendet, nicht *erzböse zu sein?*

In diesem Moment, kurz bevor sie sich einen Ruck gab und das Zimmer verließ, ahnte sie das Ausmaß des Dilemmas, das ihr bevorstand, wenn sie eines Tages wieder auf Rahel traf...

Lautlos trat sie auf den Flur. Wenige Schritte brachten sie zur nächsten Tür, hinter der der Wohnbereich lag.

Ein Mann stand vor einem Schrank mit einem Sortiment von angebrochenen Flaschen. Er kehrte Lilith den Rücken, dennoch war es unverwechselbar...

»Darren!«

Er zuckte zusammen. Mehr verwirrt denn erschrocken drehte er sich um.

Lilith wußte nicht, welche Reaktion sie erwartet hatte. Sie war sich darüber klar gewesen, daß er sie nicht erkennen würde, nicht erkennen *konnte*, und doch... das Fehlen jeglicher Wiedersehensfreude in seiner Mimik enttäuschte sie heftig.

Er löste sich aus seiner Starre. »Habe ich die Tür nicht richtig zugemacht? Wer sind Sie? Kennen wir uns?«

»Du kannst nichts dafür«, sagte sie und trat näher auf ihn zu. »Ich bin schuld, daß du mich vergessen hast.«

Er muß denken, eine Verrückte stünde vor ihm, dachte Lilith. *Nur eine Verrückte redet, wie ich es gerade tue...*

Daß er seine Höflichkeit bewahrte, sprach für ihn. »Sagen Sie mir, wer Sie sind und was Sie von mir wollen.« Er klang freundlich, aber bestimmt. »Ich hatte einen harten Tag. Immer nur Tote...« Er lächelte in der Überzeugung, daß sie nicht wissen würde, wie er seine Bemerkung meinte. Offenbar wollte er sie ein wenig schockieren.

»Ich hoffe, du hast deinen Respekt im Umgang mit den Toten nicht verloren«, erwiderte sie.

»Meinen Respekt...« Er legte den Kopf schief, als müßte er darüber nachdenken. »Nein, ich glaube nicht, daß ich ihn verloren habe. Ohne Respekt könnte ich mich der Herausforderung nicht täglich neu stellen. Es waren einmal *Menschen.* Wie du und ich...«

»Wohl eher wie du«, korrigierte sie ihn. Trat noch näher. Die Sehnsucht, ihn in die Arme zu schließen, wuchs.

Er sah keine Bedrohung in ihrer Annäherung.

Ich bin eine Frau. Man sieht mir nicht an, was ich darüber hinaus noch sein kann. *Männer denken mitunter sehr eindimensional.*

Sie meinte es scherzhaft. Respekt war auch das Stichwort für sie selbst. Für sie beide. Sie hatten einander respektiert, so unterschiedlich sie auch waren.

Wird es je wieder so zwischen uns sein?

Sie sah in seine Augen und begriff, daß es nicht damit getan sein würde, die zugeschüttete Erinnerung wieder zum Vorschein zu bringen.

Zeit war vergangen. Viel Zeit.

Und Dinge waren geschehen. Furchtbare Dinge.

Wenn er mich wirklich liebt, wird er mir das, was ich getan habe, verzeihen. – Lange bevor ich es mir selbst verziehen habe.

Aus großen, fragenden Augen sah er sie an. Ihre letzte Bemerkung hatte ihn irritiert, verlangte nach Erklärung.

»Du wolltest wissen, wer ich bin – und ich bin gekommen, damit du es erfährst. *Wieder* erfährst.«

Die Kluft zwischen ihnen schmolz. Zumindest räumlich. Lilith war ihm jetzt so nahe wie über Monate hinweg nur in ihren sehnsüchtigen Träumen.

»Wie heißen Sie?«

»Mein Name? Er wird dir selbst einfallen, wenn...« Sie streckte ihre geistigen Fühler aus. Seine Augen waren die Fenster, durch die sie sein Bewußtsein betrat. Und weiter wanderte, bis ins Unterbewußte, in die Abgründe seiner Seele.

Doch noch während ihres Weges dorthin wurde ihr selbst etwas bewußt.

Etwas, das sie Sekunden zuvor bemerkt, aber nicht in seiner Bedeutung realisiert hatte, weil sie bereits zu sehr darauf fixiert gewesen war, ihn zu dehypnotisieren!

Sie zog ihren Geist abrupt aus seinem zurück.

Ihre Arme stießen auf ihn zu, ihre Hände krallten sich im Kragen seines Hemdes fest und rissen es auseinander.

Stier blickten ihre Augen auf seinen Hals.

Der Boden unter ihren Füßen wurde weich, beinahe flüssig, bot kaum noch Halt.

Also habe ich richtig gesehen...

Ihr wurde übel. Ein Gefühl elender Schwäche überschwemmte ihren ganzen Körper.

Die Male an seinem Hals waren unmißverständlich. Zwei daumenbreit auseinanderstehende Punkte längs der Schlagader. Frische, noch nicht halbwegs vernarbte Bißwunden eines...

... VAMPIRS!

»Wer«, keuchte Lilith und löste ihre Hände von seinem zerfetzten Hemd, »hat dir das angetan?«

Bevor Darren ihre mit Nachdruck gestellte Frage beantworten konnte, tat es jemand anderes für ihn.

»Ich«, sagte die Stimme hinter Lilith. »Es war meine Idee.«

Lilith wirbelte herum.

Und traute ihren Augen nicht...

Das Hochland von Beinn Dearg... Die grausamen Experimente der Kelchdiebin Felidae... Und jener Wanderzirkus der Monstrositäten, auf den Lilith bei dem walisischen Städtchen Corris Uchaf getroffen war...

Es waren Erinnerungen voll fremdartigem Zauber. Gleichzeitig markierten sie ganz besondere Eckpunkte in Liliths erstem Lebensabschnitt. Unvergeßlich waren diese Episoden, auch noch nach Jahren – und dementsprechend bewegend.

Die Frau, die hinter ihr in den Raum getreten war und gerade zu ihr gesprochen hatte, diese Frau war ihr keine Unbekannte, weiß Gott nicht, obwohl sie... verändert war. Ganz erstaunlich verändert.

»Fee...?!«

Fassungslos rann der erinnerungsreiche Name über Liliths Lippen. Fassungsloser noch als eben, da ihr die Male an Darrens Hals überhaupt erst bewußt geworden waren.

Sie spürte, wie ihr Blut in Wallung geriet, wie... ein warmes Gefühl sich Bahn durch die Flüsse ihres Körpers brach.

»Fee...«

»Ich bin es.« Die mädchenhaft schlanke Gestalt wirkte immer noch so verletzlich wie damals. Obwohl ihr der Makel, mit dem sie kurz nach ihrer Geburt geschlagen worden war, fehlte.

Im Grunde war dies die eigentliche Überraschung, fast schon Sensation bei ihrer unverhofften Wiederbegegnung.

War es ein verlegenes Lächeln, mit dem Fee nähertrat? Jedenfalls war es dieses Lächeln und das Entblößen strahlend weißer Zähne, das Lilith wieder in Erinnerung rief, was mit

Darren geschehen war.

Die erhobenen Arme, die sie Fee zur Begrüßung entgegengestreckt hatte, sanken herab. »Dann hast *du* das getan? *Sein Blut getrunken...?«*

Im ersten Moment wußte sie selbst nicht, was genau sie an dieser Erkenntnis störte, denn Fees Biß barg, wenn sie wieder gesund war, keine nachteiligen Folgen für Darren – ganz im Gegenteil.

Es brauchte eine Weile, bis Lilith durchschaute, womit sie bei dem Gedanken das größte Problem hatte: Es war die *Intimität* jenes Kusses, bei dem Darrens Blut geflossen war. Eine Intimität, die in der Vergangenheit ihr allein vorbehalten gewesen war.

»Hattest du es so nötig? War kein anderer da, als dich... das Verlangen überkam?« Ihr fiel kaum auf, daß sie über Darren redete, als befände er sich in einem anderen Raum.

»Nötig?« Die wasserstoffblonde Vampirin trat an Lilith vorbei und blieb erst unmittelbar neben Darren stehen. Damit stand sie dichter bei ihm als Lilith. Sie öffnete die Hand, und Darrens Finger flochten sich wie selbstverständlich hinein.

Bis zu diesem Moment hätte Lilith immer noch geschworen, nur theoretisch zu wissen, was Eifersucht war.

Rasende Eifersucht.

Doch die Vertrautheit, die mit dieser geradezu anrührenden Geste, mit der sich beide unmißverständlich zueinander bekannten, zum Ausdruck kam, änderte dies. Lilith spürte, wie ihr Blut in die Beine absackte. Sie strauchelte und mußte mühsam um ihre Beherrschung kämpfen.

»Ich verstehe.«

»Nein«, widersprach Fee. »Ich glaube nicht, daß du das tust. Wir haben es bis heute selbst noch nicht richtig verstanden.«

Worte. Schale Versuche, etwas zu rechtfertigen, das nicht zu rechtfertigen war. Und was auch keiner Rechtfertigung bedurfte.

Es war geschehen. Und dieser Tatsache stand Lilith machtlos gegenüber.

Sie wandte sich um.

»Bleib! Bitte. Wir müssen reden. Als ich Anfang dieses Jahres nach Sydney kam, geschah das nicht, um Zwietracht zwischen uns zu säen. Ich wollte dir nur...«

Lilith hielt inne, blickte zurück. »Ja?«

»... dir nur danken. Für alles, was du für mich getan hast...«

»Still! Kein weiteres Wort mehr!«

Es war, als würden Bleigewichte an ihren Gliedern zerren. Nicht einmal die offenkundige Veränderung Fees spielte in dieser Situation eine Rolle. Sie rückte völlig in den Hintergrund. Lilith war außerstande, einen klaren Gedanken zu fassen. All die verstörenden Bilder der vergangenen Monate wirbelten wie Bestandteile eines Blizzards durch ihr Gehirn.

Alles umsonst... Sie war *zu* lange fort gewesen. Darren wartete nicht mehr auf sie...

Wie hätte er das auch schaffen sollen, du Närrin? Du selbst hast ihm doch die Möglichkeit dazu genommen! Er kennt dich nicht einmal mehr!

»Es hat keinen Sinn...«

»Früher«, dozierte Fee in fast lehrerhaftem Ton, »wärst du nicht davongelaufen. Was ist aus dir geworden? Wo warst du die letzten Monate? Ich habe jede Stunde gezählt, während ich nie die Hoffnung aufgab, daß du endlich zurückkommst – von wo auch immer!«

Ja, was ist aus mir geworden? dachte Lilith, während sie sagte: »Ich war unabkömmlich. Es ist eine lange Geschichte.« Sie schwieg kurz, ehe sie mit bemühter Gelassenheit fragte: »Ihr beide seid ein... Paar?«

Fee zögerte. Darren blickte zu Boden, als wäre ihm die Frage unangenehm – weil eine Fremde sie gestellt hatte.

»Es hat sich einfach ergeben«, sagte Fee, als das Schweigen zwischen ihnen kaum noch zu ertragen war. »Niemand, am allerwenigsten ich, hat es darauf angelegt.«

Lilith ging nicht darauf ein. »Seit wann bist du wieder gesund? Als ich dich das letzte Mal sah, war dein Geist heillos zerrüttet. Es gab kaum Hoffnung, daß du je wieder genesen würdest – obwohl wir dich in der besten Obhut zurückließen, die man sich wünschen kann...« Es kostete sie größte Überwindung, die Frage nachzuschieben, die ihr durchaus auf der Seele brannte. »Wie geht es... Mister Craven?«

Fee hob die Brauen. *Mister* Craven.

»Sollten wir nicht lieber erst über *uns* sprechen?« fragte Fee. »Wir müssen reden! Ich wollte ihn dir nicht wegnehmen.«

»Darren?« Lilith schüttelte den Kopf. »Er hat sich doch aus freien Stücken entschieden, oder?« Für einen Augenblick irrten ihre Augen zu dem Mann, der in seiner Unwissenheit über die Zusammenhänge unnahbar wirkte. Zumindest, was sie anging. »Du hättest ihn gar nicht manipulieren können, denn das habe bereits ich getan. Du weißt ja selbst, was passiert, wenn man einen schon Beeinflußten hypnotisieren will...«

Fee nickte bedächtig. »Er war schon ziemlich lädiert, als ich ihn aufsuchte. Der Hypnoseblock, den du ihm verpaßt hattest, machte ihm schwer zu schaffen. Er litt unter Alpträumen und Phasen von Realitätsverlust. Die bloße Erwähnung deines Namens löste Schmerzen in ihm aus. Es bedurfte überaus behutsamer kleiner Schritte, um seine innere Balance auch nur annähernd wiederherzustellen.«

»Heißt das, du hast ihn doch... bearbeitet?«

»Ich habe ihn therapiert«, erwiderte Fee. »Das ist ein Unterschied.«

»Gehörte der *Biß* auch zu deiner Therapie?«

Fee gab vor, den Spott zu überhören. »Nein. Als ich in Sydney ankam, ereignete sich gerade ein beängstigendes Naturschauspiel. Es verwandelte den Nachthimmel in einen Mahlstrom der Gewalten. Schreckliche Gewitter tobten. Ich war in der Paddington Street, als du überstürzt das Haus verlassen hast, aber ich konnte dir nicht folgen, weil ich... weil ich meine Flügel abgelegt habe.«

Lilith erinnerte sich. »Der Taronga-Zoo... Die Apostel der Letzten Tage erfüllten eines der Zeichen aus der Fatima-Prophezeiung. Sie kreuzten unterschiedliche Tierarten zu Chimären...«

»Zeichen?« Fee schürzte die Lippen. »Auch Craven sprach von einem *Zeichen*, als ich ihn verließ. Aber er wurde nicht konkreter. Es scheint mit Magie zu tun zu haben. Mächtiger Magie. Craven wirkte sehr beunruhigt. In diesem Zusammenhang erwähnte er einmal Jerusalem. Inzwischen hörte ich, daß Jerusalem nicht mehr existiert...«

Lilith versuchte, *ihre* Erinnerung an Jerusalem zu verdrängen. »Craven lebt also. Er hat dich vom Wahnsinn geheilt und dafür seinen erhofften Lohn erhalten?«

Fee antwortete nicht, aber sie wirkte niedergeschlagen. Schließlich ergriff sie doch wieder das Wort: »Ich wünschte, er hätte mich ein paar Jahrzehnte früher aufgespürt – oder ich ihn. Er ist ein so einzigartiger Mann... Ich fürchte, ich habe ihm keinen großen Aufschub mehr verschaffen können. Meine diesbezüglichen Möglichkeiten sind begrenzt. Du weißt selbst, daß mein Biß nicht verjüngend wirkt. Er mobilisiert lediglich die Reserven, die in menschlichen Körpern schlummern. Je jünger meine Opfer sind, desto größere Wirkung entfaltet der Keim, den ich auf sie übertrage. Für ihn...«, sie wies auf Darren, »... konnte ich vermutlich Jahrzehnte herausschlagen. In Cravens Fall wage ich keine Prognose. Es können Jahre, vielleicht aber auch nur Monate sein.« Sie kniff die Lippen zusammen. »Es ist so schade...«

Lilith spürte eine tiefe Aufrichtigkeit in Fees Schilderungen, und das brachte ihr die Vampirin, die ihr vor Jahren ans Herz gewachsen war, wieder etwas näher.

»Verrate mir«, sagte sie, »wie du deine Flügel verloren hast. Es muß für dich eine kolossale Befreiung gewesen sein.«

Fees Blick verschwamm, als würden Tränen ihre Augen füllen. »Kolossal«, flüsterte sie. »Ja. Aber vor der Befreiung stand eine Hölle aus Marter und Qual...« Unmerklich wurde ihre Stimme lauter, während ihr Blick noch mehr verklärte. Der Sog der Erinnerungen schien unwiderstehlich. Stockend begann sie zu erzählen.

Und Lilith erfuhr, Auge in Auge mit Fee *und* Darren, was Fee in Robert Cravens Obhut widerfahren war...

8. Kapitel

Die Befreiung

Vergangenheit, Ende 1998
Die Bibliothek war dämmrig und voll bewegter Schatten, die dahintrieben wie bizarre pechschwarze Segel in einem unfühlbaren Wind. Ab und zu knisterte das Scheitholz, das im Kamin brannte. Sonst war nur das beschwerliche Atmen des Mannes zu hören, der in einem hochlehnigen Sessel vor den Flammen saß und den Blick in die Glut gesenkt hatte, als gäbe es dort Geheimnisse zu erforschen, von denen die Welt noch nichts wußte.

Vielleicht auch besser nie erfuhr.

Der Mann im Lehnstuhl kam sich selbst immer häufiger vor wie diese Glut – genauer: wie die weißliche Ascheschicht darauf, die zum Morgengrauen hin als einziges Überbleibsel noch vom Kaminfeuer der Nacht zeugen würde.

Er war alt. Uralt sogar. Einhunderteinundvierzig Jahre, wenn er es genau bezifferte. Geboren im fernen Jahr Anno Domini 1859 und trotz aller Widernisse – trotz einer Gegnerschaft, die Welten aus den Angeln zu heben vermocht hätte – immer noch nicht gestorben.

Noch nicht.

Der Atem des Alten ging plötzlich noch lauter, rasselnd. Robert Craven fühlte vagen Schmerz in seiner Brust. Immer im Gefolge eines jeden Herzschlags schien sich eine schlanke, glühende Nadel durch den Muskel zu bohren, der alles in Gang hielt und an dessen seidenem Faden das Leben hing, das dem »Hexer« treu geblieben war, Jahr um Jahr. Aber wie lange würde sich das Universum noch betrügen lassen, die ehernen Gesetze, an die jeder Sterbliche gebunden war? Einen Lidschlag bloß währte das Dasein eines Menschen im Strom der Zeit. Damit hatte der Mann mit dem markanten Erscheinungsbild sich nie abfinden können oder wollen.

Im Grunde tat er es immer noch nicht, zumal er fünf Jahre zuvor den Schlüssel erhalten hatte, mit dem weiterer Aufschub möglich und machbar schien. Denn es *gab* durchaus intelligente Geschöpfe auf diesem Planeten, die langlebiger waren als der Mensch. Wesen, wie sie seit Jahrhunderten in Legenden Niederschlag gefunden hatten und denen es dennoch gelungen war, ihre tatsächliche Präsenz bis in die hypermoderne Neuzeit hinein zu verheimlichen. Das schloß nicht aus, daß Einzelne Kenntnis über die heimlichen Herrscher erlangten; aber entweder bezahlten diese ihr Wissen mit dem Leben, oder sie schwiegen aus vielfältigstem Grund.

Vampire, dachte Craven und hob die leere Hand, um durch sein ergrautes Haar mit der immer noch charakteristisch gezackten Strähne zu streichen, derweil die andere auf dem aufgeschlagenen Buch ruhte, das auf einem kleinen Tischchen neben dem Sessel lag. Das NECRONOMICON. Das Buch der dunklen Bücher, voll von gewalttätiger Magie, eine Schrift, die nur zu lesen vermochte, wer furchtlos bis in den tiefsten Grund seiner Seele zu spähen vermochte.

Robert Craven erfüllte diese Voraussetzung spätestens, seit er ein beinahe biblisches Alter und die damit einhergehende Erfahrung erlangt hatte. Aber selbst er spürte die unheilvolle Versuchung, die darauf lauerte, aus bestimmten Passagen des Folianten auf ihn überzugreifen, sobald er die geringste Schwäche im Umgang damit offenbarte.

Sein Blick löste sich aus den Flammen und schweifte über das altmodische Inventar des Raumes. Altmodisch wie er selbst. Nirgendwo anders fühlte er sich mehr zu Hause, mehr geborgen als hier. Und ab und zu *mußte* er einfach nach den Schriften greifen und darin lesen, wieviel Gefahr auch immer darin schlummern mochte.

Nachdenklich blieb sein Blick an einem Gemälde über dem Kaminsims hängen, das einen würdevollen älteren Gentleman zeigte, dessen Porträt von schütterem Haar und einem Vollbart geprägt war. Auf einem kleinen Messingschild darunter stand sein Name: *H. P. Lovecraft.*

»Howard, mein treuer Freund, was hältst *du* von meiner Sturheit, mit der ich den natürlichen Lauf der Dinge zu beeinflussen versuche? Daß ich einfach nicht einsehen will, daß sich der immense Schatz, der sich in meinem Kopf angesammelt hat, mit mir von dannen macht?«

Die Schatten bewerkstelligten, daß es aussah, als würde Howard ihm von dort oben herab verständnisvoll zuzwinkern, und vielleicht half er selbst diesem Eindruck mit seinen speziellen Fähigkeiten ein wenig nach.

Als es an die Tür klopfte, schloß er das Buch und legte die Hand auf den Deckel, als wollte er von vornherein die Möglichkeit ausschließen, daß der Foliant sich aus eigener Kraft wieder öffnen würde, um seine eisigen Gespenster in den Raum zu entlassen. Nichts, was Craven selbst noch hätte gefährlich werden können, wohl aber seinem Freund und Butler, der nun auf das ruhige »Herein!« seines Herrn hin in den Raum trat.

Daß Randolph, auch wenn er nicht die *Macht* in sich trug, weitaus mehr als ein Butler war, offenbarten sogleich die Worte, die er an Craven richtete, kaum daß er ein wenig unbeholfen durch das Geviert der Tür getreten war.

»Ich würde nicht stören, läge kein besonderer Grund vor...«

Craven nickte. »Was gibt es? Spann mich nicht auf die Folter.«

»Ich war noch einmal in ihrem Zimmer, wollte ihre Haare kämmen – sie hat so wunderschöne Haare, aber... Nun, dazu kam es nicht. Sie war verschwunden!«

Das grobschlächtige Äußere hatte Randolph mit seinem Urgroßvater gemein, der in Diensten eben jenes Howard Phillips Lovecraft gestanden hatte, und genau wie dieser besaß er unter der rauhen Schale einen unglaublich weichen, empfindsamen Kern.

Deshalb war es nicht verwunderlich, daß Randolph eine tiefe Sympathie für das Geschöpf entwickelt hatte, von dem gerade die Rede war. Mindestens einmal pro Woche wusch er Cravens Mündel das Haar und frisierte es täglich, gleichwohl er noch nie ein lobendes Wort für all die Fürsorge erhalten hatte – zumindest nicht aus *ihrem* Mund.

»Verschwunden?« Alarmiert spannte Craven die Muskeln. Die Schmerzen in seiner Brust wurden augenblicklich stärker. Verschwommenen Blickes starrte er auf seinen Vertrauten. »Dann müssen wir sofort –«

»Keine Sorge«, unterbrach Randolph, »ich habe sie gefunden.« Er trat von einem Fuß auf den anderen. »Es war leicht, denn sie ließ alle Türen auf dem Weg, den sie genommen hat, sperrangelweit offenstehen.«

»Wo hast du sie gefunden? Und wie konnte sie überhaupt aus dem Zimmer? Fenster und Türen wurden eigenhändig von mir versiegelt. Nur du und ich waren autorisiert, die magischen Sperren zu passieren...«

»Ich hatte noch keine Gelegenheit, sie danach zu fragen.« Der Hüne mit dem rotblonden, im Nacken zu einem Zopf geflochtenen Haar zuckte die Achseln. »Sie hat es jedenfalls geschafft. Und sie muß schnurstracks *nach unten* gelaufen sein.«

Die besondere Betonung brachte einen Nerv unter Cravens rechtem Auge zum Zucken. »Du meinst...?«

»Ich meine den Keller und...«, Randolph holte tief Atem, »...das *Tor.*«

Noch während sich Robert Craven mühsam aus dem Sessel stemmte, rekapitulierte er, was vor knapp zwei Jahren die bereits erloschen geglaubte Hoffnung neu in ihm genährt hatte, dem Tod vielleicht doch noch – und sogar auf lange Sicht – ein Schnippchen zu schlagen.

Fee hatte diese Hoffnung geschürt.

Fee, die »gute« Vampirin, deren Biß nicht Tod, sondern ein langes, langes Leben verhieß –

– jedenfalls verheißen hatte, bis zu dem Tag nämlich, an dem ihr Verstand von Angehörigen ihres eigenen blutsüchtigen Volkes zerbrochen worden war.

Craven hatte eine Spezialistin für Vampire damit beauftragt, die drangsalierte und aufs Schrecklichste mißhandelte Kreatur aus den Klauen einer grausamen rumänischen Sippe zu befreien und nach England zu bringen. Lilith Eden, so der Name der Frau, die auf ihre Art vielleicht noch außergewöhnlicher war als Fee, hatte es geschafft, die Geistesgestörte in Cravens Obhut zu geben. Und seither versuchte der greise Magier alles in seiner Macht stehende, um Fee von ihrem Wahnsinn zu heilen.

Nicht ganz ohne Eigennutz. Denn solange der Geist der Vampirin umnachtet war, bestand die Gefahr, daß ihr lebensverlängernder Keim den Irrsinn auf magischem Wege *übertrug*. Und dieser Preis, um den Tod zu narren, wäre Craven dann doch zu hoch gewesen...

Die Gedanken des Alten durchstreiften die Vergangenheit, während er, von Randolph gestützt, in die Gewölbe hinabstieg, die sein Haus unterhöhlten. Und wo ein noch größeres Geheimnis schlummerte, als es die gute Vampirin Fee verkörperte.

Das nämlich, was Randolph vorhin *das Tor* genannt hatte.

Das *Tor* war ein Zugang in die Dimensionen des Grauens, von wo einst die GROSSEN ALTEN versucht hatten, ins Diesseits einzudringen, um sich hier alles Leben zu unterwerfen. Dank Robert Cravens unermüdlichem Widerstand war ihnen dies nicht gelungen – und würde ihnen, zumindest hoffte er das, auf absehbare Zukunft auch nicht gelingen.

Nahtstellen zwischen den Dimensionen gab es noch andernorts auf der Welt. Sie alle waren inzwischen von hüben verschlossen, und solange von eben dieser Seite nicht daran gerüttelt wurde, war die auch jetzt noch latente Bedrohung unter Kontrolle.

Die Frage, die Craven am meisten quälte und beschäftigte, war jedoch, wer sich um die Pflege der Siegel kümmern würde, wenn er nicht mehr da war, um es zu tun. Derjenige, der dazu in der Lage gewesen wäre und auch ein Träger der Macht war, lebte nicht mehr – war seinem Vater schon vor langer Zeit vorausgegangen.

Craven versuchte die immer noch schmerzvolle Erinnerung an seinen Sohn zu verdrängen. Die Tatsache, daß sie den Ort erreichten, an dem Randolph die aus ihrem Zimmer ausgebrochene Fee gefunden hatte, half ihm dabei.

Zwielicht erfüllte die Gefilde unter dem Anwesen des Hexers. Helligkeit, die von den an Adern erinnernden Einschlüssen im roten Fels ausgeschieden wurden. Daraus resultierte eine Atmosphäre, die ängstliche Gemüter zur sofortigen Umkehr veranlaßt hätte.

Randolph war stehengeblieben, hatte Cravens Arm losgelassen und wollte etwas sagen, wurde aber mit einer Geste daran gehindert.

Die Stille gab Robert Craven Kraft. Ohne Hilfe seines Dieners setzte er den Weg fort und trat dicht an das am Boden vor dem *Tor* kauernde Geschöpf heran.

Die Mißgeburt.

Das dem Wahnsinn anheimgefallene Vampirmädchen Fee, dem eine skrupellose andere Vampirin vor anderthalb Jahrhunderten Arme und Hände gestohlen und durch die übergroßen Schwingen einer Fledermaus ersetzt hatte. Als Abnormität war Fee fortan durch die Welt gezogen. War gezwungen gewesen, sich auf erniedrigende Weise mit den Verhältnissen zu arrangieren. In einer Freakshow hatte sie schließlich Unterschlupf und ein Zuhause gefunden – um den Preis, daß sie sich allabendlich im Reigen anderer Mißgestalten hatte zur Schau stellen müssen.

Craven seufzte, als er sich vorbeugte und beide Hände auf die Schultern des Häufleins Elend legte, das sabbernd, mit fiebrigem Blick zu ihm emporstarrte.

»Beruhige dich«, sagte er. Gleichzeitig löste er eine Hand, griff damit in die Außentasche seines Hausmantels und zog den Drudenfuß heraus, den er Fee gegen die Stirn preßte. Dazu murmelte er Worte der Macht.

Das Fieber in den Augen des Mädchens schien zurückzugehen. Ihr Atem floh nicht länger, ebenso ihr Herz, dessen Schlag den Stoff des Nachtgewands über dem Busen zum Zittern gebracht hatte.

»Warum«, fragte Craven müde, aber nichtsdestotrotz mit Nachdruck, »bist du ausgerechnet hier herabgestiegen? Woher wußtest du überhaupt von diesem Ort?«

Fee kicherte. Der Wahnsinn schien ihre Kehle zu kitzeln. Sie wollte gar nicht mehr aufhören mit ihrem enervierenden, schrillen Gekecker.

Craven gab Randolph, der sich im Hintergrund gehalten hatte, einen Wink. »Bring sie zurück in ihr Bett. Sie weiß nicht, was sie tut. Aus diesem Grund wird sie es mir auch nicht erklären können.«

Seit sie in seinem Haus war, hatte sie noch keinen einzigen zusammenhängenden Satz zustande gebracht. Es wäre einem Wunder gleichgekommen, hätte sie es ausgerechnet jetzt geschafft.

Randolph nickte und trat langsam näher. Das Unbehagen stand ihm ins Gesicht geschrieben.

Noch bevor er Fee jedoch erreichte, warf sie sich herum und rutschte auf Händen und Knien von Craven weg, *warf* sich buchstäblich gegen das versiegelte Tor ins Reich der Dämonen!

Randolph schrie erstickt auf, erstarrte mitten im Schritt, als wäre er gegen eine unsichtbare Barriere gelaufen, leichenblaß bis in die Lippen.

Auch Craven wurde von Fees Aktion überrascht. Das Amulett mit dem Drudenfuß entglitt seinen Fingern und schlug klirrend auf den felsigen Boden. Er kümmerte sich nicht darum, sondern eilte auf Fee zu, die wie eine Fliege im Netz einer Spinne am magischen Schutzsiegel des *Tores* zu kleben schien und dabei zuckte und zappelte, als würde Strom durch ihren zierlichen Körper geleitet!

Craven zögerte nicht, das Mädchen an der Taille zu fassen und mit aller Kraft, die ihm verblieben war, von dem Siegel zurückzuzerren.

Der Schwung riß sie beide zu Boden. Cravens Knochen schienen unter dem Mantel aus Fleisch zu knirschen, aber zu seinem eigenen Erstaunen hielten sie. Fee lag halb über ihm, schwer keuchend und die Augen weit aufgerissen, als hätte sie durch das *Tor* hindurch auf die andere Seite blicken und dort Dinge sehen können, die auch noch das letzte Quentchen Verstand aus ihrem Schädel herausgetrieben hatten.

Doch dann – Randolph war herbeigeeilt und half seinem Herrn aus der mißlichen Lage – verschwand der Wahnsinn urplötzlich aus den Augen der Vampirin, und sie rief mit einer Stimme, die erstmals mehr artikulierte als debiles Gebrabbel: »Wer seid ihr? Wo – bin ich? Was war das eben für ein...«

Die Stimme erstarb. Fee verdrehte die Augen und kippte seitlich zu Boden. Schlaff, wie tot blieb sie liegen.

»Grundgütiger!« keuchte Randolph, überließ Craven kurz sich selbst und hastete zu Fee. Nach einer Weile unterbrach er seine Untersuchung und sagte: »Sie lebt... Und sie ist... mein Gott, sie ist wieder –«

In diesem Moment schlug Fee die Augen auf, stieß Randolph mit beiden Fäusten von sich und lachte so irre wie eh und je.

Craven winkte seinen Diener zu sich. »Die Freude war verfrüht«, sagte er, »aber was immer sie auch nur für wenige Momente auf unsere Ebene zurückholte... es muß mit dem Tor zu tun haben.« Für eine Weile, in der Fee versuchte, ungeschickt zu dem magischen Siegel zurückzurobben, dachte er über seine eigenen Worte nach, dann sagte er: »Ich glaube, ich ahne, wie es geschehen konnte.«

»Wie?« erkundigte sich Randolph aufgeregt. Er trat von einem Fuß auf den anderen, schien hin- und hergerissen zwischen Pflichtbewußtsein und dem Wunsch, Fee beizustehen. Offenbar hatte er Angst, sie könnte dem *Tor* erneut zu nahe kommen und diesmal doch Schaden daran nehmen.

»Wie?« echote Craven. »Nun, wie man Feuer unter gewissen Umständen mit einem Gegenfeuer zum Erlöschen bringen kann, so mag der Wahnsinn jenseits dieser Schwelle den Wahnsinn diesseits in ihrem Gehirn auslöschen, wenn...«, er räusperte sich, »... wenn er in der optimalen Dosierung Zugang findet...«

»Ihr meint...?«

»Ich meine, es ist den Versuch wert, oder?« Craven hatte sich erhoben und bedeutete Randolph, sich Fees anzunehmen. Mit dürren Worten forderte er ihn auf, sie in der Nähe des Tores anzuketten, bis eine bequemere Lösung geschaffen sei.

»Ich werde mich die nächste Zeit um nichts anderes kümmern«, erklärte er seinem Diener. »Ich werde mich ebenfalls hier unten häuslich niederlassen. Um jede Sekunde da zu sein, wenn es erforderlich ist.«

»Glaubt Ihr wirklich, es gibt eine Chance, sie auf diese Weise endlich zu kurieren?«

Craven nickte. »Das glaube ich felsenfest – sonst würde ich meine letzte Frist nicht damit vergeuden.«

Diese Antwort schien Randolph zu überzeugen. Er nickte und wirkte optimistisch wie lange nicht mehr.

Am nächsten Tag brachte Randolph seinem Herrn die geliebte *Times* zum Frühstück in die Tiefe, und obwohl Robert Craven keinerlei Ambitionen zeigte, sich dem sonst üblichen Ritual der Morgenlektüre zu widmen, fiel sein Blick doch auf die Meldung, mit der die *Times* in riesigen Lettern titelte – Randolph selbst schien noch nicht darauf aufmerksam geworden zu sein.

SCHWERES ERDBEBEN VERWÜSTET JERUSALEM – EINE STADT IN SCHUTT UND ASCHE – KEINE ÜBERLEBENDEN?

Cravens Gesicht wurde grau. Für ein paar Stunden rückte Fee aus seiner uneingeschränkten Aufmerksamkeit. In fliegender Hast überflog er den Bericht, der außer der Titelseite noch mehrere Seiten umfaßte.

Ein verheerendes Erdbeben von mindestens Stärke 10 auf der Richterskala hatte die Heilige Stadt Jerusalem völlig dem Erdboden gleich gemacht. Eingetroffene Hilfsmannschaften hatten bislang nur Tote geborgen. Eine beispiellose Katastrophe hatte Hunderttausende Menschenleben gefordert...

»Unvorstellbar«, urteilte Craven. Seine Hände zitterten. Er *witterte* förmlich, daß diese Katastrophe nicht mit rechten Dingen zugegangen war. Aber wer oder was dahintersteckte, vermochte auch er nicht zu sagen.

Sein eigenes Streben nach noch längerem Leben wirkte angesichts so vieler zerrissener Schicksalsfäden beinahe blasphemisch.

Irgendwann jedoch legte er die Zeitung beiseite und setzte seine begonnene Arbeit fort.

Manchmal hielt er kurz inne und überlegte, ob es Zufall sein konnte, daß Fee offenbar in ziemlich genau derselben Stunde, als Jerusalem fiel, oben aus ihrem Zimmer verschwunden und dorthin geflüchtet war, wo möglicherweise die Lösung ihres Problems lag.

Eigentlich hatte er vor langer Zeit schon entschieden, daß es Zufälle nicht gab.

Und so dämmerte ihm allmählich, daß er selbst nicht überblickte, auf welches Abenteuer er sich eingelassen hatte, als er die ungewöhnliche Vampirin in sein Haus geholt hatte.

Auch das hinderte ihn nicht, sich ihrem Wahnsinn zu stellen.

Aber es dauerte noch einmal beinahe zwei Jahre, bis er den Teufel mit dem Beelzebub ausgetrieben hatte...

Spätherbst 2000

»Wie fühlst du dich?«

»Wo bin ich?«

»Bei Freunden.«

»Wie komme ich hierher?«

»Eine Frau namens Lilith Eden brachte dich hierher.«

»Lilith... Ah...«

»Du erinnerst dich – an nichts?«

»Doch. Ich war eine Zeitlang ziellos durch die Welt gezogen, nachdem ich aus Wales... fort mußte. In Rumänien traf ich Vampire, die vorgaben, sich nicht an meinem Makel zu stören. Die Flügel, ihr wißt schon.« Der Blick der jungen Frau irrte von Robert Craven hin zu Randolph, an dessen Gestalt sie länger verweilte, so als spürte sie, daß er sich all die Jahre aufopferungsvoll um sie bemüht hatte – viel geduldiger noch als Craven es getan hatte, und aus keinerlei Eigennutz heraus.

Während sie sprach und schaute, hob sie die ledrigen Schwingen, die sie zusammengefaltet und dunkel glänzend wie Öl um sich gelegt hatte. »Ich habe mich oft mit einem Huhn verglichen; ihr ahnt sicher, warum. Auch Hühner besitzen Flügel, die zu nichts nütze sind.«

»Was für ein absonderlicher Vergleich«, sagte Robert Craven. Und Randolph stieß empört die Luft durch die Zähne.

»Jedenfalls«, fuhr Fee, immer noch auf dem Rücken liegend, fort, »war das Willkommen, das mir in Rumänien begegnete, geheuchelt. Die Sippe, in deren Gewalt ich geriet, war grundverdorben. Sie trieben Schindluder mit mir, quälten mich bis aufs Blut und...«

Fees Stimme versagte.

»Die Zeit deiner Leiden ist vorbei – ich hoffe, für immer«, sprach Craven aufmunternd auf sie ein.

Fee löste den Blick von Randolph und ließ ihn schweifen. »Wo bin ich? Ein Keller... oder nur ein anderer Kerker?«

»Du bist keine Gefangene mehr«, beruhigte Craven. »Du bist frei und kannst gehen, wohin auch immer du willst.«

Fee schloß die Augen. Lange. Dann sagte sie: »Was war mit mir? Was haben sie mir angetan?«

»Sie zerbrachen deinen Geist. Du hattest keinen Zugang mehr zu dieser Wirklichkeit. Wo auch immer dein Geist all die Jahre gewesen sein mag, er war unerreichbar für uns. Nur dein Körper blieb dieser Ebene verhaftet...«

»Wer hat mich – zurückgeholt?«

»Ich«, sagte Craven. »Und du selbst, denn du hast mir den Weg gewiesen, nach dem ich bis dahin vergeblich gesucht hatte.« Er berichtete, was zwei Jahre zuvor geschehen war, als sie dem Magnetismus des *Tores* erlegen war.

»Mir fehlen also insgesamt beinahe vier Jahre – vier lange Jahre, die mir niemand mehr zurückgeben kann...«

»Dafür steht dir nun wieder die Zukunft offen.«

Fee dachte nach.

»Bitte«, sagte sie dann, »helft mir auf. Ich will endlich wieder auf meinen eigenen Füßen stehen. Sie spüren.«

Randolph huschte herbei. Wie unabsichtlich strich Fees linke Schwinge sanft über die Wange des Dieners, behutsam, fast zärtlich, als sie sich von der fahrbaren Liege schwang, auf der sie lange Zeit dosiert den Einflüssen des Tores ausgesetzt worden war.

Randolph errötete.

Zitternd stand Fee da – etwa drei Sekunden. Dann sackte sie zusammen. Randolphs starker Arm bewahrte sie vor einem Sturz.

»Dein Kreislauf muß erst wieder lernen, mit Belastungen umzugehen«, erläuterte Craven. »In ein paar Tagen wirst du besser zurechtkommen.«

Fee setzte sich auf den Rand der Liege. »Ich mag lange weg gewesen sein – irgendwo. Aber ich bin nicht weltfremd. Was... erwartet Ihr für Eure Hilfe?«

Craven suchte keine Ausflucht. Er nickte und fragte: »Ein paar Jahre?«

»Dann hat Euch Lilith mein Geheimnis verraten?«

»Ich entdeckte es ohne sie«, gab Craven zur Antwort. »Aber nur *mit* ihr konnte ich dich zu mir holen.«

»Wo ist sie jetzt?«

»Ich weiß es nicht. Sie hatte jede Zuflucht verloren, als wir uns begegneten. Als sie mich dann verließ, schenkte ich ihr zum Dank für ihre Hilfe eine neue, weit weg von den Blutsaugern, die Jagd auf sie machten. In Japan, in Tokyo. Aber die Penthouse-Wohnung auf dem Dach des Shinrei-Buildings ist seit langem verwaist. Ich habe Lilith Edens Spur verloren. Es gibt Anzeichen, daß sie nach Sydney zurückgekehrt sein könnte, wo ihre Wurzeln liegen. Vor einiger Zeit fühlte ich eine heftige Erschütterung der Realität. Aus Australien erhielt ich Kunde, daß das verschwundene Geburtshaus Lilith Edens wieder aufgetaucht sei, wie ein Spuk. Ich habe es nicht überprüft.«

»War es Euch egal?«

Craven schüttelte den Kopf. »Ich muß mit meinen Kräften haushalten. Sieh mich nur an, dann weißt du, daß ich nicht kokettiere. Ich *bin* alt. Uralt. Ich frage dich also ohne Umschweife: Willst du mir helfen, den Tod noch ein klein wenig auf Distanz zu halten?«

Sie nickte, ohne zu überlegen. »Sagt mir nur wann. Jetzt, hier und sofort?«

Craven spürte, wie die Tränen seinen Blick verschleierten.

»Hier und sofort«, echote er. Und nickte. »Wenn es keine Umstände macht...«

Fee lachte hell auf. Sie war wie ausgewechselt. Nichts erinnerte mehr an das lallende Wrack, das sie vor kurzem noch gewesen war.

»Ich hoffe, er hält sich im Zaum.« Fee zeigte zu Randolph. »Ich habe hohe Achtung vor ihm...«

»Randolph weiß, was mich erwartet.«

»Dann beweise ich dir jetzt meinen Dank...«

»Wann wird sich die Wirkung zeigen? Wann werde ich merken, ob es überhaupt noch wirkt?«

Craven lauschte in sich, aber alles war wie vor dem Biß, der nicht mehr geschmerzt hatte als eine Injektion.

»Der Keim muß sich erst entfalten. Tage, vielleicht Wochen«, sagte Fee.

Craven nickte. »Lilith Eden hat nicht zuviel versprochen. Du *bist* eine Schande für dein Volk – viel zu gut, viel zu selbstlos...«

»Es wird interessant werden, zu erkunden, was aus meinem Volk geworden ist – und aus Lilith. Dank dir habe ich nun die Möglichkeit dazu.«

Craven lächelte versonnen. »Nur dein Handicap ist dir geblieben.«

Fee spreizte die Flügel hinter sich wie ein Pfau, dem seine Farben gestohlen worden waren. »Ich werde mich wieder damit abfinden.«

»Das mußt du nicht.«

Sie sah ihn an.

»Du hast richtig gehört.«

»Ich verstehe trotzdem nicht. Was –?«

»Ich könnte dich von ihnen befreien«, sagte Craven, in einem Ton, als sei es das Selbstverständlichste auf der Welt. »Ich hätte es schon während deiner... Abwesenheit tun können. Aber es ist deine Entscheidung. Nur wenn du mir sagst, daß du es willst, werde ich es tun.«

»Das könntest du?«

»Ich habe schon Größeres vollbracht. Ich bin ein Magier. Ich beherrsche viele Künste, auch manch dunkle. Ein Wort von dir, und ich befreie dich von deiner Behinderung. Du wirst wieder die Arme bewegen können und die Hände, die du einmal hattest – bevor andere Magie dich ihrer beraubte.«

Fee brach der Schweiß aus. Sie zitterte. Schlug hektisch mit den Schwingen. »Du machst keinen bösen Scherz auf meine Kosten?«

»Hast du immer noch kein Vertrauen?«

»Doch...«

»Dann laß mich deine Entscheidung wissen. Es muß nicht gleich sein. Denke in Ruhe darüber nach. Mein Haus ist dein Haus. Du bist solange mein Gast, wie du willst.«

»Ich bin noch nie einem großzügigeren Menschen begegnet.«

»Sag lieber: dankbaren Menschen. Du warst mindestens ebenso großzügig.«

»Das sehe ich ein wenig anders.«

Das Lächeln auf Cravens Zügen ließ ihn um Jahre jünger erscheinen, und selbst wenn es Illusion war, es schenkte Fee tiefe Genugtuung.

In der folgenden Zeit lernte sie das Haus und seine beiden einzigen Bewohner – sah man von ihr selbst ab – besser kennen. Und fand sich nur bestärkt in ihrer Meinung.

So war es nicht verwunderlich, daß sie eines Tages auf Robert Cravens Angebot zurückkam und sich eine Demonstration seiner Zauberkraft geben ließ, die nicht nur ihr weiteres Leben, sondern auch ihren Körper grundlegend veränderte...

9. Kapitel

Das Netz

Gegenwart

»So war das also«, sagte Lilith. »Robert Craven hat dich von Felidaes Fluch befreit...« Ein paar Herzschläge lang schienen die Erinnerungen an Landrus Schwester Felidae aus den unauslotbaren Tiefen ihrer Seele hervorbrechen zu wollen. Doch sie wehrte sich dagegen und hielt sie ihm Zaum. Felidae war tot, war Vergangenheit, die man ruhen lassen sollte...

... wie ihre Beziehung zu Darren Secada.

Sie fragte sich, wann ihre Gefühle diesen nüchternen Rat der Vernunft annehmen würden.

»Ich freue mich für dich«, sagte sie. »Nun fängt ein neues Leben an. – Hast du Fragen an mich, die Vampire betreffend? Wahrscheinlich hast du schon bemerkt, daß... sich einiges geändert hat.«

Fee nickte. Sie sah aus, als könnte sie die innere Distanz, die Lilith aus Selbstschutz zwischen sich und dem Paar ein paar Schritte entfernt aufbaute, nur schwer ertragen. Offenbar war auch sie mit anderen Erwartungen nach Sydney gekommen.

»Ich würde gern *alles* erfahren«, sagte Fee. »Wenn du dir die Zeit nehmen würdest...«

»Auch mir brennen Fragen auf der Seele«, erwiderte Lilith. »Vielleicht könnt ihr...«, sie schloß auch Darren mit ein, »... sie mir beantworten. Aber nicht jetzt. Ich bin müde. Morgen vielleicht.«

»Bevor du gehst...« Fee löste sich von Darren und trat auf Lilith zu.

»Ja?«

»... würdest du mir einen Gefallen tun? Und *ihm*?«

Lilith folgte Fees Blick zu dem Mann, den sie im Ayers Rock zum letzten Mal im Arm gehalten hatte. Die Ruhe in Darrens

Augen verunsicherte sie über die Maßen.

»Darren trägt immer noch eine Blockade um seine Erinnerung. Eine Fessel, die nur lösen kann, wer sie auch gelegt hat.«

Ungläubig fragte Lilith: »Weißt du, *worum* du mich bittest?«

Fee nickte. »Glaubst du, für mich wäre es auf Dauer befriedigend, denken zu müssen, er wäre nur mit mir zusammen, weil er von dir nichts mehr weiß?«

»Aber... *wenn* er sich erinnert, fangen die Probleme erst an!«

Fee nickte erneut. »Er wird sich entscheiden müssen. Ich werde ihn nicht drängen.«

»Das verstehe ich nicht.«

»Wahrscheinlich ist es auch nicht zu verstehen. Aber ich möchte es so. Und er auch...«

Darren nickte.

»Wie kann er etwas wollen, wovon er nicht das geringste weiß?« fragte Lilith. Sie hatte das Gefühl, neben sich zu stehen, aus sich herausgetreten zu sein. »Oder erinnerst du dich doch an mich – nur nicht in allen Details?«

Der letzte Satz war eine direkte Ansprache an ihn.

Darren schüttelte den Kopf. »Manchmal träume ich von Orten, die ich nie aufgesucht habe. Zumindest weiß ich nichts mehr davon. Aber Sie... kommen nicht darin vor.«

Sie.

Lilith ignorierte den Stich in ihrer Brust.

»Ich bezweifle, daß es eine gute Idee ist, aber wenn du es auch willst, Darren, werde ich es tun. Besser wäre es meines Erachtens aber, alles so zu belassen, wie es ist. Wir kriegen nur Scherereien.«

»Haben wir die nicht schon?« fragte Fee.

Lilith hatte nur noch den Wunsch, diese Wohnung zu verlassen. »*Wo* soll ich es tun? Hier, auf der Couch?«

Darren Secada antwortete, indem er sich setzte.

Lilith zögerte noch einmal, ehe sie neben ihm Platz nahm. Ihre Augen befanden sich fast auf gleicher Höhe. Sein Gesicht, das noch genau dem Bild entsprach, das sie in ihrem Herzen trug, war ihr nahe wie seit einem halben Jahr nicht mehr.

Gewaltsam mußte sie sich verbieten, sich an ihn zu schmiegen. Ihn zu küssen. Seine Erinnerung durch Berührungen, die ihm vertraut sein *mußten*, zu wecken.

Letztlich war es die kühle Art, wie er *sie* betrachtete, die sie davon abhielt.

Weniger Fees Gegenwart.

»Es wird nicht weh tun«, sagte sie, während sie einen unsichtbaren Brückenschlag zwischen ihrem Geist und seinem Willen herstellte.

Zumindest nicht gleich, fügte sie in Gedanken hinzu.

Und dann demontierte sie die Blockade, die sie um Teile von Darrens Gedächtnis errichtet gehabt hatte.

Noch während sie damit beschäftigt war, wußte sie, daß sie sich selbst damit keinen Gefallen tat.

Aber letztlich blieb ihr keine Wahl...

Zur selben Zeit

Das Haus schien riesengroß, die Zahl seiner Zimmer immens. Und doch kam Bennelong sich vor, als sei er eingesperrt, wie in einem Käfig, der zu klein war, um sich zu drehen, in einer Zelle, so eng, daß ihm kaum Luft zum Atmen blieb.

Er wollte, er *mußte* hier raus! Schnell. Irgendwie.

Aber Bennelong hatte das Gefühl, daß es ihm nicht leicht gemacht werden würde. Er würde das Haus nicht »einfach so« verlassen können. Der Aboriginal wußte es, ohne es versucht zu haben. Gerade so, als habe es ihm jemand eingeflüstert, mehr noch, das Wissen in ihm verankert, den Gedanken in seinem Geist gedacht.

Was nicht hieß, daß Bennelong es nicht probieren würde.

Zunächst jedoch schaute er sich um. Und lauschte.

Er sah niemanden. Und hörte nichts.

Die seltsame Frau, die ihn genötigt hatte, sie nach Sydney zu bringen, war verschwunden. *Sie* hatte das Haus verlassen. Und Bennelong erinnerte sich nicht, daß sie irgend etwas getan hätte, um ihm den Weg nach draußen zu verwehren. Sie hatte ihn weder in einem der Zimmer eingeschlossen, noch hatte sie ihn gefesselt, und sie schien keine Türen abgeschlossen zu haben.

Und trotzdem war da dieses Gefühl, daß er in dem Haus festsaß, eingekerkert war.

Die Haustür war nur zwei Schritte entfernt.

Bennelong zögerte, diese zwei Schritte zu gehen. Etwas hielt ihn zurück. Kein fremder Einfluß, kein unheimlicher Bann. Sein Unterbewußtsein – oder wie man es auch nennen mochte – wollte ihn nicht gehen lassen. Als wisse es – einem zweiten Gehirn gleich, auf das er keinen direkten Zugriff hatte –, daß seine Hoffnung, ungehindert aus dem Haus spazieren zu können, zunichte gemacht würde, wenn er diese Tür öffnete.

Der Aboriginal fröstelte.

Langsam drehte er sich um die eigene Achse. Hinter ihm führte eine Treppe aus der Eingangshalle hoch in das obere Stockwerk. In der Mitte der Halle, von der mehrere Türen abzweigten, stand eine Statue, von der Bennelong nicht wußte, wessen Abbild sie war. Eine Frau, sicher; eine sehr schöne Frau! Nachdem er eine Weile hingesehen hatte, glaubte er eine vage Ähnlichkeit mit jener auszumachen, die ihn in dieses Haus gebracht hatte. Mutter und Tochter? Vielleicht. Und egal.

Sehr viel wichtiger war für Bennelong eine andere Feststellung. Jene nämlich, daß alles, was er sah, nicht... *wirklich* schien, nicht wirklich *echt*.

Das Mobiliar ringsum, selbst die Treppenstufen, die steinernen Bodenfliesen und das Muster, das sie bildeten... all dies schien kulissenhaft, wie nicht zum tatsächlichen Gebrauch geschaffen, auf seltsame Weise unfertig. Solange er ein Möbelstück nur aus den Augenwinkeln betrachtete, meinte Bennelong hindurchsehen zu können, als sei es durchscheinend, kaum mehr als eine Projektion, die doch auf unheimliche Weise greifbar schien – und es auch *war*, wenn er seine Hand darauf legte. Der Eindruck, durch das Material bis hinab auf den Boden blicken zu können, blieb indes. Das Gefühl war so eigenartig, so vollkommen ungewohnt, daß der Aboriginal meinte, obschon sein Volk doch als schwindelfrei galt, alles um ihn herum würde sich drehen.

Rasch wandte er den Blick und näherte sich nun endlich der Haustür. Ein klein wenig rechnete er damit, daß sie doch abgesperrt war, aber als er die Klinke niederdrückte, schwang die Tür so leicht auf, als helfe jemand von draußen nach, indem er sich dagegenlehnte.

Bennelong wich instinktiv ein wenig zurück, dann trat er um das Türblatt herum und schaute hinaus – einen winzigen Augenblick lang jedenfalls. In dieser halben Sekunde sah er einen Garten, der seit Jahren ohne Pflege sein mußte, in dem die Natur wachsen ließ, was und wie es ihr gefiel. Hinter der Schwelle lag eine Treppe, flankiert von steinernen Fabelwesen, die Bennelong ihre Rückenansicht darboten...

...und dann war dieser Augenblick vorbei.

Dann sah Bennelong... *in* das Haus. Sah vor sich liegen, was hinter ihm lag – oder gelegen hatte? Er wirbelte förmlich herum – und sah das Bild unverändert. Sein Blick fiel in die Eingangshalle des Hauses, inmitten derer jenes marmorne Frauenbildnis stand. Abermals drehte sich Bennelong herum, sah zur Tür hinaus – und doch wieder ins Haus hinein.

Einen Moment lang versuchte er dem Wahnsinn zu entkommen, indem er daran glaubte, in einen Spiegel zu sehen, der den Türrahmen ausfüllte und so die Halle abbildete.

Aber zum einen war das vermeintliche Spiegelbild eben nicht spiegel*verkehrt*, zum anderen vermochte Bennelong sich selbst nicht darin zu sehen – und außerdem konnte er in diese »andere« Eingangshalle hineingehen, indem er die Türschwelle übertrat.

Hastig, als sei der Boden unter seinen nackten Füßen sengend heiß, sprang der Aboriginal wieder zurück, hinein in jenes Haus, das ihm das... *echtere* schien; jenes zumindest, von dem aus er diese mysteriöse Tür geöffnet hatte... oder nicht? War er zuvor schon über die Schwelle getreten, dann wieder zurückgegangen, um dann noch einmal in dieses »andere« Haus hinüberzuwechseln?

Mit einem Aufschrei warf Bennelong die Tür zu, so kräftig, daß sie regelrecht ins Schloß krachen mußte – und doch schloß sie sich fast lautlos, als habe jemand sie gestoppt und dann sanft zugezogen.

»Was geht hier vor?« keuchte Bennelong. Sein Blick irrte hin und her und fand nirgends einen Fixpunkt, nichts, was ihm wirklich genug schien, um seinem verstörten Geist Halt geben zu können. »Wo bin ich?« flüsterte er weiter, und: »Was willst du von mir?«

Zu wem sprach er eigentlich? Ein irres Kichern drang über Bennelongs Lippen. Zu diesem Haus? Warum nur schien ihm diese Idee nicht halb so abwegig, wie sie es sollte...?

Bennelong schloß die Augen, versuchte seine rotierenden Gedanken zur Ruhe zu zwingen. Lauschte dem sich beruhigenden Schlagen seines Herzens, das eben noch in solchem Aufruhr gewesen war, als wolle es den knöchernen Käfig, in dem es saß, sprengen. Er atmete tief und regelmäßig durch, und endlich wagte er es, die Lider wieder zu heben.

An seiner Umgebung hatte sich nichts geändert. Der Eindruck, alles ringsum sei Illusion, blieb.

Sein Herz schlug ruhig, gemächlich fast... langsam wie nie zuvor?

Unwillkürlich faßte Bennelong sich an die Brust, fühlte seinen Herzschlag – der nicht im Gleichklang stand mit jenem, den der Aboriginal *hörte*, laut genug und so deutlich, daß er ihn als sachtes Vibrieren wahrnehmen konnte. Er ließ den Boden unter seinen Füßen erzittern, wenn auch nur so leicht, daß Bennelong sich einreden konnte, einer Täuschung aufzusitzen.

Dennoch konnte er sich nicht des Gedankens entledigen, daß irgendwo um ihn herum – im Boden dieses Hauses vielleicht oder in seinen Wänden – ein monströses Herz schlug; oder etwas jedenfalls, das die Funktion eines Herzens innehatte – und dieses Haus... am Leben hielt?

»Nein!« entfuhr es Bennelong erschrocken. Was dachte er da nur? Welchem Irrsinn saß er da auf?

Trotzdem versuchte er dem dumpfen Pochen nachzulauschen. Und hörte es nicht länger.

Erst als er aufatmete und weniger angestrengt horchte, war es wieder zu vernehmen – oder glaubte Bennelong nur, es zu hören?

»Raus«, flüsterte er heiser. »Ich will raus!«

Sein Blick wischte durch die Halle. Wohin sollte er sich wenden? Die Haustür zu öffnen würde er kein weiteres Mal versuchen.

Bennelong trat an das nächstgelegene Fenster und sah hinaus. Oder meinte jedenfalls hinauszuschauen. Er blickte in jenen Garten, den er zuvor einen Augenblick lang jenseits der Haustür zu sehen geglaubt hatte. Und doch schien auch da draußen alles... künstlich; das Gras eine Nuance zu grün, um natürlich zu sein, und das gleiche galt für die Farbe der Bäume. Es war, als habe jemand ein fast fotorealistisches Gemälde gegen die Scheibe geklebt; die Differenzen zwischen echten und falschen Farben jedoch entlarvten das Bild als Trug.

Bennelong erlaubte sich nicht, dieser Täuschung nachzuspüren. Er wandte sich ab, der nächstbesten Tür zu. Dahinter lag die Küche des Hauses, und der Eindruck, durch einen Raum zu gehen, der mit halbfertigen Requisiten ausstaffiert war, setzte sich auch hier fort. Was Bennelong sah, wirkte zwar durchaus geschmackvoll und gediegen – nur eben, wie alles andere, *falsch*, auf eine Weise, die er nicht einmal sich selbst gegenüber näher zu definieren wußte.

Er verließ die Küche durch eine zweite Tür, gelangte in ein Wohnzimmer, das mit – konturlosen – Polstermöbeln und deckenhohen Regalen ausgestattet war, die voller Bücher waren, deren Titel Bennelong nicht entziffern konnte, als seien die Buchstaben im Laufe ungezählter Jahre verblaßt. Er verzichtete darauf, auch nur eines aus dem Regal zu nehmen, ging statt dessen aus dem Zimmer und gelangte wieder in die Halle.

Wonach suchte er überhaupt?

»Raus!« Die eigene Stimme schien Bennelong fremd, so heiser und gehetzt klang sie.

Ohne recht zu überlegen, stieg er die Treppe ins obere Stockwerk hinauf, tunlichst darauf bedacht, nicht mehr auf die Stufen zu sehen, nachdem er es einmal getan und gemeint hatte, eine gläserne Treppe emporzulaufen.

Gegenüber dem Treppenende hing ein Spiegel an der Wand. Er gab einen Teil der Eingangshalle wieder, und Bennelong vermochte auch sein eigenes Abbild darin zu sehen. Als er allerdings an dem Spiegel vorbei und den sich anschließenden Flur hinuntergehen wollte, nahm er aus den Augenwinkeln wahr, daß sich das Spiegelbild der Halle nicht veränderte. Die Perspektive blieb gleich, ganz egal, aus welchem Winkel er in den Spiegel sah.

Der Aboriginal kniff die Augen zu, holte tief Luft und ging blind ein Stück weiter, bis er sicher war, daß er nicht mehr in den Spiegel sehen würde, wenn er die Lider wieder öffnete. Er hielt sie noch geschlossen, als irgendwo vor ihm eine Tür ging!

Er blieb abrupt stehen und riß die Augen auf.

Nichts. Keine der Türen stand offen. War es nur Täuschung gewesen?

Er ging in die Richtung, aus der er das Geräusch zu hören gemeint hatte. Welche Tür war es gewesen?

Bennelong öffnete kurzerhand die nächstgelegene, wollte durch den Spalt ins Zimmer dahinter spähen, als ihn ein neuerliches Geräusch innehalten ließ. Jetzt klang es, als würde eine Tür geschlossen, näher diesmal. Trotzdem war es ihm nicht möglich zu sagen, welche es gewesen war.

In der Mitte des dämmrigen Flures blieb der Aboriginal stehen und wartete mit angehaltenem Atem ab, ob etwas geschehen, ob sich jemand zeigen würde. Denn das Gefühl, nicht mehr allein zu sein, wuchs in ihm, ließ die Haut unter seiner Kleidung prickeln und sich zusammenziehen.

Links von ihm hing ein weiterer Spiegel an der Wand. Bennelong sah sich und die gegenüberliegende Wand sowie zwei Türen darin. Da er sich weder vor noch zurück bewegte, konnte er nicht sagen, ob dieser Spiegel auf dieselbe Weise funktionierte – oder besser gesagt, eben *nicht* funktionierte – wie jener an der Treppe.

Dafür fiel ihm in diesem Spiegelbild etwas anderes auf... eine Bewegung! Als husche... *etwas*, nicht *jemand* hinter oder an ihm vorüber.

Hastig wandte Bennelong den Blick nach beiden Seiten, sah jedoch nichts, was die Bewegung im Spiegel hätte hervorrufen können. Um ihn her rührte sich nichts.

Im Spiegel dagegen schon!

Bennelong registrierte die neuerliche Bewegung aus den Augenwinkeln, fixierte den Spiegel und stellte fest, daß die Bewegung darin erhalten blieb, als komme, was immer sie verursachte, in dem Rahmen allmählich zur Ruhe... oder als könne es sich nicht mehr daraus befreien.

In jedem Fall war der Anblick seltsamer als alles, was Bennelong zuvor in diesem rätselhaften Haus beobachtet hatte.

Und es wurde noch unheimlicher, mysteriöser! Als Bennelong mitansah, wie sein eigenes Spiegelbild erst erstarrte und sich dann veränderte! Als wären seine Züge aus Wachs, die in zunehmender Wärme schmolzen, zerliefen, um dann neugeformt zu werden, bis sie wieder ein Gesicht ergaben. Nicht seines jedoch!

Das Gesicht, das Bennelong entgegensah, war keineswegs vertraut, aber doch auch nicht fremd. Obwohl es das eines Fremden war. Eines Mannes, den Bennelong nicht wirklich kannte und dessen Namen er nicht wußte. Aber er war ihm begegnet, draußen im Outback.

Was hatte er noch geantwortet, als Bennelong ihn gefragt hatte, wer er sei?

Niemandes Freund...

Bei ihrem ersten Zusammentreffen hatte *Niemandes Freund* Bennelong geraten, heimzukehren, um Tiwi beizustehen. Was wollte er jetzt? Warum suchte er abermals – und auf solch gespenstischem Wege – die Begegnung mit ihm?

Bennelong zwang sich, das widernatürliche Element der Situation zu ignorieren, was ihm erstaunlich leichtfiel. Er sah in das andere Gesicht, das nicht länger zweidimensional und bildhaft, sondern wirklich und greifbar schien. Ebenso wie das Spiegelbild des Flurs, das Bennelong sah, wirkte, als schaue er durch ein Fenster durch die Wand hinüber anderen Flur, den es wirklich gab. Er wollte fragen, was *Niemandes Freund* von ihm wollte, aber er mußte die Frage nicht laut formulieren.

Esben Storm sprach aus freien Stücken.

Und Bennelong erschauderte unter dem Wissen und den Wahrheiten, die im allerwörtlichsten Sinne *weltbewegend* waren.

333, Paddington Street.

Lilith fand das Haus blind. Oder fand das Haus *sie*?

Es zog sie an, als sei es ein Magnet und sie ein Eisenspan, der durch die Nacht trieb. Und Lilith ergab sich dem sanften Sog.

Der Wind umschmeichelte ihre ausgebreiteten Schwingen, die Nacht selbst schien ihr wie flüssig, und so kam es ihr vor, als tauche sie hinab auf den Grund eines dunklen Ozeans, wo nichts als Ruhe sie erwarten mochte. Hoffentlich.

Denn Ruhe war es, was Lilith brauchte, wonach sie sich sehnte. Ruhe, in der sie ihre Gedanken ordnen und sich über ihre Gefühle klarwerden konnte. Überstürzt hatte sie Darrens Apartment nach der Beseitigung der hypnotischen Blockade verlassen. Gewaltige Dämme waren in ihm gebrochen. Mit der Flut von Bildern, die über ihn hereingebrochen waren, mußte er erst einmal fertig werden.

Lilith hatte ihn in einen künstlichen Schlaf versetzt, aus dem er frühestens gegen Mittag des nächsten Tages erwachen würde. Und dann würde zunächst Fee bei ihm sein, um ihm seine Fragen zu beantworten.

Wann und ob Darren sich auch an sie wenden würde, wußte sie nicht. Es war seine freie Entscheidung.

Lilith wünschte sich, auch jemanden zu haben, der sie in einen Tiefschlaf versetzt hätte. Den Aufruhr in ihr hatte nicht einmal die Metamorphose in ihre Wechselgestalt mildern können. Selbst in ihrem Fledermausschädel rumorte es, und das Gefühl war nur unangenehmer geworden, gerade so, als sei dieser Kopf zu klein für all das, was Lilith beschäftigte und, mehr noch, beunruhigte.

Vor ihrem Geburtshaus an der Paddington Street ging Lilith nieder. Noch in der Landebewegung transformierte sie zurück in ihre menschliche Gestalt und befahl dem Symbionten, sie in den gewohnten Catsuit zu kleiden. Gewiß kein unauffälliges Kleidungsstück, aber der Symbiont selbst schien es zu bevorzugen und Lilith selbst hatte sich daran gewöhnt in all den Jahren.

Zudem – wessen Aufmerksamkeit sollte sie in ihrer aufreizenden Kleidung schon erregen? Immerhin war sie daheim.

Daheim...

Lilith ließ ihren Blick über die Fassade des Hauses wandern. Dunkler Stein, die Fenster finster wie Höhlen. Ein schwarzer Klotz inmitten eines verwilderten Gartens.

Nein, das Haus machte keinen anheimelnden Eindruck.

Aber immerhin war es der Ort auf dieser Welt, dem Lilith sich am meisten verbunden fühlte. Wo sie – allen Odysseen und Abenteuern, die hinter ihr lagen, zum Trotz – die allermeiste Zeit ihres 100jährigen Lebens verbracht hatte.

Dieses Haus *war* ihr Zuhause. Oder glich zumindest am ehesten dem, was den Menschen ein Heim bedeutete...

Lilith ging die Stufen zur Tür hinauf, vorbei an den beiden steinernen Fabelwesen, die wie stumme Wächter links und rechts der Treppe kauerten.

Konnte sie es Darren verdenken, daß er sich nie wohlgefühlt hatte in diesem Haus? In der viel zu kurzen Frist, die sie zusammen verbracht hatten?

In dieser Zeit war Darren Secada für Lilith mehr geworden als eine weitere Bekanntschaft. Er hatte sich rasch als guter Freund erwiesen, und die Entwicklung ihres Verhältnisses zueinander war noch nicht am Ende gewesen.

Jetzt war sie es. *Es* – was immer *es* hätte sein oder werden können – war vorbei.

Darren und Fee...

Diese Beziehung war so... bizarr.

Nein! Lilith schüttelte den Kopf. Nicht *bizarr*, das war nicht der richtige Ausdruck, nicht das, was ihr auf der Zunge lag und im Herzen brannte.

Die Beziehung zwischen Darren und Fee tat ihr schlicht und ergreifend *weh*!

Lilith wollte nicht länger darüber nachdenken. Nicht jetzt. Noch nicht. Denn selbst daran zu denken, schmerzte; jeder Gedanke war ein Dorn, der in die noch so frische Wunde stieß.

Sie öffnete die Haustür, trat ein und schloß die Tür. Dann sah sie sich um.

»Bennelong?« Vage Beunruhigung klang in Liliths Stimme mit. Sie lauschte dem Echo nach und schalt sich im stillen eine Närrin.

Hatte sie denn erwartet, daß der Aboriginal sie freudig begrüßen würde, wie ein Hund sein heimkehrendes Herrchen? Grundgütiger, immerhin hatte sie ihn entführt! Mehr oder weniger jedenfalls. Aber wie man es auch nennen mochte, sie hatte mit Bennelong exakt das getan, worauf sie sich am besten zu verstehen schien – andere Menschen zu mißbrauchen, ihnen Probleme zu bereiten und...

Weiter wollte Lilith nicht denken. Sie wollte nicht an Beth MacKinsey denken, nicht an Duncan Luther, die beide gestorben waren – letztendlich ihretwegen. Weil sie Lilith Eden gekannt, an ihrem Leben teilgehabt hatten – und an allem, was dieses Leben mit sich brachte.

Aber nicht nur Beth' und Duncans wegen wollte Lilith den Gedanken nicht weiterverfolgen. Sie verbat ihn sich auch, weil er in seiner weiteren Folge zu dem Menschen hinführte, der ihr mindestens so nahe gewesen war wie Beth, näher noch als Duncan... er führte zu Darren Secada. Zu Darren Secada, der das Glück hatte, noch zu leben. Zu Darren Secada, der glücklich *war*. Mit einer anderen...

»Bennelong!« Liliths Stimme verriet Ungeduld. Nicht, weil

es sie nach Bennelongs Gesellschaft verlangte. Aber der Gedanke an ihn lenkte sie von anderem ab. »Wo steckst du, Bennelong?«

Er antwortete nicht. Lilith lauschte in das Haus hinein und hörte nichts, kein noch so leises Geräusch, das ihr verraten hätte, wo ihr Gast sich aufhielt.

Vielleicht schlief er nur. Immerhin hatte Lilith ihm mit der Fahrt nach Sydney eine geradezu ungeheuerliche Anstrengung abverlangt.

Hoffentlich schlief er nur...!

Lilith begann sich Sorgen zu machen. Sie vergaß nur allzu leicht, was es mit diesem Haus auf sich hatte. Was 333, Paddington Street *tatsächlich* war. Mehr als nur Stein, Holz und Glas. Mehr als nur ein Haus.

333, Paddington Street war ein Mysterium. Ein Ort, an dem sich Magie manifestiert hatte. Und immer noch wirksam war.

333, Paddington Street mochte Lilith Edens Zuhause sein. Aber das Haus war außerdem – und vor allem! – eine Gefahr für jeden Menschen.

Es war leichtsinnig, ja unverantwortlich gewesen, Bennelong hier zurückzulassen. Sie hatte nur an sich gedacht, an ihre Probleme, an die Fragen, auf die sie Antworten gesucht hatte.

Und über all dem hatte sie Bennelong dem Haus gedankenlos... *ausgeliefert*!

In der Vergangenheit hatte seine Magie nicht nur als Schirm gewirkt, in dessen Schutz Lilith aufgewachsen war, abgeschottet vom Rest der Welt. Die Magie hatte auch anderes zustandegebracht, weit weniger Nutzbringendes! Im Keller etwa hatte der dunkle Zauber des Hauses rattenhafte Monstren geboren. Und wer vermochte zu sagen, welche Ungeheuerlichkeiten es noch barg? Nicht einmal Lilith wußte es zu sagen. Sie wußte nur, daß das Haus ihr nicht schaden würde.

Aber was konnte es mit Bennelong getan haben? Was, wenn das Haus ihn nicht... akzeptiert und als Eindringling angesehen hatte?

»Bennelong!«

Lilith rannte durch die Zimmer im Erdgeschoß. Nichts. Keine Spur von Bennelong, aber auch kein Hinweis darauf, daß... *etwas* passiert war. Dennoch vermochte diese Erkenntnis Lilith nicht zu beruhigen. Weil dieses Haus eben mehr war, als sich bloßen Blicken offenbarte.

Sie stürmte die Treppe ins obere Stockwerk hinauf. Riß jede Tür auf, sah in jedes Zimmer und rief unablässig den Namen des Aboriginals.

Daß sie ihn ausgerechnet im letzten Zimmer fand, in das sie hineinschaute, schien ihr aus unerklärlichem Grund nicht als Zufall. Lilith hatte den irrigen Eindruck, daß das Haus ihr Bennelong *entrückt* hatte, auf welche Weise auch immer. Daß es mit ihr gespielt, sie zum Narren gehalten hatte, indem es Bennelong stets dort fortgeholt hatte, wo Lilith als nächstes suchte. Bis ihm gewissermaßen die Verstecke ausgegangen waren.

Lilith schüttelte unwirsch den Kopf, als könne sie die abstruse Idee somit loswerden...

Der Aboriginal kauerte in einer Ecke des Zimmers, den Rükken an der Wand, die Knie ans Kinn hochgezogen und mit beiden Armen umschlungen. Er starrte ins Nichts, aus weit offenen Augen, und schien Liliths Eintreten nicht einmal bemerkt, geschweige denn ihr Rufen gehört zu haben.

Vor ihm ließ sie sich nieder. Er blinzelte nicht einmal, schien durch sie hindurchzusehen. Und *was* er dort sah, mußte... ungeheuerlich sein, furchterregend, schockiernd. Denn als Lilith in Bennelongs Augen blickte, bemerkte sie jenen flackernden Glanz, den sie im Laufe der Jahre nur allzu oft gesehen hatte – in den Augen von Menschen, die Dinge geschaut hatten, die menschliches Begreifen schlicht überforderten. Weil sie jenseits aller Vorstellung lagen.

Behutsam faßte Lilith nach der Schulter des Aboriginals. Leise nannte sie seinen Namen. Und endlich rührte sich Bennelong. Aber er zeigte nicht etwa Erleichterung, sondern drückte sich im Gegenteil noch fester gegen die Wand, als versuche und hoffe er, eins mit ihr zu werden.

Lilith griff zu ihrem ureigenen »Beruhigungsmittel«.

Eine kleine Dosis ihrer Hypnosekraft genügte. Wenigstens um die gröbste Furcht aus Bennelongs Augen und Zügen zu vertreiben und ihn zum Reden zu bewegen.

»Was ist geschehen?« fragte Lilith ruhig. »Hat das Haus... ich meine...?«

Der Aboriginal schüttelte hastig den Kopf, und für einen Moment wollte die Furcht in seinen Blick zurückkehren. Lilith verstärkte ihren Einfluß um eine Spur, und Bennelongs Züge entspannten, seine Lider senkten sich und verliehen seinem flachen Gesicht einen schläfrigen Ausdruck.

Nur seine Lippen bewegten sich. Träge.

Und formten zwei Worte. Einen Namen.

»Esben Storm.«

Esben Storm!

Lilith fühlte sich wie elektrisiert. Stand augenblicklich unter Spannung. Jeder Nerv in ihr schien zu glühen.

»Esben Storm?« wiederholte sie, bemüht, ihre Aufregung nicht allzu offenkundig werden zu lassen.

Niemandes Freund.

So nannte sich Esben Storm selbst. Ob er damit lediglich zum Ausdruck brachte, daß er auf keiner Seite stand, oder ob mehr dahinter steckte, wußte Lilith nicht. Weil sie einfach zu wenig über Esben Storm wußte, den geheimnisvollen Aboriginal, der ihren Weg immer wieder kreuzte.

Um seine Unparteilichkeit indes schien es anders bestellt, als er sie bislang hatte glauben machen wollen. Lilith erinnerte sich an ihre jüngste Begegnung mit dem mysteriösen Aboriginal. Vor Monaten im Ayers Rock. Als er Rahel zur Flucht verholfen, sie davor bewahrt hatte, daß Lilith ihr den Garaus machte.

Hatte er damit nicht deutlich gemacht, daß er weder unparteiisch war noch auf ihrer, Liliths Seite, sondern unzweifelhaft auf der anderen stand?

Und wie tief war er verstrickt in das geheimnisvolle Geschehen, das dort seinen Lauf genommen hatte?

»Was weißt du über Esben Storm?« fragte sie Bennelong. »Woher kennst du ihn?«

»Er war hier.«

»Hier im Haus?«

Bennelong nickte.

»Und wo steckt er jetzt? Ist er noch hier?«

Bennelong verneinte.

»Wo ist er hin?«

»Fort. Es hält ihn nirgends. Er ist...«

»... niemandes Freund, ich weiß«, fiel Lilith dem Aboriginal ins Wort und nickte unwirsch. »Die Nummer kenne ich zur Genüge. – Was wollte er? Was hat Storm getan oder gesagt?« fragte sie dann weiter.

Bennelong gab keine Antwort. Statt dessen erhob er sich und trat an Lilith vorbei. Dabei faßte er nach ihrer Hand, und sie folgte ihm.

»Wohin...?« begann sie.

Der Aboriginal ließ sie nicht ausreden. »Du wirst sehen, was ich gesehen habe. Und erfahren, was ich erfahren habe.«

Ein Frösteln lief über Liliths Haut. Sie entsann sich des schokkierten Eindrucks, den Bennelong gemacht hatte, bevor sie mit ihrer Magie auf ihn eingewirkt hatte. Was immer Esben Storm mit Bennelong getan hatte, es hatte den jungen Aboriginal zutiefst verstört, ihn regelrecht entsetzt.

Hatte Storm etwas hinterlassen, hier im Haus, was Bennelong ihr nun zeigen wollte... oder sollte, *mußte*?

Konnte sie diesem Etwas unvorbereitet gegenübertreten? War es eine Falle?

Lilith lachte innerlich auf. Wie hätte sie sich denn vorbereiten sollen auf etwas, von dem sie nicht die geringste Ahnung hatte, worum es sich handelte?

Ihr blieb gar keine Wahl. Sie mußte sich überraschen lassen. Und konnte nur hoffen, daß es keine allzu unliebsame Überraschung sein würde...

Bennelong führte sie den Flur im ersten Stock entlang, bis zum gegenüberliegenden Ende. Hinter der Ecke dort lag eine schlichte Treppe, die zum Dachboden hinaufführte. Die Deckenluke stand offen. Staub rieselte wie feiner Regen aus der Öffnung herab.

»Ist da wer?« fragte Lilith.

Niemand antwortete ihr. Auch Bennelong nicht. Vor ihr stieg er die Stufen hinauf. Droben angekommen wartete er, daß Lilith ihm folgte. Zögernd erklomm sie die Treppe, streckte vorsichtig erst den Kopf durch die Luke, drehte sich und sah sich nach allen Seiten um.

Staub, so weit das Auge reichte. Ansonsten nichts. Der Dachboden dieses Hauses glich nicht jedem x-beliebigen. Er diente nicht als Speicher für allen möglichen Unrat, sondern stand schlicht leer, weil genaugenommen nie jemand in diesem Haus wirklich gelebt hatte.

»Was soll das werden?« fragte Lilith mißtrauisch. »Was soll hier zu sehen sein?«

»Komm mit«, sagte Bennelong nur und ging nach hinten, wo der Raum wegen der Dachschräge niedriger wurde.

Wieder folgte Lilith dem Aboriginal. Sie sah die Abdrücke, die seine Füße im Staub hinterließen, und sie sah sowohl eine zweite Spur sowie eine weitere, die zur Luke zurückführte. Offenbar war Bennelong tatsächlich schon vorher hier oben gewesen.

Aber wenn tatsächlich Esben Storm hiergewesen war, wo waren dann *seine* Fußspuren?

Echte Zweifel am Wahrheitsgehalt von Bennelongs Geschichte rief diese Feststellung indes nicht in Lilith hervor. Esben Storm kannte sicher Wege, um von hier nach dort zu gelangen, auf denen er keine Spuren hinterließ...

»Da.«

Bennelong hatte sich in die Hocke niedergelassen und wies... ins Leere? So schien es Lilith jedenfalls im ersten Augenblick. Erst beim zweiten Hinsehen fiel ihr das silbrige Glitzern auf, dort wo Bennelongs Finger hinzeigte.

»Ein... Spinnennetz?« fragte sie ungläubig.

Feine Fäden spannten sich im Dachgebälk zu einem Netz, an dem allenfalls die Größe ungewöhnlich war. Und die Tatsache vielleicht, daß es das einzige weit und breit war.

»Das ist es, was du siehst«, erwiderte Bennelong reichlich rätselhaft.

Lilith streckte die Hand nach dem Spinnennetz aus. Bevor ihre Fingerspitzen die Fäden berührten, zögerte sie kurz, dann führte sie die Bewegung zu Ende – und zuckte zurück, als habe sie glühendes Eisen berührt!

Das Netz... es hatte sich nicht bewegt!

Die Fäden, so dünn sie auch sein mochten, waren starr, als bestünden sie aus feinem, aber härtestem Glas.

Gut. Das Netz – oder wie immer man das Gebilde nennen mochte – war bemerkenswert. Eigenartig sogar. Aber Lilith hatte andere Dinge gesehen, seltsamere.

Sie wandte den Kopf und schaute zu Bennelong hin. Der wiederum starrte das Netz an, und in seinem Blick flackerte Liliths Einfluß zum Trotz wieder ein Abglanz der alten Furcht auf. Als sehe er in dem Netz etwas gänzlich anderes als Lilith, etwas anderes als nur gläsern wirkende Fäden unterschiedlicher Stärken, die kunstvoll miteinander verwoben waren.

»Was *ist* das?« fragte sie eindringlich.

»Wege«, erwiderte Bennelong tonlos.

»Wege?« echote Lilith. »Was für Wege? Wege wohin?«

»Wege zu Antworten.«

»Antworten worauf?«

»Auf deine Fragen.«

Lilith stutzte, runzelte die Stirn. »Was weißt du über meine Fragen?«

»Nichts«, sagte Bennelong. »Aber er... weiß alles darüber.«

»Esben Storm?«

Bennelong nickte wie widerstrebend. »Und er kennt alle Antworten drauf. Sie sind...«, er streckte den Finger aus und zeigte abermals auf das gläserne Netz, »... da.«

Lilith verstand nichts. Ihre Gedanken schwirrten heftiger denn je zuvor, das rumorende Chaos in ihrem Denken wuchs sich zum Orkan aus.

Sie schloß die Augen, versuchte sich zu konzentrieren, zu sammeln. Alles, was momentan nicht von Belang war, versuchte Lilith aus ihrem Gehirn herauszufiltern. Sie hob die Lider und fixierte ihren Blick auf das Netz. Folgte seinen Fäden mit den Augen, als erwarte sie, daß deren Verknüpfungen ein Bild ergeben würden, oder gar Worte, die sie zu lesen vermochte.

Das geschah nicht. Aber immerhin beruhigte sie diese Übung.

»Wege also«, sagte sie leise. »Und Antworten.« Sie atmete tief durch. Dann wandte sie sich abermals an Bennelong. »Wie erschließen sich mir diese Wege und Antworten?«

Der Aboriginal sah sie an, fast erstaunt, als könne er nicht verstehen, daß sie nicht selbst auf die Antwort kam.

»Nutze das Haus.«

Nutze das Haus...

Bennelongs Worte – oder... Esben Storms? Mehr und mehr hatte Lilith den Eindruck, daß Bennelong nur Storms Sprachrohr war – echoten in ihrem Kopf. In dem Moment, da er sie ausgesprochen hatte, wußte Lilith nichts damit anzufangen. Jetzt aber, da sie in ihr widerhallten, ergaben sie Sinn; oder etwas zumindest, das Sinn zu sein schien.

Nutze das Haus... Das konnte nur eines bedeuten: Das magische Potential, welches sich in diesem Haus verbarg, war der Schlüssel zu dem, was Esben Storm hier hinterlassen hatte. Damit ließ sich das Rätsel lösen.

Nur eben – wie? Wie war diese Magie zu nutzen, um zum Ziel zu gelangen? Und: Warum all das Aufhebens? Warum hatte sich Esben Storm nicht an sie selbst gewandt? Weshalb ließ er sie diesen Umweg gehen?

Andererseits – warum sollte jemand, der niemandes Freund

war, irgend jemandem etwas leicht machen?

Lilith wußte, daß es nicht so einfach war. Aber sie ließ diese Frage einstweilen ruhen. Andere drängten mehr.

Nutze das Haus!

»Aber wie?« Lilith merkte nicht, daß sie die Frage halblaut gestellt hatte. Um so mehr erstaunte sie Bennelongs Erwiderung.

»Fühle sein Herz.«

»Was?«

»Fühle den Schlag des Herzens dieses Hauses«, sagte Bennelong, und mehr noch als zuvor hatte Lilith das Gefühl, daß es nicht Bennelong selbst war, der da sprach. Es mochte zwar nicht so sein, daß der junge Aboriginal von Esben Storm besessen war; zweifellos aber hatte Storm etwas mit ihm getan – vielleicht Wissen in Bennelong verankert, oder auch nur die Antworten auf alle Fragen, die Lilith stellen mochte.

»Den Herzschlag... des Hauses?« wiederholte sie verwirrt. Wovon sprach Bennelong? Sie ertappte sich dabei, den Atem anzuhalten und zu lauschen. Sie hörte nichts, kein dumpfes, stetes Pochen, wie es ein Herz verursachen mußte.

»Was meinst du damit?« hakte sie an Bennelong gewandt nach.

»Kannst du ihn etwa nicht hören?« fragte der Aboriginal zurück. Er schien ehrlich verwundert.

Lilith schüttelte den Kopf. »Nein.«

»Du mußt ihn *fühlen*«, meinte Bennelong. Er kam zu ihr, nahm ihre Hand, hob sie an und preßte sie sanft gegen einen der schräg nach oben verlaufenden Dachbalken.

Lilith spürte rissiges Holz und –

Unwillkürlich schloß sie die Finger fester um den Balken.

Ja. Da war etwas. Ein... Pulsieren. Als schwelle in dem Holz etwas an und ab, einer blutführenden Ader gleich. Und doch ganz anders. Denn das Holz selbst blieb starr; ein sichtbares Zeichen dieses trägen Pumpens gab es nicht. Doch je länger Lilith ihre Hand gegen das Holz hielt, desto mehr wuchs die Gewißheit, sich nicht zu irren.

Das Haus – oder etwas darin, in seiner Substanz – *lebte.*

Wie war das möglich?

Lilith schloß die Augen, beugte den Kopf nach vorn. Ihre Stirn berührte den Balken. Augenblicklich spürte sie den Herzschlag des Hauses – oder worum es sich auch handeln mochte – intensiver.

Und sie merkte, wie sich der Schlag ihres eigenen Herzens verlangsamte. Er wurde träger, glich sich dem des Hauses an, bis sie schließlich im Gleichklang schlugen...

... und eins wurden.

Lilith wußte augenblicklich, wo sie sich befand – oder vielmehr, wo ihr Geist oder wenigstens ein Teil ihres Ichs sich befand.

Im Haus!

Sie hatte diese Erfahrung nie zuvor gemacht, und doch hatte sie nicht den geringsten Zweifel daran, daß sie, auf welchem Wege auch immer, mit dem Haus verbunden war.

Einen winzigen Moment lang war es einfach nur grauenvoll. Das Gefühl, mit Holz und Stein zu verschmelzen, war entsetzlich. Und eben diesen Moment lang war Lilith davon überzeugt zu sterben, jetzt und hier, auf diese vollkommen absurde Weise.

Dann verging dieser Eindruck. Doch was folgte, war noch schlimm genug.

Lilith fühlte sich körperlos, nur ein Gedanke vielleicht, als sei sie in einen Sturm geraten, der sie packte wie ein welkes Blatt und davonwirbelte, haltlos und ohne Ziel.

Sie geriet in den Mahlstrom von Kräften, die – sponn man den Gedanken, daß es lebte, weiter – das Blut des Hauses sein mochten. Magische Ströme rissen Lilith mit sich, spülten sie durch die Substanz des Hauses, die ihr keinen Widerstand entgegensetzte. Tatsächlich kam es Lilith vor, als sei sie ins Innere eines monströsen Organismus' geraten.

Dennoch waren es keine Naturgewalten, denen sie ausgesetzt war, keine körperlichen Kräfte, die Lilith packten. Was immer hier mit ihr spielte, war bloße Energie, nicht mehr im Grunde als jener Teil ihres Selbst, den es hierher verschlagen hatte.

Sie konnte sich wehren, konnte diese andere Energie bezwingen und nutzen. Sie mußte es nur *wollen*. Mußte ihre Willenskraft nutzen wie Muskelkraft im Kampf.

Das sturmhafte Ziehen und Zerren nahm ab, kaum daß Lilith den Gedanken gefaßt hatte. Sie fühlte sich nicht länger hierhin und dorthin gerissen, trieb nicht länger haltlos in reißenden Strömen, sondern schwamm und schaffte es, die Richtung selbst zu bestimmen.

Und dann *sah* Lilith plötzlich. Empfand... mit den Sinnen des Hauses.

Es war unbeschreiblich.

Lilith hatte den Eindruck, aus den Wänden des Hauses hinaussehen zu können. Und doch schaute sie nicht einfach in die Zimmer hinein. Was immer es war, das sie sehen ließ, es zeigte ihr die Struktur des Hauses wie in einem elektronischen Raster. Ihr Blick ging durch Stein und Holz, drang selbst durch die Möbel, die – wie Lilith auf diese Weise feststellte – nicht bloßes Mobiliar waren. Sie waren mit dem Haus verbunden, als würden sie aus ihm herauswachsen.

Es war... irrsinnig! Und beeindruckend.

Lilith fühlte sich in vollkommener Harmonie. Im Einklang mit allem, was um sie her war. Es schien keine Sorgen mehr zu geben, keine Probleme. Keine Geheimnisse. Alles war klar, alles war eins.

Bis auf... den *blinden Fleck*.

Lilith versuchte einen Vergleich zu finden für das, was sie empfand.

Es war, als schaute sie durch das kristallklare Wasser eines Sees bis hinab auf dessen Grund, wo sie jedes noch so winzige Detail auszumachen vermochte. Nur an einer Stelle wurde ihr Blick abgefangen, wie von einem trüben Spiegel. In der magischen Struktur des Hauses gab es eine solche blinde Stelle.

Ein Gedanke genügte, um Lilith dorthin zu befördern. Und

augenblicklich erkannte sie, worum es sich bei dieser Trübung handelte – um das Netz! Sie schaute jetzt gewissermaßen von der anderen Seite her auf das Gewirr gläserner Fäden, war aber nicht in der Lage, hindurchzusehen.

Wohl aber fühlte sie sich imstande, in das Netz einzudringen. Ein Gedanke mochte genügen... vielleicht.

Doch Lilith zögerte.

Was würde geschehen, wenn sie sich diesem Netz – oder was es auch tatsächlich sein mochte – ergab, wenn sie sich gleichsam hineinstürzte? Würde es einen Weg zurück geben?

Es gab nur eine Möglichkeit, es herauszufinden, und die Antworten, die sie jenseits des Netzes finden mochte, würden das Risiko hoffentlich wert sein –

Lilith hatte zu lange gezögert.

Sie merkte, wie ihr Geist sich aus dem Haus zurückzog. Es glich dem Gefühl, aus großer Höhe zu fallen. Und Lilith fiel in der Tat – zurück in ihren Körper.

Das Herz darin hatte *zu* lange *zu* langsam geschlagen, träge wie das des Hauses. Liliths Körper verlor das Bewußtsein. Kippte zur Seite, löste den Kontakt zu dem Dachbalken. Und die Verbindung riß ab.

Liliths Geist kehrte in dem Moment in ihren Körper zurück, da er schwer zu Boden schlug. Gerade rechtzeitig, um den stechenden Schmerz zu verspüren, der mit dem Aufprall einherging.

10. Kapitel

Feenflügel

Es wurde Licht in Liliths Körper.

Zumindest hatte sie diesen Eindruck, als sich ihre Augenlider träge flatternd hoben – und zugleich hatte sie das schreckliche Gefühl, gefangen zu sein in ihrem eigenen Körper!

Es währte so lange, bis sich der abgespaltene Splitter ihres Geistes, jener Teil, der mit dem Haus verschmolzen gewesen war, schließlich wieder mit dem Rest des erwachenden Ganzen vereinte.

Als Lilith sich benommen aufrichtete, war das irritierende Gefühl verschwunden.

An seine Stelle trat Verwunderung. Sie befand sich nicht mehr auf dem Dachboden, sondern im Erdgeschoß des Hauses, wo sie auf einer Couch lag. Bennelong saß am Fußende, ganz am Rande der Polsterung, als wage er nicht, sich bequem hinzusetzen. Der Aboriginal mußte sie heruntergetragen haben, während sie besinnungslos gewesen war. Daraus wiederum schloß Lilith, daß ihre Ohnmacht eine ganze Weile angehalten hatte.

»Wie lange...?« setzte sie an.

Bennelong unterbrach sie: »Stunden.«

Unwillkürlich sah Lilith zum Fenster. Draußen stand schon die Morgensonne am Himmel.

Ein dumpfes Pochen klang auf, hallte draußen in der Eingangshalle dumpf von den Wänden wider, und Lilith erinnerte sich, das Geräusch nicht zum ersten Mal zu hören. Es war dieses Klopfen gewesen, das sie geweckt hatte.

Jemand klopfte. Draußen, an die Haustür.

Lilith zog die Stirn kraus. Das war... seltsam. Schließlich hatte sie eine Art magischen Schirm um das Haus gelegt, der mehr tat, als Neugierige fernzuhalten. Er sorgte dafür, daß Passanten das Haus schlicht übersahen, daß sie vorübergingen, ohne sich für 333, Paddington Street zu interessieren. Lilith hatte diese Bannzone nicht nur eingerichtet, um ihre Ruhe zu haben, sondern vor allem, um Unschuldige zu schützen. Denn fraglos konnte das Haus eine Gefahr für andere darstellen.

Deshalb fühlte Lilith jetzt vage Beunruhigung in sich aufsteigen. Jemand hatte den magischen Schutz überwunden und stand nun draußen vor der Tür.

Einen Moment lang dachte Lilith., es könnte Esben Storm sein, was immer ihn auch herführen sollte. Dann strich sie diese Möglichkeit aus ihren Gedanken. Der geheimnisvolle Aboriginal kannte andere Wege als die herkömmlichen; er würde nicht höflich anklopfen... oder?

Lilith schwang die Beine von der Couch und stand auf – oder versuchte es zumindest. Ihre Knie wollten einknicken. Ihr Körper war in größerem Maße geschwächt, als sie angenommen hatte.

Bennelong fing ihren hilfesuchenden Blick auf. Aber er ignorierte ihn. Aus irgendeinem Grund schien er die Haustür nicht öffnen zu wollen – und etwas in seinen flachen Zügen verriet Lilith, daß er einen guten Grund dafür hatte.

Deshalb bewegte sie sich, zunächst noch schwerfällig und unbeholfen, hinaus in die Halle und weiter zum Eingang. Schließlich öffnete sie Haustür.

Lilith hatte mit allem Möglichen gerechnet, insgeheim sogar damit, daß tatsächlich Esben Storm vor der Tür stehen würde, vielleicht um ihr zu erklären, was es mit dem seltsamen Netz auf dem Dachboden, mit jener »blinden Stelle« in der energetischen Struktur des Hauses auf sich hatte. Aber sie hatte nicht mit *diesem* Besucher gerechnet.

»Du?«

Liliths Stimme war nicht die Spur freundlich, sie klang nicht einmal wirklich überrascht; vielmehr war kaum verhohlene Feindseligkeit das tonangebende Element darin.

»Ja. Ich«, erwiderte Fee zaghaft, den Blick scheu niedergeschlagen.

»Wir müssen reden.«

Fee saß Lilith gegenüber und schien sich in den Polstern des Sessels verkriechen zu wollen. Ein ums andere Mal versuchte sie Liliths Blick standzuhalten, aber immer wieder wandte sie die Augen von ihr ab, sah hierhin und dorthin und meist wie betreten zu Boden.

Lilith empfand die Situation um keinen Deut angenehmer. Im Gegenteil...

»Ich wüßte nicht, worüber. Du hast mir alles erzählt, denke ich. Ich weiß, was du durchgemacht hast und wie Robert Craven...«

»Das meine ich nicht«, unterbrach Fee sie kopfschüttelnd. Die zierliche Vampirin strich sich eine Haarsträhne aus dem Gesicht und wirkte geradezu unglaublich mädchenhaft durch diese an sich so unbedeutende Geste.

»Worüber dann? Über Darren?« Lilith biß sich hastig auf die Zunge. Sie hatte seinen Namen nicht erwähnen, nicht einmal mehr an ihn denken wollen. Und sie verspürte nicht die allergeringste Lust auf ein Gespräch, das zwei Frauen führen mochten, die sich in denselben Mann verguckt und jetzt friedlich bereden wollten, wer von beiden ihn bekommen sollte –

Diesen Gedanken wollte Lilith definitiv *nicht* weiterspinnen. Fees feines Lächeln irritierte sie.

»Nein«, sagte diese. »Nicht über Darren. Wenigstens nicht jetzt.«

»Was ist es dann?«

»Über dich und mich.«

»Über dich und mich?« wiederholte Lilith verwirrt. »Was sollte es da zu bereden geben?«

»Eben das möchte ich herausfinden«, erklärte Fee.

»Wir haben nichts gemein, abgesehen von dem, was wir sind«, meinte Lilith und fügte im Stillen und ungewollt hinzu: ... *und abgesehen von Darren.* Sie seufzte, wenn auch nur innerlich. Mußte er sich denn immer wieder in ihre Gedanken stehlen?

Ein stummes Stimmchen wisperte: *Muß er nicht. Er war nie*

daraus verschwunden!

»Ich habe von dir geträumt«, sagte Fee, und diesmal schaffte sie es, den Blick mit Lilith zu kreuzen.

Lilith brachte ein schiefes Lächeln zustande. »Soll ich mich jetzt etwa geschmeichelt fühlen?«

Fee erwiderte das Lächeln, aber ihres wirkte weniger spöttisch als vielmehr traurig und unsicher. »Nein, nicht so. Ich meine, es waren nicht einfach Träume.« Sie hielt inne und suchte sichtlich nach den rechten Worten.

»Es begann, nachdem ich«, Fee bewegte ihre Finger, als überprüfe sie deren Geschmeidigkeit, »meine Flügel verloren hatte. Ich mußte plötzlich... an dich denken, Lilith. Anfangs empfand ich das nicht als ungewöhnlich. Ich dachte an vieles aus meiner Vergangenheit, an Ereignisse und Personen. Es war, als frischte sich meine Erinnerung an mein Leben vor dem Wahnsinn selbständig auf, indem mein Geist immer wieder rekapitulierte, was einst geschehen war. Mit der Zeit rückten aber alle anderen Dinge in den Hintergrund, nur du bliebst mir stets gegenwärtig. Du verfolgtest mich im Schlaf und bei Tag. Ich fühlte mich fast besessen von dir. Das muß seltsam klingen, ich weiß...«

Lilith winkte ab. »Ich habe seltsamere Dinge gehört und gesehen.«

Fee war nur einen Moment lang irritiert durch Liliths Unterbrechung, dann fuhr sie fort: »Nun, wie auch immer – es ging so weit, daß ich anfing, dich zu *sehen.* Jedenfalls glaubte ich das. Du schienst ständig um mich herum, ich verwechselte völlig fremde Menschen mit dir... Und dann hörte ich den *Ruf.*«

»Den *Ruf?*« hakte Lilith ein.

Fee hob die Schultern. »Ich weiß nicht, wie ich es anders nennen soll. Ich hatte das Gefühl, dich aufsuchen zu *müssen.* Es war wie ein Zwang. Die Idee ließ mir keine Ruhe mehr. Es führte schließlich dazu, daß ich fürchtete, wieder verrückt zu werden. Und es wurde besser in dem Moment, da ich den Entschluß faßte, nach Sydney zu kommen.«

»Woher wußtest du, daß ich...?« fragte Lilith.

Fee ließ sie nicht ausreden. »Ich wußte es einfach. Ich hatte nicht den allergeringsten Zweifel daran, dich hier zu finden. Ich stellte mir nicht einmal die Frage, wo du wohl zu finden sein würdest. Ich *wußte*, daß du in Sydney warst.« Wie entschuldigend hob sie die Schultern, diese schmalen, makellosen Schultern. Lilith hatte den Eindruck, als bewege Fee ihre Hände, Arme und eben ihre Schulter deshalb fortwährend, weil sie ihrer so lange entbehrt hatte.

Lilith nickte langsam. »Nun bist du also hier. Und was jetzt? Kennst du den Grund, weshalb du das Gefühl hattest, mich aufsuchen zu müssen?«

Ein Schatten schien über Fees mädchenhafte Züge zu huschen.

»Nein, noch immer nicht«, erwiderte sie. »Deshalb wollte ich mit dir reden. Um dich zu fragen, ob du irgendeine Ahnung hast, was...?«

»Vielleicht.«

Liliths Antwort überraschte sie selbst wohl mehr als Fee. Sie war ihr von den Lippen gekommen, ohne daß sie groß darüber nachgedacht hatte. Und Lilith wußte selbst kaum, was sie damit meinte, im ersten Moment jedenfalls nicht.

Fee sah sie aus großen Augen an. »Ja? Was, meinst du, könnte die Verbindung zwischen uns sein?«

»Ich würde es nicht unbedingt eine Verbindung nennen«, schränkte Lilith rasch ein, eine Spur zu rasch vielleicht; gerade so, als wollte sie nicht, daß es eine solche Verbindung gab. Aber sie wußte, was möglicherweise ein Grund sein konnte, aus dem Fee zu ihr gekommen war.

Esben Storm! Der zeitliche Zusammenfall von Fees Besuch und dem rätselhaften Netz, das Storm hinterlassen hatte, mochte ein Zufall sein – aber vielleicht steckte ja eine bestimmte Absicht dahinter.

Lilith hatte in ihrem Leben von so vielen Fügungen erfahren, vom Zusammenspiel von Ereignissen gewaltigen Ausmaßes, die allesamt Teil großer und größter Pläne gewesen waren – warum sollte nicht auch Fee eine Rolle spielen in dem, was mit der Geburt jener vampirischen Brut im Ayers Rock begonnen haben mochte?

»Komm mit.« Lilith stand auf. »Ich muß dir etwas zeigen.«

Fee schloß sich ihr schweigend an. Und Bennelong, der ihrer Unterhaltung stumm gelauscht hatte, wollte es ihr gleichtun.

»Bleib!« wies Lilith, schon an der Tür, ihn an. Der Aboriginal setzte sich folgsam.

»Du behandelst ihn wie einen Hund«, fand Fee. Bedauern für Bennelong und Tadel für Lilith hielten sich in ihrem Blick die Waage.

»Ich werde mich später bei ihm entschuldigen, wenn du Wert darauf legst«, spöttelte Lilith. Insgeheim allerdings fühlte sie sich betroffen. Weil Fee recht hatte. Und weil Lilith wußte, daß der barsche Ton, den sie Bennelong gegenüber angeschlagen hatte, nur ein Ventil für die Ablehnung war, die sie nach wie vor für Fee empfand.

Fee winkte mit einer kleinen Handbewegung ab. »Laß nur. Es ist wohl... na ja, ich bin vielleicht einfach nur...«

Lilith ging weiter zur Treppe und fiel Fee ins Wort. »Ich weiß. Du bist wohl einfach zu gut für diese Welt.«

»Wie könnte ich das?« entgegnete Fee. »Wie könnte irgendwer von unserer Rasse zu gut sein für diese Welt – von deren Blut wir leben?«

Darauf sagte Lilith nichts. Weil sie sich diese oder wenigstens ganz ähnliche Fragen in der Vergangenheit oft genug selbst gestellt und nie eine Antwort darauf gefunden hatte.

Auf dem Dachboden erinnerte nichts an das, was Lilith Stunden vorher erlebt hatte. Das mysteriöse Gebilde, das Bennelong ihr auf Esben Storms Geheiß gezeigt hatte, war unverändert, schimmerte nach wie vor mattsilbern im spärlichen Licht, das durch die Bodenluke heraufdrang, und bewegte sich nicht im geringsten.

»Was ist das?« fragte Fee, als sie sich beide vor dem seltsamen Netz in die Hocke niedergelassen hatten.

»Ich hatte gehofft, du könntest mir diese Frage beantworten«, sagte Lilith.

»Wie sollte ich?« gab Fee zurück.

»Ja«, seufzte Lilith, »wie solltest du? Wo ich es selbst nicht kann?« Sie verzog die Lippen. »War nur so eine Idee.«

»Erzähl mir mehr darüber«, bat Fee. Irgendwie schien auch sie die Hoffnung zu hegen, den Grund dafür gefunden zu haben, aus dem es sie nach Sydney und zu Lilith hingezogen hatte.

Lilith lächelte schief. »Jetzt ist es an mir zu sagen: ›Das muß seltsam klingen, ich weiß‹...« Und dann erzählte sie, was selbst in ihren Ohren noch seltsam klang, geradezu phantastisch. Davon, daß sie in die Struktur des Hauses eingedrungen war. Daß das Haus etwas Lebendes zu sein schien.

»... und dieses *Ding*«, sie wies auf das Netz, »scheint mir, wenn ich darüber nachdenke, eine Art... *Geschwür* zu sein im Fleisch des Hauses. Etwas, das da nicht hingehört, verstehst du?«

Fee nickte nicht einfach. Aber sie verneinte die Frage auch nicht.

»Glaubst du, du hättest herausfinden können, was dahintersteckt, wenn du länger... *im* Haus hättest bleiben können?« wollte sie wissen.

»Ich bin nicht sicher«, erwiderte Lilith. »Und ich weiß nicht, ob ich nicht unglaubliches Glück gehabt habe. Wer weiß, was passiert wäre, wenn...?«

»Du traust diesem Esben Storm nicht über den Weg, wie?«

»Er nennt sich Niemandes Freund, und er macht seinem Namen alle Ehre.« Lilith zögerte kurz, ehe sie ergänzte: »Obwohl ich seit einiger Zeit das Gefühl habe, daß er vor allem nicht *mein* Freund ist.«

»Warum? Was hat er getan?« fragte Fee. Ihr Blick hing immer noch an dem wie gläsern aussehenden Netz. Als habe es sie in Bann geschlagen.

»Lange Geschichte«, erwiderte Lilith. »Zu lang, um sie jetzt und hier zu erzählen.«

»Und sie geht mich nichts an, wie?« Fee lächelte flüchtig, ohne den Blick zu wenden.

»Vielleicht solltest du dir wünschen, daß sie dich nichts angeht«, sagte Lilith so düster wie geheimnisvoll.

»Wege und Antworten«, wiederholte Fee, was Lilith ihr über das Netz erzählt hatte. Sie streckte die rechte Hand aus, führte ihre Finger an die haarfeinen Fäden heran, fuhr ihren Verlauf nach, ohne sie zu berühren.

»Hast du es angefaßt?« fragte sie.

Lilith nickte.

»Und? Was ist geschehen?«

Lilith hob die Schultern. »Nichts.«

Fees Fingerspitzen berührten das Netz.

Sie brüllte auf!

Und verstummte übergangslos, als sie vor Lilith zusammenbrach, um wie tot liegenzubleiben.

Lilith zögerte nur einen winzigen Moment lang. Dann griff sie zu, faßte Fee an den Schultern, rüttelte sie sanft, rief ihren Namen. Nichts. Die Vampirin regte sich nicht. Gab keinen Laut von sich.

Lilith tastete nach ihrem Puls und lauschte gleichzeitig, ob sie Fee atmen hören konnte. Sie konnte, und sie fand eine träge pochende Ader an ihrem Hals. Solcherart beruhigt, ein wenig zumindest, wandte Lilith ihren Blick dem Netz zu. Es hatte sich um keinen Deut verändert. Starr hing es im Dachgebälk, und nichts wies darauf hin, daß seine Berührung Fee die Besinnung gekostet hatte – *mindestens* die Besinnung...

Wie begründet die Angst war, daß Fee weiteren Schaden genommen haben könnte, erwies sich buchstäblich schon im nächsten Augenblick. Als Lilith wieder auf Fee hinabschaute... und etwas mitansehen mußte, womit sie nicht im allergeringsten gerechnet hatte! Vielleicht hatte sie befürchtet, Fees Geist könnte von neuem geschädigt worden sein, daß sie wieder dem Wahnsinn anheimfallen würde. Aber *das*...

»O mein Gott!« entfuhr es Lilith entsetzt. Alle Vorbehalte Fee gegenüber schwanden in dieser Sekunde. Übrig blieb nur Mitleid.

Fees Hände und Arme bildeten sich zurück. Verschwanden, als schaue Lilith auf eine Fotografie, die von Geisterhänden retuschiert wurde.

Und an ihre Stelle traten – wieder – Flügel!

Anders jedoch als jene, die Lilith von ihrer ersten Begegnung mit Fee her kannte. Diese Häute wirkten... unecht. Nicht wirklich. Seltsam substanzlos. Aber sie waren da, unleugbar.

Der Fluch, mit dem Fee geschlagen war, schien nicht getilgt. Er hatte sich lediglich verändert.

Auch Robert Craven, der Hexer, so schien es, war gescheitert!

11. Kapitel

Verlorene Seelen

Die Nachricht war nicht sonderlich spektakulär, und sie mußte hinter der großen Weltpolitik zurückstehen. Aber sie ging um den Globus. Den Redakteuren der Nachrichtensendungen war die Meldung willkommen als »versöhnlicher Schnörkel«, den sie ans Ende setzten, als könnte sie alles Beunruhigende, was zuvor über die Bildschirme geflimmert war, ausgleichen oder gar vergessen machen.

Wie bedeutsam die Nachricht tatsächlich war – und noch werden würde! – ahnte zu diesem Zeitpunkt freilich niemand...

»Nach all diesen Meldungen möchte man fast glauben, es gäbe nichts Positives mehr zu vermelden über unsere Welt. Weit gefehlt! Es gibt noch gute Nachrichten – und Hoffnung.«

Die Nachrichtensprecher schlugen sanfte Töne an, und überall in der Welt lasen sie annähernd die gleichen Worte von den Telepromptern ab.

»Im Kreml freut man sich derzeit über Nachwuchs. Präsident Viktor Onegin und seine reizende Gattin Anna sind Eltern eines kleinen Jungen geworden. Doch handelt es sich dabei nicht um ihr leibliches Kind – nein, die beiden haben einen Waisenjungen in ihre Familie aufgenommen.«

An dieser Stelle wurde ein kurzer Filmbeitrag eingespielt. Er zeigte Anna und Viktor Onegin, in ihrer Mitte einen etwa sechsjährigen Jungen in adretter Kleidung. Im Hintergrund war ein Teil des Kremlpalastes zu sehen. Viktor Onegin winkte in die Kamera, ging in die Hocke und bedeutete dem Jungen, gleichfalls zu winken, was der Kleine schüchtern tat. Anna Onegina winkte ebenfalls, ein bißchen zögernd, wie es schien. Und wer genau hinsah, mußte feststellen, daß ihr Lächeln ein wenig verkrampft, aufgesetzt wirkte. Aber wer sah schon so genau hin – angesichts dieses absolut süßen, entzückenden kleinen Jungen?

Die Stimme des Sprechers kam aus dem Off.

»Vermutungen, der Junge sei ein Überlebender des Gassenmassakers von Moskau, über das wir unlängst berichtet haben, wurden vom Kreml dementiert. Allerdings ließ man über die tatsächliche Herkunft des Kindes auch keine sonstigen Einzelheiten verlauten. Es heißt schlicht, Adam sei elternlos gewesen, und Viktor Onegin habe von seinem Schicksal erfahren und sich seiner angenommen.«

Die Filmeinspielung endete mit der Abblende auf ein glückliches Kinderlächeln.

»Aber ganz gleich, was hinter dem kleinen Adam liegen mag, vor ihm liegt zweifelsohne eine glückliche Kindheit. Wieder einmal beweist Viktor Onegin, daß er das Herz am rechten Fleck trägt. Hoffen wir, daß er damit ein Vorbild für andere ist und sein Beispiel Schule macht unter den Großen dieser Welt. – Wir sind morgen wieder für Sie da, wenn Sie mögen. Bis dahin – gute Nacht und schöne Träume.«

Bruder Afanasy ging durch die dunklen Gassen, suchte nach Seelen, die sich verloren glaubten. Um sie zurückzuführen ins Licht. Um ihnen Hoffnung zu geben. Oder wenigstens zu helfen. Für eine Weile.

Afanasy gehörte dem Orden der *Guten Samariter* an. Seit langer Zeit gab es diese kleine Gemeinschaft schon, und obwohl sie in all diesen Jahren und Jahrzehnten gewiß keine Wunder gewirkt hatte, so wäre es ohne sie doch schlechter bestellt gewesen um die Armen und Ärmsten der großen Gemeinschaft, die sich Menschheit nannte.

Der Orden finanzierte sich mittels Spenden freiwilliger Gönner, und ein paar Rubel ließen auch die Kirchen rollen. Größtes Kapital aber waren die Samariter selbst; Männer und Frauen, die ihr persönliches Wohl hintanstellten, ihr eigenes Leben mitunter aufgegeben hatten, um sich in den Dienst ihrer Nächsten zu stellen. Selbstlose, tapfere Männer und Frauen waren die *Guten Samariter.*

Und Tapferkeit bewies Bruder Afanasy, der sich in dieser Nacht in die Gassen Moskaus wagte. Die Erinnerung an das greuliche Schlachten, das hier unlängst stattgefunden und fast zwei Dutzend junge Leben gefordert hatte, hing ihm an wie ein Schatten.

Den Mörder dieser Kinder hatte man weder gefaßt, noch gab es brauchbare Hinweise auf seine Identität. Nicht nur Bruder Afanasy bezweifelte, daß die Polizei ernsthaft nach dem Täter fahndete. Was hatte er schon groß getan? Ein paar Gassenkinder ermordet, mehr nicht... So mußte die Lesart derer sein, die wahre Not nie kennengelernt hatten.

Bruder Afanasy schauderte bei dem Gedanken. Soviel Kälte ging einher mit der bloßen Idee, jemand könnte so denken, daß er fror und daß ihm schier übel wurde.

Ihn rührte das furchtbare Schicksal dieser Kinder sehr wohl. Nicht nur, weil er jedes einzelne davon mit Namen gekannt hatte. Es entsprach seinem Naturell. Wäre es anders gewesen, hätte er sich niemals den *Guten Samaritern* angeschlossen.

Daß er sich – trotz aller Fürsorge und Tapferkeit – fürchtete in dieser Nacht, gestand sich Bruder Afanasy ohne jedes Zögern ein. Schließlich war er kein Held, nur ein Helfer, ein Mensch mit einem großen Herzen. So setzte er Schritt um Schritt und dachte keinen Moment lang daran, umzukehren, in die Sicherheit der Mission zu flüchten. Mochte in der Dunkelheit rings um ihn her auch rascheln, was da wollte!

Gut die Hälfte all der Laute, die er hörte, entsprangen gewiß nur seiner Phantasie, und der Rest mußte auf natürliche, harmlose Ursprünge zurückzuführen sein. Es mochten Ratten sein, die da im Unrat umherhuschten, oder der Wind, der heulte und Afanasy vorgaukelte, er würde ein sterbendes Kind um Gnade wimmern hören. Der Wind war es auch, der an des Bruders schlichtem Mantel zerrte wie mit unsichtbaren Fingern, und er imitierte ebenso den Atem eines imaginären Verfolgers, den Afanasy im Nacken zu spüren meinte...

Welch eine schauderhafte Nacht!

Und wie wichtig es doch war, daß sich gerade in solcher Nacht jemand um jene kümmerte, die der Finsternis hilflos ausgeliefert waren. Afanasy hoffte, daß der eine oder andere, den er heute Nacht entdeckte, seinem Rat folgen und in der Mission Zuflucht suchen würde. Und dort vielleicht den Anfang eines neuen Weges fand.

Wieder wehte der Wind wimmernd um Bruder Afanasy. Doch diesmal war es nicht der Wind selbst. Er trug den Laut nur, trug ihn von irgendwoher durchs Dunkel, durchs Nichts, bis er Gehör fand.

Afanasy hielt inne und reckte den mageren Hals. Drehte lauschend den Kopf. Machte ein paar Schritte. Das Heulen wurde leiser. Afanasy ging in eine andere Richtung, und das Geräusch wurde lauter. Aus zusammengekniffenen Augen starrte er in die Dunkelheit, spähte nach einer Bewegung; das trübe Licht der batterieschwachen Taschenlampe verhalf ihm kaum zu besserer Sicht.

»He!« rief er halblaut. »Wer ist da? Wer immer du bist, ich will dir helfen.«

Keine Antwort. Nur das stete Wimmern. Es erinnerte an unterdrücktes Weinen. Und es hörte sich an, als litte da jemand furchtbare Qual.

»Ich bin's... Bruder Afanasy! Hörst du mich?«

Da! Bewegte sich dort drüben nicht etwas in einer Ecke? Nein... nur ein Berg alter Zeitungen, in denen der Wind blätterte. Oder...?

Afanasy hielt den kaum sichtbaren Lichtkegel seiner Lampe auf die Stelle gerichtet, trat näher und ging in die Knie. Kein Zweifel, unter den Zeitungen lag jemand! Ganz deutlich konnte Bruder Afanasy jetzt das klägliche Wimmern hören, und das Papier bewegte sich, als winde sich darunter jemand vor Schmerz.

Rasch fegte er die feuchten Zeitungen beiseite. Das Licht seiner Lampe brach sich in einem Augenpaar, groß und rund und gläsern wirkend.

»Illyana?« entfuhr es Afanasy erschrocken. »Bist du es wirklich, armes Mädchen? Gütiger Herr im Himmel, was ist mit dir geschehen?!«

Das Mädchen sah furchtbar aus. Totenbleich. Die Wangen hohl. Jede Linie ihres Gesichts tief wie mit einem Messer in Wachs gezogen. Und die Augen...

Vielleicht war es etwas in ihren Augen, das Bruder Afanasy alarmierte, eine stumme Warnung vielleicht, ein Gedanke Illyanas, der unausgesprochen blieb und doch ihren Blick veränderte.

Vielleicht aber war es auch nur ein Schatten, der sich darin spiegelte. Der Schatten von etwas, das sich *hinter* Bruder Afanasy bewegte!

Eher reflexhaft denn willentlich wich der Samariter zur Seite. Und entging damit einem Hieb, der ihm womöglich den Schädel zertrümmert hätte! Statt dessen traf der schwere Stein Afanasys Schulter und brach ihm das Schlüsselbein, mit solcher Wucht, daß er den Knochen splittern hören konnte. Ein Laut, schlimmer als der Schmerz selbst.

Bruder Afanasy stöhnte auf, sank hintenüber. Eine Sekunde lang trübte sich sein Blick, schien die Finsternis absolut. Dann, als er wieder sehen konnte, erkannte Afanasy das Gesicht desjenigen, der ihn angegriffen hatte.

»Piotr?!« stieß er den Namen des jungen Burschen fassungslos aus. »Was ist in dich gefahren...?«

Bruder Afanasy erfuhr es noch in der Sekunde.

Als Piotrs Lippen sich zu einem breiten Grinsen öffneten – und zum tödlichen Biß!

Bruder Afanasy wußte weder, woher er den Mut nahm, noch, wie es ihm gelang, so geistesgegenwärtig zu reagieren. Vielleicht führte ihm der Herr selbst Hand und Verstand. Vielleicht war es auch nur der blanke Überlebenswille eines Menschen, der ihn so reagieren ließ.

In jedem Fall fanden seine Finger zielsicher, wonach sie suchten, schlossen sich um abgegriffenes Holz und reckten es dem langzahnigen Ungeheuer, das aus Piotr geworden war, entgegen.

»Weiche, Satanas!« keuchte Afanasy mit zitternder Stimme. »Oder wer auch immer die Schuld an deinem Verderben trägt, weiche vor dem Zeichen des einzigen Herrn, weiche vor Gott, der da ist im Himm- *aaargghhh*!«

Afanasys kaum begonnene Litanei erstickte in einem gurgelnden Schrei. Piotrs Fußtritt hatte sein Handgelenk getroffen und gebrochen. Afanasys Faust schnappte, kraftlos geworden, auf. Das schmucklose Kruzifix wirbelte fort in die Nacht.

»Vergiß diese Ammenmärchen, Bruder!« hörte er Piotrs Stimme, kehlig, knurrend, beinahe wie die eines Tieres. »Mit solchen Mitteln kommt uns niemand mehr bei!«

Afanasy krümmte sich zusammen, barg die gebrochene Hand an seiner Brust, ohne den gräßlichen Schmerz lindern zu können. Das Gelenk schien in Flammen zu stehen, und feurige Wogen rollten ihm bis ins Hirn hinauf, tauchten alles um ihn her in rotglühendes Licht, in dem er kaum noch Schatten auszumachen vermochte.

So sah Bruder Afanasy nicht, wie Piotr sich über ihn beugte. Er spürte nur, daß jemand ihn grob hochzerrte, eine Hand in sein dünnes Haar wühlte und ihm brutal den Kopf in den Nacken zwang.

Etwas knackte, ganz leise, als hätte jemand eine Traube zwischen den Fingern zerdrückt. Und vager Schmerz ging damit einher, den Afanasy kaum spürte, weil jener in seinem zertrümmerten Handgelenk diesen neuen hundertfach übertraf.

Nur Sekunden später ließ der Schmerz nach. Und hörte dann ganz auf.

Alles hörte auf für Bruder Afanasy.

»Illyana, bitte... Du *mußt* trinken!«

Piotr zerrte Bruder Afanasys schlaffen Körper neben Illyana. Zusammengekrümmt wie ein Fötus lag sie auf dem naßkalten Gassenpflaster, zitternd und wimmernd wie ein Junkie auf Entzug.

Und im Grunde genommen war sie genau das. Sie brauchte Blut, mußte das Blut eines Menschen trinken, weil es ihre neue Natur war. Aber sie verweigerte ihrem Körper dieses Elixier, beharrlich, aller Qual zum Trotz.

»I-ich... k-kann... n-nicht.« Illyanas Zähne schlugen klappernd aufeinander. Sie bebte, von Schüttelfrost gepackt. Sie stieß seltsame, quiekende kleine Laute aus, schluchzte, verschluckte sich am eigenen Speichel, hustete, spie aus.

»Du *mußt*! Wenn du nicht verrecken willst, dann mußt du trinken! Und *ich* will nicht, daß du draufgehst! Kapiert?«

»Laß mich!« Ihrer Schwäche zum Trotz klang Illyanas Stimme kräftig, und sie schaffte es, Piotrs Hände abzustreifen und von ihm abzurücken.

»Ich will das nicht.« Sie warf einen angewiderten Blick auf Bruder Afanasys blutigen Hals. »Ich kann es nicht. Verstehst du das denn nicht?«

Piotr schüttelte den Kopf. »Du kannst dich nicht verweigern«, sagte er dann. »Das müßtest du doch längst verstanden haben.«

Illyana sah ihm ins Gesicht. Ihre Augen glänzten fiebrig. »Piotr, was ist nur aus uns geworden? Was hat dieses... Ungeheuer mit uns gemacht?«

Piotr lächelte selig. »Der Herr hat uns ein neues Leben geschenkt. Wir dürfen dieses Geschenk nicht zurückweisen. Wir müssen dankbar sein und uns des Privilegs als würdig erweisen. Wir sind... Auserwählte.« Das Lächeln verschwand von Piotrs Lippen, machte einem harten Zug Platz. Seine Stimme wurde schneidend, als er sagte, nein, *befahl*: »Und jetzt – nimm ihn! Trink endlich!«

Er packte Illyana, so fest diesmal, daß sie keine Chance hatte, seinem Griff zu entkommen, zerrte sie rücksichtslos über Bruder Afanasy und preßte ihr Gesicht gegen dessen Kehle.

Illyana stöhnte auf, keuchte erstickt, würgte. Kupfergeruch drang ihr in die Nase, und warme Nässe quoll über ihre Lippen, netzte ihre Zunge und –

Sie konnte nicht mehr an sich halten. Irgend etwas in ihr

wurde stärker als aller Ekel, spülte alle Skrupel fort. Wie von selbst stießen Illyanas Augzähne in die noch warme und lahm pochende Halsschlagader Bruder Afanasys.

Und dann trank sie. Soff schier. Bis das Aderwerk des nunmehr toten Mannes trockengelegt war.

Schwer atmend und wieder würgend ließ Illyana endlich von ihrem ersten Opfer ab. Sie erbrach einen Teil des verschlungenen Blutes, aber sie fühlte sich gekräftigt. Und doch noch elend.

Sie hob den Blick und sah Piotr an. Seine Miene drückte Zufriedenheit aus.

Er hatte sich so rasch mit dem abgefunden, was aus ihnen geworden war. Er schwelgte förmlich in diesem neuen, grausamen Wesen. Er genoß die Kraft, die ihm geschenkt worden war, und es machte ihm nichts aus, den Blutzoll dafür zu zahlen. Im Gegenteil, selbst den Zwang, sich von Blut nähren zu müssen, schien er noch zu genießen.

Sie dagegen... Illyana seufzte. Etwas in ihr hatte sich gegen diesen Zwang gesperrt, ihm widerstanden. Weder war sie fähig gewesen, »Beute zu schlagen«, wie Piotr es ausdrückte, noch hatte sie am Blut der Opfer teilhaben wollen, die er sich holte.

Bis jetzt...

Jetzt war es vorbei. Das wußte Illyana. Sie hatte – buchstäblich – Blut geleckt. Das nächste Mal würde ihr leichter fallen. Und bald schon würde es ihr überhaupt nichts mehr ausmachen, im wörtlichen Sinne auf Kosten anderer zu leben.

»Ich kann das nicht«, flüsterte sie ihren Gedanken zum Trotz. »Ich kann nicht jagen, nicht töten...«

»Das mußt du nicht.« Piotr nahm ihre Hand und zog sie hoch. »Komm mit.«

»Wohin?«

Piotrs Blick ruhte einen Moment lang auf Bruder Afanasys Leichnam.

»Dorthin, wo der Tisch gedeckt ist für die Ärmsten...«, er lächelte Illyana zu und bleckte die Zähne, »... und für *uns*!«

Seit Nächten fand Anna Onegina keinen Schlaf mehr.

Angst hielt sie wach. Die Angst vor einem Kind, das die Welt für das ihre hielt. Ein Kind, das Anna Onegina haßte wie die Pest!

Aber sie hütete sich, dieses Gefühl offen zu zeigen. Sie spielte das Spiel mit. Ein Spiel, das sie weder durchschaute noch verstand. Sie wußte nur eines: Dieser Junge, Adam, besaß die Macht, andere in seinen Bann zu ziehen, sie blind zu machen für die Wahrheit und ihnen statt dessen eine falsche vorzugaukeln.

Bei Anna Onegina indes verfing diese unheimliche Kraft nicht.

Doch sie ließ es sich nicht anmerken. Tat so, als habe das Kind auch sie... *verzaubert.* Als akzeptierte sie den Jungen als ihren Sohn. So schwer es ihr auch fiel.

Nur in den Nächten ließ sie ihrer Furcht und den Tränen freien Lauf. In den Nächten, wenn sie alleine war.

Anna Onegina schlief nicht mit ihrem Mann. Weder im selben Zimmer noch in anderer Hinsicht. Und das hatte nicht nur damit zu tun, daß sie Viktor Onegin nicht liebte; sie bedauerte ihn lediglich. Oder hatte es irgendwann einmal getan. Im Laufe der Zeit war das Bedauern in Abscheu umgeschlagen, und allmählich begann Haß daraus zu werden. Ein Haß jedoch, der sich eher gegen die Männer hinter Viktor richtete – gegen jene, die ihn zu dem *gemacht* hatten, was er war. Im wörtlichen Sinne!

Anna hatte Viktor in den Forschungslabors der Regierung kennengelernt.

Sie hatte man wegen ihrer PSI-Fähigkeiten dort festgehalten. Viktor Onegin war in den Labors geboren... nein, *erschaffen* worden.

Sie hatten sich mit ihm eine perfekte Galionsfigur herangezogen und Viktor ganz in ihrem Sinn geformt. Etwas wie Widerspruch kannte er nicht. Nur blinden Gehorsam.

Anna hatte Mitleid für Viktor empfunden. Und sie hatte mit ihm fliehen wollen – Närrin, die sie gewesen war!

Man hatte sie erwischt, natürlich. Im Grunde noch bevor ihre Flucht begonnen hatte. Und Anna war nie ganz über den Verdacht hinweggekommen, daß Viktor selbst sie verraten hatte...

Manchmal wünschte sich Anna, sie wäre damals »beseitigt« worden, schnell und schmerzlos. Statt dessen hatten die Verantwortlichen Viktors Wunsch entsprochen – und sie miteinander verheiratet. Ein wunderschönes Paar, wie aus dem Bilderbuch, waren sie geworden, das die früheren Machtinhaber als Symbol für das neue Rußland präsentierten, nachdem sie insgeheim die Regierung wieder übernommen hatten.

Natürlich stand es Anna Onegina nach wie vor frei, sich ihres Loses zu entledigen. Aber man hatte ihr unmißverständlich klargemacht, daß sie eine Trennung von Viktor Onegin teuer würde bezahlen müssen – und gegebenenfalls würde man sich an ihrer Familie schadlos halten...

Deshalb war Anna Onegina noch immer – mehr oder minder – freiwillige Gefangene im Kreml, in einer Ehe, die so sehr Schau war wie ihr öffentliches Auftreten und Viktors weltmännisches Gehabe.

Jetzt aber, heute Nacht, stand Anna Onegina unmittelbar davor, diese Fesseln abzustreifen. Sie wollte etwas tun, *mußte* handeln! Dieses... Balg, das sie als Kind annehmen sollte, trieb sie dazu.

Zwar hatte Anna in all den Tagen so gut es ging versucht, Adam auszuweichen, aber lange konnte sie dieses Versteckspiel nicht mehr betreiben. Irgendwann würde der Junge merken, daß sie ihm auswich, und er würde feststellen, daß sie nicht in seinem Bann stand.

Und dann?

Anna Onegina wollte nicht warten, bis sie eine Antwort auf diese Frage erhielt. Sie mußte dem zuvorkommen. Auch wenn es bedeutete, daß sie ihr Leben – und womöglich auch das ihrer Familie – verwirkte.

Aber sie spürte, daß in dieser Angelegenheit mehr auf dem Spiel stand als eine Handvoll Leben. Es ging um mehr, um *viel* mehr!

Vielleicht verriet ihr dies jener besondere Sinn, der in ihr steckte. Vielleicht war es auch nur der gesunde Menschenverstand... über den sie als einzige im Kreml noch verfügte.

Konstantin Blok hielt Wache.

Anna Onegina nickte. Das war gut. Sie kannte Konstantin. Sehr gut sogar.

Den Morgenmantel bewußt nachlässig geschlossen, so daß Konstantin fast freien Blick auf ihr durchscheinendes Nachthemd haben würde, ging Anna auf den breitschultrigen Hünen zu, der unweit der Tür zum Kinderzimmer stand. Noch wandte er ihr den Rücken zu, doch Anna hatte kaum die Hälfte der Distanz zurückgelegt, als er sich umwandte, die rechte Hand schon unterwegs zum Schulterhalfter. Als er erkannte, wer da auf ihn zukam, ließ er die Hand sinken, und ein schiefes Lächeln erschien auf seinem markanten Gesicht.

»Guten Abend, Konstantin«, hauchte Anna und blieb vor ihm stehen.

Der Wachmann kam ohne Umschweife zur Sache.

»Du willst...?« fragte er rauh. Seine Hände berührten ihre Schultern.

Sie nickte, schenkte ihm einen verheißungsvollen Blick.

Konstantin Blok schüttelte zögernd den Kopf. »Ich... kann nicht.«

Anna lächelte spöttisch. »Viktor *kann* nicht. Bei seiner Aufzucht haben sie vergessen, ihm Schwanz und Eier zu geben. Du dagegen«, ihre Finger strichen über die Wölbung im Schritt seiner Hose, »kannst *immer*. Ich weiß das.«

»Nicht jetzt.« Blok versuchte die Frau des Präsidenten sanft, aber doch nachdrücklich von sich zu schieben. »Nicht während ich im Dienst bin.«

»Och?« Anna zog einen Schmollmund. »Soviel Berufsehre? Das ist ja was ganz Neues.«

Konstantin Bloks Mimik geriet ins Zittern. Nur der starre

Glanz in seinen Augen blieb, und er fiel Anna Onegina vielleicht auch nur deshalb auf, weil jedermann um sie herum ihn seit Tagen zeigte – sie selbst ausgenommen.

Sie wich zwei Schritte zurück, zog Blok dabei sanft an den Aufschlägen seiner Jacke mit sich, bis sie die Wand des Korridors erreichte. Mit einer Hand tastete sie nach der Klinke einer Tür, die in ein Zimmer für private Gäste des Präsidentenpaares führte; der Raum war noch nie benutzt worden.

Die Tür schwang auf. Anna wich über die Schwelle ins Dunkel dahinter, zog Konstantin Blok mit sich – und dann handelte sie blitzschnell!

Sie zog heftiger an Bloks Jackett, und als er an ihr vorübertaumelte, streckte sie das Bein zur Seite und ließ ihn stolpern. Während Konstantin stürzte, griff Anna Onegina geschickt unter seine Jacke, erwischte die Pistole und zog sie aus der Schulterhalfter. Noch bevor Blok zu Boden fiel, war sie hinter ihm, hob die Faust mit der Waffe und schlug zu.

Konstantin Blok stöhnte dumpf auf und verlor das Bewußtsein, ehe er zu Boden schlug.

Anna Onegin schluckte hart.

»Tut mir leid«, flüsterte sie, »aber es ist auch zu deinem Besten, mein Freund.«

Sie überprüfte die Waffe, entsicherte sie... und ging ein Zimmer weiter.

Sein Zimmer hätte einem Prinzen zur Ehre gereicht.

Und im Schlaf sah er einem Engel gleich.

Ersteres mochte Adam vielleicht sein, auf irgendeine Weise, die Anna Onegina nicht verstand. Ein Engel aber war der Junge ganz gewiß nicht! Ganz im Gegenteil...

Anna stand auf halbem Wege zwischen seinem Bett und der Tür. Sie fixierte Adam über den Lauf der Waffe hinweg, deren Mündung exakt auf seine Schläfe gerichtet war.

Durfte sie es tun? Konnte sie abdrücken? Ein Kind erschießen?

Ja! schrie alles in ihr. *Weil er kein Kind ist. Er ist... irgend etwas anderes. Und er muß ausgeschaltet, unschädlich gemacht werden, bevor offenbar wird, was er wirklich ist und welche Absichten er verfolgt! Du mußt es tun, Anna Onegina.*

Sie zögerte. Betrachtete den schlafenden Jungen. Er hatte sich... *verändert* seit dem Tag, da sie ihn zum ersten Mal gesehen hatte. Er wirkte *reifer.* Als entwickelte er sich schneller als jedes andere Kind. Und es war fraglos eine Entwicklung, die in eine gänzlich andere Richtung ging als bei jedem anderen Kind.

Eine Entwicklung, die nicht abgeschlossen werden durfte!

Anna Onegina krümmte den Finger am Abzug. Erreichte den Druckpunkt. Der letzte Widerstand. Dann –

»Tu das nicht, Liebling.«

»Viktor?«

Anna drehte sich herum. Sah in der Bewegung, wie Adam im Bett die Augen aufschlug, sich aufsetzte und lächelte. Dann traf ihr Blick Viktor.

Er stand in der offenen Tür, eine Pistole im Anschlag. Hinter ihm, die Hand im Nacken, das Gesicht schmerzverzerrt, Konstantin Blok.

»Viktor, ich...«, setzte sie an.

Er schüttelte den Kopf. Lächelte. Und drückte ab.

»Das gibt Probleme«, meinte Konstantin Blok. Er kniete neben der Toten.

»Aber nicht doch«, erwiderte Adam. Er war aus seinem Bett gestiegen und stand jetzt neben seinem »Vater«, die kleinen Finger in dessen Hand.

Viktor Onegin sah zu dem Jungen hinab. »Wie meinst du das?«

»Es ist alles eine Frage der... Sicht der Dinge, verstehst du?« erklärte das Kind in altklugem Ton.

»Nein, nicht ganz«, sagte Onegin.

Adam lächelte und wies mit dem Kinn auf Konstantin Blok. »Erschieß ihn.«

Viktor Onegin erwiderte das Lächeln. »Gern, mein Junge, was immer du willst...«

»...eine Tragödie!«

Die Stimme drang knisternd und rauschend aus dem altersschwachen Fernsehgerät, das in einer Ecke des Speisesaals stand. Das Schwarzweißbild wirkte, als würde es während eines Schneesturms aufgenommen.

»Laut einer ersten Stellungnahme aus dem Kreml handelt es sich bei dem Attentäter um einen Mitarbeiter aus dem engsten Kreis des Präsidenten: Konstantin Blok. Über seine Motive ist derzeit noch nichts bekannt, und es muß angenommen werden, daß seine Beweggründe für immer ein Geheimnis bleiben werden, nachdem Blok sie mit ins Grab genommen hat.«

Ein Foto Viktor Onegins wurde eingeblendet.

»Unser aller Mitgefühl gilt diesem Mann, der sich in größter Gefahr als Held erwiesen hat. Nachdem Konstantin Blok die Gattin des Präsidenten, Anna Onegina, kaltblütig getötet hatte, bewies Viktor Onegin Mut, stellte sich dem Mörder seiner Frau entgegen, um sein Kind zu schützen, und machte Konstantin Blok unschädlich. – Wie ich eben erfahre, tritt der Präsident im Kreml gerade live vor die Kameras. Wir schalten um.«

Das Fernsehbild verschwamm, der Ton ging unter in statischem Rauschen, bis jemand gegen das Gerät schlug.

»... unersetzlicher Verlust für uns.«

Viktor Onegin legte den Arm um die schmalen Schultern seines Jungen und zog ihn an sich.

»Wir werden Anna nie vergessen. Aber wir müssen nach vorne schauen, dürfen unseren Weg und unsere Ziele nicht aus den Augen verlieren. Das sind wir ihr schuldig, und das hätte sie sich von uns gewünscht.«

Onegin setzte eine kurze, wohlbemessene Pause, dann sagte er, den Blick effektvoll ins Nichts gerichtet: »Anna, wo immer du bist... wenn du uns hören kannst, und das glaube ich, dann sollst du wissen, daß wir dich lieben. Für immer.«

Und der kleine Junge an Onegins Seite nickte, stumm, tapfer, mit verkniffenen, zuckenden Lippen.

»Lieber Gott, wie furchtbar«, stöhnte jemand.

»Sie schienen so glücklich zu sein«, meinte ein anderer.

»Meine Fresse!« stieß Piotr hervor.

Illyana, die neben ihm saß, an einem Tisch in einer Ecke des Missionsgebäudes, löste ihren Blick vom Bildschirm.

»Was hat das zu bedeuten?« fragte sie verwirrt. »Warum ist unser Herr dort, im Kreml? Und wie kann...?« Sie brach ab.

Piotr zuckte die Achseln. »Keine Ahnung.« Er sah sich im Speisesaal der *Guten Samariter* um. Niemand schenkte ihnen Beachtung. Alle Blicke hingen wie gebannt am Fernsehgerät. Dann wandte er sich wieder Illyana zu.

»Aber ich glaube, wir sollten der Sache auf den Grund gehen«, meinte er und lächelte. »Sieht so aus, als stünde uns Besseres zu als diese...«, wieder ließ er den Blick über die Anwesenden schweifen und vollendete dann verächtlich: »... *Armenspeisung.*«

Nestor hatte sein Leben lang gesucht. Um Wahrheiten zu finden, war ihm selten ein Preis zu hoch gewesen. Manches Mal war er gar über Leichen gegangen – nicht nur im übertragenen Sinne.

Heute wußte Nestor, daß er seine Erkenntnisse in den meisten Fällen zu teuer bezahlt hatte. Und daß er zu lange und vor allem zu sorglos mit dem Feuer gespielt hatte.

Den Preis dafür hatte er letztlich nicht aus freien Stücken gezahlt, er war ihm *abgefordert* worden – sein Leben hatten *sie* genommen. Mehr noch, sein Seelenheil.

Der Grund dafür mochte sein, daß Nestor zuviel erfahren hatte, daß er den tiefen Wahrheiten zu nahe gekommen war mit jener Skrupellosigkeit, mit der er all die Jahre Geheimnissen nachgegangen war und sie dem Dunkel der Zeit entrissen hatte.

Zeit... Wie wenig er doch über Zeit gewußt hatte!

Heute wußte Nestor, daß er nie ein Rätsel wirklich gänzlich gelöst hatte. Das letzte und doch entscheidende Quentchen Verständnis hatte er nie erlangt.

Heute wußte Nestor vieles, alles fast.

Heute – nachdem er wußte, wie man die Zeit selbst benutzte, sie *betrog*.

In seinem Exil in den Katakomben unter der Erzengelskirche hatte er gelernt, wie man Vergangenes zurückholen konnte, wenn man nur erst einmal wußte, wo man ansetzen mußte. In der Folge hatte Nestor Ereignissen beigewohnt, die in keinem Geschichtsbuch der Welt auftauchten. Und er hatte Dinge geschaut, die kein Mensch verstanden hätte; Dinge, an denen der Geist der allermeisten Menschen womöglich gar zerbrochen wäre.

Vermutlich auch deshalb hatten *sie* damals ihn »auserwählt«: Weil Nestor stets offen gewesen war für das Unmögliche, weil er bereit gewesen war, Dinge zu akzeptieren, die andere nicht einmal ansatzweise zu begreifen imstande waren.

Damals...

Armageddon war Nestors Todes- und zugleich Wiedergeburtsstunde gewesen.

An jenem Tag, da Jerusalem unterging, war auch Nestor in der Heiligen Stadt gewesen, einmal mehr einem Mysterium auf der Spur. Die Katastrophe, die über Jerusalem hereingebrochen war und jedes Leben in der Stadt auslöschte, hatte auch Nestor nicht verschont.

Er war gestorben; in einem Erdbeben, wie die Welt meinte, wie es verheerender nie zuvor auf Erden gewütet hatte.

Die Welt irrte sich. Es war kein Erdbeben gewesen, dem Jerusalem zum Opfer gefallen war.

Nestor hatte es in dem Augenblick gewußt, da er vom Tode auferstanden war. Nachdem man ihn... »zurückgeschickt« hatte. (Noch heute, zwei Jahre später, wußte Nestor kein anderes Wort für das, was damals mit ihm geschehen war.)

Jerusalem war eines der Schlachtfelder des finalen Krieges gewesen, des ewigen Kampfes zwischen Gut und Böse, Licht und Schatten – ganz gleich, welche Beschreibung man auch wählte, man traf doch nie die ganze Wahrheit. Vielleicht, weil es diese ganze Wahrheit nicht wirklich gab. Weil das Licht nicht nur Licht und weil Schatten nicht nur Schatten waren. Weil das menschliche Verständnis von Gut und Böse nicht genügte.

All dies hatte Nestor gelernt in den zwei Jahren, seit Jerusalem nicht mehr war. Und seit er dem Tod von der Schippe gesprungen war, schon auf dem Weg ins Jenseits, dessen Pforten ihm verschlossen geblieben waren.

Voll beißender Ironie dachte Nestor manchmal, daß Himmel und Hölle seinerzeit, nachdem Abertausende zu Tode gekommen waren, ihre Tore womöglich vorübergehend »wegen Überfüllung geschlossen« hatten.

Bisweilen schien ihm diese Vermutung so abwegig nicht. Aber selbst wenn sie zutraf, dann war sie doch nicht der einzige Grund, aus dem man ihm die letzte Ruhe verweigert hatte.

Nestor war mit einer Mission unter die Lebenden zurückgekehrt. Er hatte eine Aufgabe zu erfüllen, einen Zweck. Und dies zu erkennen hatte ihn Monate gekostet. Bis ihn die Erkenntnis, nur Werkzeug zu sein in den Händen unaussprechlicher Mächte, ins Exil getrieben hatte.

Daß sie ihn hatten gehen lassen, wertete Nestor als Hinweis darauf, daß er nicht ihr einziger »Diener« war. Offenbar war er entbehrlich, und das konnte nur heißen, daß sie auf andere seiner Art zurückgreifen konnten.

Oder...?

Seit Nestor jenes merkwürdige Signal auffing, das ihn lockte, ihm tonlos befahl, aus den Katakomben in die Welt zurückzukehren, war er sich nicht mehr so sicher, ob er wirklich ersetzbar war. Vielleicht war es nur so gewesen, daß *sie* ihn die vergangenen Monate über nicht gebraucht hatten. Vielleicht war jetzt draußen etwas geschehen, das sein Eingreifen erforderte, mehr noch, seine eigentliche Bestimmung war...

Wie auch immer, jener Ruf wurde stärker, lauter auf merkwürdige Weise, denn er war weder Wort noch Stimme. Was immer es war, das Nestor rief, es schürte eine Art innerer Unruhe, die allmählich an seinem Verstand zu zehren begann, die seine Gedanken durcheinanderbrachte.

Und was immer es war, er konnte ihm nicht länger entgehen.

Denn es erreichte ihn überall. Über alle Grenzen hinweg.

Auch über jene der Zeit.

»Ich hatte recht! Diese kleinen Bastarde sind der Ehre nicht wert, ihm zu dienen!«

Ein kleiner Junge sah hoch, schrie gedämpft auf und klammerte sich schutzsuchend an das Bein seiner Mutter. Als die ihren Blick wandte, um zu sehen, was ihren Sohn so erschreckt hatte, hatte sich Irina schon umgedreht und ging zügig davon, mischte sich unter die Menschen, die den Roten Platz bevölkerten. Weder Mutter noch Sohn ahnten, daß das Glück in dieser Sekunde auf ihrer Seite gestanden hatte. Denn Irina, die Vampirin, war wütend – und nur allzu leicht schlug ihre Wut um in blanke Mordlust, deren Ziel jedermann sein konnte.

Aber Irina hatte ein ganz bestimmtes Ziel vor Augen.

Sie wußte, wen sie töten wollte.

Sie hätte es längst tun und sich nicht von einem Kind daran hindern lassen sollen. Ganz gleich, welch große Rolle diesem Kind auch bestimmt sein mochte – noch war es nur ein Kind.

Irina hatte das junge Pärchen, das der Junge in den Gassen mit seinem Keim infiziert hatte, unter Beobachtung gehalten. Und darum wurde sie jetzt Zeuge, wie die beiden sich dem Kreml näherten. Ihre Absicht schien Irina klar: Sie waren auf der Suche nach ihrem Herrn, suchen seine Nähe. Und sie würden, wenn sie ihn fanden, seine Kreise stören – nachdem sie zuvor unnötig Aufmerksamkeit erregt hatten.

Das konnte nicht im Sinne der großen Sache sein!

Diese Störenfriede mußten ausgeschaltet werden, bevor sie Unheil stifteten. Und dies betrachtete Irina als ihre Aufgabe.

Noch fielen der junge Bursche und das Mädchen nicht sonderlich auf. Spätestens aber wenn sie versuchten, eines der Tore der Kremlmauer zu durchschreiten, würden sie von den Wachen aufgehalten werden, und in der Folge würde es zu einem

Aufsehen kommen, das den Plan zwar nicht gefährden mochte, ihm aber auch nicht zuträglich war.

Noch hatte alles im Geheimen abzulaufen.

Irina wollte dafür sorgen, daß es so blieb; zumindest hier in Moskau. Rahel würde es zu würdigen wissen, gewiß, und vielleicht würde sie Irina für größere Aufgaben in Betracht ziehen.

Piotr und Illyana strebten einem der zwanzig Türme zu, welche die Kremlmauer überragten. Im unteren Teil dieses Turmes befand sich ein Tor, bewacht von zwei uniformierten Soldaten.

Die Dienervampire und Irina erreichten das Tor gleichzeitig, und ohne daß Piotr und Illyana es bemerkten, ließ Irina ihre Hypnosemagie wirksam werden. Wortlos ließen die Soldaten das junge Paar passieren.

Irina wartete, bis die beiden in den Schatten des Durchgangs für eines Menschen Auge unsichtbar geworden waren, dann eilte sie ihnen nach und stellte sie, noch bevor sie auf der anderen Seite der Mauer ins Freie traten.

»Du?« entfuhr es Piotr, als Irina sich ihm in den Weg stellte. Was auch aus ihm geworden war, er hatte nichts vergessen; auch nicht das Blutbad, das Irina unter seinen einstigen Freunden angerichtet hatte. Piotrs Blick flackerte beunruhigt, und Illyana begann gar zu zittern. Sie faßte Piotrs Arm, wollte ihn zurückziehen.

»Komm«, sagte Illyana leise, »wir gehen. Wir... wir haben hier nichts zu suchen. Wir hätten gar nicht herkommen dürfen.« Dabei ließ sie Irina keinen Moment lang aus den Augen.

Die Vampirin nickte. »Wie wahr, wie wahr. Du scheinst mir um einiges vernünftiger zu sein als dieser Kretin.« Ihr Blick schien Piotr gleichsam aufzuspießen.

»Ich habe jedes Recht, hier zu sein. Mein Herr wohnt hier, und deshalb –«

Er vollendete den Satz nicht.

Mit einer Bewegung, so schnell, daß Illyana ihr mit Blicken nicht zu folgen vermochte, packte Irina Piotrs Kopf und drehte ihn um 180 Grad. Die Nackenwirbel brachen knirschend wie morsches Geäst.

Piotr sank zu Boden, fiel auf den Bauch, und doch starrten seine glanzlosen Augen zu seiner Mörderin auf.

Illyana begann zu wimmern in der sicheren Gewißheit, daß sie Piotrs Schicksal teilen würde, noch in dieser Minute.

Irina trat auf sie zu. Illyana spürte ihr Kommen wie einen eisigen Hauch, der sie anwehte.

Doch dann kam alles anders! Kam ein *anderer* Hauch.

Illyana spürte ihn *in* sich aufsteigen. Ihr Innerstes schien zu gefrieren. Zugleich wuchs etwas darin. Rasend schnell und zu schmerzender Größe.

Illyana schrie auf. Und hörte, wie ihre Stimme sich während des Schreis veränderte, fremd wurde, zu der Stimme eines *anderen.*

Ihr Blick hing währenddessen unverwandt an Irina.

Die Vampirin schien verwirrt, geradezu bestürzt.

Etwas Ungeheuerliches schien vorzugehen.

Und als es vorüber war, sagte Irina tonlos nur: »Du...?«

Es bedurfte nicht viel, um in die Zeiten zu gelangen. Etwas, das seine Phantasie anregte, genügte Nestor zu diesem Zweck – ein Gemälde, eine Fotografie etwa oder auch nur eine schriftliche Schilderung vergangener Ereignisse –, und schon vermochte er den Weg in die dargestellte Epoche zu finden und zu gehen. Gedanken nahmen Gestalt an, wurden zu begehbaren Szenarien, Momentaufnahmen früherer Zeiten, die Nestor betreten konnte, um ihrem weiteren Verlauf zu verfolgen.

Aber er war stets nur Gast in der Vergangenheit. Unsichtbar für jene, die dort lebten, und nicht imstande, in ihre Geschikke einzugreifen. Vergangene Zeiten waren geschehen, stabil, unveränderbar. Nestor wandelte quasi hinter ihren Kulissen, beobachtete nur. Doch das genügte ihm, um große Zusammenhänge zu sehen und zu verstehen.

So hatte Nestor von Fügungen erfahren, deren Ursprünge

zum Anfang der Zeit zurückreichten und die heute noch Auswirkungen zeitigten. Er wußte, daß der Zufall wenig galt, daß vieles vorherbestimmt war. Und doch traten ein ums andere Mal Faktoren auf, die den verheißenen Lauf der Dinge störten – um sich letztlich doch nur als Teil eines noch größeren Ganzen zu erweisen.

Was Nestor am meisten verwunderte unter allem, was er sah und erfuhr, war, daß es zwischen allen Mächten des Universums eine Art übergeordnete Harmonie zu geben schien. Die Geschicke und Pläne von Gut und Böse (in Ermangelung eines anderen Ausdrucks blieb Nestor bei diesen Bezeichnungen) waren letztlich allesamt miteinander verwoben. Oder gab es dahinter, über diesen Kräften noch eine größere, eine absolute, die für diese Verknüpfung sorgte? Und mithin auch dafür, daß keine Partei, nicht Licht noch Finsternis, überwog?

Vor der Suche nach dieser Anwort schreckte Nestor zurück. Weil er fürchtete, sie könnte selbst über seinen Horizont gehen.

Irgendwann aber würde er es vielleicht wagen, sie wenigstens finden zu wollen –

Aber nicht heute. Nicht jetzt!

Denn jetzt... wurde der eigenartige Ruf übermächtig.

Was immer es war, das Nestor seit geraumer Zeit immer wieder störte, er konnte sich ihm nicht länger verweigern.

Was immer es war, es wandelte auf seinen Pfaden. Benutzte die gleichen Wege wie er, Nestor, wenn er die Gegenwart verließ, um in die Vergangenheit zu gehen.

Aber was immer es war – es nutzte diese Wege für andere Zwecke.

Zwecke, die Nestor erfahren wollte! So wie er jedes Geheimnis dieser Welt hatte erfahren wollen, seit jeher.

Es war seine... Pflicht?

Nestor verhielt ob dieses Gedankens. Weder verstand er ihn, noch wußte er, wie er darauf gekommen war. Aber er ahnte, daß diese Antwort nahelag, zum Greifen fast.

Bevor er sein geheimes Refugium in den Tiefen der Erzengelskirche verließ, nahm Nestor etwas aus seiner umfangreichen Sammlung an sich. Wiederum ohne den Grund dafür recht benennen zu können. Im Gegenteil wunderte er sich beinahe darüber, daß er ausgerechnet diesen Gegenstand mit sich nahm.

Denn dieses Buch war ihm stets unheimlich gewesen.

Weil die Handschrift darin verblüffend der seinen glich.

»Was? Ich meine... wie bist du... so plötzlich... hierher gekommen?«

Reinstes Unverständnis sprach aus Irina.

Adam lächelte freudlos. Und dann trat er vollends *aus Illyana heraus*!

Das Mädchen, seine Dienerin, sank hinter ihm zu Boden, als sei sie jeglichen Haltes beraubt, als seien ihre Knochen und Muskeln nicht länger imstande, sie zu tragen.

»Du verstehst nichts«, sagte Adam mit einer Härte im Ton, die seinem kindlichen Äußeren hohnsprach.

»Dann hilf mir zu verstehen«, bat Irina.

»Wozu?« erwiderte der Junge. »Du brauchst nichts zu verstehen, und ich muß mich niemandem erklären.«

»Aber ich...«, setzte Irina an. Vage Unsicherheit ließ ihre Stimme kaum merklich zittern. Eine Ahnung stieg in ihr auf.

»Du hast deinen Zweck erfüllt«, fuhr Adam ungerührt fort. Er senkte den Blick, sah hinab auf Piotrs Leichnam. »Und du hast deine Befugnisse überschritten. Weit überschritten!«

»Willst du mir drohen?« fragte Irina. Diese Angst... Verdammt, sie brauchte sich nicht zu fürchten! Nicht vor einem Kind! Und doch... sie war nicht in der Lage, dieser keimenden Furcht zu begegnen, sich ihr zu widersetzen. Fast kam es ihr vor, als sei sie empfänglich für die hypnotische Kraft dieser neuen... Brut!

Adam lächelte wieder. Wissend, als habe er ihre Gedanken gelesen.

Irina wich einen Schritt zurück, nickte. »Nun gut, wie du

willst. Dann überlasse ich dich deinem Schicksal und...«

»Nein.« Adam schüttelte den Kopf. »Das wirst du nicht. – Und du wirst nirgendwohin gehen.«

Irina schluckte. Ihr Hals wurde trocken. »Was soll das heißen?« Der Junge konnte doch unmöglich vorhaben, sie anzugreifen! Er hatte nicht den Hauch einer Chance, er war... verdammt, er war und blieb ein *Kind*! Immer noch! Und sie konnte auf die Erfahrung und Kraft eines Lebens zurückgreifen, das nach Jahrhunderten zählte. Wie sollte er es auch nur wagen...?

Jemand kam.

Irina hörte ihn nicht, spürte ihn lediglich. Einem Windhauch gleich, der sie anwehte, so kalt, daß er selbst sie schaudern ließ. So kalt wie vorhin, als der Junge aus dem Mädchen... *herausgekommen* war.

Sie drehte sich um, sah einen Moment lang nichts, und dann plötzlich war es, als öffnete sich für einen Augenblick ein Spalt in der Wirklichkeit. Als sei ihre Umgebung ein fotorealistisches Gemälde, in dem für den Bruchteil einer Sekunde ein Riß klaffte, der sich gleich wieder schloß – nachdem er entlassen hatte, was hindurch wollte.

Ein... Mönch?

Irina wollte ihren Augen kaum trauen.

Aber tatsächlich stand da eine Gestalt in schlichter, grobgewebter Kutte vor ihr, das Gesicht im Schatten einer weiten Kapuze, ein dickes und sichtlich uraltes Buch in beiden Armen haltend und wie schützend gegen die Brust gedrückt.

»Was geht hier vor?« verlangte Irina zu wissen, eher furchtvoll denn fordernd.

Der Fremde, der auf so mysteriöse Weise zu ihnen gekommen war, löste eine Hand von dem Buch und strich seine Kapuze ein wenig zurück. Das Gesicht, das darunter zum Vorschein kam, ließ Irina schaudern. Nicht, weil es furchtbar gewesen wäre – nein, der Ausdruck darin war es, der sie traf... das Wissen, das wie lesbar darin stand. Ein so umfassendes, weitreichendes und tiefes Wissen, daß es schlicht überwältigend und spürbar war, einer Woge gleich, die aus einem sturmgepeitschten Ozean rollte.

»Wer bist du?« fragte Irina. »Und was willst du?«

»Mein Name ist Nestor und doch ohne Bedeutung«, erwiderte der andere. »Und ich bin...«, einen Moment lang schien er selbst überlegen zu müssen; gerade so, als warte er darauf, daß ihm jemand die rechten Worte einflüsterte. Dann endlich sagte er: »Ich bin gesandt, dafür Sorge zu tragen, daß die Dinge ihren Weg gehen.« Wieder zögerte er kurz, bevor er weitersprach: »Und *du* stehst ihnen im Wege! Nun, nachdem du die Prophezeiung erfüllt hast. Ich bin hier, um –«

»–die Letzte der Alten Rasse, das letzte Kelchkind zu tilgen aus dieser Zeit!«

Nestor verstummte. Er wußte nicht, weshalb er sagte, was er sagte. Es schienen ihm nicht seine eigenen Worte zu sein.

Aber ein Gedanke war in ihm, geboren aus tiefem Verständnis für die Dinge, die den Lauf der Welt und Zeit diktierten: *Nichts ist Zufall. Auch mein Hiersein nicht. Es ist, wie alles, geplant... bestimmt.*

Nestor schlug den uralten Folianten auf und las daraus; las von der ersten Seite dieser ältesten biblischen Schrift der Welt.

»Am Anfang schuf Gott Himmel und Erde. Und die Erde war wüst und leer, und es war finster auf der Tiefe...«

Während er las, trat Nestor auf Irina zu. Wie gebannt stand die Vampirin, als sei die Zeit für sie allein angehalten worden. Sie spürte die Berührung der Hand des anderen und –

Die wenigen Worte genügten. Nestor öffnete eine Tür, hinter der ein Weg lag; ein Weg, der so weit führte wie kein anderer – bis an den Anfang der Zeit und allen Seins.

Nestor betrat und ging ihn, und er ging ihn nicht allein. Er nahm die letzte Vampirin der Alten Rasse mit sich. Wie es Teil seiner ureigenen Bestimmung war.

Deren anderer Teil erfüllte sich dort, wo sie ankamen. In einer Zeit, in der die Menschen noch nicht waren. Und die doch von einem Chronisten festgehalten worden war für alle

Zeit und Generationen.

Nestor sah die letzte Vampirin sterben, noch ehe ihr Volk geboren wurde. Irina krepierte am Anfang der Zeit, verdurstete jämmerlich, weil es nichts gab, was sie genährt hätte.

Dann sah Nestor die Welt und die Menschheit werden. Und schrieb nieder, was er sah.

Im Buch, das er GENESIS nannte.

Irgendwann war es vorbei.

Irgendwann fühlte sich Illyana nicht länger wie eine alte Haut, die jemand abgestreift hatte.

Irgendwie war dieser Junge, ihr *Herr,* in sie gekommen, über einen Weg, den sie selbst nie würde beschreiten können. Illyana wußte, daß sie lediglich das Ende dieses Weges war; die Tür gewissermaßen, die von diesem Weg abführte. Und zugleich wußte sie, daß dieser Vergleich der Wahrheit nicht genügte.

Illyana wußte so vieles, jetzt, nachdem der Herr in ihr gewesen war. Der Augenblick, da sie quasi eins gewesen waren, in dem nicht nur ihre Körper miteinander verschmolzen waren, sondern auch sein Geist den ihren berührt hatte, war der Moment der Erleuchtung gewesen. Sie teilte sein Wissen, und wie hätte sie da auch nur eine Sekunde länger mit dem Schicksal hadern können? Wo sie doch Teil eines so großen Ganzen sein würde!

»Geh«, sagte der Junge, als Illyana endlich die Kraft gefunden hatte, um aufzustehen.

Sie nickte nur. Ja, sie mußte gehen. Nur in der Ferne würde sie ihm dienlich sein können. Als Tor. Als Fixpunkt in einem Netz von Wegen. Wege, die allein dem Herrn vorbehalten und die unergründlich waren.

12. Kapitel

Alte Freunde

Er saß da und sortierte Bilder.

In seinem Kopf.

Hinter geschlossenen Augen flimmerte ein chaotischer Film. Und in den winzigen Verschnaufpausen zwischen den sich überstürzenden Szenen dachte Darren Secada: *Warum bist du nicht früher zurückgekommen? Du kannst doch nicht Monate* dort *gewesen sein. Alles wäre anders gekommen, wenn du da gewesen wärst...*

Es waren stumme Hilfeschreie, und an diesem Punkt drifteten seine Gedanken stets hin zu Fee, die er, soviel war ihm in der kurzen Zeit klar geworden, nicht aufgeben würde.

Ihr Zärtlichkeiten waren ihm zu tief unter die Haut gegangen und die vielen durchredeten Nächte wie Balsam für seine malträtierte Seele gewesen.

Aber neben all dem Privaten, all dem, was nur das ehemalige Liebespaar Lilith und Darren anging, gab es auch etwas ganz und gar Entsetzliches, ganz und gar Unvorstellbares, was Darren Lilith sagen mußte. Denn vielleicht war sie die Einzige, die in voller Konsequenz verstand, was sich hier anbahnte...

Darrens Augenlider schnellten hoch.

Vor ihm lagen die Zeitungen und Magazine, die er auf die Schnelle aufgetrieben hatte. Im Hintergrund flimmerte der Fernseher im AV-Modus. Die eingelegte Kassette, die er sich aus der Videothek um die Ecke besorgt hatte, kurz nachdem Fee zum Haus in der Paddington Street aufgebrochen war, hatte das Bandende erreicht und sich automatisch zurückgespult. Nur schwarzweißer Gries rauschte leise über die Mattscheibe.

Darren beugte sich vor und klemmte seinen Kopf zwischen die Arme, die er auf den Oberschenkeln aufstützte. Er hätte einiges dafür gegeben, wenigstens Teile der zurückerhaltenen Erinnerung wieder löschen zu können, so wie Sequenzen auf einem Videotape.

Aber sein Hirn war keine simple Kassette. Es war hochkomplex, und es nahm übel, was ihm zugefügt worden war.

Indem es ihn mit Erkenntnissen quälte.

Die schlimmste hatte er sich gerade selbst bestätigt, indem er in dem unerschöpflichen Fundus seiner Bücherregale gewühlt hatte. Seine Manie, Berichterstattungen über Ereignisse zu sammeln, denen zweifellos historische Bedeutung zukam, hatte es ihm gestattet, sich ohne lange Recherchengänge zu beweisen, daß das Unfaßbare geschehen *war.*

Wenn Lilith davon erfährt, wird sie –

Wird sie was?

Noch härter, bis es weh tat, nahm er den eigenen Schädel in die Zange. An den Tatsachen, die er vor sich ausgebreitet hatte, änderte dies nichts.

Er hatte mit Fee nicht über seine Befürchtungen gesprochen. Erst hatte er sich selbst vergewissern wollen.

Was nun erfolgt war. Es gab keinen Zweifel mehr, nicht den geringsten, und das bedeutete, daß auch er unverzüglich zur Paddington Street aufbrechen mußte.

Unverzüglich? Er bremste sich selbst. *Verdammt, es ist Monate her. Was spielen da ein paar Stunden mehr oder weniger für eine Rolle?*

Es läutete.

Darren zuckte zusammen. »Verdammt schreckhaft bin ich geworden!«

Fluchend stand er auf. Unwahrscheinlich, daß Fee schon wieder zurückkehrte; außerdem hatte sie einen Schlüssel.

Jimmy?

Das Verhältnis zwischen ihnen war in den vergangenen Monaten enger geworden. Secada besaß seit der College-Zeit keinen »besten Freund« mehr, aber Jimmy war auf dem besten Weg, es zu werden. Er kannte auch Fee – nur nicht ihr Geheimnis.

In Gedanken immer noch mit seiner unglaublichen Entdekkung beschäftigt, ging Darren zur Wohnungstür und spähte durch den Spion in den Korridor.

Gestern hätte er das noch nicht getan. Er war keine besonders ängstliche Natur. Aber inzwischen wußte er, daß es Gründe gab, sich zu fürchten. Gründe, regelrecht in Panik zu verfallen...

Als er die Person erkannte, die Einlaß wünschte, überschlug sein Herz einen Takt. Er hatte das Gefühl, keinen Speichel mehr im Mund zu fühlen. Knochentrocken wurde selbst die Kehle.

Zögernd trat er zurück und löste den Riegel.

»Hallo«, sagte Lilith, nachdem die Tür aufgeschwungen war. »Glaub mir, ich wäre nicht gekommen, wenn ich nicht –«

»Ich muß mit dir reden. Dringend!«

Offenbar dachte sie, es ginge um sie. Denn sie wiegelte ab: »Später! Wir werden ganz bestimmt noch darüber reden, aber zuerst... Es betrifft Fee! Du mußt mitkommen, sofort.«

»Fee?«

»Es geht ihr nicht gut. Momentan ist ein... ein Bekannter bei ihr, der mir half, nach Sydney zurückzukommen. Aber wenn Komplikationen eintreten, wird er ihr auch nicht helfen können.«

Lilith zog Darren regelrecht aus seinem Apartment heraus. Die Tür fiel ins Schloß, ohne daß Darren eine Chance hatte, vorher den Schlüsselbund vom Haken zu nehmen.

»Sag endlich, was passiert ist! Was ist mit Fee?«

Lilith wartete noch, bis sie im Aufzug standen. Dann erklärte sie es ihm. Über ihren Bericht vergaß Darren völlig, was er Lilith hatte mitteilen wollen.

Fees Schicksal überwog momentan selbst das Unheil, das der ganzen Welt drohte, wenn niemand es verhinderte...

... und wer hätte dazu noch in der Lage sein sollen?

Nach allem, was geschehen war.

Darren Secada empfand die Atmosphäre, die ihn in 333, Paddington Street erwartete, als beinahe feindselig, und instinktiv fragte er sich, ob das Haus es ihm übelnahm, daß er sich innerlich von Lilith entfernt hatte.

Er wußte, daß es kein normales Haus war.

Wenig später erreichte er an Liliths Seite den Ort, wo sie Fee zurückgelassen hatte.

Obwohl seine ehemalige Freundin ihn während der Herfahrt schon darauf vorbereitet hatte, traf der Anblick der bewußtlosen Vampirin ihn wie ein Keulenhieb.

»O mein Gott...«

Er hatte nicht einmal Augen für das netzartige, mattsilberne Gespinst, in dessen Nähe Fee lag, den Kopf in den Schoß eines verloren dreinblickenden Aboriginals gebettet, auf den ihn Lilith ebenfalls vorbereitet hatte.

Bennelong.

Er hatte auf Fee achtgegeben. Helfen hatte er ihr offensichtlich nicht können.

Er bräuchte selbst Hilfe, dachte Darren. *Warum hat sie ihn nicht längst zurückgeschickt? Sie sollte Menschen nicht benutzen wie Werkzeug.*

»Geh zu ihr«, forderte Lilith ihn auf. Sie stand hinter ihm und schob ihn förmlich auf Fee und den Aboriginal zu.

Darren erwachte wie aus einer Trance. Voller Schrecken begriff er, warum er gezögert hatte, sich Fee auf Tuchfühlung zu nähern.

Sie sah anders aus. Unheimlich verändert.

Er kniete neben ihr nieder.

»Diese... Flügel«, ächzte er. »Wo kommen sie her?«

Lilith war ihm gefolgt, blieb aber stehen. »Wenn ich das wüßte. Es geschah, als Fee dieses Ding dort«, sie wies auf das silbrige Gebilde, »berührte. Es muß eine Art Initialzündung ausgelöst haben. Offenbar ist es magischer Natur. Und wenn nicht alles täuscht, hat es Robert Cravens Anstrengungen in einer einzigen Sekunde zunichte gemacht.«

»Grundgütiger...« Allmählich wich der erste Schock anderen Überlegungen. Darren dachte an Fee. Wie würde sie reagieren, wenn sie erwachte und sah, was ihr widerfahren war?

Wenn sie erwachte.

Darren strich mit dem Handrücken über ihre Wange. Sie war kühler als gewohnt, aber nicht kalt. Und ihr Puls, den er ertastete, ging normal. Daran, daß Fees Herz, wie das aller Kelchkinder, höchstens halb so viele Schläge in der Minute bewältigte wie ein normaler Mensch, hatte er sich inzwischen gewöhnt.

Sie hatte ihm einiges übers ich beigebracht. Schonend und rücksichtsvoll.

Aber für sie wird es keine Schonung geben, dachte er. *Wenn sie die Augen aufschlägt, wird es sie treffen wie ein Blitz!*

»Sie braucht einen Arzt«, sagte er rauh. Er blickte zu Lilith empor.

»Das bezweifle ich. Sonst hätte ich einen Arzt und nicht dich geholt.«

»Was soll das heißen?«

»Das soll heißen, daß sie dich braucht. Deine Nähe. Wenn sie wach wird.«

Lilith sorgt sich ebenso um ihre Psyche wie ich, wurde Darren klar.

Er wies hinter sich auf das bizarre Netz. »Was hat es damit auf sich?«

»Ich habe keine Ahnung.«

Darren kniff die Augen zusammen. »Es ist *dein* Haus. Ich dachte immer, du hättest es im Griff. Kein ungebetener Gast käme hinein, und nichts, was darin bleiben soll, könnte es verlassen...«

»Davon ging ich auch immer aus.«

»Jetzt nicht mehr?«

»Nein. Zuerst dachte ich, Esben Storm habe mir ein Kukkucksei ins Nest gelegt...« Sie schwieg, lächelte entschuldigend und fügte dann an: »Ich vergaß, daß du Storm nie kennengelernt hast. Auch ich hatte ihn fast vergessen. Aber dann sah ich ihn im Ayers Rock wieder. Zumindest seinen Geistkörper, denn seinen tatsächlichen Leib aus Fleisch und Blut hat Landru schon vor Jahren vernichtet.«

»An Landru erinnere ich mich. Er war bei...« *Sag es ihr!* drängte eine innere Stimme. *Sag es ihr jetzt! Dieser Moment ist so gut oder schlecht wie jeder andere dafür.*

»Bei Rahel.« Lilith nickte. »Du wolltest ihm an die Gurgel, als er Seven auf grausame Weise tötete.«

Darren zuckte zusammen, als hätte ihm jemand die Faust in die Magengrube geschlagen. Seven...

»Hast du alles...«, er räusperte sich, »... zu Rahels Zufriedenheit erledigt – im Ayers Rock?«

Lilith nickte. »Ich fürchte, ja.«

»Und sie hat ihr Versprechen gehalten?«

Wieder nickte sie. »Dich *und* mich betreffend.«

»Ich verdanke dir mein Leben.« Darrens Hand, die Fees Wange unablässig gestreichelt hatte, hielt inne. »Wahrscheinlich habe ich dir dafür noch nicht einmal Danke gesagt.«

»Das ist auch nicht nötig.«

Er schwieg. Als seine Stimme erneut anhob, klang sie belegt.« »Ist es dir sehr schwergefallen, den Pakt zu schließen?«

Traurigkeit verdunkelte den Glanz ihrer Augen. »Wie kannst du fragen?«

»Es tut mir leid.«

»Ich wäre gern früher zurückgekommen«, sagte sie. »Aber ich mußte den Kontrakt bis zum Ende erfüllen.«

Darren leckte mit der Zunge über die spröde gewordenen Lippen. »Hast du eine Ahnung, was aus Rahel geworden ist?«

»Ich habe sie nur in den ersten Tagen der Gefangenschaft zu Gesicht bekommen – später nie wieder. Nur Landru besuchte mich ständig, wenn er... wenn er mir die Totgeborenen brachte. Meine Fragen nach Rahel ließ er stets unbeantwortet.«

Darren nickte. Ein würgender Kloß steckte ihm im Hals, als er fragte: »Möchtest du *wissen,* wo Rahel steckt?«

Das Licht in ihren Augen ging wieder an. Darren wußte nicht, ob es Haß war, was jetzt darin leuchtete.

»Ich kann es dir sagen«, fügte er hinzu, ohne ihre Erwiderung abzuwarten. »Ich weiß es, seit du mir meine Erinnerungen wiedergegeben hast. Vorher war sie mir eine Unbekannte. Charismatisch, aber... fremd eben.«

»Wenn das ein Scherz sein soll...«

»Es ist mein absoluter Ernst.«

Lilith ging neben ihm in die Hocke, legte ihre Hände auf seine Schultern, grub die Fingernägel wie Krallen in sein Fleisch. »*Dann sag es!* Sag mir, was du weißt!«

Ein plötzliches Wimmern ließ Darren selbst den Schmerz vergessen, den Lilith ihm ihn ihrer Aufregung zufügte. Er drehte sich von ihr weg. Ihre Hände rutschten ab.

Fees Lider hatten zu flattern begonnen. Ebenso diese wie weißliches Ektoplasma schimmernden *Flügel.*

»Sie kommt zu sich...«

»Rahel!« schrie Lilith, als wäre sie ein waidwundes Tier. »Du wolltest mir sagen, wo Rahel steckt!«

Fees Augen öffneten sich, als hätte Liliths Gebrüll sie erst wirklich ins Bewußtsein zurückgeholt. Ihr Blick war gefaßt, zumal er sofort Darren fand. Doch an dessen Mimik war abzulesen, daß etwas Furchtbares geschehen sein mußte.

Und dann, im Versuch, sich aufzurichten, erkannte auch Fee, worum es sich dabei handelte...

Noch schauriger, noch gepeinigter als Liliths Schrei klang der Ton, den sie ausstieß – und der kein Ende mehr zu finden schien.

Blitzschnell kam Fee zum Stehen. Gleichzeitig fächerten die absonderlichen Schwingen auseinander und schlangen sich dann um ihren Körper, so daß sie darin wie in einem Kokon verschwand. Als würde sie sich schutzsuchend darin verkriechen wollen.

»Fee, ich...«, begann Darren.

Die gerade erwachte Vampirin senkte den Blick zu Boden, als wollte sie niemanden sehen. »Wie ist das passiert?«

»Es scheint mit der Berührung zusammenzuhängen«, sagte Lilith. Sie trat auf Fee zu und wollte sie tröstend in die Arme schließen, aber Fee zuckte zurück. »Du erinnerst dich, das Netz angefaßt zu haben...?«

Sekundenlang sah es aus, als wollte Fee nicht darauf antworten. Als wollte sie nie mehr auf irgendeine Frage antworten.

Dann sagte sie gepreßt: »Ich war *drinnen.* Auf der anderen Seite.«

Darren hatte sich ebenfalls erhoben. Zeitlupenhaft langsam, als wollte er Fee durch keine unbedachte Hast noch mehr erschrecken.

»Auf der anderen Seite?« echote er.

»Ich war... dort«, stammelte Fee. »Die ganze Zeit... Bis eben...« Unvermittelt riß sie die weißlich schimmernden Schwingen auseinander und vollführte ein paar unkontrollierte Schläge, von denen sowohl Bennelong, als auch Darren getroffen wurden.

Darren kam es vor, als hätte er einen elektrischen Schlag empfangen. Der Aboriginal reagierte gar nicht. Zweifellos war er nicht in der Lage sich zu artikulieren. Liliths hypnotische Fessel hinderte ihn daran.

Fee glitt auf Darren zu. »Bring mich weg von hier! Es ist nicht gut für mich, wenn ich hier bleibe. Bitte. Laß uns... nach Hause gehen!«

Darren nickte sofort, obwohl der Verlust von Fees Armen ihm enorme Beherrschung abverlangte. »Natürlich. Komm...«

Lilith verstellte ihnen den Weg. »Kann ich mitkommen?«

Sie sah nicht aus, als würde sie sich daran hindern lassen.

»Fee?« Darrens Stimme war heiser vor Anspannung.

Fee gab ihre Einwilligung. Kurz darauf verließen alle bis auf Bennelong das Haus in der Paddington Street.

Schon nach wenigen Schritten auf das Taxi zu, das Lilith samt Fahrer für sie am Straßenrand *geparkt* hatte, entfloh Fees Lippen ein spitzer Schrei. Diesmal aber nicht als Ausdruck ihrer Qual, nur ihrer Verblüffung.

»Seht...«

Lilith und Darren sahen – und staunten mit ihr.

Sie hatte wieder Arme, keine monströsen, überdimensionalen Fledermausschwingen mehr!

Aber... warum?

»Komm!« Lilith griff Fee am Arm und zog sie noch einmal zum Haus zurück. Fee sträubte sich, ließ es aber zu, daß Lilith sie über die Türschwelle drängte... wo sie erneut ihre Arme verlor.

Fee drehte sich um und stürzte ins Freie.

Sie hatte das Gesicht in ihren *Händen* vergraben, als Lilith und Darren zu ihr traten.

»Es ist das Haus!« sagte Lilith. »Der Spuk hat nur im Haus Macht über sie!«

»Ich will nach Hause!« Fee eilte, eng an Darren geschmiegt, auf das Taxi zu.

Lilith folgte ihnen nachdenklich. Die Zeiten, da sie sich als Herrin dieses Hauses gefühlt hatte, schienen endgültig vorbei.

13. Kapitel

Neue Sitten

Tradition. Das war es, was für Harper Durante zählte. Die Tradition. Die guten alten Gepflogenheiten. Obwohl er sie nie aus eigener Anschauung kennengelernt hatte. Wie auch? Die Tradition war vor Jahrzehnten schon den Bach runtergegangen. Ausgestorben mit den ganz Großen des organisierten Verbrechens.

Und Harper Durante hatte vor ein paar Wochen gerade mal seinen dreißigsten Geburtstag feiern können.

Daß er seinen nächsten vielleicht nicht mehr erleben würde, war ihm klar. Und es war ihm egal. Berufsrisiko. Eine Gefahr, die das Geschäft mit sich brachte.

Ein Geschäft, das Harper Durante nicht länger als Geschäft betreiben wollte. Denn das war es, was aus der *Big-Style*-Kriminalität geworden war: ein Geschäft wie jedes andere. *Business as usual.*

Die alte Eleganz war vergangen. Pfründe wurden nicht mehr verteidigt, sondern ausgehandelt und schriftlich fixiert, Reviere nicht länger mit Feindesblut markiert, sondern am runden Tisch auf Plänen abgesteckt.

Zurück zu den Wurzeln, diesen Spruch hatte Harper Durante zu seinem Motto erhoben, nachdem sein alter Herr von der Bühne des Lebens abgetreten war – nicht etwa durch eine Kugel oder ein sonstwie geartetes Attentat gestorben, sondern im Bett einer teuren Privatklinik jämmerlich krepiert.

Winston Durante hätte den Kurs nicht gutgeheißen, den sein Sohn einschlug. Er war stolz darauf gewesen, sich allen schmutzigen Geschäften zum Trotz stets saubere Hände und eine weiße Weste bewahrt zu haben.

Er hatte nie jemanden umgelegt, zumindest nicht eigenhändig. Und er hatte gehofft, daß Harper diesen Weg weitergehen würde, wenn er das Familienunternehmen in dessen Hände legte. Zugleich aber hatte Durante sr. gewußt, auf welch wackeligen Füßen diese Hoffnung ruhte.

Und sie hatte sich vollends zerschlagen, kaum daß Winston Durante die Augen für immer geschlossen hatte.

Sein Sohn hatte noch vor der Beisetzung deutlich gemacht, daß die Dinge sich ändern würden. Und er hatte sie so umgehend wie radikal geändert!

Barnaby Lombardi, mit dem Durante sr. stets kollegialen Umgang gepflegt hatte, obwohl er ein Konkurrent war, war auf dem Weg zu Winston Durantes Trauerfeier gestorben. Seine Limousine war explodiert. Unbeteiligte wurden teils schwer verletzt, eine Handvoll getötet. Insgesamt ein Ereignis, das in den Tagesnachrichten als Topmeldung gehandelt worden war und Anlaß zu allerlei Spekulationen über Veränderungen im organisierten Verbrechen gab.

Genau das hatte Harper Durante gewollt.

Der Mob war wieder in aller Munde. Und blieb doch unantastbar. Denn Beweise für seine Drahtzieherschaft gab es freilich nicht.

Seit Barnaby Lombardis effektvollem Abgang waren Monate vergangen. Und mittlerweile war der Lombardi-Clan zerschlagen. Die meisten von Lombardis Leuten waren dem Alten inzwischen nachgefolgt und mochten mit ihm in der Hölle schmoren; ein paar wenige waren klug (oder feige) genug gewesen, sich von allem loszusagen und das Land zu verlassen, um ein sogenanntes neues Leben anzufangen. Einige von ihnen hatte Harper Durante dennoch aufgespürt und aus dem Verkehr ziehen lassen. Wozu besaß man schließlich internationale Kontakte?

Aber Lombardi war nicht der einzige gewesen, der neben der Durante-Familie im Geschäft mitgemischt hatte. Die weiteren »Konkurrenzfirmen« hatten zwischenzeitlich zwar auf den neuen rauhen Wind, den Harper Durante verursachte, zu reagieren versucht, aber sie glichen in ihrer Struktur zu sehr »echten« Wirtschaftsunternehmen, waren nicht flexibel genug, weil zu viele Kapitäne gleichberechtigt das Kommando hatten. Bis sie eine Entscheidung gefällt hatten, die auf langwierig geschlossenen Kompromissen fußten, hatte Harper Durante schon wieder zugeschlagen.

Sein Alleinherrschaft über die Chicagoer Unterwelt war nur noch eine Frage der Zeit, aber längst nicht mehr aufzuhalten.

Und die heutige Nacht würde einen weiteren Schritt in diese Richtung bedeuten.

Denn die heutige Nacht würde die Kapitulation der Shaugnessy-Familie sehen!

Oder ihren Untergang.

Harper Durante sog die Luft tief ein und gab sich der Illusion hin, unter dem Geruch jahrzehntealten Staubes jenen von frisch vergossenem Blut riechen zu können. Dann hielt er den Atem an und glaubte die längst vergangenen Echos der Schreie geschlachteter Lämmer und Schafe zu hören.

Tatsächlich aber hatte Durante an diesem Tag nur *einen* Schrei gehört. Und der war längst verklungen.

Patricia Shaugnessy schrie nicht mehr. Stöhnte kaum noch. Und der Fluß ihres Blutes gerann allmählich.

Betont gleichgültig sah Harper Durante zu ihr hinauf, dann wandte er sich ab und schnippte ein imaginäres Stäubchen von seinem Nadelstreifenjackett.

Obgleich um ihn her alles vor Dreck starrte, fühlte sich Durante wohl. Die alten, vor langen Jahren stillgelegten Schlachthöfe von Chicago boten ihm, was er gesucht hatte – sie waren stilvolles Ambiente für diese neuerliche Inszenierung seiner wachsenden Macht. Und sie waren Zeugen jener glorreichen Zeiten, die Harper Durante wieder heraufbeschwören wollte.

Etwas traf mit dumpfem *Plopp* seine Schulter.

»Shit!« fluchte er.

Ein dunkler Fleck färbte den Jackettstoff. Blut. Shaugnessy-Blut.

Noch immer fluchend trat Durante ein Stück zur Seite. Während er mittels seines Einstecktuchs versuchte, den Fleck zu beseitigen, sah er wieder nach oben.

Patricia Shaugnessy war hübsch, eine Schönheit sogar. Immer noch. Obwohl ihre Züge erschöpft wirkten, ausgezehrt von bohrendem Schmerz waren. Trotz all des Blutes, das, auf ihrer Haut trocknend, die kupferne Farbe ihres langen Haars nachzuahmen schien.

Patricia Shaugnessy befand sich eine gute Mannslänge über Harper Durantes Kopf. Sie hing an einem Schlachterhaken, dessen rostige Spitze seine Männer durch ihre Schulter getrieben hatten. Vor – Durante warf einen Blick auf seine Armbanduhr – gut anderthalb Stunden. Patricia Shaugnessy hatte in der Zwischenzeit nicht eine Sekunde lang die Besinnung verloren. Trotzte eisern dem Schmerz.

Zähes Irenblut, dachte Harper Durante, zollte der jungen Frau aber im Stillen doch auch Hochachtung. Er wußte nicht sicher, ob *er* diese Höllentortur so lange ausgehalten hätte.

Durante zuckte die Achseln. Er mußte es ja auch nicht.

Er wandte sich Ironfist zu. Der Mann mit dem silbernen Bürstenhaarschnitt trug seinen Spitznamen nicht von ungefähr. Und man nannte ihn nicht nur seines knallharten Punches wegen »Eisenfaust«. Gerüchteweise hatte sich Ironfist die Fingerknöchel seiner Rechten tatsächlich mit Metall verstärken lassen...

»Wie schaut's aus?« fragte Durante den Mann, der ihm Bodyguard und rechte Hand in Personalunion war.

Ironfist hob das Walkie-talkie an die Lippen, drückte die Sprechtaste und gab Durantes Frage im Wortlaut weiter.

»Nichts zu sehen«, knisterte es aus dem kleinen Gerät.

Harper Durante nickte.

»Well, die Bastarde haben noch«, wieder schaute er auf seine Uhr, »sechs Minuten Zeit.« Er sah abermals zu Patricia Shaugnessy hinauf. »Ich hoffe nur, unser Schaustück hält noch so lange durch.«

Irgendwie brachte sie die Kraft und Zielsicherheit auf, Harper Durante exakt auf den Scheitel zu spucken. Und danach gelang ihr sogar noch eine Lippenbewegung, die wohl ein spöttisches Lächeln darstellen sollte.

Mit dem Einstecktuch wischte sich Durante übers Haar. Im Plauderton und mit nach oben gerichtetem Blick sagte er dann: »Wissen Sie, Miss Shaugnessy, ich hatte wirklich vor, Sie gehen zu lassen, wenn Ihr alter Herr in meine Vorschläge einwilligt. Wenn er also zustimmen würde, das Feld zu räumen und mir seine Kontakte sowie alles Equipment des Clans zu überlassen. Ihr Verhalten jedoch...«, Durante ging ein paar Schritte bis zur Wand. Neben einer Schalttafel blieb er stehen, »... will mir nicht gefallen, Miss Shaugnessy. Sie scheinen zu vergessen, wer am längeren Hebel sitzt – und das dürfen Sie nahezu wörtlich verstehen!«

Genüßlich grinsend drückte Harper Durante einen der Knöpfe auf der Tafel.

Ein alter Motor erwachte lautstark zum Leben. Metall klirrte und rasselte. Die Kette, an der jener Schlachterhaken befestigt war, an dem Patricia Shaugnessy hing, wurde ein Stück weit aufgespult. Die junge Frau pendelte hin und her. Der Metalldorn drehte sich im gleichen Rhythmus. Patricia Shaugnessy stöhnte auf.

Durante schlug auf einen anderen Knopf.

Ruckartig wurde die Kette gestoppt.

Patricias zusammengepreßten Lippen platzten förmlich auseinander unter der Gewalt des Schreis, der sich dahinter angestaut hatte. Schrill schnitt er durch die düstere Schlachthalle, brach sich dutzendfach an den kahlen Wänden.

Harper Durante wünschte, man könnte diesen Schrei weithin hören. Als Fanfare seines Triumphs.

Ohne zu wissen, daß sein Triumphzug hier und jetzt enden könnte. In dieser Sekunde noch!

Denn Harper Durante ahnte nicht, daß er sich im Zentrum eines Fadenkreuzes befand. Und auch nicht, daß sich ein Finger um den Abzug darunter krümmte...

Ian Shaugnessys Zeigefinger erreichte den Druckpunkt. Wollte ihn überwinden. Und verhielt, als ein unscharfer Schemen ihm die klare Sicht durchs Zielfernrohr auf Harper Durante verwehrte.

»Ironfist!« zischte Shaugnessy. »*Dammit!*«

Er löste sein Auge von der Gummipolsterung des elektronischen Visieraufsatzes und sah daran vorbei hinab auf die Szenerie in der alten Schlachthalle.

Ungeduld schien sich dort auszubreiten.

Shaugnessy sah auf seine Uhr. In zwei Minuten würde das von Durante gesetzte Ultimatum verstrichen sein. Und dann? Würde er Patricia töten. Zweifelsohne. Harper Durante hatte in den vergangenen Monaten mehr als einmal bewiesen, daß er keine Skrupel kannte.

Ian Shaugnessys Eingeweide wollten sich verknoten, als er zu seiner Schwester hinübersah. Wußte Patricia, daß ihre Familie bereits hier war?

Obwohl ihr Anblick quälend für ihn war, brachte Ian Shaugnessy ein knappes Grinsen zustande. Durante hatte zwar ein paar Männer in der Umgebung des Schlachthofes postiert, aber an ihnen vorbeizukommen war für die Shaugnessys ein leichtes gewesen. Zu Schatten zu werden, sich fast unsichtbar zu machen, das zählte zu den großen Talenten der irischstämmigen Familie.

Und daß sie so rasch reagiert hatten, nachdem sie von Patricias Entführung durch Durante gehört hatten, war einzig ihrem Vater Connor zu verdanken. Er hatte kaum den Telefonhörer aufgelegt, nachdem ihn Harper Durante persönlich angerufen und seine Forderungen gestellt hatte, als er seine Söhne auch schon losschickte, damit sie sich auf die Lauer legten.

Allerdings hatte er sie auch angewiesen, Durante und seine Männer nicht auf eigene Faust anzugreifen – ganz gleich, was sie Patricia antaten.

Ian Shaugnessy war dennoch drauf und dran, sich über die väterliche Weisung hinwegzusetzen. Er wollte Harper Durante tot sehen für das, was er Patricia antat. Nicht zuletzt deshalb, weil sein Verhältnis zu ihr über reine Geschwisterliebe hinausging. Hätte der Alte davon gewußt, würde er sie wohl beide längst schon eigenhändig auf Schlachterhaken gespießt oder ihnen etwas noch weit Unangenehmeres angetan haben!

Das Ersinnen immer wieder neuer Todesarten sowie die spurlose Beseitigung der Leichen waren schließlich das Geschäft der Shaugnessys, Spezialität des Hauses sozusagen, seit der erste Shaugnessy ihrer Familie vor hundertzwanzig Jahren die Grüne Insel (notgedrungen) verlassen hatte, um sich im Wunderland Amerika niederzulassen – wo sich aus allem ein einträgliches Geschäft machen ließ.

Ian sah sich um, langsam, wie in Zeitlupe, um sich durch keine hastige Bewegung, die von den Männern unter ihm aus den Augenwinkeln wahrgenommen werden könnte, zu verraten. Er wußte drei seiner Brüder in der Nähe, ohne sie zu sehen. Sie hatten sich, wie er, im metallenen Dachgebälk der Halle versteckt. Die Laufschienen und Motorblöcke, mittels derer früher die Schlachttiere hin und hertransportiert worden waren, boten zusätzliche Deckung.

Ian Shaugnessy legte wieder auf Harper Durante an.

Doch als er den Zeigefinger um den Abzug seines Präzisionsgewehrs krümmen wollte, hielt er inne.

Ein Geräusch wie Donner rollte durch die Halle. Eines der Seitentore glitt auf. Ein sich verbreiternder Lichtbalken fiel herein. Und in diesem Licht zeichnete sich der Schattenriß eines hünenhaften Mannes ab.

Ian mußte keine Details sehen, um den Mann zu identifizieren. Schließlich kannte er seinen Vater.

Ein Blick auf die Uhr. Connor Shaugnessy war pünktlich auf die Sekunde. Ian nickte, fast erleichtert. Jetzt mußte er die Anordnung seines Vaters nicht mehr ignorieren. Jetzt konnte alles nach dessen Plan laufen.

Ian legte an und wartete auf das Stichwort.

Harper Durante erschien im Fadenkreuz.

Er breitete gerade die Arme aus, eine aufgesetzte

Willkommensgeste. So aufgesetzt wie sein freundschaftlicher Ton, als er laut sagte: »Schön, daß Sie es einrichten konnten, Shaugnessy! Ihr Töchterlein wurde schon ganz ungeduldig.« Er wies nach oben.

Als Connor Shaugnessy zu einer Erwiderung ansetzte, zuckte Ian kurz zusammen. Etwas war durch sein Sichtfeld gehuscht; etwas Dunkles, Flatterndes. Und Ian hatte geglaubt, einen Luftzug wie von Flügeln in seinem Gesicht zu spüren.

Eine Fledermaus?

Ian Shaugnessy zuckte die Schultern. Kein Grund zur Beunruhigung. Irgendwo mußten diese Biester schließlich unterschlüpfen. Warum nicht in den alten Schlachthöfen, wo sie für gewöhnlich nicht gestört wurden...

Abermals nahm er Harper Durante aufs Korn.

Ein seltsamer Geruch streifte ihn. Er erinnerte ihn an... Friedhöfe?

Ian Shaugnessy kam nicht dazu, sich darüber zu wundern. Sein Vater sprach.

»Leg dich nicht mit Iren an, Durante!«

Das Stichwort!

Ian Shaugnessy krümmte den Finger. Und er wußte, daß seine drei Brüder diese Bewegung in genau demselben Augenblick synchron nachvollzogen, jeder von ihnen sein eigenes Ziel im Visier.

Vier Schüsse krachten.

Nur drei trafen.

Etwas hatte Ian Shaugnessys Waffe aus der Zielrichtung gestoßen. *Jemand!*

Jemand, der Ian jetzt packte und hochriß. Einen Moment lang schwankten sie beide auf dem Stahlträger, drohten abzustürzen.

Diesen Moment lang hatte Ian Shaugnessy Gelegenheit, seinem Gegner ins Gesicht zu schauen. Er sah dunkle Bartschatten, die ölig auf der Haut des anderen schimmerten. Eine eigenartige Narbe. Und Zähne, wie er sie noch nie zuvor gesehen hatte! Nicht in natura jedenfalls...

Dann schwand der feste Boden unter Ian Shaugnessys Füßen. Und er stürzte, zehn Meter in die Tiefe. Der Aufprall auf dem Beton beendete erst Ians Schrei, dann, einen Sekundenbruchteil später, sein Leben.

Über ihm beobachtete ein glühendes Augenpaar das ausbrechende Chaos.

Harper Durante gönnte sich keine Schrecksekunde.

Noch während der junge Shaugnessy zu Tode stürzte und drei seiner eigenen Leute durch Kugeln starben, warf sich Durante in Deckung und zog seine Pistole. Bevor er zur Ruhe kam, feuerte er mehr oder minder blindlings nach oben, in die Richtung, aus der die Schüsse gekommen waren.

Ein Stück entfernt folgte Ironfist seinem Beispiel.

Ein Schrei über ihnen bewies Durante, daß zumindest einer von ihnen getroffen hatte.

Von oben wurde weiter geschossen. Kugeln ließen rings um ihn her Betonsplitter aufspritzen. Querschläger sirrten wie Hornissen durch die Luft.

Harper Durante nahm einen Punkt unter der Decke aufs Korn, wo orangefarbene Mündungsfeuer zu sehen waren. Er korrigierte die Zielrichtung um eine Winzigkeit, dann drückte er ab, zweimal, dreimal. Ein gedämpfter Schrei. Treffer. Aber der Kerl schoß weiter und zwang Durante zurück in seine Deckung – wo er erwartet wurde.

Ein Revolverlauf bohrte sich in sein Ohr. Das Klicken des Hahns dröhnte darin wie ein Gongschlag.

Aus den Augenwinkeln erkannte er Connor Shaugnessy. Die Waffe in seiner Hand sah einem Kinderspielzeug gleich, so winzig war es. Deshalb hatte Shaugnessy das Ding an den Wachposten, die Durante draußen postiert hatte, vorbeischmuggeln können.

Durante grinste.

»Das nennt man Pech, was?« meinte er.

»Ich nenne es Schicksal«, gab Shaugnessy trocken zurück.

»Ich auch.«

Ironfist!

Die Schüsse waren verklungen. Ironfist blutete aus einer Schulterwunde. Shaugnessys Söhne mußten tot sein.

Doch trotzdem Ironfist seine Waffe auf ihn gerichtet hielt, nahm Connor Shaugnessy die Revolvermündung nicht von Durantes Ohr fort.

»Patt«, sagte er. »Drück ab, Ironfist, und ich nehme deinen Boß mit in die Hölle.«

»Wer sagt, daß ich abdrücken will?« fragte Ironfist den rotbärtigen Hünen.

»Niemand. Aber ich werd's tun.«

»O mein Gott...!«

Etwas in Harper Durantes Tonfall ließ sowohl Shaugnessy als auch Ironfist unwillkürlich aufmerken. Sie folgten Durantes Blickrichtung, sahen, was er eine Sekunde zuvor entdeckt hatte, und empfanden beide dieselbe Verwunderung.

Sie sahen... ein Kind.

Einen Jungen von sieben, vielleicht acht Jahren. Er war schlank, sein Haar schwarz und seidig wie das Gefieder eines Raben, sein Gesicht blaß, die Augen darin dunkel.

Woher er gekommen war, wußten die Männer nicht. Und es interessierte sie nicht. Wichtig war nur, was der Junge *tat.*

Er tunkte seinen Finger in die Wunden der Leichen, nutzte ihr Blut als Tinte und schrieb in großen Lettern an die Wand der Schlachthalle:

STOP!

Das Wort des Kindes war Durante und Shaugnessy Befehl. Ihre Feindschaft endete in diesem Augenblick, wie fortgezaubert.

Hoch über ihnen sahen glühende Augen mit Wohlgefallen, was geschah. Und wenig später verließ eine Fledermaus den stillgelegten Schlachthof, verschwand mit raschem Flügelschlag.

So vieles blieb noch zu tun für Landru.

Der Blick des Jungen wanderte von Connor Shaugnessy über Ironfist zu Harper Durante. An ihm blieb er eine Weile hängen, dann sah der Junge hinauf zu Patricia Shaugnessy. Keine noch so geringe Regung rührte seine Miene. Sein Blick blieb kalt, Struktur und Färbung der Iris seiner Augen erinnerten an kristallines Eis.

»Holt das Mädchen herunter!« verlangte er dann, laut und deutlich zwar, aber ohne besondere Schärfe im Ton. Dennoch kam keiner der drei überlebenden Männer auf die Idee, sich der Anordnung des Jungen zu widersetzen oder auch nur eine Frage zu stellen.

Harper Durante drückte einen Knopf auf der Schalttafel. Lautstark rasselnd und scheppernd wurde die Kette, an der Patricia Shaugnessy hing, abgespult. Ironfist ergriff die junge Frau, bevor ihre Füße den Boden berührten, und gemeinsam befreiten die Männer Patricia dann von dem eisernen Haken, der sich durch Fleisch und Sehnen ihrer Schulter gebohrt hatte.

Stöhnend und wimmernd lag Patricia Shaugnessy schließlich am Boden. Die Wunde in ihrer Schulter war ein klaffendes Loch, dunkel verkrustet von trocknendem Blut, in das sich immer wieder frisches hineinmengte. Selbst den geborstenen Knochen ihres Schultergelenks konnte man sehen.

Diesen ihren rechten Arm würde Patricia Shaugnessy niemals mehr gebrauchen können. Modernste Chirurgie würde ihn nicht retten können. Wenn sie die Verletzung überhaupt überleben sollte. Unter normalen Umständen hätte sie dies kaum geschafft. Aber *normal* war nur noch wenig... und dieses Wenige schmolz weiter.

Der Junge mit dem Haar wie Rabengefieder ließ sich neben ihr auf die Knie nieder. Sein doch so schmales Gesicht erschien ihr riesenhaft, und fortwährend veränderte sich seine Kontur – mal wuchs es so in die Länge, daß Kinn und Stirn Patricias Blick entschwanden, dann wieder schien es in die Breite zu fließen, und der Mund des Jungen wurde zur klaffenden Schlucht. Fieber beeinträchtigte ihren Blick und gaukelte ihr

Unmögliches vor.

Zähne etwa, die sich unter den Lippen des Jungen hervorschoben, widernatürlich lang. Mit der Zungenspitze fuhr er über diese Eckzähne, wie um zu überprüfen, ob sie auch wirklich spitz genug waren. Spitz genug für das, was er als nächstes tat...

Wieder öffnete sich der Mund des Jungen, und wieder hatte Patricia den verwaschenen Eindruck, in einen bodenlos gähnenden Abgrund zu schauen, dem sie entgegenfiel. Es war ihr schlicht nicht möglich zu sagen, was wirklich geschah. Ihre Sinne waren wirr, ihr war heiß und kalt in einem, und der Schmerz pochte längst nicht mehr nur in ihrer Schulter, er hatte ihren ganzen Körper, jeden Nerv und jeden Gedanken erobert.

Die dunkle Höhlung des Mundes vereinnahmte Patricia Shaugnessys ganzes Blickfeld. Ihr wurde schwarz vor Augen, und ein heißkalter Wind blies ihr ins Gesicht, der Atem des Jungen. Er streifte über ihre Wange, am Kinn vorüber und fixierte sich schließlich auf ihren Hals. Sengend kam ihr dieser Atem vor, und schneidend kalt in einem.

Dann der Schmerz. Neuer Schmerz. Und ganz anders als jener, der sich von ihrer Schulter aus in jeden Winkel ihres Leibes gefressen hatte, ätzender Säure gleich, die durch ihre Adern strömte.

Erlösend war dieser andere Schmerz. Er verdrängte den alten, tilgte ihn. Und er wurde zu angenehmer Leichtigkeit, zu Wärme und wattigem Dunkel, das Patricia Shaugnessy lockte und in das sie sich willig fallen ließ.

Sie spürte die Nähe des Todes und fürchtete ihn doch nicht. Weil sie wußte, daß er ihrer nicht habhaft werden würde. Niemals vielleicht.

Weil sie ein neues, ganz anderes Leben empfangen hatte. Eines, das den Gesetzen von Zeit und Vergänglichkeit nicht gehorchen mußte.

Dieses andere Leben war neu in jedem Sinn.

Patricia Shaugnessy wußte, daß sie eine der ersten eines gänzlich neuen Volkes war. Sie wußte es mit ihrem letzten Gedanken, bevor der Kuß des Jungen ihr schließlich alle Sinne schwinden ließ.

»Sie war zu schön zum Sterben.«

Der Junge sah auf Patricia Shaugnessy hinab, und seine Stimme klang, als müsse er sich selbst gegenüber rechtfertigen, was er getan hatte.

Patricias rotes Haar lag über das weiße Kissen ausgebreitet und umgab ihren Kopf einem erstarrten Flammenkranz gleich. Sie schlief, und sie schien zu träumen; nichts Angenehmes, denn sie bewegte sich unruhig, und ein ums andere Mal kamen ihr unverständliche Laute von den Lippen.

»Vielleicht wäre es besser gewesen, sie sterben zu lassen«, meinte Connor Shaugnessy. Er stand neben dem Jungen am Bett seiner Tochter, und der Junge gestattete dem alten Mann väterliches Mitleid, freilich ohne ihn anderweitig aus seiner geistigen Fessel zu entlassen.

Er beugte sich vor und schob Patricias Nachthemd über deren rechte Schulter herab. Die furchtbare Verletzung war vernarbt, aber sie sah noch immer schlimm aus. Und Patricia hatte sich keineswegs davon erholt. Obgleich Heilkräfte in ihr wirkten, die alle herkömmlichen medizinischen übertrafen und von nichts, was Menschengeist ersinnen und erfinden konnte, auch nur ansatzweise nachzuahmen waren. Nur einen Namen kannten die Menschen für diese Art von Kraft, auch wenn er unzureichend war: Magie.

Daß mehr dahintersteckte als bloße Zauberkraft – wie hätten sie es wissen sollen? Dessen war sich selbst der Junge, der den Keim in Patricia gepflanzt hatte, kaum bewußt.

»Sie wird nicht sterben«, behauptete der Junge jetzt, und er klang fast so trotzig wie es einem Kind seines (scheinbaren) Alters zu Gesichte stand. »Sie wird gesund. *Ich will es*!«

»Sieh nur, wie sie sich quält.« Der alte Shaugnessy wies mit dem Kinn zu seiner Tochter hin. Patricia wollte sich im Bett drehen, aber ihre Kraft schien nicht zu genügen. So wälzte sie sich nur schwerfällig von einer Seite zur anderen.

»Die Qual wird ein Ende haben«, erklärte der Junge bestimmt. »Bald schon. – Kannst du nicht sehen, wie die Wunde verschwindet?«

Connor Shaugnessy starrte die verletzte Schulter seiner Tochter an, als hoffe er sehen zu können, wie die Vernarbung sich wirklich auflöste. Aber natürlich sah *er* nichts. Es bedurfte eines besonders scharfen Sinnes, um diese Veränderung beobachten zu können. Das menschliche Auge mußte an dieser Aufgabe scheitern.

Der Junge indes lächelte still und zufrieden. Er nickte. Er sah, daß es so war; daß Patricia Shaugnessy auf dem Wege der Besserung war.

Dennoch, er hatte sich mehr von den Folgen seines Bisses versprochen. Hatte gehofft, die vampirische Heilkraft würde schneller wirken in seiner ersten Dienerin. Aber vermutlich wirkte die nur bei Verletzungen, die *nach* dem Blutkuß verursacht wurden.

Der Junge zuckte leichthin die Schulter. Nun gut, so hatte er auf diese Weise zumindest etwas gelernt über die Natur seines Wesens und die Wirkart seiner Macht.

Und kümmerte es ihn denn wirklich, daß Patricia Shaugnessy Qualen litt, derweil sie genas? Der Junge lauschte in sich, wie um zu horchen, ob er da etwas fand, das sich als Mitgefühl deuten ließ...

... und er wurde fündig.

Was der Junge als so seltsam wie beunruhigend empfand.

Ein Gefühl, das er besser verdrängte... oder besser noch: vergaß.

Nur gelingen wollte es ihm nicht.

Seltsam...

Im Kamin knisterte funkenstiebend Holz. Das Feuer war das einzige Licht im Salon. Es schuf eine wabernde Insel, an deren Ufern Schatten tanzten, die sich in der Tiefe des Zimmers in

Dunkelheit verloren.

Drei Männer saßen im Flammenschein in hochlehnigen Sesseln. Sie erweckten fast den Eindruck einer gemütlichen Herrenrunde – hätten sie nicht starr dagesessen, andächtig fast und wie hypnotisiert und gebannt... um den Worten eines Kindes zu lauschen.

Der Junge stand in ihrer Mitte, im Zentrum des rotglosenden Lichtes. Der Widerschein des Feuers umschmeichelte ihn, hüllte ihn ein wie ein lebendes Gewand, unterstrich noch das Unheimliche, das er ohnedies schon ausstrahlte mit jeder noch so geringen Geste. Seine Statur, klein und schmal, fast zierlich, änderte daran nichts; im Gegenteil schien sie seine absonderliche Wirkung des Kontrastes wegen noch zu betonen.

Der Junge ließ den Blick wandern. Er sah Connor Shaugnessy an, dann Ironfist und schließlich Harper Durante, in dessen Haus sie sich befanden, seit sie den alten Schlachthof verlassen hatten. Seit Tagen also schon. Es war nicht mehr nur Harper Durantes Haus, und er störte sich nicht daran, kam nicht einmal auf die Idee, es zu tun. Bisweilen war ihm, als sei sein Kopf geschrumpft, zu klein geworden für die meisten Gedanken, die ihn früher beschäftigt hatten.

Frühere Pläne und Ziele hatten ihre Bedeutung verloren, andere waren an ihre Stelle getreten und wichtig geworden. Obschon, so sehr unterschieden sie sich nicht von Durantes einstigen Ideen. Nur die Mittel zu ihrer Verwirklichung hatten sich verändert oder würden es zumindest tun.

Und: Harper Durante war nicht mehr derjenige, der den Ton angab. Aber auch das kümmerte ihn nicht. Im zweiten Glied jener Macht zu stehen, der er sich jetzt zugehörig fühlen durfte, überragte jede Position, die er aus eigener Kraft je hätte erreichen können.

Dennoch hegte Harper Durante Zweifel. Und sie wuchsen mit jedem Wort, das der Junge sprach. Seine Ziele schienen – trotz aller Euphorie, die er in Durante auslöste – unerreichbar fern. Oder wenigstens unerreichbar auf den Wegen, die der Junge ihnen beschrieb und die er mit ihnen gehen wollte.

Harper Durante schüttelte den Kopf, und es irritierte ihn nicht im geringsten, daß er mit einem Kind redete, als habe er einen gleichberechtigten und in jeder Hinsicht ebenbürtigen Partner vor sich.

»Wie stellst du dir das vor?« fragte er und richtete sich im Sessel auf. »Wir bräuchten... eine verdammte Armee, um das zu bewerkstelligen!«

Der Junge wandte sich ihm ohne Eile zu und lächelte hintergründig.

»Wir *sind* eine *verdammte Armee.*«

Sein Blick ging abermals in die Runde. Und diesmal sah er in den Augen eines jeden der Männer eine Regung; ein Flakkern, das nicht vom Widerschein der Flammen herrührte. Es war Zeichen keimender Furcht, die nur deshalb nicht voll erblühte, weil der geistige Griff des Jungen um das Denken der Männer zu fest war.

Connor Shaugnessy brachte es trotzdem fertig zu fragen: »Was meinst du damit?« Er sah hinüber zu Ironfist und Durante und wurde dann konkreter: »Wen meinst du mit *wir*?«

Der Junge lächelte unverändert. »Euch und mich.«

Harper Durante stieß einen heiseren Laut aus. »Du meinst also, daß wir vier... eine verdammte Festung nicht nur stürmen, sondern auch noch im Handstreich nehmen sollen? Das ist...« Durante keuchte, als fehle ihm der Atem zum Weitersprechen.

»... Wahnsinn?« half der Junge aus. »Wolltest du das sagen?«

Durante nickte knapp.

»In der Tat, das wäre es«, bestätigte der Junge. »Es wäre Wahnsinn, euch unvorbereitet eine solche Aufgabe zu erteilen. Aber seid unbesorgt – ich *werde* euch vorbereiten.« Er lächelte, anders diesmal; dieses Mal zog er die Lippen zurück, fletschte sie wie ein Hund die Lefzen und ließ seine Zähne sehen, diese überlangen Eckzähne, die den Rest seines Gebisses überragten.

Und die drei Männer wußten, was diese Geste zu bedeuten hatte. Was sie zuvor nur geahnt hatten, schlug um in Gewißheit. Und sie wünschten sich im Stillen, daß der Junge ihnen auch die Angst genommen hätte.

»Ihr fürchtet euch doch nicht etwa?« klang eine andere Stimme auf.

Gleichzeitig wandten die Männer sich der Tür zu, die in den Salon führte. Von dort war die Stimme gekommen. Und dort stand, im flackernden Licht des Feuers nur schemenhaft zu erkennen und gespenstisch wirkend, Patricia Shaugnessy, geheilt von ihrer Verletzung – und gänzlich verändert.

Sie hielt die Arme ausgebreitet, drehte sich tänzelnd um die eigene Achse, und ihre Bewegung verursachte einen kühlen Wind, der die Männer streifte und schaudern ließ. Schließlich sah sie von einem zum anderen und kopierte das grausige Lächeln des Jungen in jedem Detail. Im Flammenschein schienen ihre langen Augzähne wie blutverschmiert.

»Es ist herrlich, dieses neue Leben, glaubt mir«, sagte Patricia Shaugnessy voller Überzeugung. »Ihr braucht es nicht zu fürchten. Im Gegenteil, nehmt es als das, was es ist – als Geschenk des Himmels!«

Harve Mullen versah seinen Job mit größter Gewissenhaftigkeit und Sorgfalt. Und das tat er nicht nur aus Pflichtbewußtsein und Loyalität seinem Brötchengeber gegenüber. Sondern vor allem aus Angst.

Mullen hatte erlebt, was einem seiner Kollegen, Tommy, passiert war, der seine Aufgabe weniger ernst genommen hatte. Er hatte sich nicht einmal einen wirklich *Fauxpas* erlaubt, nur eine Nachlässigkeit, in deren Folge es während Tommys Schicht zu einem kleineren Zwischenfall gekommen war.

Tommy war nicht nur gefeuert worden, er hatte danach beruflich kein Bein mehr auf den Boden gebracht. Das letzte, was Harve Mullen von Tommy gehört hatte, war, daß er an der Flasche hing.

Ein Schicksal, das Harve Mullen fürchtete. Und deshalb tat er seinen Job so gut er konnte.

Chuck Steinman, sein Boß, war so einflußreich wie nachtragend. Aber so lange er keinen Grund zur Klage hatte, war er ein guter Chef. Nun, zumindest einer, der seine Leute ordentlich bezahlte. Und er grüßte Harve mit Namen, wenn er am Abend oder gelegentlich auch erst in der Nacht von seinem Büro in der Stadt nach Hause kam, hierher, in die Villa am Ufer des Lake Michigan. Er ließ seinen Fahrer stets anhalten, winkte Harve aus dem Pförtnerhaus heraus ans Wagenfenster und fragte nach besonderen Vorkommnissen. Und bislang hatte Harve Mullen stets guten Gewissens antworten können: »No, Mr. Steinman, Sir. Keine besonderen Vorkommnisse, Sir.«

Bis heute.

Harve Mullen entdeckte das »besondere Vorkommnis« dieser Nacht nicht auf den Monitoren, auf die die Überwachungskameras ihre Bilder übertrugen. Insgesamt zeigten die Schirme ein fast lückenloses Bild des Steinman'schen Anwesens nebst dessen näherer Umgebung und der Zufahrtsstraße. Harve Mullen hielt die Monitore ständig im Auge. Selbst dann, wenn er die Sicherheitsanlage halbstündlich auf ihre Funktionstüchtigkeit hin checkte, hatte er die Bildschirme zumindest aus den Augenwinkeln im Blick.

Um so ungewöhnlicher, beinahe unmöglich schien Harve Mullen, was er jetzt mit eigenen Augen sah.

Einen... kleinen Jungen. Er stand draußen auf der Zufahrt, nur ein paar Schritte von dem großen schmiedeeisernen Tor entfernt, das in die dreifach mannshohe Umfriedungsmauer des Anwesens eingelassen war.

Mullen hatte den Burschen nicht kommen sehen. Er mußte – irgendwie – aus dem Nichts erschienen sein. Oder die Erfassungswinkel der Kameras so gut kennen, daß er ihnen entgehen konnte. Aber das wiederum schien Harve Mullen unmöglich.

»Gibt's nicht, gibt's nicht«, murmelte er mit wachsender Nervosität.

Andererseits – da draußen stand nur ein Kind. Ein Junge von sieben oder acht Jahren. Mochte der Teufel wissen, wie er hierher gekommen war, aber er konnte sich nur verlaufen haben. Er bedeutete keine Gefahr, war nicht mal ein »besonderes Vorkommnis«. Da draußen war nur ein Kind, verdammt!

Trotzdem zögerte Harv Mullen, seine rundum sicherheitsverglaste Pförtnerloge zu verlassen. Die Dienstvorschrift sah für einen solchen Fall vor, daß er sich zunächst per Sprechanlage mit dem Ankömmling in Verbindung setzte.

Mullen drückte die Taste der Anlage, derweil er mit der anderen Hand die Torkamera neu justierte und das Gesicht des Jungen näher heranzoomte.

Hübscher Bengel. Ein bißchen ungesund sah er vielleicht aus, blaß, schmal. Mullen lächelte flüchtig. Fror bestimmt, der Junge. Trug nur ein dünnes Jackett. Und hier draußen am See war es saukalt in der Nacht.

»Hey, junger Mann, was treibst du hier?« Mullens Stimme mußte jetzt draußen am Tor aus dem Lautsprecher zu hören sein. Aber der Junge reagierte nicht darauf.

»Antworte mir!« verlangte Harve Mullen.

Nichts. Der Junge blieb stehen wie zur Salzsäule erstarrt. Lächelte fein. Rührte sich nicht.

Hat wohl Angst, dachte Harve Mullen und ließ die Taste los. *Hat sich verlaufen, klar, vielleicht von zu Hause ausgebüchst, und nun weiß er nicht, wo er ist. Hat Mr. Steinmans Haus gesehen und will wohl um Hilfe bitten. Klar, so muß es sein. Was sonst? Ist doch nur ein Kind, Mann.*

Der Junge sah direkt in das Objektiv der auf ihn gerichteten Kamera, und Harve Mullen hatte den Eindruck, er würde ihm genau ins Gesicht sehen.

Ohne weiter zu überlegen, verließ Mullen das Pförtnergebäude. Beiläufig glitt seine Hand zum Waffenholster am Gürtel und löste die Sicherheitslasche. Unwillkürlich schüttelte er den Kopf. Verdammt, er würde die Knarre nicht brauchen. Er würde ein Kind doch nicht mit der Pistole bedrohen müssen!

Neben dem großen Tor befand sich eine kleinere Tür in der Mauer. Harve Mullen gab den Öffnungscode in die Tastatur daneben ein, die Tür schwang auf, er trat hindurch.

Der Junge wandte sich ihm zu, noch immer lächelnd.

Sah er nicht irgendwie... unheimlich aus? Harve Mullen schauderte aus irgendeinem Grund. Woran lag es? An den dunklen Augen des Jungen? Oder daran, daß er wie lauernd dastand, als warte er auf irgend etwas?

Mullen schüttelte den Kopf. Nein, all das war es nicht, was ihn berührte wie ein Finger aus Eis, der sein Rückgrat hinabstrich.

Es war... das Lächeln des Jungen.

Dieses Lächeln, das sich jetzt verbreiterte, das die Lippen aufklaffen ließ und –

Harve Mullen hörte ein dumpfes, entferntes Geräusch. *Plopp*! Ein Laut, der klang wie... Wie ein Schuß durch einen Schalldämpfer!

Harve Mullen wußte, daß er sich nicht geirrt hatte.

Die Kugel traf ihn auf Höhe des Herzens. Das Geschoß, das dem zweiten *Plopp* folgte, jagte ihm zwei Fingerbreit daneben in die Brust, stieß ihn zurück gegen die Mauer. Sterbend sank er daran herab zu Boden, eine breite Blutspur nach sich ziehend.

Als er am Fuß der Mauer zur Ruhe kam, war Harve Mullen tot.

Und sein Mörder trat, weit entfernt und jenseits des Bereichs, der von Scheinwerfern taghell ausgeleuchtet wurde, aus seinem Versteck.

»Gut gemacht«, lobte der Junge, als Patricia Shaugnessy schließlich neben ihn trat. Nur Sekunden später hatten sich auch Harper Durante, Connor Shaugnessy und Ironfist zu ihm gesellt, die außerhalb des kameraüberwachten Bereichs auf das Zeichen ihres Anführers gewartet hatten.

»Los geht's!« sagte der Junge.

Seine *verdammte Armee* ging zum Angriff über.

Die gewaltige Villa Chuck Steinmans lag inmitten des Grundstücks, fast eine halbe Meile vom Tor entfernt. Die parkähnliche Anlage drumherum war nur scheinbar idyllisch. Scharfe Hunde streiften frei umher, und wer die Worte nicht kannte, die sie ihre Angriffslust vergessen ließen, den gingen sie gnadenlos an.

Sie hetzten hechelnd aus dem Dunkel heran, fliegende Schatten, die zu kompakten Kampfmaschinen wurden, als sie die Eindringlinge attackierten.

Die Shaugnessys wollten ihre Waffen hochreißen, um auf die Hunde zu feuern, doch Ironfist gebot ihnen mit einer Geste Einhalt. Der Riese mit der silbernen Bürstenfrisur nahm sich der Tiere persönlich an, buchstäblich eigenhändig.

Daß sie ihm die Zähne in Arme und Beine schlugen, störte Ironfist nicht. Es schien ihm im Gegenteil noch mehr Energie zu verleihen. Selbst knurrend wie ein Tier packte er einen der Hunde, riß ihn hoch und brach ihm das Genick. Einen zweiten nahm er in den Schwitzkasten, griff mit der anderen Hand nach dem Schädel des Tieres und drehte ihn kurzerhand herum.

Drei blieben noch übrig, und zehn Sekunden später herrschte Ruhe.

Ironfist blutete aus einem Dutzend Wunden. Ein paar Sekunden lang. Fasziniert beobachtete er, wie sie sich schlossen, wie sie im Zeitraffertempo heilten und schließlich verschwanden.

Er grinste. Triumph stand ihm in die kantigen Züge geschrieben.

»Weiter!« befahl der Junge. Er lächelte. Gleichfalls triumphierend, wenn auch zurückhaltender als Ironfist eben. Der große Triumph, das wußte er, lag noch in weiter Ferne. *Sie* – und damit meinte er nicht seine Diener – standen noch ganz am Anfang...

Nichts vermochte die Eindringlinge aufzuhalten.

Ironfist hatte die Eingangstür der Villa eingeschlagen, und jetzt marschierten sie zielstrebig durch das Haus. Die beiden Shaugnessys, Harper Durante und Ironfist schirmten den Jungen in ihrer Mitte ab, ließen niemand an ihn heran.

Schüsse krachten, doch Kugeln vermochten diese Kreaturen nicht aufzuhalten, allenfalls zu irritieren. Und jeder Treffer stachelte ihre Angriffslust noch an.

Blut floß. Und Leichen markierten ihren Weg. Von Chuck Steinmans Bodyguards überlebte nicht ein einziger diese Nacht.

Chuck Steinman selbst empfing die Eindringlinge mit vorgehaltenem Revolver und im Morgenmantel in seinem Schlafzimmer. Er schoß, ohne auch nur eine einzige Frage zu stellen.

Seine erste Kugel traf Patricia Shaugnessy. Die Rothaarige stöhnte auf, widerstand aber der Wucht des Treffers und wich um keinen Zoll zurück. Der zweiten Kugel entging sie durch eine blitzschnelle Bewegung.

Bevor Chuck Steinman zum dritten Mal abdrücken konnte, waren Connor Shaugnessy und Ironfist bei ihm, entwanden ihm die Waffe und stießen ihn aufs Bett. Sie hielten ihn an Armen und Beinen fest, so daß er sich nicht rühren konnte.

Der Junge trat ans Fußende des Bettes, Harper Durante neben sich.

»Mein Gott, was soll das?« stammelte Steinman. »Das kann doch nicht sein...!«

Durante und der Junge lächelten auf den dicken Mann herab.

»N-nein...!« keuchte Steinman. »Das kann nicht sein! Was soll der Scheiß? Ihr seid keine Va-!«

Das Wort wollte ihm nicht über die zitternden Lippen.

»Sind wir nicht?« grinste Durante und fletschte förmlich die Zähne.

»N-natürlich nicht!« gab Steinman zurück. »Es g-gibt keine...!«

»Meinst du?« Der Junge hob die Hand. Seine Geste beendete den fruchtlosen Dialog. »Wir sind nicht hier, um zu schwätzen«, erklärte er.

Dann kroch er auf das Bett und über Chuck Steinman, bis er auf dessen Brust hockte, einem fleischgewordenen Nachtmahr gleich.

»Was willst du von mir? Was soll das?« Chuck Steinmans Stimme wurde schrill und pfeifend. Das Gewicht des Jungen auf seiner Brust nahm ihm die Luft zum Atmen.

»Was wohl?« entgegnete der Junge und beugte sich vor.

Chuck Steinman war fett. Sein Kopf schien halslos auf seinen Schultern zu sitzen.

Es dauerte eine Weile, bis der Junge fand, wonach er suchte... die richtige Stelle.

Chuck Steinmans Firma hieß ImExport. Und das entsprach durchaus der Wahrheit. Tatsächlich im- und exportierte Steinman Waren, aus aller Welt und in alle Welt. Daß es sich dabei um Waffen jeglicher Art handelte, wußten freilich nur seine Kunden. Und jene, die Steinman schmierte, um reibungslose Geschäftsabläufe zu gewährleisten.

Ein großer Teil seines Mitarbeiterstabs in Chicago wußte nicht, womit Chuck Steinman handelte, beziehungsweise sie glaubten, was auf den Papieren stand, wo von harmlosen Gütern die Rede war. Und sie wußten, daß Chuck Steinman gut im Geschäft war.

Um so erstaunter waren sie, daß der Chef sich an diesem Morgen überraschend aus dem Geschäft zurückzog! Vor versammelter Mannschaft erklärte er seinen Rücktritt. Zugleich stellte er seinen Nachfolger vor, in dessen Hände er die Firma übergab.

»Ladies and Gentlemen – Harper Durante, Ihr neuer Arbeitgeber!« Steinman klatschte in die Hände, und vereinzelt fielen andere in den Applaus ein, vielleicht in der Hoffnung, damit dem neuen Boß zu gefallen.

Durante gab sich jovial, sprach mit den Leuten, bevor sie zurück an ihre Arbeit gingen.

»Oh, Mr. Durante«, sagte einer, »ist das Ihr Sohn? Ein hübscher Junge.«

Mit einem treuherzigen Lächeln sah der Junge lächelte zu

den Großen auf.

»Mein Sohn?« echote Harper Durante. Dann schüttelte er den Kopf. »Nein, eher mein... Partner.« Er lächelte hintergründig.

Und der Junge nickte. »Ja, wir sind Partner. Wenn ich erst groß bin...«

Er ließ den Rest unausgesprochen, wandte sich ab und ging davon.

Wenn ich erst groß bin, dachte er, *dann wird diese Welt eine andere sein.*

Wenn wir *erst groß sind... BALD!*

»Schöne Träume, Patricia.«

»Gute Nacht...«

Patricia Shaugnessy erwiderte das Lächeln des Jungen, scheu wie ein junges Mädchen, und ebenso erwiderte sie sein knappes Winken, kaum mehr als ein Bewegen der Finger. Dann öffnete sie die Tür zu ihrem Zimmer und trat ein, schneller als sie es sonst tat. Drinnen lehnte sie sich gegen das Türholz, schloß die Augen, atmete tief durch und versuchte ihre Gedanken und Gefühle zu ordnen.

Der Junge irritierte sie. Mit dem, was er tat und sagte, wie er sich ihr gegenüber verhielt.

Patricia konnte nicht behaupten, daß es ihr nicht gefiel. Im Gegenteil, sie ertappte sich ein ums andere Mal, wie sie es genoß, von ihm... ja, angehimmelt zu werden, fast umschwärmt. Aber... verdammt, er war ein *Kind*! Jedenfalls was sein Äußeres, seine Gestalt und sein Alter anging. Daß sich hinter dieser Maske etwas gänzlich anderes verbarg, wußte Patricia natürlich. Nicht zuletzt deshalb, weil sie eine Art Abglanz dessen war, was der Junge in sich barg.

Rührte daher ihre innere Bereitschaft, das Verhalten des Jungen zu akzeptieren, mehr noch, es auskosten zu wollen? Gut möglich. Dennoch, sein Anblick ließ Patricia den letzten, den entscheidenden Schritt nie tun. So sehr sie sich bemühte und allem besseren Wissen zum Trotz sah sie in ihm eben doch stets nur ein Kind.

Noch immer an der Tür lehnend lauschte Patricia, das Ohr am Holz, nach Geräuschen auf dem Flur. Stand er noch da draußen? Lauschte er ebenso wie sie?

Sie glaubte Schritte zu hören, ohne feststellen zu können, ob sie sich wirklich entfernten. In jedem Fall verklangen die gedämpften Laute, und schließlich ging Patricia zu ihrem Bett.

Groß und weich war es, ein Himmelbett im wörtlichen Sinne, denn sie ruhte darin so sanft wie auf Wolken.

Nein, sie konnten nicht klagen. Weder ihr noch den anderen ging es schlecht. Obschon sie seit jener Nacht im Schlachthof alle unter einem Dach lebten – unter dem von Harper Durante –und vor dieser Nacht erbitterte Feinde gewesen waren, standen sie jetzt zusammen wie eine Familie. Ein Vergleich, der nicht einmal weit hergeholt war, denn immerhin waren sie seitdem – in gewisser Weise zumindest – vom gleichen Blute.

Nichtsdestotrotz behandelte der Junge sie, Patricia, anders als die anderen. Zuvorkommend, höflich, und bisweilen gab er ihr gar das Gefühl, sie sei ihm ebenbürtig oder überlegen. Als sei er es, der ihr für ihre bloße Anwesenheit zu danken habe – und nicht sie diejenige, die ihm für das Geschenk danken müßte, das er ihr beschert hatte. Langes Leben, Kraft und Macht – und nicht zuletzt Teil eines Ganzen zu sein, das von einer Art und Größe war, die sich Patricia Shaugnessy zuvor nie hatte vorstellen können.

Sie schloß die Gardinen ihres elegant eingerichteten Zimmers. Zwar schien draußen weder die Sonne, noch hätte ihr Licht Patricia schaden können (es stimmte so wenig von den alten Schauergeschichten, die man sich über Vampire erzählte...). Daß sie das Zimmer abdunkelte, so gut es ging, entsprang schlicht alter Gewohnheit. Weder sie noch die anderen hatten alles Menschliche abgelegt oder gar verloren. Sie hatten eher dazugewonnen.

Patricia streifte ihre Kleider ab, ließ sie achtlos am Fuß des Bettes zu Boden fallen und kroch in die seidigen Laken.

Selbst den Schlaf vermochte sie mehr zu genießen in dieser neuen Art von Leben.

Und er kam um soviel schneller als früher. Sie brauchte nur die Augen zu schließen, und schon stellte er sich ein...

Warm war der Hauch, der Patricia streichelte, und doch fröstelte sie. Ihre Haut schien sich zusammenzuziehen, zu schrumpfen; ein Gefühl, das vagen, aber keineswegs unangenehmen Schmerz auslöste.

Und ein Gefühl, das sie an frühere Tage erinnerte. An die Zeit, da ihr Bruder Ian noch gelebt hatte. Als sie ein Geheimnis geteilt hatten. Eines, für das ihr Vater sie gewiß umgebracht hätte.

Patricia hatte Ian zwar geliebt wie einen Bruder, aber doch auch ganz anders. Und er hatte dieses verbotene Gefühl erwidert.

Manchmal hatten sie ihren Vater gehaßt, einfach nur dafür, daß er ihrer *beider* Vater war. Erdrückend war die Last der Schuld gewesen, die sie beide oft empfunden hatten, zumeist dann, wenn sie hinterher nebeneinander lagen, ihre Körper noch heiß vom Feuer geteilter Lust und Leidenschaft. So schwer war sie ihnen bisweilen vorgekommen, daß sie kaum noch zu atmen vermochten.

Manchmal war Patricia froh, daß es vorbei war.

Und manchmal wünschte sie sich, Ian würde noch leben.

Jetzt etwa, da dieser warme Hauch sie streifte und jene Gefühle von neuem in ihr weckte, die sie nach Ians Tod nicht mehr verspürt hatte.

Es war wie Atem, der über ihre Haut strich. Als sei ihr jemand ganz nah, so nah wie es außer Ian nie jemand gewesen war.

So hatte er stets angefangen. Ihren nackten Leib mit Küssen bedeckt, ganz leicht mit den Lippen ihre Haut berührt, und immer hatte sie seinen Atem als intensiver empfunden als seine Küsse.

Und geflüstert hatte er, tausend schöne Dinge. Wie Geisterstimmen waren seine leisen, kaum hörbaren Worte um sie gewesen.

Wie jetzt.

Patricia wußte, daß es nur ein Traum war. Nur ein Traum sein konnte. Und ebenso wußte sie, daß sie sich hätte zwingen können aufzuwachen, um diesen Traum zu beenden. Aber sie tat es nicht.

Hände berührten sie, sanft wie die eines Kindes. Fingerspitzen zeichneten kribbelnde Spuren auf ihren Körper, als fließe schwacher Strom darüber.

Patricia wollte die Zärtlichkeiten erwidern, wagte aber nicht, nicht einmal im Traum, die Hände auszustrecken, um ihren unsichtbaren Liebhaber zu berühren.

Und als wolle auch er es nicht, nahm er ihre Hände, zog sie sanft über ihren Kopf und band sie, wie mit seidenweichen Tüchern, am Bettgestell fest.

Wieder Küsse. Als würden Federn auf sie niedersinken.

Dann drängte er ihre Beine sanft auseinander, glitt über sie, so leicht, als schwebe er. Patricia spürte kein Gewicht, nur samtene Berührung an ihren Schenkeln.

Hände glitten unter ihren Po, hoben ihn ein wenig an. Sie wölbte ihm das Becken willig entgegen, bat stumm, daß er sie nahm. Ihr Verlangen glich brennendem Schmerz, und sie wollte, daß er ihn löschte.

Ihr Schoß war heiß und so feucht, daß sie kaum spürte, wie er in sie drang.

Nach einer Weile bewegte sie sich schließlich in seinem Rhythmus, glitt zurück, wenn er sich zurückzog, und reckte sich ihm zu, wenn er von neuem tief in sie stieß.

Jede einzelne Zelle ihres Leibes schien in Aufruhr, in Bewegung. Patricia wand sich, stöhnte und verlangte nach mehr, bat ihn, nicht aufzuhören. Nicht jetzt, weiter, fester und tiefer...

»... bitte! Ian, bitte!«

Sie öffnete die Augen in dem Moment, da sie den Gipfel

aller Lust erreichte und zugleich spürte, wie sein Pfahl in ihr noch härter wurde und schließlich zu explodieren schien, Hitze verströmte.

»Wer...?« entfuhr es ihr. Sie wollte die Antwort nicht wirklich wissen. Verschloß buchstäblich die Augen davor.

Es war nicht Ian, von dem sie träumte. Er sah ihrem Bruder nicht einmal ähnlich.

Dunkles, seidenschwarzes Haar hatte dieser Mann, das ihm bis auf die Schultern fiel. Ein schmales Gesicht mit dunklen Augen und fast hohlen Wangen, der blasse Mund von einem schwarzen Bart umrahmt.

Dann war er verschwunden. Nicht nur, weil Patricia ihn nicht mehr sah, da sie die Augen geschlossen hielt; sein ohnedies kaum spürbares Gewicht schwand von ihr, so rasch, als würde er von ihr fortgehoben.

Sie öffnete die Augen, nicht nur im Traum diesmal, und noch ehe sie um sich sah, lauschte sie in sich, dem Echo dessen nach, was eben in ihr getobt hatte, und sie hegte keinen Zweifel daran, daß sie gekommen war wie nie zuvor in ihrem Leben. Jeder Muskel, jeder Nerv schien zu brennen, und nur allmählich verlosch dieses Feuer, ein durch und durch angenehmes Gefühl, entspannend...

... wäre *er* nicht dagewesen.

Der Junge saß auf der Kante ihres Bettes und betrachtete sie mit einem Lächeln, das im Gesicht eines Kindes fehl am Platze wirkte. Es drückte Sattheit und Befriedigung aus von einer Art, die ein Kind unmöglich kennen konnte.

Patricia richtete sich auf.

»Was tust du hier?« fragte sie. »Wie lange bist du schon da?«

Der Junge lächelte unverändert und hob vage die Schultern.

»Etwa... einen Traum lang.«

»Dann habe ich nur geträumt?« wollte sie wissen. Patricia empfand einen Anflug von Erleichterung und Hoffnung. Und tief in sich wachsende Verwirrung.

»Mag sein«, meinte der Junge. »Nur... war es vielleicht nicht *dein* Traum. Oder doch?«

»Ich verstehe nicht –«

»Wie könntest du auch?« erwiderte der Junge und stand auf. »Wie könntest du verstehen, was ich noch zu begreifen habe?«

Und damit ging er. Ließ Patricia allein.

Sie empfand gähnende Leere um sich. Und in sich. Sie fühlte sich... bestohlen.

Ihrer Träume beraubt.

14. Kapitel

Die Geopferten

Seit drei, vielleicht auch schon vier Stunden drang nichts als atmosphärisches Rauschen aus den Lautsprechern. Hank Trebek hatte das Autoradio trotzdem nicht abgeschaltet. Nicht etwa, weil ihn das Knistern und Knacken nicht gestört hätte; im Gegenteil, es trieb ihn an den Rand des Wahnsinns. Aber er konnte einfach die Hände nicht vom Steuer nehmen. Seit einer kleinen, aber grausamen Ewigkeit durfte er das Lenkrad nicht loslassen.

Nur fahren durfte, nein, *mußte* er. Immer weiter.

Hank Trebek bereiste seit dreißig Jahren die USA. Als Handelsvertreter eines kleinen Parfümerieunternehmens kannte er jeden Staat wie seine Westentasche. Dennoch wußte er heute Nacht nicht recht, wo er sich befand. Irgendwo im Westen des Landes. Die karge Landschaft ließ auf Arizona schließen, vielleicht Nevada oder New Mexico.

Es interessierte Hank Trebek nicht wirklich. Oder vielmehr, sein Interesse war erloschen; es war abgeschaltet, *erstickt* worden.

Trebek wünschte sich, das gleiche wäre mit dem Rest seines Denkens geschehen. Mit seinen Gedanken an daheim, an seine Familie. Mit seiner Angst, dieses Zuhause und die Familie nie mehr wiederzusehen. Aber diese Angst war Hank Trebek geblieben, war ihm *gelassen* worden.

»... scheint, als sei Präsident Gore auf seine alten Tage noch Vater geworden!«

Trebek erschrak fast, als das Rauschen aus den Boxen unvermittelt einer Stimme wich.

»Der gute alte Al hat offenbar ein Waisenkind aufgenommen. Genaueres ist noch nicht bekannt, aber wir erwarten in wenigen Minuten eine offizielle Stellungnahme aus dem Weißen Haus. Bis dahin bringt Ihnen KWFN Lite Rock 100 mehr Musik, und wie immer in voller Länge!«

Statisches Knistern überlagerte die ersten Takte des folgenden Songs, dann setzte wieder monotones Rauschen ein.

Lite Rock 100... Das war eine Radiostation, die von Las Vegas aus sendete, soweit Hank Trebek sich erinnerte. In der Stadt der Lichter war er oft gewesen. Er belieferte die meisten Parfümerien der großen Hotels mit Produkten seiner Firma. Wenn er jetzt Lite Rock 100 im Radio empfing, mochte das bedeuten, daß er irgendwo im 50-Meilen-Radius von Las Vegas war.

Unwillkürlich sah Trebek sich um. Nirgendwo zeigte sich am Horizont der Widerschein des Glitzermeeres, in das sich Las Vegas bei Nacht verwandelte. Also konnte die Stadt nicht allzu nahe sein.

Es war ohnedies egal. Hank Trebek mußte stur geradeaus fahren.

Um sich abzulenken von der Bedrohung, die ihm buchstäblich im Nacken saß, rief er sich die Nachricht des Radiosprechers in Erinnerung. Präsident Gore hatte also ein Kind in seine Familie aufgenommen. Das schien langsam zum Trend unter Staatsoberhäuptern zu werden. Trebek entsann sich einer Meldung, derzufolge vor einiger Zeit auch der Präsident Rußlands einen Waisenjungen adoptiert hatte.

Hank Trebek wünschte sich, der Gedankengang hätte ihm Wärme vermittelt. Aber die Kälte blieb in seinen Knochen, als sei ihm das Mark darin gefroren. Nicht verwunderlich, wenn man fürchten mußte, den nächsten Morgen nicht mehr zu erleben...

Einen wirklichen Grund für diese Annahme hatte Hank Trebek indes nicht. Es war »nur« ein Gefühl. Ein fürchterliches jedoch, und eines, das sich mit jeder Meile, die er fuhr, verdichtete.

Sie würden ihn nicht leben lassen. Sobald sie ihn nicht mehr brauchten, würden sie ihn umbringen, vielleicht irgendwo verscharren oder kurzerhand am Straßenrand liegenlassen.

Wer wird mich eher finden? fragte sich Hank Trebek. *Die Geier oder jemand, der zufällig vorbeikommt?* Vermutlich die Geier. Denn seit Stunden war ihm kein anderes Auto mehr entgegengekommen. Er befand sich fernab des nächsten Interstate Highways, fuhr über schmale Straßen, die teils nicht einmal asphaltiert waren und durch Niemandsland führten.

Als vor ihm ein Licht im Dunkel erschien, glaubte Hank Trebek eine ganze Weile lang an eine Täuschung. Bis sich das Licht als Leuchtreklame erwies, die am Straßenrand aufgebaut war, und er die blinkende Schrift darauf lesen konnte.

VACANCY. Das NO davor blieb dunkel.

Zimmer frei also.

Hank Trebek hätte ums Haar aufgelacht. Es hätte ihn mehr als nur überrascht, wenn in dem winzigen Motel, dessen Flachbauten sich hinter der Reklametafel aus dem Dunkel schälten, auch nur ein einziges Zimmer belegt gewesen wäre.

Ein roter Pfeil aus Neonlicht markierte die Einfahrt zum Parkplatz des Motels. Trebek hatte sie fast schon passiert, als sich eine Hand auf seine Schulter legte, so schwer wie kalt.

»Durstig?« fragte eine dunkle Stimme, und einen Moment lang meinte Trebek, die Frage gelte ihm.

»Ja, ein wenig«, erwiderte Trebeks zweiter Fahrgast, bevor er sich selbst zu einer Antwort hinreißen ließ. Tatsächlich klebte ihm die Zunge nämlich am Gaumen. Die Temperatur war auch nach Sonnenuntergang kaum gesunken, und die Klimaanlage des alten Chevrolets hatte nie richtig funktioniert.

»Wir machen hier Rast.«

Diese Worte nun galten Hank Trebek.

Fast wie von selbst reagierte sein Körper. Sein Fuß senkte sich aufs Bremspedal, seine Hände drehten das Steuer.

Der Motor erstarb von selbst.

»Ich glaub's einfach nicht!«

Scoobert Breece stand am Fenster, schaute hinaus auf den funzelig beleuchteten Parkplatz und sah zu, wie der Chevrolet

Kombi ein Stück entfernt ausrollte. Schließlich erloschen die Scheinwerfer des Wagens, und dann rührte sich erst einmal nichts mehr. Im Zwielicht waren hinter den Fahrzeugscheiben nicht einmal Konturen auszumachen.

»Wollen wahrscheinlich nur nach dem Weg fragen«, meinte Emily, seit sechzig Jahren Mrs. Scoobert Breece. Und seit fünfzig Jahren Mädchen für alles in *Breece's Inn*. Seit zwanzig Jahren war das ein reichlich ruhiger Job. Nachdem ein paar Meilen weiter der Interstate Highway ausgebaut und bis zur Westküste verlängert worden war, kam kaum noch jemand in diese Gegend. Und wenn doch, dann hatte sich dieser Jemand in aller Regel nur verirrt und machte Halt an *Breece's Inn*, um nach dem Weg zurück in die Zivilisation zu fragen.

Warum Scoobert und Emily Breece am Ende der Welt ausharrten? Sie hatten zu lange gewartet, zu lange gehofft, daß wieder bessere Zeiten kommen würden. In diesen besseren Zeiten hatten sie sparsam gelebt, und in diesen schlechten Zeiten konnten sie von ihren Ersparnissen leben. Hier zumindest. In der Stadt wäre das, was sie für ihr Vermögen hielten, geschmolzen wie Schnee in der Sonne. Deshalb waren sie noch hier. Und würden es bleiben, bis ans Ende...

»Schau dir das an«, sagte Emily nach einer Weile, in der sie und Scoobert nur Seite an Seite dagestanden und schweigend aus dem Fenster gesehen hatten. Das war nichts Besonderes. Manchmal vergingen Tage, an denen sie kein Wort miteinander sprachen. Nach sechzig Ehejahren hatten sie einander alles gesagt, was es zu sagen gab. »Die Alten sind zu faul, um selbst auszusteigen. Schicken ihr Kind, um zu fragen.«

Eine schmale Gestalt kam über den Parkplatz auf den Bürobau des Motels zu. Staub wirbelte unter ihren Füßen aus und markierte ihren Weg wie Nebel.

»Ist'n Junge, hm?« meinte Scoobert.

Emily zuckte die Schultern. »Weiß man's? An den Haaren kannst du heutzutage Mädels nicht mehr von Jungs unterscheiden.«

»Ist'n Junge«, nickte Scoobert, als das Kind näher heran war.

Der Junge hatte helles Haar, sandfarben, und trug es gescheitelt. Eine Tolle fiel ihm wippend in die Stirn.

»Na dann«, schnaufte Scoobert Breece wie in Erwartung großer Anstrengung, »wollen wir mal.«

Steifbeinig stakste er hinter den Empfangstresen, schlug das abgegriffene Gästebuch auf und legte einen Stift zurück. Dann überprüfte er gewissenhaft, daß die Zimmerschlüssel in Reih und Glied am Bord hingen.

»Was machst du denn?« fragte Emily verwirrt.

»Einen guten Eindruck«, erwiderte Scoobert. Sein Grinsen entblößte makellose Zahnreihen, die seinem hohen Alter hohnsprachen.

Emily öffnete die Tür, als sie Schritte auf den Holzdielen der Veranda hörte. Ihr Lächeln war großmütterlich im besten Sinne. Die Geste, mit der sie den Jungen willkommen und einzutreten hieß, hätte jedem Concierge in großen Hotels zur Ehre gereicht.

»Hereinspaziert, junger...«

Das letzte Wort erstarb Emily Breece auf der Zunge, und mehr noch, es hinterließ einen üblen Geschmack, als hätte sie auf etwas Verdorbenes gebissen. Den Grund dafür wußte sie selbst nicht zu benennen. Etwas anderes dagegen wußte sie, weil es unleugbar war: Kälte strömte durch die Tür herein; eine Kälte, die unmöglich der schwülwarmen Nacht draußen entstammen konnte.

Der Junge ging an ihr vorüber, maß sie mit einem flüchtigen Blick, der Emily wie ein arktischer Wind streifte.

Atemlos drehte sie den Kopf in Richtung ihres Mannes. Der schien nichts von all dem zu spüren, was sie empfand. Mit gütigem Lächeln sah er dem seltsamen Jungen entgegen.

»Was kann ich für den jungen Gentleman tun?« fragte Scoobert Breece. »Du hast Glück, mein Junge, die besten Zimmer sind noch frei.« Er wies blinzelnd auf das vollbehangene Schlüsselbord.

Der Junge maß den alten Mann mit einem Blick, wie ein Farmer ein Rind mustern mochte, bevor er sich zum Kauf entschied.

»Kein Zimmer«, sagte er währenddessen.

»Sondern?« Scoobert Breece hatte Mühe, ein Seufzen zu unterdrücken. Emily hatte Recht gehabt. Natürlich. Hatte sie in sechzig Jahren ein einziges Mal nicht Recht gehabt?

Ohne Aufforderung begann Scoobert zu erklären, wie man von hier aus zurück zum Interstate Highway gelangte.

Zwei, drei Sekunden lang schien es, als höre der Junge seinen Erklärungen zu, doch dann drehte er sich kurzerhand um und wandte sich Emily zu. Er trat auf die alte Frau zu, die ihm aus weiten Augen entgegenschaute und mit kleinen Schritten zurückwich.

»Du bist häßlich«, meinte der Junge, in einem Ton, der seltsamerweise nicht verletzend war; er klang, als träfe er eine ganz lapidare Feststellung. »Aber immer noch besser als der Alte.« Mit dem Daumen wies der Junge über die Schulter in Scooberts Richtung.

»Hey!« dröhnte da Scooberts Stimme auf. »Was erlaubst du dir, Rotzlümmel, unverschämter!«

Der Junge warf ihm einen kurzen Blick über die Schulter zu und hob einhaltend die Hand, lächelte sogar. »Was nicht heißt, daß ich dich verschmähen werde, alter Mann. Aber erst –«

»O mein Gott!«

Scoobert Breece traute seinen Augen nicht. *Wollte* ihnen nicht trauen. Und mußte es doch.

Der Bengel griff Emily an, sprang ihr entgegen wie ein Tier, knurrte und gebärdete sich wie ein solches.

Emily stürzte. Der dumpfe Laut, mit dem sie zu Boden schlug, tat Scoobert so weh, als sei er selbst hingefallen.

Und dann... floß Blut.

In dem Moment hielt Scoobert Breece bereits die doppelläufige Schrotflinte in Händen, die er seit Jahrzehnten unter der Rezeptionstheke verwahrte und heute erst zum dritten Mal benutzen mußte. Er legte auf den Jungen an, der auf Emily hockte und sein Gesicht in ihrer Halsbeuge vergraben hatte.

»Kleiner Bastard!« schrie Scoobert Breece. Und drückte ab.

Die Schrotladung riß ein Loch in die Decke.

Scoobert Breece schrie vor Schmerz.

Etwas hatte ihn attackiert. Etwas, das buchstäblich in den Raum gestürmt und über die Theke gesprungen war und in dem Moment, da er abgedrückt hatte, gegen Scoobert geprallt war.

Ein Tier. Ein... Kojote? Nein, kein Kojote. Zu groß für einen Kojoten. Und außerdem hatte Scoobert Breece noch nie gehört, geschweige denn gesehen, daß ein Kojote derart aggressiv gewesen wäre. Die elenden Biester griffen keine Menschen an, schon gar nicht *so*!

Das Tier hatte ihm beide Handgelenke zerbissen, gebrochen, die Unterarme zerfleischt.

Scoobert Breece wand sich in seinem eigenen Blut.

Als sich die roten Nebel vor seinen Augen lichteten, war das Ungeheuer verschwunden, als sei es nie dagewesen.

Über seinem eigenen Stöhnen hörte Scoobert das seiner Frau. Sehen konnte er sie nicht, weil er hinter dem Tresen lag. Die Flinte befand sich neben ihm. Aber er war nicht imstande, sie zu packen. Seine Hände gehorchten ihm nicht mehr. Sehnen, Nerven, Fleisch – alles zerfetzt.

Emily verstummte. Und Scoobert wußte, warum. Obwohl er es nicht begriff.

Ebensowenig begriff er, was mit ihm geschah. Wiederum *wußte* er nur – diesmal, daß er Emilys Schicksal teilte.

Dieser Junge kam um den Tresen herum, kniete neben ihm nieder. Sein Mund war blutverschmiert. Ein angewiderter Zug legte sich darum, als der Junge den Kopf senkte.

Scoobert spürte, wie Lippen seinen Hals berührten. Die Wärme darauf rührte von Emilys Blut her.

Er wollte das kleine Ungeheuer abwehren, aber der gedankliche Befehl dazu erreichte seine Hände nicht.

Hilflos mußte er geschehen lassen, was ihm angetan wurde.

Müde. So müde.

Landru unterband das Seufzen, das ihm von den Lippen fliehen wollte.

Er stand auf der Veranda des Motelbüros und sah blicklos hinaus in die Nacht, derweil hinter ihm das Stöhnen des alten Mannes leiser wurde und das Schmatzen und Schlürfen des Jungen im Gegenzug lauter zu werden schien. Der warme Geruch von Blut stieg zu Landru auf, aber der Duft erregte ihn nicht, schürte nicht seinen Durst. Nicht mehr.

Was nicht allein daran lag, daß es sich um das alte Blut alter Menschen handelte. Daran lag es sogar am wenigsten.

Landru wollte kein Blut mehr. Weil es ihm nur noch eines bedeutete: die Verlängerung eines Daseins, das er mehr und mehr als Bürde empfand. Er glaubte es zu spüren wie eine wirkliche Last, die auf ihm ruhte und der er immer weniger entgegenzusetzen hatte.

Hätte er es nur abwerfen können!

Als im der Gedanke zum ersten Mal gekommen war, hatte Landru ihn eilends aus seinem Denken verbannt, weil er ihn als frevelhaft empfand. Aber er hatte sich nicht gänzlich vertreiben lassen, war immer wieder gekommen. Bis Landru begonnen hatte, mit ihm zu spielen, ihn weiterzuspinnen.

Was bot ihm dieses Leben noch? Dieses Leben, das kaum so zu nennen war, das ihm gnädig zugewiesen worden war? Bisweilen kam Landru sich vor wie ein alter Gaul, dem man noch das Gnadenbrot gewährte.

Freilich wurde im Gegenzug erwartet, daß er sich für dieses »Geschenk« revanchierte.

In den vergangenen Wochen und Monaten hatte Landru dies auch getan, zur Genüge, wie er meinte, obwohl seine Aufgabe noch lange nicht erfüllt war. Noch warteten Kinder der neuen Rasse darauf, daß er sie zum Ort ihrer Bestimmung brachte. So wie er es jetzt mit den letztgeborenen Drillingen getan hatte: Eines hatte er wie befohlen in Chicago abgeliefert, ein anderes im Weißen Haus in Washington, und mit dem dritten und letzten war er nun unterwegs...

Aber was würde sein, wenn auch das allerletzte Kind in die Obhut neuer Eltern gegeben worden war? Welche Aufgabe erwartete Landru dann?

Er wollte es nicht wissen. Es interessierte ihn nicht. Sein Geist war zu müde, um dieses Interesse zu entwickeln. Und ebensowenig mochte er sich mit Visionen dessen beschäftigen, was im weiteren geschehen würde; wie die Kinder gedeihen und reifen würden, um ihre Herrschaft anzutreten.

Landru empfand nichts für dieses neue Volk. *Sein* Volk war gestorben, ausgelöscht worden – und er war es leid, der Letzte dieser Alten Rasse zu sein, ein Leben ohne Sinn zu führen. Er fühlte sich entwurzelt, all dessen beraubt, was er einmal gewesen war und was ihm einst etwas bedeutet hatte.

Landru sah für sich nicht länger einen Platz in dieser Welt und Zeit.

Es gab nur noch einen einzigen Ort, der ihn mit dem, was einmal gewesen war, verband.

Den Ort, an dem alles begonnen hatte.

Und vielleicht war dies der Ort, an dem – für ihn – alles enden konnte.

Landru straffte sich.

Er würde ihn aufsuchen, diesen Ort. Nicht irgendwann, sondern jetzt! Noch heute würde er sich auf den Weg machen ans andere Ende der Welt.

Hin zu der Stätte, die einst etwas ganz Besonderes gewesen war. Und deren große Vergangenheit niemand auslöschen konnte.

Hank Trebek sah dem Mann und dem Jungen nach, bis sie im Gewühl hinter den Türen des McCarren International Airports von Las Vegas verschwunden waren.

Nett waren sie gewesen, die beiden. Angenehme Gesellschaft und willkommene Abwechslung.

Wo hatte er sie eigentlich aufgelesen? Hank Trebek schmunzelte. Er konnte sich nicht mehr daran erinnern!

»Meine Güte, du wirst alt«, tadelte er sich selbst. Dann fuhr er los. Nahm sich noch die Zeit, über die Prachtmeile von Las Vegas zu fahren, den Strip. Und ließ sich dazu hinreißen, im *Caesar's Palace* einen Zwischenstopp einzulegen.

Vor ein paar Jahren hatte Hank Trebek im *Caesar's* in einer Nacht einmal tausend Dollar aus einer Slotmachine geholt. Seitdem spielte er, wenn er spielte, nur noch hier, und nur noch an *seinem* Automaten.

Heute war ihm das Glück nicht hold. Nicht nur im Spiel...

Als Hank Trebek in das Parkhaus zurückkehrte, stellte er zu seiner Verwunderung fest, daß sich um seinen abgestellten Wagen eine wahre Menschentraube gebildet hatte. Darunter etliche Cops. Zwei Polizeifahrzeuge blockierten seinen Chevy.

Verunsichert wandte sich Hank Trebek an einen der Beamten. »Officer? Darf ich fragen, was hier los ist? Habe ich mein Auto auf einem Behindertenparkplatz abgestellt, oder...?«

Der Cop wies auf den tannengrünen Chevrolet, dessen Heckklappe offenstand. »Das ist Ihr Wagen?«

Trebek nickte. Und schrie auf. Weil der Polizist ihn packte, gegen das nächste Fahrzeug stieß und ihm die Arme auf den Rücken drehte. Im nächsten Moment spürte Hank Trebek kaltes Metall an seinen Handgelenken und hörte das Klicken von Handschellen.

Der Cop las ihm seine Rechte vor.

»Um Gottes willen, was soll das?« fragte Hank Trebek verdattert. »Ich hab' doch nichts getan...!«

»Ach?« schnauzte der Polizist. Inzwischen waren Kollegen hinzugekommen. »Das nennen Sie *nichts*?«

Der Cop dirigierte Hank Trebek unsanft zur offenen Hecktür seines Wagens.

Übelkeit stieß ihm wie eine eisige Faust vom Magen in die Kehle hoch. Trebek schmeckte bittere, beißende Galle auf seiner Zunge.

Der Anblick der beiden schrecklich zugerichteten Leichen, die im Heck seines Chevy lagen, drehte ihm schier den Magen um.

Ein Mann und eine Frau, beide alt, uralt.

Hank Trebek behauptete, sie nie gesehen zu haben. Sich an nichts erinnern zu können, was in den vergangenen vierundzwanzig Stunden geschehen war. Und er war überzeugt davon, die Wahrheit zu sagen.

Noch über seine Verurteilung zu lebenslanger Haft hinaus.

15. Kapitel

Reformen

Eines der drei Tore in der uralten Festungsmauer öffnete sich, und unter dem Blitzlichtgewitter einer Heerschar von Fotografen und Fernsehteams trat Kardinalssekretär Balducci, ein spindeldürrer Mann fortgeschrittenen Alters, daraus hervor.

Die linke Hand erhoben, gebot er der wartenden Menge Ruhe, ehe er mit fester Stimme verkündete: »Das Konklave ist beendet. Die Versammlung der Kardinäle hat ihre Wahl getroffen, und dies...«, Balducci machte eine kurze Pause, um die Wirkung seiner nun folgenden Aussage noch zu verstärken, »... und dies erstmals nach einem neuen Modus.«

»Was meint Ihr mit ›neuer Modus‹, Herr Sekretär?« brach eine Stimme aus der Schar der Journalisten.

Balducci lächelte karg. Es mußte klar für ihn gewesen sein, daß diese Frage gestellt würde.

»Die Kirche, das wurde ebenso einstimmig befunden, wie die Wahl einstimmig ausfiel«, sagte er, »muß den sich ändernden Zeiten den längst fälligen Tribut zollen. Eine Epoche gewaltiger Reformen steht uns bevor. Nur so, und ich denke, darin stimmen Sie mir zu, können die Herausforderungen, mit denen wir täglich neu konfrontiert werden, bewältigt werden.«

»Reformen?« rief eine andere Stimme, die einer Frau. »Wo genau sieht die Kirche Handlungsbedarf?«

»Das neue Kirchenoberhaupt wird sehr bald eine neue Bulle verfassen, aus der die Antworten auf all Ihre Fragen hervorgehen«, sagte Balducci. »Vorab wollen wir zum Wesentlichen zurückkommen – oder interessiert es niemanden mehr, wer zum neuen Sprachrohr der römisch-katholischen Kirche gewählt wurde?«

Der feine Spott gefiel den Vertretern der Medien. Einiges Gelächter kam auf. Doch es verstummte rasch wieder, als der

Kardinalssekretär ein handschriftliches Dekret unter seinem Gewand hervorzog, von dem er die folgenden Worte ablas:

»Am 11. Februar Anno Domini 2001 wurden durch einstimmiges Votum die Weichen für eine grundlegende Neuerung der Kirche gestellt. Zu diesem Zweck wurde erstmals darauf verzichtet, den Papstnachfolger aus den Reihen der Kardinäle zu berufen. Daß grundsätzlich *jeder* Katholik für das Amt des Oberhirten in Frage kommt, wurde in sachlicher Diskussion bestätigt. Anschließend wurde die Ordination neu formuliert, so daß künftighin nicht mehr nur Männer die Priesterschaft erringen und das unauslöschliche Siegel der Weihe erhalten können, sondern auch Frauen.«

Nach dieser Eröffnung herrschte sekundenlang ein solches Schweigen auf dem Platz vor dem Tor, daß man eine Stecknadel hätte fallen hören können.

Um so ohrenbetäubender war der nach dieser Atempause aufklingende Lärm.

Balducci wartete mit Engelsgeduld, bis die Gemüter sich beruhigt hatten.

»Die erste Weihe haben wir hinter verschlossenen Türen bereits vollzogen. Es war nötig, um den Weg für den eigentlichen Akt zu ebnen. Das Ereignis, auf das die Gläubigen in aller Welt mit Bangen, aber auch mit Hoffen gewartet haben – insbesondere nach der fast vollständigen Vernichtung ihres Glaubenszentrums.« Balducci nickte freundlich in die auf ihn gerichteten Objektive. »Folgerichtig im Sinne unseres erklärten Anspruchs, die Zukunft wach und auf der Höhe der Zeit mitzugestalten, fand vor etwa einer Stunde die Wahl statt, deren Ergebnis ich nun der Öffentlichkeit bekanntgebe...«

Balducci hob die Arme, als stünde er auf einer Kanzel. In seinen Augen schimmerten Tränen, als würde ihm selbst die Größe des Augenblicks erst jetzt bewußt.

Und dann nannte er den Namen, auf den Milliarden auf der ganzen Welt warteten. Hoffend und bangend, wie Balducci es beschrieben hatte.

Bangend auch in nur wenigen Kilometern Entfernung, wo

der italienische Regierungschef im Kreis seiner engsten Vertrauten die Übertragung am Großbildschirm mitverfolgte. Und hörte, was in derselben Sekunde um den ganzen Globus ging.

»O mein Gott«, flüsterte der Mann, auf dessen Schultern die Last der Nation drückte. »Sie?!«

Er bekreuzigte sich. Wie ein guter Katholik, wie *jeder* gute Katholik es bei der Nennung des Namens tat.

»Sie?!« entfuhr es Monate später auch dem Mund der Frau, die auf dem Sofa in Darren Secadas Wohnung saß und erschüttert bis ins Mark verfolgt hatte, worin die Aufzeichnung, die Darren abgespielt hatte, mündete.

Der Pathologe drückte auf die Stopptaste der Fernbedienung. Das Band hielt an.

Fee schaute fragend in die Runde. Sie wußte immer noch nicht, warum Darren die Zeitschriften und das Video für Lilith aufgeboten hatte.

»Eine Frau als Kirchenoberhaupt – na und?« sagte sie. »Die Zeiten ändern sich. Selbst verkrustete Institutionen wie die Kirche schauen dem Volk aufs Maul, weil sie nicht untergehen wollen.«

»Du verstehst nicht«, sagte Darren.

»Sie kann es nicht wissen«, nahm Lilith Fee in Schutz. »Sie kennt die Frau nicht, die ›gute Katholikin‹, die sich von einem Kreis alter Männer zur Päpstin hat wählen lassen.«

»Aber ihr kennt sie?«

»Es ist Rahel«, sagte Lilith tonlos. »Es ist die Frau, die Landru einst den Messias der Vampire nannte, und ich glaube nicht, daß er zu diesem Zeitpunkt auch nur ahnte, in welch wahnsinniger Weise sie diesen Titel bestätigen würde...«

Nicht nur benommen, sondern im innersten Kern ihrer Seele verletzt starrte Lilith auf die Titelseite einer Illustrierten, die ihr Darren jetzt reichte.

Die Frau, die im Gewand eines Papstes gütig vom Papier herablächelte, war Rahel, daran gab es nicht den leisesten Zweifel.

Und mit demselben Lächeln, davon war Lilith überzeugt, würde Rahel die Menschen in ein beispielloses Verderben führen...

Zwischenspiel

Etwas ging vor. Etwas war und wurde anders...

...und Alec Maloney wußte einfach nicht, was es war; sah sich außerstande, es zu benennen. Er spürte es, sah oder glaubte wenigstens, es zu sehen – aber er fand nicht die Worte, um es zu beschreiben.

Er ließ die handliche Axt sinken, hob den Blick und schaute sich um. Die Rebstöcke reichten ihm gerade bis zur Nasenspitze, so daß er bequem über ihre Spitzen hinwegsehen konnte. Das Grün ihres jungen Laubes bedeckte eine Quadratmeile hügeligen Landes um ihn her. Aus der Ferne hörte Maloney Stimmen, und als er den Blick wandte, sah er die zugehörigen Leute. Eine Touristengruppe, die den Weingarten besuchte und bestaunte, als hätten sie eine solche Plantage in Australien nie und nimmer erwartet. Obgleich australischer Wein gerade in den vergangenen beiden Jahren weltweit sprunghaft an Bedeutung gewonnen hatte.

Die Leute jedoch waren es nicht, die Alec Maloney irritierten. Es war... dieses Grün.

Maloney nickte. Ja, verdammt, es war das Grün des Weinlaubes. Es sah... anders aus. Dunkler als es um diese Zeit des Jahres hätte sein sollen. Wie von selbst langte Maloney nach einem Blatt eines nahen Rebstocks und rieb es zwischen den Fingern. Es fühlte sich nicht ungewöhnlich an. Ein bißchen trockener vielleicht als jenes Weinlaub, das er aus seiner Kindheit kannte, aber das lag lange zurück und es war anderswo gewesen. In Kalifornien, in den Weingärten seines Vaters. Anderer Boden. Da wuchsen die Pflanzen eben anders.

Maloney seufzte.

Alles hatte sich so gut angelassen, als er vor fünf Jahren Kalifornien verlassen hatte. Mit nichts als einer Containerladung junger Rebpflanzen war er nach Australien eingereist, nachdem sein älterer Bruder die Firma des Vaters nach dessen Tod übernommen hatte. Um Zwistigkeiten aus dem Weg zu gehen, hatte Alec, ausgezahlt zu werden. Und sein Bruder hatte eingewilligt.

Das Geld hatte Alec Maloney genügt, um in Australien ein Stück Land zu kaufen, und er hatte ein glückliches Händchen, sozusagen den richtigen Riecher bewiesen. Die Pflanzen gediehen prächtig auf dem Boden, und bald schon waren *Maloney Wines* fast buchstäblich in aller Munde, in Australien zumindest. Für den Export produzierte Maloney noch nicht genug, aber in ein paar Jahren vielleicht –

»In ein paar Jahren kann alles längst vorbei sein«, murmelte Alec Maloney. Wieder ließ er den Blick schweifen über das ungewöhnlich dunkle Grün. Und er dachte an den *Schwund von Licht*, von dem seit einiger Zeit allenthalben die Rede war.

Angeblich wurde der Himmel über Australien dunkler. Und niemand kannte den Grund dafür. Nur nachweisen konnten sie das schwindende Licht.

An sich barer Unsinn.

Aber Alec Maloney sah mit eigenen Augen, daß etwas dran war an dieser Geschichte.

Das Licht ließ nach. Die Farben wurden dunkler. Es war, als sehe man die Welt durch eine getönte Brille. Und diese Tönung nahm zu. Mit jedem Tag.

Wann würde es enden? Und wie? In völliger Dunkelhacht? Würde so etwas wie eine finale Nacht anbrechen?

Alec Maloney schauderte unwillkürlich. Nicht nur wegen der Vorstellung endloser Finsternis.

Wenn tatsächlich das Sonnenlicht abnahm, würde das seine Existenz ruinieren. Ohne Sonne kein Wachstum. Keine Ernte. Nichts. Nur noch das Aus.

Seufzend hob Maloney die kleine Axt, verhielt aber auf halber Höhe. Er hatte die bisherigen Stunden des Morgens damit zugebracht, die Rebstöcke auszuasten, hatte totes Gehölz herausgeschlagen, um Platz zu schaffen für junge Triebe und Trauben.

Und es hatte ihn angestrengt. Mehr als es sonst der Fall war.

Die Äste, obschon tot und trocken, waren ungewöhnlich widerstandsfähig gewesen, waren mit der Axtklinge oft kaum abzutrennen gewesen.

Auch so eine merkwürdige Sache... Und ebenfalls eine, über die Alec Maloney nicht nachdenken wollte. Weil er wußte, daß er keine Lösung finden würde, keinen vernünftigen Grund. Und Unvernuft sowie vage Antworten waren ihm zuwider. Dann verzichtete er lieber ganz darauf.

Einen Moment lang hielt Maloney noch inne, dann entschied er sich, eine Pause einzulegen. Drüben in der Kellerei würde ein Gläschen nehmen, in der Kühle dort ein paar Minuten ausruhen.

Er ging los, zwischen den Rebreihen entlang wie durch einen grünwandigen Flur.

Und fühlte sich... beobachtet! Als starre ihn jemand stieren Blickes hinterrücks an.

Alec Maloney sah links und rechts über die Schulter, ohne jemanden zu sehen. Selbst die Touristengruppe, die einer seiner Leute durch den Weinberg führte, befand sich außer Sicht.

Dennoch, das Gefühl schwand nicht.

Maloney blieb nur eines zu tun: Er ging schneller. Und endlich, als die Tür der Weinkellerei hinter ihm zufiel, wich das Gefühl, als bliebe es draußen zurück. Um auf ihn zu warten...?

»Meine Güte, was für ein Unsinn!« entfuhr es Alec Mahoney, erbost über seine eigenen absurden Gedanken.

Trotzdem nahm er mehr als nur ein Gläschen.

»Das Blut der Erde, sehen Sie?«

Dunlkelrot rann es über Ed Murdocks Finger. Er ließ die zerquetschte Traube fallen. Die zehn Leute, die er durch den Weinberg führte, besahen sich daraufhin die jungen, noch kleinen Trauben an den Reben, als hätten sie noch nie welche gesehen.

Murdock schüttelte insgeheim den Kopf. Er verstand Leute nicht, die eine Weinplantage als Sehenswürdigkeit betrachteten. Ebensowenig verstand er, wie Leute bereit sein konnten, für eine Flasche Wein soviel zu bezahlen, wie er in einem halben Monat verdiente. Dennoch behandelte er die Besucher höflich und versuchte, sie umfassend und unterhaltsam zu informieren. Immerhin drückten sie ihm bisweilen auch ein Trinkgeld in die Hand, für daß er sich eine solch teure Flasche Wein hätte leisten können.

»Wenn Sie irgendwelche Fragen haben«, bot er den Gästen an, »fragen Sie ruhig. Sie sollen schließlich zu Hause erzählen können, daß Sie *downunder* etwas gelernt haben. Abgesehen davon, daß die Australier eben *nicht* auf dem Kopf stehen.«

Pflichtschuldiges Lachen.

»Kann man das Zeug schon essen?« fragte ein Mann. Ein Deutscher, wie Ed Murdock erfahren hatte. Der Mann besaß in Germany eine eigene Brauerei und schien, seiner Leibesfülle nach zu schließen, selbst sein bester Kunde zu sein.

Murdock nickte. »Natürlich. Bedienen Sie sich ruhig. Ihren vollen Geschmack haben die Trauben natürlich noch nicht entwickelt. Man kann es an der Färbung des Fruchtfleisches erkennen –«

Der Deutsche hatte bereits zugegriffen und mit plumpen Fingern ein paar Trauben vom Stock gerissen, die er sich jetzt regelrecht in den Mund stopfte. Dunkler Fruchtsaft lief ihm von den Mundwinkeln. Er kaute mit dicken Backen und –

»Pfui Deibel!«

Ein dunkler, beinahe schwarzer, zäher Schwall ergoß sich aus seinem Mund und traf Ed Murdock ins Gesicht. Reflexartig schloß er die Augen und wich zurück. Mit beiden Händen wischte er sich über das Gesicht.

»Mann, sind Sie irre!« schrie er. »Sie –« Er verstummte, als er die Augen wieder öffnete. Einen Moment lang schwieg jeder um ihn herum – bis auf den dicken Deutschen!

Der wand sich am Boden, keuchend und mit dunkelrotem Kopf. Die Finger beider Hände schob er unter den Kragen seines Hemdes und riß ihn auf. Seine Atemnot linderte er damit jedoch nicht.

Dann war es vorbei, so rasch und überraschend wie es begonnen hatte. Und augenblicklich brach ringsum Tohuwabohu aus. Babylonisches Sprachengewirr brandete auf, jeder machte seinem Schrecken in seiner Muttersprache Luft.

Ed Murdock fiel neben dem Mann, der rasselnd um Atem rang, in die Knie.

»Mister?« fragte er besorgt. »Was ist? Sind Sie okay? Oder...«

Er sah auf, rief dem Nächstehenden zu. »Sie! Laufen Sie zur Kellerei! Holen Sie Wasser! Schnell!«

Der Angesprochene wollte sich umdrehen und loslaufen, erstarrte aber inmitten der Bwegung. Und als Ed Murdock den Blick senkte, sah er den Grund dafür.

Der Deutsche... veränderte sich.

Er schwitzte... Blut?

Dunkle, zähe Flüssigkeit drang ihm aus den Poren, mit solchem Druck, daß die Haut stellenweise aufschnappte.

Ed Murdock korrigierte sich. Nein, das war kein normales Blut. Das war... das Blut der Erde!

Brüllend kam der Dicke in die Höhe, so rasch, wie man es ihm seiner Leibesfülle wegen nie und nimmer zugetraut hätte. Und ebenso schnell war seine nächste Bewegung. Mit der er nach Ed Mudocks Gürtel griff und die dort steckende Axt aus der Schlaufe zerrte, hochriß – und zuschlug!

Ed Murdock schrie auf. Er hörte das Brechen seines eigenen Schädelknochens. Spürte seltsamerweise mehr Schrecken als Schmerz. Blut lief ihm über die Augen, trübte seine Sicht.

Und dafür war Ed Murdock fast dankbar.

Denn der Mann lief Amok. Schlug um sich. Und keiner seiner Hiebe ging ins Leere.

Schreie?

»Mein Gott!« Alec Maloney fuhr auf. Die angenehme Ruhe, in die der Wein ihn versetzt hatte, verflog übergangslos. Nur seine Glieder gehorchten ihm etwas langsamer als sonst. Aber auch diese Trägheit war vorüber, als Maloney an der Tür der

Weinkellerei anlangte.

Kein Zweifel, da draußen waren Schreie laut geworden! Mehr noch, es klang, als würde er sich unweit eines Schlachthofes befinden, in den gerade eine Viehherde getrieben wurde.

Eine Hand schon auf der Türklinke, hielt Alec Maloney inne. Eine Sekunde zögerte er, dann trat er beiseite und öffnete einen kleinen Schrank, um die Pistole herauszunehmen, die er darin aufbewahrte. Er hatte sie angeschafft, als der nächtliche Besuch von Känguruhs überhand genommen hatte. Nie hatte er ein Tier damit erschossen, aber die Schüsse hatten genügt, um die Tiere zu vertreiben.

Mit der Pistole in der Hand riß Alec Maloney endlich die Tür auf, stürmte hinaus – und blieb stehen, als sei er vor die berühmte Wand gelaufen.

Ed Murdock, sein Vorarbeiter taumelte ihm entgegen. Mit blutigem Gesicht. Und gespaltenem Schädel!

Unbegreiflich, daß Murdock mit dieser Verletzung noch auf den Beinen war...

»Oh Gott, Ed!« stieß Maloney hervor. »Wer hat das getan? Was ist passiert?«

Murdock machte noch zwei, drei wankende Schritte. Dann starb er im Stehen und kiptte steif vornüber. Hart schlug er mit dem Gesicht zu Boden. Blut spritzte auf fiel wie bizarrer Regen in den Staub und färbte ihn dunkel, schwarz.

Maloney wollte neben Murdock in die Knie gehen., doch eine Bewegung, die er aus den Augenwinkeln wahrnahm, ließ ihn sich herumdrehen. Und aufschreien!

Ein weiterer Mann stürzte auf ihn zu. Über und über mit Blut beschmiert, schlimmer noch als Ed Murdock. Und doch schien dieser Mann nicht verletzt zu sein. Denn er rannte stampfend heran wie ein wütender Bulle, und er schwang eine jener Äxte, mit der Maloneys Arbeiter und auch er selbst ausgestattet waren. Die Schneide war voller Blut, und Maloney mutmaßte, daß Murdock nicht das einzige Opfer dieses offenbar Irren geworden war.

Einen Moment lang stand er starr. Dann erst, als fiele sie

ihm jetzt erst wieder ein, hob er die Pistole. Und drückte ab.

Der Lauf des Wahnsinnigen wurde abrupt gestoppt. Die Wucht der Kugel trieb ihn zurück, hebelte ihn eine Fußbreit vom Boden hoch. Schließlich stürzte er so schwer zu Boden, daß Maloney meinte, ein vages Vibrieren zu spüren.

Womit er sich nicht irrte.

Tatsächlich zitterte der Boden unter seinen Füßen.

Und mehr noch, er brach auf!

Es ging rasend schnell. Aus haarfeinen Rissen in der rotbraunen Erde wurden fingerbreite Spalten, dann Klüfte, die Alec Maloney auf seiner Flucht zu Stolperfallen wurden. Er rannte im Zickzack hin und her, versuchte neuen Rissen auszuweichen, brach durch die Reihen der Rebstöcke... und als bemerkte, daß er das besser nicht getan hätte, war es schon zu spät.

Er verfing sich im Geäst der Stöcke. Zumindest war es das, was Maloney anfangs glaubte. Bis er sah, wie sich das Astwerk bewegte. Wie die Ranken nach ihm griffen, sich um ihn schlangen wie unmögliches Gewürm, endlos lang und maßlos stark.

Es dauerte nur Sekunden, bis Alec Maloney sich nicht mehr rühren konnte. Nur schreien konnte er noch. Aber auch das verging ihm. Als ihm das lebende Astwerk über die Lippen und in die Kehle kroch, um ihm buchstäblich jeden Ton im Halse zu ersticken.

Alec Maloney starb.

Aber er lebte noch lange genug, um die Wahrheit zu erkennen. Es war, als würde sie... in ihm wachsen.

Er schaute hinab in die Klüfte, die den Boden zerrissen, und er sah etwas Schleimiges, Graues, das in den Spalten emporzuquellen schien, und er roch pestilenzartigen Brodem, der ihm die Luft genommen haben würde, hätte er noch atmen können.

Etwas lauerte dort unten. Vielleicht schon seit Urzeiten. Etwas Lebendes, das bislang geschlafen haben mochte und nun erwacht war.

Alec Maloneys allerletzter Blick ging zum trüben Himmel

hinauf.

Das schwindende Licht mochte zwar das Leben auf der Erde verderben...

... aber es nährte zweifelsohne, was darunter verborgen lag.

16. Kapitel

Verdammnis

Was ich wohl für sie bin? dachte Bennelong. *Sie hat mich benutzt, um zurück in ihre Stadt, zurück in ihr Haus zu gelangen. Und nun? Was wird nun aus mir? Wenn sie zurückkommt... wird sie dann der Durst plagen? Wird sie mir zum Dank für alle Hilfe in den Hals beißen?*

Manchmal glaubte er, aus der Realität herausgefallen zu sein wie aus einem Zug, der ihn normalerweise von A nach B, vom Moment seiner Geburt bis zum Moment seines Todes hatte befördern sollen.

Herausgefallen... wohin?

Was für eine obszöne Wirklichkeit war das, in der er gelandet war?

Und – gab es einen Weg aus ihr heraus? Zurück in sein Leben, das nie geordnet, nie sonderlich harmonisch verlaufen, aber wenigstens *sein* Leben gewesen war!

Tiwi...

Er wußte nicht einmal, wie lange er schon nicht mehr an sie gedacht hatte. Dieses Haus machte ihn vollkommen kirre.

Er hatte daraus zu entkommen versucht, aber die Türen und Fenster spiegelten nur vor, Türen und Fenster zu sein. In dem Augenblick, da Bennelong sie öffnen wollte, ließen sie ihr wahres Wesen erkennen. Es waren Attrappen. Gaukeleien, auf die seine Sinne immer wieder neu hereinfielen.

Sie hat das gemacht! dachte er. *Sie ist nicht die wunderschöne, harmlose Frau, die sie vorgibt zu sein. Ihr Aussehen ist Täuschung. Genau wie das Haus...*

Er setzte seinen rastlosen Gang durch die Räume, Flure und über Treppen fort. Er war sicher, schon jeden Winkel aufgesucht zu haben, und dennoch entdeckte er immer wieder neue Aspekte. Die Bilder an den Wänden schienen in unbestimmten Abständen von unsichtbaren Händen ausgetauscht zu werden, und das Gespenstische daran war, daß Bennelong – wenn er sich überhaupt einmal darauf einließ und genauer hinschaute, denn die meiste Zeit versuchte er dem Unerklärlichen zu entfliehen – darin hie und da Bilder, Szenen aus *seinem* Leben wiederzuerkennen glaubte...

So absurd es war, es paßte zu diesem Haus. Das keines war.

Aber was dann?

Bennelong schauderte. Seit er hier war, hatte er das untrügliche Gefühl, nicht nur aus dem Zug herausgefallen, sondern gleichzeitig auch an der Endstation angelangt zu sein.

Nie mehr nach Hause zurückzukehren.

Nie mehr Tiwi zu begegnen.

Zu sterben.

Hier.

Das Absurde war, daß er Lilith keine Feindseligkeit unterstellte, die weit genug gegangen wäre, ihm nach dem Leben zu trachten. Sie war auf ihre Weise – ihm fiel kein treffenderer Begriff ein – *gut.*

Bevor sie mit der geflügelten Frau und dem Mann fortgegangen war, hatte sie Bennelong aus seiner tranceartigen Starre erlöst und ihm versprochen, sich bei ihrer Rückkehr gemeinsam mit ihm Gedanken über sein weiteres Schicksal zu machen.

Was immer sie darunter verstand.

Jedenfalls hatte es nicht drohend geklungen, eher als wollte sie ihn dorthin zurückschicken, von wo sie ihn genaugenommen entführt hatte...

Bennelong blieb stehen. Zu seiner eigenen Verblüffung erkannte er, daß er im Obergeschoß direkt unter der immer noch offenstehenden Luke zum Dachboden angelangt war.

Das Wissen um das, was sich über seinem Kopf befand, bereitete ihm ein flaues Gefühl im Magen. Zumal es seine Erinnerung zu dem Mann lenkte, der –

Für einen flüchtigen Moment erschien Esben Storms Gesicht in der offenen Luke. So kurz, daß Bennelong nicht zu sagen vermocht hätte, ob er einer Halluzination erlegen war oder der Spuk erneut seine Klauen nach ihm ausstreckte.

Obwohl der geisterhafte Aboriginal irgendwo verkörperte, wozu Bennelong wieder spirituellen Zugang zu finden versucht hatte, flößte er ihm im Grunde nur eines ein: Furcht.

»Verschwinde!« Er bog den Kopf weit in den Nacken und fügte hinzu: »Laß mich in Ruhe!«

Ein Luftzug, kalt und jenseitig wie in einem Alptraum, ließ ihn herumwirbeln.

»Ich kann dir helfen«, sagte das greise Gespenst, das ihn bisher auch nur *benutzt* hatte.

Bennelong schüttelte den Kopf und versuchte seine Ängste unter Kontrolle zu bekommen. »*Niemandes Freund* hilft *niemandem.*«

Das Gespenst verzog das Gesicht. »Du glaubst mich zu kennen?«

»Zu durchschauen«, sagte Bennelong. »Verschwinde endlich! Du bist hier nicht willkommen; auch nicht von der Frau, die hier zu Hause ist!«

»Woher willst du das wissen?«

»Ich habe erlebt, wie sie auf deinen bloßen Namen reagiert hat.«

»Sie hätte besser auf das *Ding* reagiert, das ich dir zeigte. Sie hat nicht endlos Zeit, um zu begreifen. Nicht einmal ich vermag das ganze Rätsel zu durchschauen...«

»Es stammt nicht von dir?«

»Von mir?« Das Gespenst lachte raschelnd wie ein nächtlicher Wind, der sich in Bäumen fängt. »Wie kommst du auf diese Idee?«

»Sie glaubte das offenbar.«

»Dann ist sie auf dem Holzweg.«

»Wege scheinen es dir angetan zu haben.«

»Genug«, sagte der Spuk. »Willst du entkommen oder nicht? Ich habe dich beobachtet. Du läufst herum wie ein eingesperrtes Tier. Ich habe den Schlüssel zu deinem Gefängnis.«

»Warum solltest du es mir öffnen?«

»Weil... du mir sehr ähnlich bist?«

Bennelongs Schauder vertiefte sich.

»Du hast versucht, zu dir selbst zu finden«, fuhr Esben Storm fort. »War es nicht so, als ich dir dort draußen im Niemandsland unserer Ahnen zum erstenmal begegnet bin?«

»Und wenn es so wäre?«

»Du weißt, daß ich nicht nur der Schlüssel zu diesem Gefängnis sein könnte. Ich könnte dir auch neue Horizonte öffnen.«

Bennelong schmälte die Augen. »Und was müßte ich dafür *tun?*«

»Nichts.«

»Nichts ist umsonst.«

Esben Storm wandte sich ab. Er schwebte als von einem leuchtenden Kranz umgebene Silhouette handbreit über dem Boden des Korridors und wirkte dabei durchscheinend und flüchtig wie ein Gas, das nur für begrenzte Dauer Form angenommen hatte.

»Wenn du nicht willst...«

Wenn du nicht willst.

Bennelong hatte das Gefühl, daß dieser Satz mehr in ihm bewirkte als alle Äußerungen des Phantoms zuvor.

»Halt!« Seine Stimme überschlug sich. »Bleib! Ich will. Ich will hier weg! Aber nur...«

»Nur?« Storm hielt inne.

»... wenn der Preis nicht höher ist als der, den ich zahlen müßte, wenn ich bleibe.«

»Ich kenne den Preis des Bleibens nicht.«

»Aber du kennst den des Gehens.«

»Ich feilsche nicht. Du kannst selbst entscheiden. Folge mir – oder harre der Dinge, die hier auf dich zukommen werden.«

Wieder setzte er sich in Bewegung. Glitt den Gang entlang, zur Treppe, die hinabführte, obwohl er weder Treppen noch Türen benötigte. Bennelong war überzeugt, daß Storm durch jede Wand wie durch Nebel hätte hindurchgehen können.

Er bleibt nur für mich auf dem Weg. Als mein Lotse...

Bennelong zögerte noch ein paar Sekunden. Dann traf er seine Entscheidung.

Neben Angst weckte Esben Storm auch eine unglaubliche Faszination in ihm.

»Ich komme mit!« rief er ihm hinterher.

»Ich weiß«, erwiderte das Gespenst. »Betrachte dich als Freund.«

Bennelong strauchelte kurz. Es war verrückt, aber es kam ihm vor, als hätte ihm der Geist nichts Schrecklicheres in Aussicht stellen können als...

... seine Freundschaft.

Es hatte sich nichts geändert.

Auch nach Verlassen des Hauses – Bennelong hätte nicht zu sagen vermocht, wie Esben Storms »Schlüssel« funktionierte; sie hatten einfach eine Tür durchschritten, die sich wie eine Tür verhalten hatte – kam es dem Aboriginal so vor, als wäre er ein Gefangener geblieben.

Die Wände seiner »Zelle« schienen ihn zu begleiten. Unsichtbar. Trügerisch in den Hintergrund gerückt. Aber stets gegenwärtig.

Esben Storm war an seiner Seite. Wie ein Engel, der ihn zu seinem Schutzbefohlenen erkoren hatte, lenkte er Bennelong durch Sydneys ruhige nächtliche Straßen.

Die wenigen Menschen, denen sie begegneten, schienen Bennelong nicht wahrzunehmen – oder zumindest ebenso eigenartig »gefiltert«, wie er es tat.

Sie interessierten ihn nicht.

Und er interessierte die Menschen nicht.

Zwischendurch übermannte ihn panische Furcht, er könnte sich an der Seite des Gespenstes Storm selbst in ein Gespenst verwandelt haben.

»Wohin gehen wir? Was ist, wenn ich meine eigenen Wege gehen will? Nicht deine...?«

»Du bist frei«, log Storm. Es mußte eine Lüge sein. »Aber

ich will dir noch etwas zeigen. Will dir erklären, wie ich zu dem wurde, was ich bin.«

»Vielleicht möchte ich das gar nicht wissen?«

»Doch, das *möchtest* du.«

Die Grenzen des heimlichen Kerkers schienen schlagartig näherzurücken, als Bennelong sich gegen Storms Bestimmtheit aufzulehnen versuchte. Sie wichen erst wieder zurück, als er die – aufgezwungene? – Bereitschaft in sich keimen fühlte, dem Wunsch des Greises zu entsprechen.

Kurz darauf erreichten sie eine Geschäftsstraße. Storm dirigierte Bennelong zu einem mehrstöckigen Gebäude, das eingequetscht zwischen anderen, noch höheren Bauten in die Nacht hinaufwuchs. Zu ebener Erde befand sich ein Laden, der nach Aussage der bunten Leuchtreklame Dessous verkaufte. Irgendwie – auch die Gründe dafür blieben im dunkeln – schien dieses Angebot Bennelong unpassend.

»Hier ist es«, sagte Storm. Er glitt Bennelong voraus und durchdrang die Schaufensterscheibe, hinter der schmalbrüstige Puppen Strapse, Strümpfe und BHs präsentierten, zur Hälfte, so daß es aussah, als wäre der Aboriginal von einem gläsernen Fallbeil zerteilt worden.

Bennelong folgte widerstrebend.

Er hatte größte Bedenken, daß ihn *doch* jemand beobachten und für völlig übergeschnappt halten könnte. Besonders wenn er mit Storm redete.

Flüsternd fragte er: »Hier ist *was*?«

»Hier hat es begonnen«, sagte Storm mit Grabesstimme. Noch während er redete, begann die Aura, die ihn umgab, blendend hell aufzublitzen. Bennelong vermochte nicht mehr rechtzeitig die Augen zu schließen, und als er es schließlich tat, hatte er das Gefühl, die Häute seiner Lider würden mit den darunterliegenden Augäpfeln verschmolzen. Nicht von Hitze, nur von diesem Licht...

»Aufhören!« brüllte er. Es interessierte ihn nicht mehr, ob er andere Leute auf sich aufmerksam machte oder nicht. Er wollte nur, daß Storm mit diesem Treiben aufhörte.

Aber der Geist, der ihn aus Lilith Edens Haus hierher gelotst hatte, hörte nicht auf.

Ein heftiger Knall und ein Scherbenregen, von dem auch Bennelong etliche Splitter abbekam, machten ihm deutlich, daß das aberwitzige Phantom noch einen Schritt weitergegangen war.

Immer noch geblendet von der übernatürlichen Helligkeit, glaubte sich Bennelong von einem unwiderstehlichen Sog erfaßt, der ihn erst wieder losließ, als die Sehkraft zurückkehrte.

Er stand im Innern des Ladens. Zwischen Inventar und Ware.

Es war dunkel. Eigentlich war es stockfinster, und doch – als hätte Storms Licht Bennelongs Augen scharf und empfindsam wie die einer Katze werden lassen – vermochte der Aboriginal alles zu erkennen und zu deuten, was ihn umgab.

Storm war verschwunden, nicht mehr zu sehen jedenfalls.

Weg hier! dachte Bennelong. Wenn ihn die Bullen bei diesem Einbruch erwischten, würde ihn irgendein weißer Richter für die nächsten Jahre wegschließen lassen.

Ein Geräusch aus dem Nebenraum zerstreute den Fluchtgedanken.

»Storm?«

»Komm her!«

»Niemals! Ich werde –«

Licht flammte auf. Künstliches, aber *echtes* Licht, das nicht mit Storms Aura zu vergleichen war.

Bennelong erzitterte, als würden sich die Erschütterungen eines Erdbebens durch seinen Körper pflanzen. Eine hart und unversöhnlich klingende Stimme bellte: »Eine falsche Bewegung, du mieses Stück Dreck, und ich puste dein Hirn durch den Laden!«

Langsam, bedacht darauf, keine Provokation heraufzubeschwören, drehte Bennelong den Kopf.

Ein Mann stand am Ende einer Wendeltreppe, die sich aus der Ladenmitte ins darüberliegende Stockwerk schraubte. Der Mann war kaum älter als er selbst, aber sein schmales Gesicht war von tiefen Furchen durchzogen. Er trug einen Schnauzbart und war bewaffnet. Das – vermutlich entsicherte – Gewehr war auf Bennelong gerichtet, die Mündung glotzte den Aboriginal wie ein rundes Auge an. Die Stirn des Mannes reichte bis zur Schädelmitte, und *seine* Augen machten auch die leiseste Hoffnung in Bennelong zunichte, ihm vielleicht erklären zu können, daß es sich *nicht* um einen Einbruch handelte.

Der Augenschein sagte etwas anderes aus.

Auf frischer Tat ertappt...

Bennelong zog frierend den Kopf zwischen die Schulter.

»Hab' ich nicht gesagt, du sollst nicht –?«

Die heisere Stimme des Ladeninhabers brach so unvermittelt ab, daß Bennelong sofort an Storm denken mußte.

Tatsächlich löste sich der Schemen des Gespenstes aus dem Nebenraum.

»Ihr seid also zu zweit...«

Der Mann verkannte die Situation gründlich. Der Gewehrlauf schwenkte zu Esben Storm. Bennelong folgte der Bewegung wie gelähmt. Statt erleichtert zu sein, daß der Tod ihn aus seinem Auge entließ, erwachte schreckliche Sorge um den Ahnungslosen, der auf Storm zielte.

»Nein!« rief er. »Lassen Sie das! Legen Sie sich nicht mit ihm an, er...«

Bennelong wußte nicht, was Storm getan hatte, um den Schuß zu provozieren, aber überlaut hallte der Donner durch den Raum, riß den Fluch von den Lippen des Schützen.

Dort, wo Storm eben noch geschwebt hatte, war nichts mehr.

»Verdammt, wie hat er das gemacht?«

Dem Ladenbesitzer war das Geschehen zurecht nicht geheuer. Langsam kam er auf Bennelong zu. »Du da...! Wie hat der Alte das gemacht?«

»Lassen Sie mich gehen«, keuchte Bennelong. »Oder noch besser: Verschwinden Sie selbst auch! Sind Sie – allein?«

»Was schwafelst du da? Warum sollte ich verschwinden? Kommt gleich ein Bumerang geflogen, oder was? Hey, ich hab' keinen Schiß vor euch! Das ist der vierte Einbruch in diesem Jahr – aber so bescheuert dreist wie ihr war noch keiner!« Er trat noch näher an Bennelong heran und drückte ihm die kühle Mündung gegen das rechte Ohr. »Das letzte Mal hab ich mir geschworen, mich nicht länger auf die Cops zu verlassen. Verstehst du? Die rühren keinen verdammten Finger, diese Arschlöcher. Ich muß was tun. Ich hab' mein ganzes Geld in den Laden gesteckt. Er ist meine Existenz. Würdest du dir deine Existenz zerstören lassen?«

Bennelong schüttelte den Kopf.

»Ich hab' mir geschworen, ein Exempel zu statuieren. Nichts gegen dich persönlich, aber...« Das Gewehr vibrierte plötzlich, weil der Mann, der es festhielt, angefangen hatte, noch stärker als Bennelong zu zittern.

»Machen Sie keinen Unsinn...«

In diesem Augenblick schoß aus dem Nebenraum eine Lichtflut, die das elektrische Licht mühelos überstrahlte. Eine Art Lichteruption, begleitet von...

»Feuer!« Der Ton des Ladenbesitzers kippte. Stier blickte er an Bennelong vorbei zur Verbindungstür. Seine Augen schienen aus den Höhlen hervorzuquellen. »Dieser verdammte Hurensohn hat...«

Mehr verstand Bennelong nicht. Es roch plötzlich seltsam. Nicht *nur* nach einem Brand. Die Gerüche riefen Schwindelgefühle hervor.

Bennelong merkte erst relativ spät, daß der bewaffnete Ladeninhaber ihn einfach stehengelassen hatte, ohne abzudrükken, und quer durch den Verkaufsraum auf die Tür zuschlingerte, aus der nun das Knistern von Flammen und der unruhige Schein eines Feuers drang.

»Nein!« Gehen Sie nicht...!«

Als Bennelong den Mann mit Worten nicht stoppen konnte, rannte er ihm hinterher. Daß er dabei Regale und kleine Auslagetische umwarf, war ihm gleichgültig. Hier ging es um mehr. Um sehr viel mehr.

Durch die geborstene Schaufensterscheibe klang das Geräusch einer näherkommenden Sirene.

Polizei.

Irgend jemand aus der Nachbarschaft war auf die Geschehnisse aufmerksam geworden und hatte reagiert.

Bennelong wußte nicht mehr, warum er Storm überhaupt gefolgt war. Er wußte gar nichts mehr. Lähmende Leere drohte seinen Verstand in einen schwarzen, modrigen Sumpf zu ziehen, ihn zu verschlingen.

Der Ladeninhaber verschwand durch die Verbindungstür in den Nebenraum.

Fast in derselben Sekunde ertönte fast überlaut der zweite Schuß.

Dann der dritte.

Der vierte...

Bennelong blieb wie gegen eine Wand geprallt stehen, als hinter ihm eine Frauenstimme grell und hysterisch zu schreien begann. Er drehte sich um und sah eine Gestalt in wehendem Nachthemd die Wendeltreppe herunterstürmen. Zweifellos gehörte die Frau zu dem Ladenbesitzer. Offenbar befand sich die Wohnung der beiden direkt im Stockwerk darüber.

»Arch!« schrie die Frau. »Arch, wo bist du? Was geht hier vor? Lilly und Doug sind wach geworden und... O Scheiße, hier brennt's...« Sie hielt in halber Höhe der Treppe inne. Dann rannte sie den Weg, den sie gekommen war, zurück.

Zu ihren Kindern, dachte Bennelong. Er hatte das Gefühl, von innen heraus zu einem Eiszapfen zu gefrieren. *Storm, du beschissener Geist! Was richtest du hier an?!*

Wie betäubt legte er die Strecke zurück, die ihn noch vom Nebenraum trennte.

Rauch quoll ihm entgegen, getrieben von einem widernatürlichen Wind. Die Schüsse hatten aufgehört. Eigentlich – und das fiel Bennelong erst in dem Moment auf, als er selbst über die Schwelle trat – war es vollkommen still geworden. Selbst das Knistern schien entrückt zu sein, so daß sich die Frage stellte, ob es überhaupt je irgendwo anders als in seiner Vorstellungskraft existiert hatte.

Zwei Schritte entfernt am Boden lag der Ladenbesitzer, das Gewehr immer noch mit dem verkohlten Ding umklammert, das einmal seine Faust gewesen war. Der ganze Körper sah aus wie aus einem riesigen Klotz Kohle gehauen, vollständig verbrannt.

Nur ein paar Schritte von diesem Bild entfernt, das so grausam war, daß Bennelongs Bewußtsein es aus Selbstschutz lediglich *streifte*, hockte der böse Geist am Boden, umzüngelt von Flammen, die keineswegs Teile des Ladens eingeäschert hatten – sie umlohten nur ihn. Es sah aus, als säße Esben Storm auf einem brennenden Scheiterhaufen, der ihm aber nichts anhaben konnte.

Oder als büße er in einem Fegefeuer, das ihn zwar nicht verzehrte, aber unglaublicher Qual auslieferte.

Qual, die in den Augen des Greises reflektiert wurde.

»Wie konntest du das tun?« schrie Bennelong. Er umging den Toten in weitem Bogen. »Die Leute hier können nichts dafür, daß sie –«

»Sie waren zur falschen Zeit am falschen Ort«, sagte Esben Storm. Er blickte zu Bennelong auf. Von dem Schmerz in seinen Augen abgesehen wirkte er mehr denn je wie ein durchgeistigter Meditierender, die Beine überkreuzt, die Unterarme auf den Knien aufgestützt.

»Du bist wahnsinnig! Ein wahnsinniger Spuk...!«

»Hier, genau an dieser Stelle wurde ich zu dem, was ich bin«, sagte der plötzlich noch älter, noch gebrechlicher wirkende Mann. »Ich habe mehr gebüßt als irgendein Mensch vor mir. Nun ist es genug. Ich will und kann nicht mehr. Hast du dafür Verständnis?«

Bennelong wies mit zitterndem Arm auf den zur Unkenntlichkeit verbrannten Toten. »Verständnis für einen Mord? Nein!«

»Tatsächlich«, sprach Storm weiter, »bin ich mehr Opfer als Täter. Ich wurde selbst ermordet – als ich am wehrlosesten war. Als ich mit meinem *Geist* die Weiten der Traumzeitpfade durchstreifte und meinen Körper hilflos hier zurückließ.«

»Hier?«

»Genau an der Stelle, an der ich nun sitze. Der Laden gehörte mir. Ich handelte mit Antiquitäten und Traumzeitartefakten. Bis ich *seinen* Zorn heraufbeschwor. Landru. Hast du diesen Namen schon einmal gehört? Er verfolgte damals schon die Frau, in deren Haus du warst: Lilith Eden. Auf der Jagd nach ihr kam er in meinen Laden, steckte ihn in Brand – und tötete dadurch auch meinen zurückgelassenen Körper. Die Hülle zerfiel. Seither mußte ich ruhelos umherirren. Ein Wanderer zwischen den Welten, zwischen den Wirklichkeiten... denn es gibt mehr als diese eine Realität. Unzählig viele...«

Er verstummte.

Regungslos starrte Bennelong auf ihn hinab. »Egal, was dir widerfahren ist, ich verstehe nicht, was du hier tust! Die Leute...«

»Die Leute zählen nicht«, unterbrach Storm ihn barsch. »Es zählen nur du und ich.«

»Was heißt das?« Hitze- und Kältewellen durchliefen Bennelongs Körper abwechseln. Er wußte jetzt sicher, daß es sein größter Fehler gewesen war, Esben Storm aus Liliths Haus zu folgen. Daß der Geist ihn auf irgendeine Weise dazu gezwungen hatte, war nicht auszuschließen.

»Das heißt, daß ich immer auf der Suche nach jemandem war, der geeignet ist. Er muß viele Voraussetzungen erfüllen. Du scheinst es zu tun.«

»Ich?« Bennelong sprengte den Panzer, der ihn lähmte, und wich zur Tür zurück.

Esben Storm lächelte plötzlich traurig und froh zugleich. Die Qual floh aus seinen Augen.

»In meiner Erinnerung wirst du ewig leben«, sagte er. »In *dieser* Wirklichkeit leider nicht... Ich mußte zum Ort meines Todes zurück, um ihn vergessen zu machen – um meine Verdammnis zu beenden...«

Bevor Bennelong etwas erwidern oder tun konnte, löste sich aus der Aura, die Storm umzüngelte, ein glühender Pfeil, der auf ihn zuschoß, sich unmittelbar vor ihm in *zwei* Pfeile aufsprengte und dann in beide Augen des Aboriginal bohrte.

Das letzte, was er wahrnahm, war das Gebrüll der Frau, die

er schon auf der Treppe bemerkt hatte.

Sie mußte hinter ihm eingetreten sein. In ihr Schreien mischte sich das Plärren kleiner Kinder.

Storm, du Satan!

Das Feuer, das durch seine Augen gebrochen war, begann sein Gehirn aufzulösen. Bennelong hatte das Gefühl, mit einem Skalpell aus seinem Körper herausgeschnitten und in einen bodenlosen Abgrund aus brodelnden Schatten geschleudert zu werden.

Lebendigen Schatten...

...*seiner* nun beginnenden Verdammnis...

17. Kapitel

Die andere Seite

Lilith rief Bennelongs Namen, nachdem sie das Haus durch den vorderen Eingang betreten hatte. Er gab keine Antwort. Daraufhin verschmolz sie kurz mit der *Seele* ihres magischen Domizils, um nach dem momentanen Aufenthaltsort des Aboriginal zu forschen. In Windeseile nahm sie jeden noch so kleinen Raum unter die Lupe. Aber Bennelong blieb unauffindbar, und die einzige Erklärung dafür war: Er befand sich nicht mehr im Haus!

»Unmöglich...«, rann es über Liliths Lippen, während sie ihre geistige Verbindung zum Haus wieder löste.

Bevor sie mit in Darrens Wohnung gefahren war, hatte sie die hypnotische Fessel um Bennelongs Hirn entfernt, dafür aber sämtliche Ausgänge versiegelt. Aus eigener Kraft hätte der Aboriginal diese Sperren nicht überwinden können.

Aus eigener Kraft...

Die Formulierung schien Stichwort und Erklärung in einem zu sein.

»Esben Storm!« sprach sie den Verdacht aus, der ihr auf der Zunge lag. »Was für ein Spielchen treibst du mit mir?«

Sie erhielt keine Antwort und bedauerte, daß das Haus kein abrufbares *Gedächtnis* besaß, über das sie Gewißheit über Bennelongs Schicksal hätte erlangen können.

Eine Zeitlang harrte sie unentschlossen in der Vorhalle aus, ganz in der Nähe der Statue, die das Andenken an Beth MacKinsey in Ehren hielt, Liliths bester Freundin, von der ein Teil in Lilith aufgegangen war, als der Tod sie für alle Zeiten auseinandergerissen hatte.

Wehmütig ging Lilith auf die lebensgroße Figur der knabenhaft schlanken Frau zu, mit der sie die ersten Jahre ihres Kampfes gegen die Vampire bestritten hatte. Sie hob die Hand und strich über Beth' Wange.

Nicht einmal Lilith hätte zu sagen vermocht, aus welchem Material die Statue bestand, aber sie war nicht so kalt und nicht so hart, wie man es hätte erwarten dürfen. Warm und weich, regelrecht zart und verletzlich fühlte sich die greifbar gewordene Erinnerung an. Als schlüge immer noch ein Herz darin...

»Ich wünschte, du wärst hier«, sagte Lilith. »Ich wünschte, ich könnte mit dir über alles reden. Du weißt nicht, wie sehr ich dich vermisse.«

Es mußte eine Illusion sein, daß Lilith in den Augen der Figur Mitgefühl zu lesen glaubte. In ihrer Kehle bildete sich ein Kloß. Sie wußte jetzt, *wo* Rahel sich aufhielt – aber im Grunde hatte sie das keinen Schritt weitergebracht.

Was sollte sie tun? Nach Rom fliegen, in den Vatikan einbrechen und Rahel zur Rede stellen? Sie nötigenfalls töten?

»Wenn es so einfach wäre...«

Langsam ging sie zur breiten Freitreppe, die ins Obergeschoß führte.

Das Netz... Das Geheimnis der silbrigen Fäden, die sich im Gebälk des Dachstuhls spannten und deren Berührung bei Fee solch drastische Folgen gehabt hatte, war immer noch ungelöst.

Alles deutete darauf hin, daß Esben Storm damit zu tun hatte.

Esben Storm schien *überall* seine Hände im Spiel zu haben.

Wege, erinnerte sich Lilith seiner Worte, die Bennelong ihr übermittelt hatte. Wege zu *Antworten* sollte das Gespinst beinhalten.

Es war das übliche kryptische Geschwätz Esben Storms, der offenbar von *Niemandes Freund* zum Feind geworden war. Der klarer als jemals zuvor Partei ergriffen hatte.

Für Rahel – und damit gegen mich, dachte Lilith. *Gegen alle Menschen...*

Wenig später kletterte sie die herabgelassene Leiter zur Bodenluke hinauf und näherte sich der ominösen Hinterlassenschaft, die unverändert dort hing.

Dezentes Licht ließ das spinnwebartige Netz in mattsilbrigem Glanz erstrahlen, und Lilith fragte sich, was Fee *genau* damit gemeint haben mochte, daß sie auf der »anderen Seite« gewesen sei.

Was war die andere Seite?

Fee hatte es nicht sagen können oder nicht sagen wollen. Der unbestimmte Eindruck, daß dort »drüben« nicht sie, sondern Lilith erwartet wurde, schien alles zu sein, was sie an Erinnerung herübergerettet hatte.

Sorgfältig studierte Lilith das Ausmaß der netzartig verzweigten Fäden. Sie wollte herausfinden, ob sie sich seit ihrem letzten Besuch ausgeweitet hatten. *Das* wäre eine wahrhaft bedrohliche Entwicklung gewesen.

Doch für ein noch so geringfügiges Wachstum ließen sich keine Anzeichen erkennen.

Lilith dachte an ihr eigenes Bemühen, das Netz auf magisch-mentaler Ebene zu erforschen. Ein äußerst unschönes Erlebnis, an das sie sich nicht gern zurückerinnerte. Gleichzeitig war sie sich aber bewußt, daß sie sich über kurz oder lang erneut auf eine Konfrontation würde einlassen müssen, wenn sie das Rätsel um dieses *Ding* lüften wollte.

Das plötzlich aufklingende Geräusch von Schritten zerschnitt die Kette ihrer Gedanken.

Schritte?

Sie kamen von unten, und sie kamen näher.

Lilith kniete sich neben dem offenen Geviert im Boden nieder und streckte den Kopf in die Öffnung. Verblüfft erkannte sie Bennelong, der gerade den Fuß hob, um die Leiter zu ersteigen.

»Du?! Wo hast du gesteckt? Ich habe alles nach dir abgesucht, aber du warst nirgends zu finden!«

Bennelong antwortete nicht. Er kam die Leiter herauf und richtete sich neben Lilith auf, die sich ebenfalls wieder erhoben hatte. Der Blick seiner Augen war stechend wie noch nie und bereitete Lilith beinahe körperlichen Schmerz.

»Du –«, setzte sie an, aber eine Geste des Aboriginals brachte sie sofort zum Verstummen.

»Ich bin nicht Bennelong«, sagte er. »Nicht mehr.«

Ihr erster Gedanke war: *Er hat den Verstand verloren – und ich bin schuld. Das alles war zuviel für ihn.*

Doch schon die nächsten Sätze aus seinem Mund bewiesen, daß es nicht so war. Sondern schlimmer.

»Du kennst mich«, sagte der junge Mann. »Nur nicht in dieser Gestalt. Wir sind uns viele Male begegnet, aber keiner schuldet dem anderen einen Gefallen.«

Schon die Art, wie er redete, verriet ihn, aber endgültig zu erkennen gab er sich mit den unverblümten Worten: »Ich bin Esben Storm.«

Lilith musterte ihn von Kopf bis Fuß. »Du bist... Aber was ist dann mit *ihm*? Mit Bennelong?«

»Er existiert nicht mehr«, gab der Mund, der Bennelong gehört hatte, unumwunden und fast lakonisch zu.

Lilith packte den Mann an den Oberarmen. »Was hast du getan?! Erst hilfst du Rahel... und jetzt –!«

Um Bennelongs Mund legte sich ein nachsichtiges Lächeln.

»Du hast es nicht begriffen«, sagte er. »Ich habe Rahel nur gezeigt, wozu sie auch ohne mich schon fähig war. Sie *wußte*, wie man die *songlines* beschreitet. Und dieses Talent habe nicht ich ihr in die Wiege gelegt.«

»Ihre Wiege war der Lilienkelch«, sagte Lilith verächtlich. Dabei verstärkte sie den Druck um seine Arme. »Spar dir deine Ausflüchte. Im Ayers Rock sah ich dich an ihrer Seite. Das mindeste, was ich dir vorwerfen kann, ist, daß du ihre Pläne gutgeheißen hast!«

Das Gesicht vor ihr wurde zu einer Maske aus geronnenem Spott. »Und du? Hast du ihre Pläne nicht erst ermöglicht? Hast nicht *du* die neue Plage ins Leben gerufen...?«

»Daran brauchst du mich nicht zu erinnern.«

Esben Storm lachte auf. Bennelong wäre zu diesem häßlichen Lachen nicht fähig gewesen. »Daran *muß* ich dich erinnern! Laß los. Ich bin nicht gekommen, um mir einen Kampf mit dir zu liefern. Dafür ist mir diese neue Hülle zu wertvoll.«

»Diese neue Hülle... Was bist du nur für ein Monster geworden?«

»Hast nicht auch du die Leben anderer in die Waagschale geworfen, um selbst wieder leben zu können?«

Liliths Hände fielen von ihm ab. Weil er Recht hatte. Und weil... sie sich ihre Wiederbegegnung mit Storm so gewiß nicht vorgestellt hatte.

»Du hast dich in diesem Körper eingenistet? Und was ist aus Bennelong geworden?«

»Mein Geist hat den seinen zermalmt. Er ist tot, damit ich endlich wieder leben konnte. Leben und atmen. Aber – so unglaublich es auch für dich klingen mag – ich tat es nicht für mich allein.«

»Sondern?« Liliths Gedanken hingen dem Aboriginal nach, der ihr zwar dem Anschein nach unversehrt gegenüberstand, der aber offenbar wirklich nicht mehr existierte. Bennelongs Körper hatte den Besitzer gewechselt...

Esben Storm zeigte auf das Netz hinter Lilith. »Du weißt auch nicht, was das ist, oder?«

»Ich ging davon aus, es sei auf deinem Mist gewachsen...«

»Das ist ein Irrtum. Leider. Ich habe auch nur eine Vermutung, die ich in meiner rein geistigten Existenz allerdings nicht überprüfen konnte.«

Kopfschüttelnd trat Lilith einen Schritt zur Seite und näherte sich dem Gespinst, bis sie es mit der Hand hätte berühren können. »Was heißt das?«

»Daß man körperlich sein muß, um es... zu betreten.«

»Fees Geist *war* auf der anderen Seite.«

Storm nickte. »Auch ich war dort, aber das, was Fee als andere Seite empfunden hat, war nur der ›Eingangsbereich‹, die *Vorhölle* sozusagen.«

»Du glaubst, dahinter lauert die Hölle?«

»Nur im übertragenen Sinn. Ich weiß nicht, was sich dort befindet. Aber ich will es herausfinden.«

»Fee meinte, *ich* würde dort erwartet.«

Storm nickte. »Aber wenn es eine Falle ist, wäre mein Verschwinden leichter zu verschmerzen als deines. Denn *ich* würde nicht gegen die neuen Vampire anzukämpfen versuchen. Aber du.«

»Und daran ist dir gelegen?«

»Natürlich.«

»Warum hast du es dann erst soweit kommen lassen, daß diese neue, unermeßliche Gefahr entstehen konnte?«

»Es lag nicht in meiner Hand, es zu verhindern. – Und auch nicht in deiner.«

»Ich hätte mich nur umbringen müssen, dann wäre es der Welt erspart geblieben.«

Esben Storm schüttelte den Kopf. »Da fängt die Kette deiner Irrtümer schon an.«

»Worauf willst du hinaus?«

»Später«, wiegelte er ab. »Laß es mich jetzt versuchen. Ich fühle, daß die Zeit drängt. Das Netz könnte eine Botschaft sein, ein Werkzeug oder eine Waffe...«

»Oder eine Falle«, wiederholte Lilith Storms eigene Vermutung.

»Ich werde es gleich wissen – so oder so.«

Mit diesen Worten trat Esben Storm entschlossen an Lilith vorbei, duckte sich leicht, als würde er zu einem Sprung ansetzen – und sprang dann tatsächlich. Gegen das Netz.

Das ihn verschlang.

Für Lilith sah es aus, als würden die hauchfeinen, straff gespannten Silberfäden von der Wucht des Körpers mit Brachialgewalt aus ihren Verankerungen heraus und entzwei gerissen.

Einen Moment lang zappelte Storm wie eine fette Fliege im Netz einer Spinne, dann schmiegten sich die berstenden Stränge wie die Fasern eines hauchdünnen Kokons um den Leib des Aboriginals.

Storm verblaßte, als würde greller Sonnenschein einen Schatten fressen.

Und kaum war der »Inhalt« des Kokons vollkommen unsichtbar geworden, da schnellten die Fadenenden aus eigener Kraft wieder zu den Ankerpunkten im Gebälk zurück. Metallisch schimmernd spannte sich das Netz, als wäre nichts geschehen.

Lilith war noch benommen von dem Geschehen, versuchte ihre fliegenden Gedanken zu ordnen, da kehrte Storm, kaum daß er aus der Sichtbarkeit herausgefallen war, auch schon wieder zurück.

Falls er dieses entstellte Bündel gehäuteten, blutenden Fleisches war, das sich wimmernd am Boden unterhalb des Netzes hin und her wälzte...

Er wird sterben!

Nichts und niemand würde heilen können, was das Unbekannte Storm zugefügt hatte. Trotzdem sträubte sich alles in Lilith dagegen, es zu akzeptieren. In diesen Momenten zählte nicht, was Storm Bennelong angetan hatte – jetzt zählte nur das zuckende Etwas, in das der Aboriginal sich verwandelt hatte.

Unglaublich schnell weitete sich die Blutlache unter ihm aus. Binnen Sekunden würde sich der an allen Stellen gleichzeitig blutende Körper entleeren! Nur eine neue Haut hätte ihn noch retten können.

Eine zweite Haut! So wie...

DAS WAR ES!

Ein gedanklicher Impuls, und der Symbiont fiel von Lilith ab, rollte wie ein schwarzglänzender Fladen auf Storm zu und durchpflügte den kleinen, scharlachroten See.

Lilith hatte nicht den Eindruck, daß sie sich wirklich über jede Konsequenz ihres Befehls klar war. Dennoch verfolgte sie mit angespannter Neugier, wie der Symbiont ihn ausführte.

Die lackschwarze amorphe Masse hatte den mehr und mehr in Agonie verfallenden Körper erreicht und umschloß ihn nun mit derselben Geschwindigkeit, als würde er Lilith ein neues Kleid formen.

Dieses »Kleid« jedoch umspannte einen fremden Körper und ersetzte dabei absolut lückenlos jeden Quadratmillimeter gestohlener Haut!

Reglos lag das Wesen, das einmal Bennelong und zuletzt Esben Storm gewesen war, da. So still und stumm, daß Lilith zunächst glaubte, der Einsatz des Symbionten wäre zu spät erfolgt.

Doch dann hörte sie das Röcheln aus dem geschwärzten Mund. Barfüßig und auch sonst so nackt, wie sie einst zur Welt gekommen war, durchwatete sie das langsam erstarrende, klebrige Blut und streckte die Hände aus, um den seitlich Liegenden auf den Rücken zu drehen.

Flüchtig schien es, als würde sich die schwarze Haut ihrer eigentlichen Trägerin erinnern und auf sie zurückfließen wollen. Doch Lilith erneuerte den Befehl mit aller Intensität und blickte dann in Storms Augen.

Sie waren unversehrt, bis auf den Umstand, daß der Symbiont es nicht für nötig befunden hatte, sie mit Lidern auszustatten.

»Kannst du mich hören?«

Die an einen dreidimensionalen Schatten erinnernde Gestalt nickte kaum merklich. Storm schien unter Schock zu stehen, was nur allzu verständlich war.

»Kannst du reden?«

»Ich denke... schon...«

Er mußte Schmerzen haben – unfaßbare Schmerzen. Unter der künstlichen Haut war er immer noch tödlich verletzt. Oder doch nicht? Die Fähigkeiten des Symbionten waren enorm.

»Was ist passiert?«

Storm versuchte sich aufzurichten. Als Lilith ihm die Hand entgegenstreckte, wehrte er ab und sank wieder zurück.

»Tut es sehr weh?«

»Nein. Der Schmerz ist vorbei. Aber die Taubheit ist schlimmer.«

»Taubheit?«

»Ich hatte einen Körper – für ein paar Stunden. Offenbar war er mir nicht gegönnt.«

»Unsinn.«

Storm schüttelte den Kopf. Der Symbiont dehnte sich, paßte sich jeder Anforderung an.

»Was ist passiert?« wiederholte Lilith ihre Frage.

»Ich war... drüben. Leider zu kurz, um viel zu erkennen. Etwas kam auf mich zu. Ich weiß nicht, was. Es berührte mich.«

»Du hast keine Idee, was es gewesen sein könnte?«

»Nein.«

»Das heißt, es *ist* eine Falle.«

Storm schien mit dieser Schlußfolgerung nicht einverstanden zu sein. Er schwieg, starrte Lilith nur unverwandt an, als wartete er auf etwas.

»Was ist?«

»Ruf deinen Diener zurück«, krächzte Storm. »Du weißt jetzt, daß du von mir nicht mehr erfahren kannst. Ich bin nicht länger von Wert für dich...«

Kopfschüttelnd reichte sie ihm erneut die Hand. Glaubte er denn wirklich, sie würde den Symbionten zurückpfeifen und ihn elend krepieren lassen? »Steh auf. Ich helfe dir. Ich bringe dich nach unten.«

Storm blieb verhalten. »Wozu?«

»Wir werden uns etwas überlegen müssen.« Ein Anflug von Galgenhumor überkam sie. »Schließlich kann ich dich *so* kaum auf die Straße lassen.«

Sie merkte, wie müde sie war.

Noch empfand sie es nicht als nachteilig, den Symbionten ausgeliehen zu haben. Doch wie lange würde dieser Zustand anhalten? Sie mußten eine Möglichkeit finden, Storm wieder unabhängig davon zu machen – ohne ihn dadurch zu töten...

18. Kapitel

Im Dunklen Dom

Die beiden Riesen aus Trachyt ragten wie unterschiedlich amputierte Fingerstummel aus der Hochebene Ostanaoliens hinauf in den azurblauen Spätnachmittagshimmel. Ein zweieinhalb Kilometer hoher »Sattel« verband beide Berge, den Großen und den Kleinen Ararat, miteinander.

Landru wies mit ausgestrecktem Arm auf die imposantere der beiden Erhebungen und erklärte dem Kind an seiner Seite: »Dort liegt die Wiege derer, die vor dir waren – und lange vor dir herrschten.«

Seth sah nur mäßig beeindruckt hinüber zum Berg. Wesentlich interessierter, beinahe lauernd faßte er Landru ins Auge. »Mutter hat dir tatsächlich aufgetragen, mich *hierher* zu bringen? Warum?«

Landru wich dem sezierenden Blick und der im Hintergrund schimmernden beunruhigenden Klugheit aus. Mit schroffer Geste setzte er den unterbrochenen Marsch fort. »Du wirst es erfahren, sobald wir am Ziel sind.«

»Ich dachte, das seien wir bereits.«

»Das Ziel...«, Landru schöpfte tief Atem, ehe er fortfuhr, »... ist noch ein Stück weit entfernt. Es wäre kein Problem, wenn du fliegen könntest... Kannst du?«

Seth lächelte spröde. »Mutter hat dich im Ungewissen über uns gelassen. Das spricht nicht gerade dafür, daß sie besonders hohes Vertrauen in dich setzt.«

Wie dieses Kind redete!

Es ist kein Kind mehr, korrigierte sich Landru. *Die Größe eines Gefäßes sagt nicht das Geringste über die Güte seines Inhalts aus.*

»Ganz gleich, ob sie mir vertraut oder nicht – ich bin ihr lange gefolgt und habe mehr als abgegolten, was sie für mich tat.«

»Und was war das?« fragte Seth.

Indem Landru den Tonfall des Jungen von vorhin nachäffte, erwiderte er: »Sie hat es dir nicht erzählt? Das spricht nicht gerade dafür, daß sie großes Vertrauen in dich setzt...«

Seth lachte dunkel auf. Er hatte sich Landrus Schrittempo angepaßt und hielt scheinbar mühelos mit ihm mit, obwohl er nur knapp halb so groß war.

»Also, wie steht es?« fragte Landru nach einer Weile. »Kannst du dich verwandeln?«

Seth blieb stehen. Landru ging drei Schritte weiter, ehe er innehielt und zurückschaute. Er wollte den erst Monate alten Vampir provozieren; nur so war die herablassende Art zu erklären, mit der er Seth musterte. »War meine Frage... ungehörig, *künftiger König*?«

»Du machst dich lustig über mich«, sagte Seth. »Das solltest du nicht tun.«

»*Du* drohst *mir*?«

Seths Augenbrauen, die wie mit einem schwarzen Stift gemalt aussahen, zogen sich enger zusammen. »Du hältst dich mir überlegen?«

»Zumindest was meine ›Weisheit‹ angeht, ja.«

»Alt bedeutet nicht automatisch klug«, versetzte Seth gehässig. »Wie alt bist du? Verrate es mir. Und dann sag mir, was dich mit Mutter verbindet. Es ist mir unverständlich, daß sie mich in deine Obhut gab. Du kommst mir leer und ausgebrannt vor – unwürdig und *unfähig*, mir die Lektionen beizubringen, die ich lernen muß, um den mir zustehenden Platz auf dieser Welt schnellstens einnehmen zu können!«

Landru wunderte sich, wie gelassen er bei Seths Worten blieb. »Weshalb, glaubst du, sind wir hier?«

Seth zuckte die Achseln. »Woher soll ich das wissen? Sag es endlich!«

»Du hast recht, wenn du eine Lektion erwartest.«

»Und was für eine Lektion soll das sein?«

»Sie heißt *Ehrfurcht*.«

»Ehrfurcht?« Seth verzog geringschätzig das Gesicht.

Landru nickte. »Erst wenn du die Taten anderer zu würdigen gelernt hast, bist du selbst fähig, Großtaten zu vollbringen.«

»Ich glaube nicht, daß du das beurteilen kannst.«

»Wenn ich nicht, dann *sie*«, gab ihm Landru ungerührt zu verstehen. Und fügte ohne ein Schwanken in seinem Tonfall hinzu: »Rahel trug mir auf, dich hierher zu bringen, damit du Geschichte atmest. Unsere Geschichte. Die Geschehnisse der letzten siebentausend Jahre. Denn soweit – eigentlich noch viel, viel weiter – reichen auch deine Wurzeln zurück. Du bist nicht aus dem Nichts gekommen. Mag Rahel auch nicht deine Mutter im biologischen Sinne sein, im spirituellen ist sie es durchaus. Und auf Umwegen, die sich ebenso rätselhaft wie erstaunlich gefügt haben, sind sämtliche denkende Kreaturen auf dieser Welt miteinander verflochten. Sogar du mit mir –«

»Genug! Du erwartest hoffentlich nicht, daß ich hier ruhig am Fuß zweier öder Berge stehenbleibe und mir deine merkwürdigen Philosophien anhöre!«

»Du willst *nicht* wissen, was vor dir war? Wie jene beschaffen waren, die schon einmal den Lauf der Welt bestimmten, es aber nicht verstanden, ihre Herrschaft zu festigen? Du willst *nicht* wissen, woher wir kamen?«

»Wir?«

»Ich bin einer der Ursprünglichen, einer der Ersten, die... das gebe ich zu... gescheitert sind.«

Wider Erwarten kommentierte Seth Landrus Aussage nicht abfällig, sondern fragte in ernstem Ton: »Wie viele wart ihr – damals?«

»Zwanzig.«

»*Nur* zwanzig?«

»Ich weiß nicht«, sagte Landru, »ob man das Gelingen oder das Scheitern einer Vision an einer Zahl festmachen kann oder darf. Diesmal seid ihr hundert – aber was bedeutet das schon? Auch ihr werdet die Welt nicht im Handstreich nehmen können, sondern müßt Schritt für Schritt Schlüsselpositionen besetzen.«

Seth schmälte seine nachtblauen Augen. »Welche Wege wir beschreiten, mußt du uns überlassen. Du kennst unsere Möglichkeiten nicht. Du wirst dich noch einige Male wundern.«

»Ganz egal«, sagte Landru, »welche Fähigkeiten ihr auch besitzen mögt, es gibt Gesetzmäßigkeiten, die auch ihr nicht umgehen könnt. – Aber darüber unterhalten wir uns ein anderes Mal. Sieh hin! Der Berg vor uns ist über fünftausend Meter hoch und ganzjährig von Schnee bedeckt. Dort hinauf, in die Gipfelregion, müssen wir uns begeben, um den sagenhaften Ort zu erreichen, wo meine zweite Chance begann...« Landru schloß die Augen, als ihn die Wehmut überkam. Und die Bitterkeit. »Ich hatte ganz vergessen, daß mein gegenwärtiges Leben schon mein drittes ist...«

Als er die Lider wieder hob, hatte sich Seth auf den staubigen Boden der Hochebene niedergelassen, die Beine im Schneidersitz gekreuzt und die Arme vor der schmalen Brust verschränkt.

»Was hat das zu bedeuten?« fragte Landru.

»Du wolltest wissen, ob ich fliegen kann«, sagte Seth und schaute ruhig, geradezu beängstigend gelassen zu Landru empor. »Ich kann es nicht. Zumindest noch nicht. Deshalb werde ich hier bleiben und auf dich warten, wohin immer es dich ziehen mag. Du kannst mir berichten, wenn du zurückkommst. Ich werde dir geduldig zuhören. *Aber ich werde nicht die Strapazen auf mich nehmen, einen Berg dieser Größe zu ersteigen.* Versuche nicht, mich umzustimmen. Es wird dir nicht gelingen. Ich bin kein Kind mehr, aber gegenwärtig noch im *Körper* eines Kindes gefangen. Offenbar hast du das vergessen. Ich kann mir nicht vorstellen, daß Mutter es vergessen hat. Bist du ganz sicher, daß sie dir auftrug, mich hierher zu bringen?«

Landru merkte, wie eine jenseitige Kälte ihn durchströmte. So als hätte sich wieder die Tür in ihm geöffnet, die schon einmal aufgeschwungen war – als er sich in Jerusalem entschieden hatte, seinem Leben selbst ein Ende zu setzen.

Er fühlte sich durchschaut von Seth, der wahrhaftig kein Kind mehr war, sondern ein Geschöpf, dessen beängstigende

Entwicklung nur einer stoppen konnte.

Einer, der Landru zum Vertrauten und allgegenwärtigen Begleiter geworden war: der Tod. Ihn schauderte.

Ahnte Seth tatsächlich, daß Landru eigenmächtig, ja sogar Rahels tatsächlichem Auftrag *zuwider* handelte?

»Du weißt nicht, was du verpaßt.«

Fast eine Minute starrte Seth ihn nur an. Stumm. Dann, als hätte ihm diese Betrachtung neue Erkenntnisse geschenkt, sagte er: »Dir ist es wirklich wichtig.«

»Auch deiner Mutter...«

»Lassen wir Mutter aus dem Spiel. Dir *ist* es jedenfalls wichtig. Nun, vielleicht kannst du mich überzeugen. Aber ich werde definitiv nicht zu Fuß dort hinauf gehen.«

Landru knurrte etwas Unverständliches. »Was soll das heißen?«

»Ich biete dir an, dich auf meine Weise zu begleiten. Es ist mein letztes Wort in dieser Sache.«

Wieder fühlte Landru diesen dumpfen Zorn in sich wachsen. Wieder mußte er sich, um sich zu beruhigen, klarmachen, daß er nur der Hülle nach ein Kind vor sich hatte. Seth war sehr viel weiter, als sein kindlicher Körper es vorgaukelte.

»Was heißt: auf deine Weise?«

»Fürchtest du Schmerz?«

»Was für eine lächerliche Frage!« Landru stemmte die Fäuste in die Hüften.

Langsam erhob sich Seth und trat vor ihn. »Du willst sagen, du hättest schon mehr Schmerz ertragen als ich ermessen kann?«

»Ja!«

»Vielleicht irrst du auch, was das angeht.«

»Es reicht«, sagte Landru. »Ich werde mich von dir nicht länger verhöhnen lassen. Entweder du verrätst mir auf der Stelle, wie du mich begleiten willst – oder du bleibst hier.«

»Du würdest *Mutters* Auftrag mißachten?«

Landru antwortete nicht.

Seth hob die Hand und bedeutete ihm mit dem Zeigefinger, sich etwas zu ihm herabzubeugen. Er erweckte den Anschein, als wollte er ihm etwas ins Ohr sagen.

Landru mißfiel dieser plötzliche Rückfall ins Kindhafte. Es paßte nicht zu dem Seth, den er auf seiner bisherigen Reise kennengelernt hatte. Dennoch bückte er sich. Im nachhinein wußte er selbst nicht mehr, warum er der Geste tatsächlich Folge leistete.

Aber er tat es.

Und Seth zögerte nicht, *das seine* zu tun.

Landru hörte sich gellend aufschreien. Dann schoß die Finsternis in seine Augen und löschte, *radierte* sein Bewußtsein regelrecht aus...

»Du größenwahnsinniges Biest hast mich gebissen!«

Landru streifte den Mantel der Ohnmacht ab. Sonderbarerweise fühlte er sich lebendiger als vor dem Absturz.

Absturz?

Es war tatsächlich gewesen, als wäre er von bodenloser Tiefe verschlungen worden. Der schier endlose Fall mündete in das Erwachen. Seth stand vor ihm. Landrus wutentbrannter Schrei hätte jedes normale Wesen furchtsam zusammenzucken lassen. Der dritte und jüngste Drilling jedoch, den er hierher in die zerklüftete türkische Einöde entführt hatte, dachte nicht daran. Selbstbewußt wartete er auf Landrus nächste Regung. Vermutlich rechnete er auch mit dem Versuch einer Bestrafung.

Landru hatte anderes im Sinn. Er wollte Seth *töten.*

Nicht weil dieser verrückte kleine Bastard sich gerade an ihm vergangen hatte, indem er seine noch kaum ausgebildeten Vampirzähne in Landrus Schlagader gebohrt hatte – nein, dafür nicht, aber es war ein guter Anlaß, es erst recht zu tun, denn der ehemalige Kelchhüter war mit dem Vorsatz zur einstigen Heimstatt der Hüter gereist, sich selbst und diesem Jungen das Leben zu nehmen.

Sich – weil das, was in ihm pochte, die Bezeichnung Leben

nicht verdiente.

Und ihm – weil er dadurch Rahel und ihren hochfliegenden Plänen schaden wollte!

Er war nicht naiv genug, um zu glauben, daß er ihr mit dem Tod *eines* ihrer Kinder ernsthaft ins Handwerk pfuschen konnte. Aber es würde ihr signalisieren, daß er nicht ihr hündisch ergebener Lakai gewesen war und daß er als freies Wesen den Weg in die Ewigkeit angetreten hatte!

Was immer sie mir damals in Jerusalem eingehaucht hat, dachte er, *es war nicht* mein *Leben – nicht, was mich über die Jahrtausende beseelt hat...*

»Worüber regst du dich auf? Es war sonst niemand da – und ich hatte Durst.«

Seths Stimme trieb Landru die Wut in den Bauch. Kalte Wut.

»Du hast mich hereingelegt«, grollte er. »Dafür wirst du –«

»Du wirst mir nichts tun. Du *kannst* es gar nicht«, fiel Seth ihm in die Rede. »Außerdem solltest du dir auf den Saft, der sich durch deine Adern wälzt, nichts einbilden. Er schmeckt wie Jauche.«

»Ich hoffe, du krepierst daran!«

Seth lächelte überheblich. Er streckte den Arm aus und wies zum Großen Ararat. »Geh! Verschwinde! Wir treffen uns dort, wie verabredet.«

»Verabredet?« Landru hegte den Verdacht, daß der Junge ihn mit seinem forschen Auftreten nur bluffen wollte. »Wir haben keine Verabredung.« Er fuhr mit der Hand zum Hals. Die Wunde war längst wieder verschlossen. Aber das änderte nichts. »Das hättest du nicht tun dürfen«, sagte er. »Dafür wirst du büßen. Hier und jetzt!«

Seth behielt sein Lächeln auf den Lippen. Er besaß dasselbe Muttermal wie seine Drillingsbrüder, unmittelbar unter dem linken Auge – als wollte selbst dieses Mal Landru, der an der gleichen Stelle seit Jahrhunderten stigmatisiert war, verhöhnen. »Wenn es dich beruhigt, versuch es ruhig.«

Aus dem Stand heraus warf sich Landru auf den Jungen. Er legte sich keinen Plan zurecht. Wozu auch? Er hatte tausend

Kämpfe in seinem Leben bestritten, womöglich sogar ein Vielfaches davon.

Er sprang –

– und landete auf dem harten Boden, obwohl er Seth bis zuletzt in die Augen sah!

Der Junge war verschwunden!

Landru richtete sich benommen auf und sah sich um. In weitem Umkreis gab es keine Versteckmöglichkeit, keinen Fels, der ausreichend Deckung geboten hätte, keine genügend tiefe Bodenspalte... nichts.

»Wo bist du?!«

Landrus Brüllen schwebte für Augenblicke über der stillen Ebene. Eine Antwort erhielt er nicht. Auch nicht, als er den Kopf in den Nacken bog, weil er es für möglich hielt, daß sich Seth doch blitzschnell in ein geflügeltes Wesen verwandelt und zum Himmel emporgeschwungen haben könnte.

Der Himmel war, von ein paar Kumuluswolken abgesehen, leer.

Er ist nicht mehr da. Landru rang immer noch um eine plausible Erklärung. *Er hat mich allein gelassen... aber wie?*

War dies eine der neuen Gaben, die Rahel ihrer Brut in die Wiege gelegt hatte?

Landru klopfte sich den Staub von der Kleidung und spähte hinüber zum Ararat. Dem Berg der *zwei* Archen, von denen die Bibel eine verschwiegen hatte – aus Unwissenheit.

Die zweite, von Sklaven erbaute Arche war mit den zwanzig Kindern der Ur-Lilith besetzt gewesen – mit Landru und seinen Geschwistern. *Nach der Flut* waren aus ihnen die Hüter des Lilienkelchs erwachsen.

»Ich hätte dir noch manches erzählen können, Seth«, murmelte Landru. »*Bevor* ich dich mit in den Tod gerissen hätte...«

Er war nicht mehr sicher, ob er den Jungen tatsächlich zu beeindrucken vermocht hätte. Nicht mehr nach dem, was gerade geschehen war und womit Seth *ihn* verwirrt zurückgelassen hatte. Immer noch ohne Erklärung für das gerade erlebte Mysterium verwandelte sich Landru in eine Fledermaus und strebte der Gipfelregion des Großen Ararat entgegen. Des Berges, an dessen Flanken nach der Urflut die Arche Noah gestrandet war, während *im* Berg –

Landru fror den Gedanken ein. Er wußte, welch trauriges Denkmal aus Niedergang und Zerfall ihn erwartete. Bei seinem letzten Besuch war der Dunkle Dom, die Heimstatt der Hüter, bereits irreparabel zerstört gewesen.

Aber das Chisma, der uralte Zauber würde immer noch fühlbar sein – zumindest für ihn. *Ein würdiger Ort, die Augen zu schließen, diesmal für immer,* dachte er, ehe er sich in den senkrechten Schlot des erloschenen Vulkankegels stürzte, in dessen Tiefe die Heimat verborgen lag.

Und das Grab, für das der letzte Hüter sich entschieden hatte.

Noch während seine Sinne auf das Wahrnehmungsspektrum einer Fledermaus reduziert waren, wurde ihm klar, daß etwas nicht stimmte.

Zwar trugen ihn seine Schwingen in das gigantische Gewölbe, doch dieser Hohlraum präsentierte sich gänzlich anders, als er es von seinem letzten Besuch her in Erinnerung hatte.

Zentimeter über dem wie poliert aussehenden Boden des Höhlendoms beendete Landru seinen Flug und leitete die Rückverwandlung ein. Der kleine befellte Körper schien zu explodieren. Aber die Maske fiel lautlos. Landrus Füße berührten den unheiligen Boden aus versteinertem Holz, dessen Ursprung bis auf die Dunkle Arche der Vampire zurückging...

Landru erstickte die Erinnerungen, die mit Macht an ihm zehrten.

Unglaube und Nichtbegreifen verzerrten sein Gesicht zur Grimasse.

Der Dunkle Dom war nicht *dunkel,* sondern leuchtete in hellem, kaum erträglichem Licht, das aus dem Trachytgestein hervorbrach.

Und die Helligkeit enthüllte ein... Wunder.

Ein Wunder, das Landru vergessen machte, warum er hierher gekommen war – weshalb er den weiten Weg auf sich genommen hatte.

Die Heimstatt war unversehrt?!

Er konnte nicht aufhören zu schauen, nicht aufhören, sich langsam, zeitlupenhaft langsam um seine eigene Achse zu drehen und dabei jedes Detail des wiedererstandenen Domes in sich aufzunehmen!

Wiederstanden wie ich?

Ihn graute bei der Vorstellung, Rahel könnte etwas damit zu tun haben. Aber es war absurd. Selbst wenn die letzte vom Kelch getaufte Vampirin den Weg hierher *gekannt* hätte, den Dom in altem Glanz aus den Trümmern wiedererstehen zu lassen, das hätte auch Rahel nicht vermocht!

Nein.

Aber wer dann?

Landru erstarrte, als er etwas entdeckte, das es früher hier nicht gegeben hatte. Genau genommen war es das einzige Detail, worin sich dieser Dom von seinem Vorgänger unterschied.

Die Bodenplatte, auf der Landru stand, war kreisrund und hatte einen Durchmesser von etwa fünfzig Metern. An ihrem Rand strebte der Fels nach oben, wo er sich zu dem altbekannten domartigen Gewölbe verjüngte und schloß. Als einzige Öffnung existierte ein steiler Schacht, durch den Landru wie in den alten Zeiten Einlaß gefunden hatte. In den umgebenden Wänden waren Öffnungen, zwanzig an der Zahl. Dahinter lagen Stollen, die einst zu den Kammern der in magischem Schlaf liegenden Hüter geführt hatten.

Soweit war alles vertraut. Bis auf das grelle, Landrus nachtsichtige Augen peinigende Licht.

Und bis auf die in der Luft schwebende, sich langsam drehende Kugel.

Es bedurfte keiner besonderen analytischen Fähigkeiten oder gar Weisheit, um zu erkennen, wofür diese Kugel stellvertretend stand.

Es war ein Globus, eine Erdkugel.

Fasziniert trat Landru darauf zu. Er hatte längst vergessen, weshalb er ursprünglich zum Ararat gekommen war. Das Mysterium, das sich hier auftat, erledigte jede Selbstmordabsicht von selbst.

Der untere Rand der Kugel – *der Südpol,* dachte Landru, beeindruckt von der perfekten Illusion – schwebte ungefähr in Kopfhöhe. Mit erhobenen Armen hätte Landru das Imitat des Planeten Erde berühren können, doch das wagte er nicht. Solange er noch nichts über die Hintergründe der Wiederentstehung des Domes wußte, war es klüger, Zurückhaltung zu üben.

In jeder Hinsicht.

Neugierig studierte Landru die Darstellung der Ozeane und Kontinente. Und je mehr er sich damit beschäftigte, desto unheimlicher wurde selbst einem Vieltausendjährigen wie ihm, *was* da vor seinen Augen rotierte. Minuten später glaubte er nicht mehr, nur vor einem Planeten*modell* zu stehen. Diese Kugel wirkte wie die Miniatur der echten Erde. Nur daß sie ihrer Atmosphäre beraubt war. Der Blick ging, ohne von Wolken getrübt zu werden, geradewegs auf die Oberfläche.

Auch der Mond fand keine Berücksichtigung. Er wurde schlichtweg verleugnet.

Landru war nun doch versucht, den Arm auszustrecken und mit dem Finger in eines der dunkelblauen Meere einzutauchen.

Bisher hatte er das Gebilde als Ganzes betrachtet, war nur rasch von Detail zu Detail gesprungen. Nun suchte er gezielt nach Australien und verweilte länger mit seinen Blicken auf der roten Landmasse, die einen großen Teil der südlichen Hemisphäre ausfüllte.

Und die...

Landru mußte erst den Vergleich mit den anderen Kontinenten herstellen, um sicherzustellen, daß er keiner bloßen Einbildung zum Opfer fiel.

... deutlich *dunkler* als die übrigen Erdteile war!

Nicht die Grundröte der Oberfläche machte dieses Dunkel

aus, sondern eine Art Patina, welche die Landmasse zu verdüstern schien.

Eine Markierung?

Aber wer sollte Australien – und warum – auf solche Weise kennzeichnen?

Abrupt kehrte Landru der Kugel den Rücken. Statt dessen zählte er die Eingänge zu den Stollen im Rund der Domwände.

Zwanzig waren es gewesen, damals, zu Zeiten der Hüter.

Dreizehn waren es heute.

Es war nicht gleich in sein Bewußtsein gesickert, aber offenbar hatte es ihn unterschwellig beschäftigt, seit er angekommen war.

Von diesem Moment an entdeckte er immer mehr Unterschiede, manche winzig, andere von einer Natur, daß es ihm eigentlich sofort hätte ins Auge stechen müssen.

Er revidierte seine ursprüngliche Meinung: Der Dunkle Dom war nicht wiedererstanden – *ETWAS ANDERES war an seine Stelle getreten!*

Mit gespaltenen Gefühlen steuerte Landru den nächstgelegenen Stolleneingang an. Längst hatten sich seine Augen an die Helligkeit gewöhnt. Er empfand sie jedoch weiterhin als unangenehm. Und diesem Ort *unangemessen.*

Es gab keine Sperre, die ein Betreten des Korridors verhinderte. Offenbar gab es nichts Schützenswertes dahinter.

Landru fragte sich, ob dieser *fremde* Dom möglicherweise noch gar nicht seinem Zweck übergeben worden war. Vielleicht sollte dies erst in unbestimmter Zukunft geschehen...

Auch diese Möglichkeit beantwortete nicht, wer ihn erschaffen hatte. Und mit welchen Absichten.

Landru ging langsam weiter.

Ihm war, als würde ihm mit jedem Schritt ein weiteres Gewicht auf die Schultern gebürdet. Seine Hand fuhr zum Hals, wo Seth ihn gebissen hatte.

Seth.

Landru taumelte, als ein neuer Gedanke – eine neue *mögliche* Erklärung – mit der Wucht einer kleinen Explosion in seinem Hirn zündete.

Was, wenn Rahel dahintersteckte? Was, wenn dieser Dom dereinst von ihren Kindern bezogen werden sollte...?

Sekundenlang hielt Landru bewegungslos inne. Die allgegenwärtige Stille erreichte eine ohrenbetäubende Dimension, die ihn das Rauschen des eigenen Blutes im Aderwerk seines Körpers hören ließ.

Ich lebe, dachte er. *Wieso gebe ich mich nicht damit zufrieden?*

Er beantwortete sich die seit langem quälende Frage so wie immer: *WEIL ES NICHT MEHR MEIN LEBEN IST!*

Rahel hatte ihn erweckt, aber sie hatte ihm nicht die Erinnerung an den Tod nehmen können. Die prägende Erfahrung eines Aufenthalts im Jenseits, der viel zu lange gedauert hatte.

Mit solchem Wissen war ein normales Leben nicht mehr möglich. Landru wünschte sich eine allumfassende Katharsis. Eine Reinigung seiner schwer lädierten Seele.

Und... dieser sonderbar veränderte Dom schien ihm vermitteln zu wollen, daß Hoffnung *bestand.*

Er schüttelte sich wie ein nasser Hund. *Was denke ich da?*

Innerlich noch zerrissener, setzte er seinen unterbrochenen Weg fort.

Am Ende des Stollens, der dasselbe Licht absonderte wie das riesige Domgewölbe draußen, lag wie erwartet eine Kammer. Sie war so groß und sah auch so aus, wie Landru es in Erinnerung hatte.

Und als er sie schließlich betrat, wunderte er sich selbst, wie unaufgeregt er die Tatsache hinnahm, daß sie nicht verlassen war.

Die Person, die auf nackten Stein gebettet dalag, war Landru völlig unbekannt. Sie schien zu schlafen. Und war...

Landru vergewisserte sich noch einmal mit einem langen, forschenden Blick auf die verräterischste Stelle.

... weder Mann noch Frau.

Bevor Landru sich dem Neutrum nähern konnte, erschien Seth.

»Beeindruckend«, sagte der Vampirjunge. »Daß Mutter mir

das nicht vorenthalten wollte, erscheint plausibel. Du kannst jetzt mit der Führung beginnen...«

»Woher bist du gekommen?« Landrus Stimme versagte beinahe.

»Aus dir«, sagte Seth.

»Aus... mir?«

»Erwähnte ich nicht, daß dein Wissen über uns äußerst gering ist?«

»Dann ändere das!«

Seth ließ sich nicht im mindesten von Landrus Drohgebärde einschüchtern. Sinnend legte er den Kopf schief. »Warum solltest du es *nicht* erfahren? Es ist nicht nötig, ein Geheimnis daraus zu machen. Immerhin ist es keine Schwäche, die du dir zunutze machen könntest, ganz im Gegenteil.«

Landrus Blick wechselte kurz zwischen Seth und dem Neutrum hin und her. »Beeindruckend« hatte Seth das Geschöpf genannt, das zart und feingliedrig wirkte, beinahe ätherisch. Und von dem dennoch eine Aura der Stärke ausging.

»Ich habe dich nicht gebissen, weil ich durstig war«, lenkte Seth Landrus ungeteilte Aufmerksamkeit wieder auf sich. »Sondern um meinen *Keim* auf dich zu übertragen.«

Landru schüttelte den Kopf. »Das ist absurd. Kein vampirischer Keim würde in mir überdauern. Ich bin –«

Seth hob die Hand. Er wirkte gelangweilt. »Ich weiß, du hältst dich für etwas Besonderes. Aber der Besondere bin *ich* – ich bin die Zukunft. Und du bist einfach nicht mehr... zeitgemäß.«

»Vampire übertrugen schon immer einen Keim«, sagte Landru. »Worin läge da die Besonderheit?«

»Du hast sie gerade am eigenen Leib zu spüren bekommen. Als ich aus dir heraustrat.«

»Ein billiger Trick.«

»Wenn du meinst.«

Landru stieß ihn beiseite und ging auf den Schläfer zu. »Ausgemachter Blödsinn!«

»Du weißt, daß Rahel in der Lage ist, die Traumzeitpfade der Aboriginals zu bereisen?« holte ihn Seths Stimme ein. Erstmals klang er vage erbost.

»Was haben die Traumzeitpfade damit zu tun?« Landru blieb einen Schritt von dem Neutrum entfernt stehen und blickte zurück. Um Seths Lippen lag ein Lächeln, das ihm eine Gänsehaut erzeugte.

Ihm!

»Mein Keim«, sagte Seth mit einem sinistren Ausdruck in den Augen, »schafft neue Pfade, neue... Stationen. Um es simpel zu formulieren: Er *erweitert* das bestehende Wegenetz.«

»Der Traumzeitpfade?«

Seth nickte, streckte die Arme aus und drehte Landru die Handflächen entgegen – eine Geste, als wollte er sagen: Endlich hast du es begriffen!

»Die songlines der Traumzeit«, erwiderte Landru, »sind auf den fünften Kontinent begrenzt.«

»Sagen wir: Sie waren es«, korrigierte ihn Seth.

Landru beschloß, sich zunächst einmal um seine Entdeckung zu kümmern und sich erst danach wieder Seths abenteuerlichen Behauptungen zu widmen.

»Du bist dran«, sagte der Vampirjunge. »Erklär es mir. Ich muß lernen. Was hat es mit diesem komischen Kerl auf sich?«

»Es ist kein Kerl«, sagte Landru. »Nur ein... *Es.*«

»Hast du es gemacht?«

»Nein.«

»Wer dann?« Auch Seth trat nun näher, bezog Posten auf der anderen Seite des steinernen Bettes.

»Ich wünschte, ich wüßte es.«

»Aber... es ist deine Heimstatt. Deine Wiege. Du hast selbst gesagt, du seist hier –«

»Sei endlich still!«

Seth stemmte die Fäuste in die Hüften. Einen Moment stand er da wie ein trotziger kleiner Junge, der nicht ertragen konnte, ausgeschimpft zu werden.

Dann, einen Atemzug später, trat er vor und griff nach dem Hals des Schläfers. Als wollte er ihn würgen oder ihm das Genick brechen.

Nichts von beidem wollte Landru ihm gestatten. Aber bevor er eingreifen konnte, erfuhr Seth schon von anderer Seite Widerstand.

So hell die Kammer war, so finster war der Schild, der plötzlich entlang der Körperkontur des Schläfers aufflammte!

Als Seth die Schwärze berührte, die wie treibendes Gas aussah, brüllte er auf. Die Entladung des Schutzfeldes schleuderte ihn meterweit durch die Luft. Er prallte mit dem Kopf gegen die Kammerwand und rutschte zu Boden, sah aus wie tot.

Erst jetzt wich Landru einen respektvollen Schritt zurück. Das Neutrum lag wieder da, als sei es völlig schutzlos. Eine gefährliche Täuschung, wie Landru dank Seth nun wußte.

Die Barrieren vor den Stollen sind verschwunden, dachte er. Aber es gibt adäquaten Ersatz.

Nur hier? Oder waren sämtliche Kammern belegt?

Bevor Landru sich darüber Gewißheit verschaffte, ging er zu Seth. Um festzustellen, ob der Junge seine Unvorsichtigkeit tatsächlich mit dem Leben bezahlt hatte.

Und falls nicht, um dies nachzuholen.

Seth schlug die Augen auf und fragte: »Wer bist du?«

Nicht eines der Kinder, die Landru im *Nest* betreut hatte, hatte ihn jemals auf eine Weise angesehen, wie Seth es gerade tat.

»Verstellst du dich, damit ich dich schone?«

Der Blick des Jungen verwirrte sich noch mehr. Er versuchte sich aufzurappeln, aber Landru drückte ihn mit harter Hand nieder.

»Du tust mir weh...«

»Das läßt sich selten vermeiden, wenn man tötet.«

Ein eisiger Schreck wischte die Arglosigkeit aus Seths kindlichen Augen. »Was habe ich dir getan, daß du mich töten willst?«

Landru revidierte seinen Verdacht. Nicht einmal Seth hätte sich so verstellen können – es hätte auch nicht zu seinem sonstigen Selbstbewußtsein gepaßt. Nein, die einzige denkbare Erklärung war, daß entweder der Aufprall gegen die Wand oder bereits die Entladung des Feldes aus schützender Magie für Seths Wandlung verantwortlich war.

Immer noch kompromißlos in seiner Härte sagte Landru: »Bevor ich dir verrate, wer ich bin, verrate du mir, wer du bist!«

Seths Blick flackerte. Er wirkte hilflos. Schließlich fragte er, mit einer Stimme, die kaum mehr als ein Hauch war: »Weißt du es?«

»Vielleicht.«

»Dann sag es mir. *Bitte!*«

Landru ließ den Jungen los und richtete sich zu voller Größe auf. Ihn am Leben zu lassen schien ihm plötzlich die größere Strafe.

»Wohin gehst du? Wo bin ich hier? Und wer – ist das?«

Landru hatte sich bereits abgewandt und in Bewegung gesetzt. Dennoch wußte er, daß Seth auf das Neutrum zeigte.

Ohne Antwort zu geben, durchquerte Landru den steinernen Korridor und trat wieder auf die Domplatte. Er warnte Seth auch nicht davor, sich dem Schläfer ein zweites Mal zu nähern. Mit jedem Schritt erlosch sein Interesse an dem dritten Drilling, den er Rahel entführt hatte, mehr.

Nacheinander suchte er die zwölf anderen Kammern auf. In jeder ruhte ein weiteres Neutrum.

Dreizehn also, dachte er, an der Ruhestatt des letzten verweilend.

Sie wirkten erwachsen, sahen aber nicht identisch aus. Jedes der Geschöpfe hatte eine ureigene Charakteristika. Auch die Haarfarben und Haarlängen unterschieden sich. Erstaunlicherweise gab es Behaarung aber nur am Haupt, nirgends sonst am Körper.

Landru drehte sich nicht um, als er Schritte hörte. Er wußte, daß es Seth war.

»Sagt dir der Name Rahel etwas?«

»Ist das dein oder mein Name?«

»Weder noch«, sagte Landru. Er fühlte sich vital wie in diesem von Rahel geschenkten Leben noch niemals zuvor. Daran schuld war das Mysterium, auf das er gestoßen war – ausgerechnet als er beschlossen hatte zu resignieren.

»Ich bin hungrig«, sagte der Junge hinter ihm. »Mir ist ganz schlecht.«

»Es ist kein Hunger, der dir zu schaffen macht«, sagte Landru, drehte sich um und ging dem Jungen entgegen. »Es ist Durst – und es erinnert mich daran, daß ich selbst ein wenig kurz gekommen bin in letzter Zeit.«

Und dann revanchierte er sich bei dem Jungen mit den angstvoll aufgerissenen Augen.

Dem Jungen, der vollkommen wehrlos schien...

19. Kapitel

Verschollen

Der schwarze Mann schlief. Er lag rücklings auf dem Bett eines von Lilith eigens für ihn gestalteten Zimmers. Sein Brustkorb hob und senkte sich in langen Abständen. Seine immer noch lidlosen Augen waren mit einem Tuch bedeckt, so daß Esben Storm endlich Zuflucht im Schlaf gefunden zu haben schien. Warum der Symbiont, der die gestohlene Haut ersetzte, sich hartnäckig weigerte, auch einen adäquaten Lidersatz auszubilden, war Lilith ebenso rätselhaft wie Storm.

Auf Zehenspitzen verließ sie den Raum.

Die Tür schloß lautlos, nachdem Lilith Esben Storm mit einem letzten langen Blick gemustert hatte. Er war in den Symbionten gekleidet wie in schwarzes Leder. Auch sein Geschlecht wurde davon umschlossen.

Lilith war selbst irritiert, wie stimulierend gerade die Region um Storms Lenden auf sie wirkte. Noch während sie sich über den Korridor entfernte, wurde ihr klar, daß es ihr wirklich an Befriedigung mangelte.

Sie versuchte nicht an Darren zu denken.

Sie war nie monogam gewesen, redete sie sich ein. Nicht wirklich.

Nachdem sie entschieden hatte, daß es keine unkalkulierbaren Risiken barg, Storm für kurze Zeit – eine, höchstens zwei Stunden – allein zu lassen, verließ sie kurz vor Sonnenaufgang das Haus in der Paddington Street, verwandelte sich in einen Wolf und streunte durch den nahen Park, auf der Jagd nach geeigneter Beute.

Nachtschwärmer gab es in einer Millionenstadt wie Sydney zuhauf.

Und so dauerte es nicht lange, bis sie Witterung aufnahm, die Ohren spitzte und auf die Stimmen zuhielt; hochgradig erregte Stimmen, die geeignet schienen, um auch sie aufzuputschen und ihr endlich zu geben, wonach ihr immer ungeduldiger verlangte...

»Ich will nach Hause«, bettelte Nancy Berkley. »Wir treffen uns morgen wieder. Wenn meine Eltern merken, daß mein Bett immer noch leer ist, werden sie –«

»Schscht!« Bill Donovan legte ihr den Zeigefinger auf die Lippen, wartete, bis sie verstummt war, und schob ihr dann den Finger in den Mund, ganz hinein und langsam wieder heraus. Solange, bis sie verschämt darauf einging, daran zu lecken und zu saugen begann.

»Fein machst du das«, seufzte Bill. Mit der freien Hand öffnete er den Gürtel seiner Hose und zog den Reißverschluß nach unten. »Gleich kannst du ein Stockwerk tiefer weitermachen.«

Schmatzend löste Nancy den Mund von seinem nassen Finger. »Du denkst auch immer nur an das eine.«

»Das eine ist toll!« versicherte Bill, griff nach ihrer Hand und schob sie in seinen Hosenschlitz.

Es war ihre dritte Verabredung. Einmal hatte Nancy es ihm mit dem Mund besorgt, aber nicht bis zum Schluß, die beiden anderen Male hatte sie nicht mehr zugelassen als ein bißchen Fummeln und Knutschen.

Bill glaubte nicht, daß es daran lag, daß Nancy erst fünfzehn war. Auf der High School galt sie als kleines Flittchen, das kaum eine Verabredung ausschlug und alles andere als prüde war.

Das Geschick, mit dem sie Bills bestes Stück zu massieren begann, schien das zu bestätigen.

Bill war siebzehn, sah aber mindestens aus wie zwanzig.

»Wow!« keuchte er. »Das ist guuut. Hör ja nicht auf. Das ist so affenscharf...!«

Nancy hielt inne.

»Was ist?«

»Ich habe etwas gehört.«

Ihr Spaziergang hatte unter einem dichten Gebüsch geendet. Nach allen Seiten hin war die Sicht versperrt.

»Na und?« gab Bill im selben Flüsterton zurück, den auch Nancy gebraucht hatte. »Ein Tier oder ein Stadtstreicher. Du mußt nur still sein, dann merkt keiner, daß wir hier sind.«

»Du willst mich ja nur...«

»Ja?«

»Ficken?« Nancys Stimme war nur noch ein Hauch. Obwohl sie ein Fragezeichen hinter ihre Behauptung setzte, verriet die kaum noch verhohlene Erregung in ihrem Tonfall, daß sie – endlich – reif war.

»Ich habe Kondome dabei«, sagte Bill.

»Ich wußte es!«

»Es ist die natürlichste Sache der Welt. Wir können uns gut leiden. Warum sollten wir nicht –«

Diesmal glaubte Bill etwas zu hören. Ganz nah. Das Geräusch schien unmittelbar hinter der Wand aus Blättern zu entstehen. Ein leises Knurren...

»Scheiße, da ist wirklich irgendein Viech!« Bill rutschte ein Stück von Nancy weg. Zum Aufstehen war das Gebüsch ungeeignet. Er mußte sich auf allen Vieren bewegen. »Ich seh' mal nach.«

»Warte, ich komme mit. Ich bleib' hier nicht allein!«

»Meinetwegen.«

Sie durchbrachen das Gestrüpp.

Am Himmel funkelten Tausende sichtbarer Sterne. Ihr Licht reichte jedoch kaum aus, um die Hand vor Augen zu erkennen.

»Das feige Stück hat sich verkrümelt«, lachte Bill nach einer Weile. »Hatte wohl mehr Fracksausen vor uns als umgekehrt...«

»Hallo«, sagte eine Stimme. Sie klang rauh, obwohl sie einer Frau gehörte, die jetzt geschmeidig hinter einem Baumstamm in nächster Nähe hervortrat.

Trotz der Dunkelheit war Bill und Nancy sofort klar, daß sie nackt war. Splitterfasernackt.

Hey, was für ein Vollweib, dachte Bill.

Die Unbekannte kam näher. »Könnt ihr mir helfen?«

»Hat man Sie...«, Bill räusperte sich. Seine Stimmbänder schienen wie eingerostet. »Ich meine, hat Sie jemand... belästigt? Überfallen?«

»Nein«, sagte die Frau spöttisch. »Ich überfalle lieber selbst.«

Vor den Augen des jungen Paares fiel die Silhouette der schönen Fremden in sich zusammen und gebar eine große Fledermaus, die mit peitschendem Flügelschlag auf Bill Donovan zuschnellte. Sie prallte gegen seine Brust und ließ ihn – mehr vor Schreck als durch die Wucht des Aufpralls – nach hinten stürzen.

Wie ein hilfloser Käfer blieb er auf dem Rücken liegen, während die Fledermaus über ihm flatterte und hohe Fieptöne ausstieß. Ihre Krallen hatten sich in seinem Hemd verhakt...

...aber nur so lange, bis aus der Fledermaus heraus die schöne Fremde zurückkehrte.

Ihr Gewicht drückte Bill tiefer ins Gras. Ihre Augen leuchteten grün, und aus ihren elfenbeinfarbenen Zahnreihen stachen die beiden oberen Eckzähne wie die Hauer eines Wolfes hervor – nur sehr viel filigraner, beinahe kunstvoll.

Bill schrie auf.

Nancy stand stumm. Und sah zu, wie die nackte Frau sich rittlings auf Bill zurechtrückte, hinter sich griff und in einer spielerischen Bewegung seine Hose entzwei riß, als bestünde sie aus dünnem Seidenpapier.

Bill wand sich unter der Fremden, aber nicht wirklich mit der Absicht zu entkommen. Vor seinen Augen, zum Greifen nah wie zwei verführerische Früchte, wogte ein Busen, der jeden Mann um den Verstand gebracht hatte. Dort wo der Schoß der Frau seinen Bauch berührte, glaubte er feuchte Hitze zu spüren.

Erneut griff die Frau hinter sich. Diesmal, um sein halbsteifes Glied mit einer Hand zu umfassen. Die bloße Berührung genügte schon, es schmerzhaft hart zur vollen Größe anschwellen zu lassen.

Bill stöhnte.

Nancy blieb stumm. Zwei Schritt stand sie entfernt. Beobachtend. Es war klar, daß mit ihr etwas nicht stimmte. Aber es spielte keine Rolle. Nicht jetzt.

»Wer sind –«

»Schscht!« machte die Fremde, wie er es Minuten vorher bei Nancy getan hatte. Ihre Hand verschloß seinen Mund. Ihr Gesicht sank ihm entgegen. Eine katzenhaft rauhe Zunge leckte über sein Kinn und über den Hals. Hielt inne.

Sie schnurrt wie eine Katze, dachte Bill.

Die Nacht begann in sein Gehirn zu strömen. Langsam blendete seine Umgebung aus.

Der Schmerz war süß; er zerstörte das Glück nicht, das ihn in die Arme nahm und erst wieder losließ, als Bill sich in die Fremde verströmte.

»Aaaaah«, seufzte er.

Dann hörte er das Schlagen von Flügeln und ganz am Rande seiner Wahrnehmung Nancys Stimme, die ergriffen sagte: »Es war wunderschön. Mach es mir noch mal, *bitte.* Es war... unglaublich.« Sie kicherte.

Bill tastete nach seinem Hals, wo Feuchtigkeit rann. Warm und klebrig.

Ähnlich warm und klebrig wie das, was gerade die Innenseiten seiner Schenkel herablief.

Er streckte die Arme aus und zog Nancy auf sich herab. Daß sie nur noch ihre Wäsche trug, fiel ihm kaum auf. Bereitwillig ließ sie sich das Höschen zur Seite schieben. Es auszuziehen war nicht nötig.

Sie war wunderbar. Während Bill in sie stieß, hatte er das Gefühl, nicht nur sie, sondern *die ganze Welt* zu vögeln.

Was für eine Nacht.

Er lauschte, ob das Geräusch der Flügel zurückkehrte, aber das geschah nicht. Er hörte nur das leise Klatschen von Nancys Gesäßbacken.

Wieder und immer wieder.

Bis er vor schierer Erschöpfung unter ihr wegsackte und... einschlief.

Lilith kehrte erfrischt in die Paddington Street zurück. Der Ausflug hatte ihr wohlgetan, hatte ihre lädierten Lebensgeister gestärkt.

Der Morgen dämmerte bereits am Horizont, als sie das Haus betrat. Sie trug das Kleid, das sie dem Mädchen im Park abgenommen hatte. Ihr Duft hing noch darin. Es war angenehm. So lebendig. So... wirklich.

Liliths erster Weg führte zu Esben Storm.

Ihr Hochgefühl verflog, kaum daß sie die Tür seines Zimmers geöffnet hatte.

Das Bett, auf dem er geschlafen hatte, war leer. Als sie das Laken berührte, war es kalt.

Er hat mich hinters Licht geführt, dachte sie und stellte gleichzeitig die Verbindung zum Haus her. Kurz darauf hatte sie die Bestätigung ihres Verdachts: Storm hielt sich nicht mehr im Haus auf!

»Dieser hinterhältige...« Die Worte blieben ihr im Hals stekken, als ihr bewußt wurde, was er mitgenommen hatte.

Natürlich mitgenommen hatte, weil es überlebensnotwendig für ihn war.

Den Symbionten!

Ihr Zorn wuchs, aber es war überwiegend Zorn auf sich selbst. Wie naiv zu glauben, *Niemandes Freund* könnte sich geändert haben. Wie grenzenlos dumm...

Plötzlich kam ihr ein neuer Verdacht. Er war viel schrecklicher als die Möglichkeit, Esben Storm könnte sich einfach nur davongestohlen haben.

Lilith stürmte aus dem Zimmer.

Als sie die Leiter zum Dachboden hinaufkletterte, war das süße Intermezzo im Park bereits wieder vergessen. Ihr Herz hämmerte bis in den Hals.

Und dann sah sie es.

Das Netz hatte den Nimbus der Unversehrtheit verloren. Einzelne Fäden baumelten durchtrennt in halber Höhe zwischen Gebälk und Boden. Und einen Schritt davon entfernt glänzten zwei verräterische Male auf dem Dielenboden: Fußabdrücke, mit Blut gemalt.

Die Spuren eines Mannes.

Und Lilith begriff. Der Symbiont hatte, kurz bevor Storm seinen wahnsinnigen Einfall in die Tat umsetzte, noch eine Fährte gelegt, indem er sich von den Fußsohlen zurückgezogen hatte...

Reglos stand Lilith vor dieser Spur. Ihre Gedanken wirbelten wild durcheinander wie Blätter in einem Sturm.

Hatte Storm sich tatsächlich eingebildet, umgeben von *dieser* Haut der Macht trotzen zu können, die auf der anderen Seite lauerte?

Sie fand keine andere Erklärung.

Es gibt nur einen Weg, es herauszufinden, dachte Lilith. *Ich muß ihm hinterher. Ich muß es ohnehin. Er hat etwas mitgenommen, das ich wiederhaben will. Um jeden Preis.*

Mit dem Gedanken, daß Storm möglicherweise genau diese Reaktion bezweckt hatte, stieg sie die Leiter wieder hinab.

Sie würde hinter das Netz schauen.

Aber nicht jetzt. Und nicht heute.

Auf eine schwer zu benennende Weise war sie überzeugt, daß Zeit auf der anderen Seite nur eine untergeordnete Rolle spielte.

Aber was – oder *wer* – wartete dort?

So viele Fragen, dachte Lilith.

Sie verschloß die Luke über ihrem Kopf.

Die Leere des Hauses hatte plötzlich etwas Erstickendes. Lange hielt sie es nicht darin aus.

In ganz Sydney gab es nur zwei Personen, bei denen sie sich immer noch – oder wieder – aufgehoben fühlte. Sie würden ihre Gesellschaft ertragen müssen.

Öfter als ihnen wahrscheinlich lieb sein würde...

20. Kapitel

Düstere Aussichten

Es roch nach Schweiß, Zigarettenrauch und verschüttetem Bier, und das meiste Licht kam von dem Sammelsurium kurioser Leuchtreklamen aus aller Welt, die die Wände der Kneipe schmückten. In ihrem knallbunten Widerschein war es schwierig, die Fernsehbildschirme, die hinter der Theke unter der Decke hingen, auszumachen. Nichtsdestotrotz richteten sich die Augen sämtlicher Gäste im »Captain Phillip's« auf die TV-Geräte. Die Kneipenbesucher standen dichtgedrängt entlang des Tresens, in Zweier- und Dreierreihen, und jeder einzelne von ihnen hatte einen Kommentar zu dem Geschehen auf den Fernsehschirmen abzugeben.

»Ich kann's nicht glauben, daß die sich zu Hampelmännern der Pfaffen machen lassen«, wunderte sich einer.

»Willkommen im Mittelalter!« meinte ein anderer zynisch.

»Die Leute sollten sich schämen, daß sie solche Knallköpfe gewählt haben.«

Aber es fielen auch andere Bemerkungen.

»Wurde Zeit, daß da mal frischer Wind reinkommt.«

»Mein lieber Mann, der Tante würde ich auch gern mal den einen oder anderen Vers vorbeten.«

»Und bei dem Anblick soll man nicht auf sündige Gedanken kommen?«

»Schau sich einer diese Ohren an – dafür ist die Kutte zu klein!«

All diese Worte galten *ihr*... der neuen Päpstin.

Rahel I. hatte zum Gipfeltreffen geladen. Und die Staatsoberhäupter der Welt waren gen Rom gepilgert, in den Vatikan, der inzwischen grob restauriert worden war, in Teilbereichen zumindest.

Die Konferenz fand in jenem Saal statt, in dem sich auch das Konklave getroffen und Rahel gewählt hatte, und wurde in alle Welt übertragen, exklusiv von CNN.

Die Päpstin saß inmitten der Runde und fiel vor allem ihres Gewandes wegen auf. Es unterschied sich von jenen, die ihre Vorgänger getragen hatten. Annibale und Francesco Gammarelli von der *Sartoria per Ecclesiatici* hatten ganze Arbeit geleistet und Ihrer Heiligkeit neue Kleider auf den Leib geschneidert. Rahels Gewand wirkte zwar traditionell, war aber in seinen Details doch unübersehbar ein Werk des dritten Jahrtausends. Ein helles Violett, fast fliederfarben, und Weiß waren bestimmend, dazwischen fügten sich samtene Paspel in sattem Rot. Wie Blut.

Was Wortgewandtheit und Aussagekraft angingen, erwies sich Rahel I. ihren Amtsvorgängern als überlegen. Sie redete nie um den heißen Brei herum, war schlagfertig und brachte mit deutlichen Worten zum Ausdruck, was sie sagen wollte, eindeutig und unzweifelhaft.

Und keiner der Regierungschefs und Minister um sie her widersprach ihr. Im Gegenteil...

Al Gore, Präsident der Vereinigten Staaten von Amerika, richtete sich in seinem Ledersessel auf. Es raschelte und rauschte einen Moment lang, bis ein Mitarbeiter des technischen Stabs herbeieilte und Gores Kragenmikrofon austauschte. Der Präsident dankte dem jungen Mann mit einem stummen, kameradschaftlichen Nicken, dann zog er ein beschriebenes Blatt Papier heran, das bislang außerhalb des Erfassungsbereichs der Kamera gelegen hatte.

»Ich spreche nicht nur für mein Land und mich selbst, Ladies und Gentlemen in aller Welt, aber meine Freunde und Kollegen«, Al Gore wies in die Runde, »die Vertreter also, die *Sie* in Ihrer Funktion als Wähler hierher entsandten, haben mich gebeten, unser gemeinsam getroffenes Abkommen stellvertretend für uns alle zu verkünden.«

Gore nahm das Papier zur Hand und verlas den Inhalt, der mit relativ vielen und reichlich gestelzten Worten im Grunde nur eines besagte: Der Kirche wurde im politischen Weltgeschehen Mitspracherecht und in der Folge Einfluß eingeräumt.

Unterzeichnet hatten das Dokument die versammelten Staatsoberhäupter, die – und auch das kam in dem Papier unstrittig zum Ausdruck – mit ihrer Unterschrift ein Zeichen setzen wollten; ein Zeichen in einer Zeit, in der Werte und Glaube ihre Bedeutung eingebüßt hatten. Indem man die Kirche solcherart ins Zentrum des Weltgeschehens rückte, erhoffte man sich eine neuerliche Hinwendung zum Glauben und »... Wachstum innerer Stärke des Einzelnen, die dem Zusammenhalt des globalen Ganzen förderlich sein möge«.

Der Präsident der Vereinigten Staaten ließ das Papier sinken. Sein Blick richtete sich wieder in das gläserne Auge der auf ihn gerichteten Kamera, und er schaffte es, den Eindruck zu erwecken, als würde er jedem einzelnen Zuschauer in die Augen sehen und ganz persönlich zu ihm sprechen.

»Aber dieses Abkommen, diese Wiederkehr der Kirche in unser Leben ist nicht das einzige Zeichen, das wir setzen wollen, Ladies und Gentlemen. Dazu jedoch möchte ich das Wort an meinen lieben Freund aus Rußland übergeben.« Gore wandte sich leicht zur Seite und sagte lächelnd: »Bitte, Viktor.«

Die Regie schaltete auf eine andere Kamera um. Viktor Onegins lächelndes Gesicht erschien auf Milliarden von Fernsehbildschirmen rund um die Welt. In nur leicht akzentuiertem Englisch wandte sich der russische Regierungspräsident an die Nationen.

»Manche von Ihnen mögen sich vielleicht gewundert haben«, begann Onegin, »darüber, daß viele von uns«, – er wies um sich und meinte die anderen Staatsmänner –, »sich in jüngster Vergangenheit verwaister Kinder angenommen und sie in unsere Familien *auf*genommen haben, als seien sie unser eigen Fleisch und Blut. Und als eben dies betrachten wir sie: Sie *sind* unser Fleisch und Blut, denn letztlich sind wir alle Kinder dieser Erde. Dementsprechend sollten wir uns einander gegenüber verhalten: wie eine große Familie. Mit der Adoption dieser Kinder wollen wir eine Tür öffnen in eine Zukunft, die unter eben diesem Motto stehen soll.«

Viktor Onegin sah lächelnd in jene Richtung, in der die

Päpstin saß. Dann fuhr er fort:

»Ich möchte nicht verschweigen, auf wessen Initiative diese Aktion zurückgeht. Unsere liebe Kollegin Rahel I. bat uns darum, und wie hätten wir uns ihrem Wunsch verschließen können? Zumal seine Erfüllung mehr bedeutet als nur das Setzen eines Zeichens – nein, mit diesen Kindern ist Freude eingezogen in unsere Familien. Und sie erinnern uns täglich daran, daß wir nur in zweiter Linie die gewählten Führer der Nationen unserer Welt sind... in erster Linie sind wir vor allem eines: Menschen.«

Die Kamera, die Viktor Onegin erfaßt hielt, fuhr etwas zurück und nahm den Jungen mit ins Bild, der neben ihm saß und dem Onegin jetzt väterlich den Arm um die Schulter legte.

Die Szene blieb drei, vier Sekunden lang unverändert, dann wechselte die Regie auf eine andere Kamera, die über die Reihe der weiteren Staatsoberhäupter schwenkte – und die allermeisten von ihnen hielten, genau wie Viktor Onegin, ein Kind im Arm, Jungen wie Mädchen, die allesamt im selben Alter zu sein schienen –

– und Lilith Eden stieß einen Laut des Entsetzens aus!

Nur ein paar der Kneipengäste warfen ihr einen verwunderten oder mißbilligenden Blick zu. Dann wandten sie ihre Aufmerksamkeit wieder den Fernsehschirmen zu.

Darren Secada und Fee nicht. Sie sahen weiterhin nur Lilith an.

»Was ist?« fragte Darren zu ihrer Linken. Besorgnis und Überraschung mischten sich in seiner Miene zu einem treuherzigen Ausdruck. Nur wegen Darren waren sie überhaupt hier im »Captain Phillip's«. Gelegentlich wollte er einfach nur unter *Menschen* sein...

Lilith sah die beiden mit einem undeutbaren Ausdruck in den Augen an. »Es sind die Kinder.« Sie schluckte trocken.

In Darren keimte eine Ahnung, die wuchs und zur Gewißheit wurde, noch bevor Lilith seinen Verdacht bestätigen konnte.

Dennoch fragte er: »Du meinst, diese Kinder sind...?«

»Ja, sie sind es«, nickte Lilith.

Sie kannte diese Kinder, jedes einzelne von ihnen. Obwohl sie in der Zwischenzeit gewachsen waren.

Sie, Lilith Eden, hatte alle diese Kinder zum Leben erweckt. Vor Monaten. Im Ayers Rock.

Und in Landrus und Rahels Obhut übergeben.

»Mein Gott, was geschieht hier nur?« flüsterte sie rauh. »Was haben sie vor?«

Lilith sah sich um. Und wußte augenblicklich, worin die eigentliche Gefahr bestand: Die Menschen unterschätzten die Entwicklung, die Rahel in Gang gesetzt hatte. Sie titulierten die neue und erste Päpstin als »scharfe Schnecke« und ähnlichen Begriffen, und sie fanden die Adoptivkinder der Regierungschefs »süß«, die ganze Aktion »herzerwärmend«.

Doch wer sollte ihnen das zum Vorwurf machen? Schließlich brachten sie nur zum Ausdruck, was sie sahen. Was wirklich geschah, erkannte keines Menschen Auge. Nicht einmal Lilith, die immerhin mehr über Rahel wußte als alle anderen, konnte letztlich sagen, was sie tatsächlich davon zu halten hatte.

Aber gerade darin mochte Rahels eigentliche Stärke liegen. Die Unwissenheit mußte ihr und den ihrigen zum Vorteil gereichen, ganz gleich, welches Ziel sie auch verfolgten.

Tatsache war, daß Rahel die Rolle des Kirchenoberhauptes perfekt spielte.

Und Fakt war ebenso, daß sie mittels ihrer vampirischen Brut die Staatsregierungen infiltriert hatte.

Lilith schauderte. Im Grunde genommen brauchte sie jetzt nur noch eins und eins zusammenzuzählen. Doch sie weigerte sich, dies auch nur im Geiste zu tun, geschweige denn das unleugbare Ergebnis laut auszusprechen.

»Laßt uns gehen«, sagte sie nur.

»Ich verstehe das alles nicht ganz«, meinte Fee, nachdem

sie draußen waren.

Liliths Gesicht wirkte düster, wie von Schatten umwölkt. Mit dunkler Stimme sagte sie: »Und ich wünschte, ich würde das alles *nicht* verstehen.«

»Dito«, seufzte Darren. Fröstelnd zog er seine Jacke fester um die Schultern, obwohl die Nacht angenehm lau war. Und mit halb hoffendem, halb hilflosem Blick nach oben bat er leise, aber innigst: »Möge Gott der Allmächtige uns beistehen...«